종족의 탄생

WARRIORS 전사들

5 분열된 숲

종족의 탄생
WARRIORS 전사들
5 분열된 숲

2024년 12월 30일 초판 발행

지은이 에린 헌터 | 옮긴이 서현정

기획 이성애 | 편집 한명근 | 교정·교열 권혜정
마케팅 한명규 | 디자인 김성엽의 디자인모아

발행처 ㈜가람어린이

출판등록 2002년 9월 16일 제2002-000291호
주소 경기도 고양시 덕양구 삼원로 63, 1015호
전화 02-323-2160 | 팩스 02-6008-2150
전자우편 garambook@garambook.com
블로그 blog.naver.com/garamchildbook
인스타그램 instagram.com/garamchildbook
X(트위터) twitter.com/garamchildbook
유튜브 가람어린이tv
카카오톡 채널 가람어린이출판사

ISBN 979-11-6518-362-2 (73840)

책의 내용과 그림을 출판사와 저자의 허락 없이
인용하거나 발췌하는 것을 금합니다.

잘못된 책은 바꿔드립니다.

종 족 의 탄 생

WARRIORS
전자들

5분열된 숲 A FOREST DIVIDED

에린 헌터 지음 | 서현정 옮김

가람어린이

케이트 캐리에게
특별한 감사를 전합니다.

등장하는 고양이들

클리어스카이 진영

지도자

클리어스카이(맑은하늘) 연회색 수고양이로 눈이 파란색이다.

리프(나뭇잎) 검은색과 흰색이 섞인 수고양이.
퀵워터(빨리흐르는물) 회색과 흰색이 섞인 암고양이.
네틀(쐐기풀) 회색 수고양이.
쏜(가시) 털이 얼룩덜룩하고 지저분한 수고양이.
에이콘퍼(도토리털) 밤색 암고양이.

새끼 고양이들

버치(자작나무) 갈색과 흰색이 섞인 수고양이.
올더(오리나무) 회색과 흰색이 섞인 암고양이.

톨섀도 진영

지도자

톨섀도(긴그림자) 검고 털이 풍성한 암고양이로 눈이 초록색이다.

그레이윙(회색날개) 매끈한 진회색 수고양이로 눈이 황금색이다.
재기드피크(뾰족봉우리) 자그마한 회색 얼룩무늬 수고양이로 눈이 파란색이다.
대플드펠트(얼룩털가죽) 섬세한 무늬의 삼색얼룩 암고양이로 눈이 황금색이다.
섀터드아이스(산산이부서진얼음) 회색과 흰색이 섞인 수고양이로 눈이 초록색이다.
클라우드스파츠(구름점박이) 털이 긴 검은색 수고양이로, 귀와 가슴 그리고 앞발이 하얀색이다.
라이트닝테일(번개꼬리) 검은색 수고양이.
썬더(천둥) 주황색 수고양이로 발이 크고 흰색이며 눈이 호박색이다.
홀리(호랑가시나무) 털이 삐죽삐죽 솟고 덥수룩한 암고양이.
마우스이어(생쥐귀) 귀가 생쥐 귀처럼 작고, 한쪽 귀가 일부 잘려 나간 수고양이.
머드포스(진흙발) 네발이 까만 수고양이.

새끼 고양이들

아울아이스(올빼미눈) 회색 수고양이.

페블하트(조약돌심장) 갈색 얼룩무늬 수고양이로 눈이 호박색이다.

스패로퍼(참새털) 삼색얼룩 암고양이.

이글페더(독수리깃털) 갈색 수고양이.

스톰펠트(폭풍털가죽) 회색 수고양이로 눈이 파란색이다.

듀노즈(이슬코) 코끝과 꼬리 끝이 하얀 얼룩무늬 새끼 암고양이.

리버리플 진영

지도자

리버리플(강물결) 긴 은색 털을 가진 수고양이.

나이트(밤) 새까만 암고양이.

듀(이슬) 짧지만 풍성한 회색 털을 가진 암고양이로 눈이 밝은 파란색이다.

윈드러너 진영

지도자

윈드러너(바람처럼달리는자) 비쩍 말랐지만 강인한 갈색 암고양이로 눈이 노란색이다.

고스퍼(가시금작화털) 호리호리한 회색 얼룩무늬 수고양이.

슬레이트(청석돌) 회색 암고양이.

새끼 고양이들

모스플라이트(나방날기) 초록색 눈을 한 암고양이.

더스트머즐(먼지주둥이) 회색 수고양이.

떠돌이 고양이들

스타플라워(별꽃) 황금색 암고양이로 눈이 초록색이다.

스네이크(뱀) 회색 수고양이.

높은 돌산

천둥길

톨섀도의 진영

나무 네 그루

폭포

강

리버리플의 진영

고양이 지도

천둥길

북쪽

클리어스카이의
진영

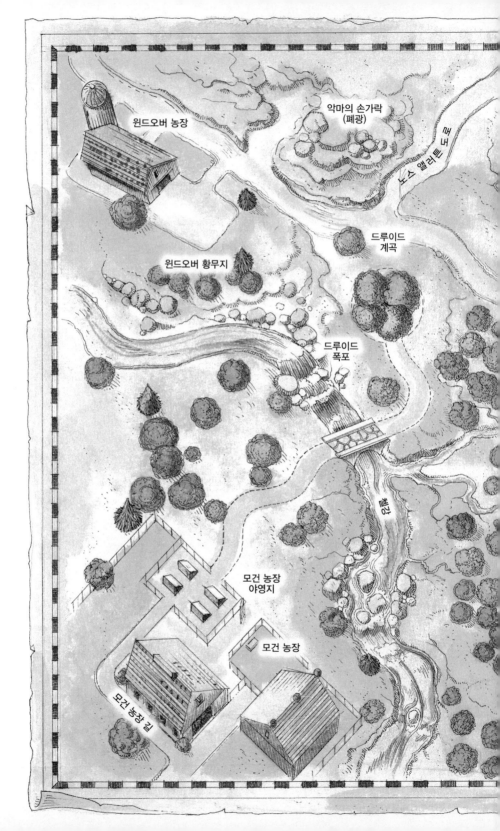

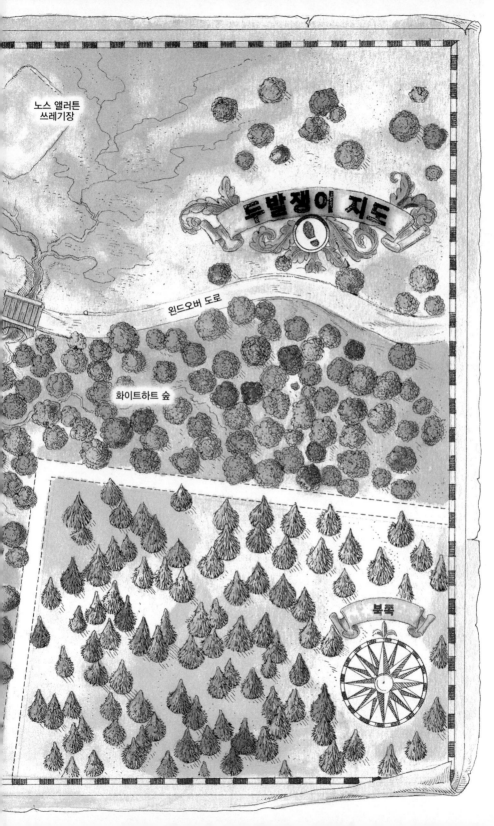

프롤로그

달빛이 비치는 분지에 차가운 안개가 고였다. 안개는 떡갈나무 아래를 쉴 새 없이 서성거리는 고양이들의 발을 휘감고 흘렀다.

클리어스카이는 공터 가장자리에서 고양이들을 지켜보고 있었다. 그들은 마치 별빛을 뒤집어쓴 것처럼 털가죽이 반짝거렸다. 공터 반대편에서 기다리고 있는 그레이윙을 보고 클리어스카이는 몸이 부르르 떨렸다.

'죽은 고양이가 산 고양이보다 더 많아.'

분지 가장자리에 야트막하게 쌓인 흙더미를 힐끗 보며 생각했다. 얕은 언덕 밑에는 한때 옆에서 함께 사냥하다가 대전투에서 목숨을 잃은 고양이들이 묻혀 있었다.

영혼 고양이들이 걸음을 멈추고 클리어스카이를 흘낏 쳐다보더니, 낮은 목소리로 서로에게 속삭이며 다시 움직였다. 그들의 머리 위에서 거대한 네 그루의 떡갈나무가 바람에 삐걱삐걱 흔들렸다. 서리를 맞아 하얗게 변한 나뭇가지들은 추위에 잎이 다 떨어져 있었다.

잎 없는 계절이 먹이를 문 늑대처럼 땅을 단단히 물었다. 발밑에 닿는 땅은 흙바닥인데도 마치 바위처럼 단단했다.

'영혼 고양이들은 꼭 이런 날씨에 우릴 불러야 했나? 따뜻한 바람이 털을 적시는 초록잎 우거진 계절에 부르면 좋잖아.'

클리어스카이는 속으로 투덜댔다. 어쨌든 이건 꿈이긴 하지만.

진회색 암고양이 하나가 무리에서 벗어나 클리어스카이에게 다가왔다.

"왔구나."

"응, 스톰. 나도 왔어."

클리어스카이는 익숙한 슬픔에 가슴이 저릿했다. 스톰이 새끼를 가져 몸이 무거워진 채 숲을 떠나게 내버려두지 않았더라면 지금 삶이 어떻게 달라졌을까.

"그런데 왜 날 이리로 불렀어?"

스톰의 눈빛이 단호해졌다.

"우린 기다리는 데 지쳤어."

'기다린다고? 뭘?'

미처 소리 내어 묻기도 전에 분지 비탈에 있는 고사리 덤불이 바스락거리더니 리버리플이 서리 내린 고사리 줄기를 비집고 나왔다. 공터의 매끈한 흙바닥으로 걸어 내려오는 수고양이의 풍성한 회색 털가죽이 달빛을 받아 은빛으로 빛났다. 톨섀도는 네 그루의 떡갈나무 중 하나의 뿌리 가까이에서 눈을 깜박이고 있었다. 막 잠에서 깬 듯 어리둥절하고 놀란 얼굴이었다. 썬더의 주황색 털가죽도 그림자 속에서 흐릿하게 빛났다. 영혼 고양이들이 각 무리의 지도자들을 모두 꿈 속으로 소환한 것이다.

뒤에서 시든 풀을 스치고 걸어오는 소리가 들려서 돌아보자,

윈드러너가 조용히 옆을 지나갔다. 이 암고양이는 얼마 전 그레이윙의 무리를 떠났다.

'영혼 고양이들이 윈드러너까지 부른 거야?'

클리어스카이는 마음이 편치 않아 발을 꼼지락댔다. 살아 있는 고양이들은 서로 멀찍이 떨어져 있는데, 죽은 고양이들은 가까이 모여 있었다. 하나로 뭉친 건 영혼 고양이들뿐인 것일까?

"어때?"

스톰의 날카로운 목소리에 흠칫 놀란 클리어스카이는 혼자만의 생각에서 빠져나왔다.

"뭐가?"

"우리가 너희에게 타오르는 별처럼 성장하고 퍼져 나가라고 말했잖아……."

스톰은 살아 있는 고양이들을 힐끗 돌아보았다.

"그런데 너희는 아직 시작도 안 했어. 겁이 나서 망설이고 있는 거야?"

"절대 아니야!"

클리어스카이는 가슴을 부풀렸다.

"우리가 대체 어디까지 퍼져 나가야 하는 건데? 우린 이미 이 숲과 황무지를 다스리고 있어. 그리고 계속 고양이들을 모으고 있단 말이야."

클리어스카이는 지난번 꿈을 꾼 뒤로 자신의 무리가 얼마나 커졌는지 생각해 보았다.

"충분하지 않아!"

스톰의 옆에서 성난 외침이 들렸다.

깜짝 놀라 고개를 숙여 내려다보니, 다시는 볼 수 없을 거라고 생각했던 어린 암고양이가 또렷한 눈으로 대담하게 자신을 바라보고 있었다. 클리어스카이는 놀라서 뒤로 주춤 물러났다. 이 어린 고양이를 마지막으로 봤을 땐 앙상하게 튀어나온 갈비뼈에 갈색 털가죽이 찰싹 달라붙어 있었다. 이 아이는 엄마의 잠자리를 벗어나기도 전에 굶어 죽었다. 그런데 지금은 반짝반짝 빛나는 눈으로 당당하게 턱을 쳐들고 서 있었다. 매끈한 털가죽은 별빛을 받아 반짝이고, 그 아래 숨은 근육은 탄탄해 보였다.

오랜만에 누이동생을 보자 클리어스카이는 목이 메었다.

"플러터링버드!"

쉰 목소리로 누이의 이름을 불렀다.

"너구나!"

"당연히 나지."

어린 암고양이의 노란 눈이 환하게 빛났다.

"난 이만 가서 썬더와 얘기해야겠어."

스톰이 고개를 살짝 숙여 인사하고는 클리어스카이를 어린 누이 곁에 남겨 두고 자리를 떠났다.

"만나서 정말 반가……."

"내 말 잘 들어, 쥐 대가리 짓 그만하고!"

플러터링버드가 클리어스카이의 말을 잘랐다.

클리어스카이는 몸이 굳었다. 이 아이는 아직 새끼 고양이였다.

'그런데 감히 나한테 이런 소리를 해? 게다가 아직…….'

클리어스카이는 어리둥절해서 얼굴을 찌푸렸다.

'이 아이가 영혼 고양이들 곁으로 간 지 얼마나 됐지?'

마음이 불편해서 털가죽이 물결처럼 꿀렁거렸다.

'혹시 지금은 애가 나보다 더 지혜로울 수도 있는 걸까?'

어린 암고양이가 클리어스카이의 눈을 빤히 바라보았다.

"우리가 타오르는 별처럼 퍼져 나가라고 말했을 땐 나무에 아직 잎에 달려 있었어. 그런데 우리 말을 듣고도 지금껏 아무것도 안 하고 있잖아!"

"우린 살아남기 위해 최선을 다하고 있어."

클리어스카이는 주장했다.

"지금은 잎 없는 계절이라 먹이도 부족하단 말이야."

플러터링버드는 귀를 움찔거렸다.

"새로 태어난 새끼 고양이들과 그들의 새끼들을 생각해야지. 겁에 질린 먹잇감처럼 분지와 덤불 뒤에 숨어만 있으면 힘이 생기지 않아."

클리어스카이는 털을 곤두세우고 누이동생을 향해 몸을 숙였다.

"난 겁쟁이가 아니야!"

"그렇다면 행동해!"

플러터링버드는 꿋꿋이 버티고 서서 말을 이었다.

"마음을 따르란 말이야! 그 마음이 집으로 인도해 줄 거야."

클리어스카이는 얼굴을 찡그렸다.

"우리더러 산으로 돌아가라는 거야?"

"예전 집 말고!"

"그럼 어디?"

"우리가 살아 있는 고양이들의 걸음 하나하나를 이끌 수는 없어. 그럼 약해질 테니까! 알아야 할 건 우리가 이미 다 말해 줬어."

플러터링버드는 타오르는 듯한 뜨거운 눈빛으로 클리어스카이의 눈을 들여다보았다.

"이제는 스스로 생각해 봐."

클리어스카이는 누이동생을 지나쳐 톨섀도에게로 눈길을 돌렸다. 톨섀도는 문섀도, 호크스웁, 잭도스크라이와 이야기를 나누고 있었다. 윈드러너는 죽은 새끼들과 함께 있었다. 새끼들에게 주둥이를 문지르며 다급하게 가르랑대는 소리가 차가운 밤공기를 뚫고 들려왔다. 암고양이는 몹시 슬픈 목소리로 말했다.

"사랑하는 내 새끼들! 엄마 옆으로 더 가까이 오렴. 우리 이제 오랫동안 못 만나잖니."

초조한 듯 고개를 빳빳이 들고 이리저리 서성거리는 썬더에게 스톰이 다가갔다. 폭스와 페탈, 프로스트는 리버리플 주위로 모여들었는데 바람 소리 때문에 무슨 얘길 하는지는 들리지 않았다. 그레이윙은 꼬리 여러 개 떨어진 곳에서 셰이디드모스, 터틀테일과 이야기를 나누는 중이었다. 모두들 다른 고양이들에게는 관심이 없어 보였다.

"우린 다 함께 이곳에 왔어."

클리어스카이는 혼잣말하듯 중얼거렸다.

"하지만 지금은 서로 먹이도 나눠 먹지 않아."

슬픔이 배를 움켜잡는 것 같았다.

"그게 누구 탓인데?"

플러터링버드가 으르렁거리며 말했다.

"오빠가 등을 돌렸잖아."

"그건 사실이 아니야!"

클리어스카이는 화가 나서 쏘아붙였다.

"난 항상 최선을 다했어! 내 무리를 돌보려고 애썼단 말이야."

"그럼 왜 지금 여기 혼자 서 있는데? 오빠를 돌봐 줄 고양이가 하나라도 있어?"

플러터링버드가 따지듯 물었다.

클리어스카이는 선뜻 대답하지 못하고 침만 꿀꺽 삼켰다. 갑자기 그레이윙이 너무 멀게 느껴졌다. 그들 사이에 있는 공터가 마치 끝없이 펼쳐진 깊고 깊은 골짜기 같았다. 썬더는 이 분지에 온 뒤로 아예 눈도 마주치려 하지 않았다. 클리어스카이는 다들 말은 안 하지만 그들이 여전히 전투에 대해, 그리고 원아이를 무리로 받아들여 모두에게 위협이 될 때까지 내버려둔 데 대해 자신을 비난하고 있다는 것을 알고 있었다. 한때는 그들 모두 자신 곁으로 다가오려고 했다. 하지만 자신이 그들을 멀리 밀어냈다는 걸 알고 있었다.

'지금은? 만약 내가 원하면 저들 중 누구라도 다시 내 곁으로 올까?'

클리어스카이는 플러터링버드를 노려보았다.

'얘는 나한테 상처를 주려고 온 걸까?'

"왜 나한테 그런 말을 하는 거야?"

"오빠는 가슴이 아닌 머리를 따랐어."

어린 누이동생이 꼬리를 휙 튕기며 말을 이었다.

"여기 있는 고양이들한테는 저마다 그들을 기다리는 집이 있어. 오빠도 마찬가지야. 그런데 그 집은 스스로 찾아야 해, 빨리 말이야."

"어떻게?"

'집이 어디에 있다는 거야? 그 집을 찾았다는 걸 어떻게 알 수 있지?'

"마음을 따라."

눈앞에서 플러터링버드가 흐릿해지기 시작했다. 클리어스카이는 몸이 굳었다.

'아직 안 돼!'

꿈이 사라지기 시작하면서 다른 고양이들 역시 흐릿해지고 투명해졌다. 머리 위 별들도 희미해지고 분지는 점점 안개에 휩싸였다.

"플러터링버드!"

클리어스카이는 누이동생을 똑바로 보려고 애썼다.

"우리 마음이 어디로 가야 하는 건데?"

'오빠를 돌봐 줄 고양이가 하나라도 있어?'

누이동생의 그 말이 머릿속에 메아리쳤다.

'내가 다시 한 번 형제들에게 다가가야 한다는 걸까?'

어쩌면 타오르는 별처럼 성장하고 퍼져 나갈 수 있는 유일한 방법은 모두가 힘을 합쳐 다시 한 번 부족이 되는 것밖에 없을지도 모른다.

어둠이 온몸을 휘감았고, 클리어스카이는 눈을 깜박거렸다.

어느새 다시 잠자리로 돌아와 있었다. 숲 고양이들이 진영으로 삼고 있는 달빛이 비치는 분지를 둘러보자, 마음이 차분해지면서 목덜미 털이 다시 가라앉았다.

'이제 알겠어!'

플러터링버드는 다른 고양이들과 멀어져 자신만의 영역을 표시하려고 애쓰던 것이 얼마나 어리석은 짓인지 말해 주려 한 것이다.

클리어스카이는 결심했다. 잠에서 완전히 깬 그는 일어나서 공터를 가로질러 걸어가, 진영을 가려 주는 가시덤불을 미끄러져 나가 숲속으로 뛰어들었다. 그리고 별빛에 털가죽을 물들인 채 하늘을 올려다보았다.

'이제 알겠어, 플러터링버드! 난 다른 고양이들과 다시 한 번 가까워져야 해. 우리가 강해질 수 있도록, 그래서 타오르는 별처럼 퍼져 나갈 수 있도록!'

1
클리어스카이의 결심

클리어스카이는 하품을 하며 앞발이 부들부들 떨릴 때까지 힘껏 기지개를 켰다. 그러고 나서 잠자리 밖을 내다보았다. 지금껏 추위를 잘 막아 주던 뿌리 아래로 차가운 바람이 스며들었다. 매서운 바람이 이빨로 깨무는 듯 아프게 귀를 때리자 클리어스카이는 눈을 가늘게 뜨고 공터를 내다보았다.

퀵워터가 추위를 막으려고 털을 잔뜩 부풀린 채 진영을 가로질러 걸어왔다. 암고양이의 입에는 말라비틀어진 생쥐 한 마리가 대롱대롱 매달려 있었다. 버치와 올더는 가지를 넓게 뻗은 키 작은 주목나무 밑에서 공터를 내다보고 있었다. 페탈은 이 아이들을 데려오고 나서 주목나무의 짙은 초록색 가지 밑에 잠자리를 만들었다. 어미 고양이는 이미 죽었고 아이들은 엄마의 냄새도 기억하지 못했다. 이제 페탈마저 잎 없는 계절이 오기 전에 숲을 휩쓴 병으로 목숨을 잃었다. 버치와 올더도 거의 죽을 뻔했지만 '타오르는 별'이 그들을 구했다.

'타오르는 별……'

클리어스카이는 깊은 슬픔을 느꼈다. 스타플라워가 그 꽃에 대해 조금만 더 빨리 알려 줬더라면 얼마나 좋았을까. 그 꽃은 숲을 휩쓴 병을 치료할 수 있는 유일한 약초였다. 그리고 그 꽃이 고양이들의 미래를 결정지었다. 클리어스카이가 일어나서 털을 힘껏 터는데 올더와 버치가 서둘러 달려가 퀵워터를 맞이했다.

"그거 우리가 먹을 거예요?"

버치가 희망에 부푼 눈빛으로 물었다.

누이인 올더는 퀵워터에게 고개 숙여 인사했다.

"어디서 잡았는지 알려 주면 우리도 가서 직접 잡을 수 있어요."

어린 고양이들은 이제 거의 다 자라서 몸이 유연하고 날렵했다. 그리고 늘 사냥하러 나가고 싶어 안달했다. 클리어스카이는 새끼 고양이들이 잘 자라 줘서 뿌듯했고, 페탈의 주장으로 무리에 받아들이길 잘했다고 생각했다.

"다람쥐 대가리처럼 굴지 마."

퀵워터가 새끼 고양이들 발치에 생쥐를 내려놓으며 말했다.

"지금은 이걸 나눠 먹고 나중에 같이 사냥하러 가자."

올더와 버치는 암고양이에게 눈을 깜박거리며 고마움을 전했다.

퀵워터 옆에 웅크리고 앉아 비쩍 마른 먹이를 번갈아 한 입씩 뜯어 먹는 새끼 고양이들을 보면서, 클리어스카이는 걱정을 떨칠 수가 없었다. 먹이가 너무 부족했다. 그 무서운 병 때문에 먹잇감이 많이 죽었고, 아무리 잎 없는 계절이라 해도 숲은 기분 나쁠 정도로 너무 고요했다.

몸을 부르르 떨어 오싹한 기분을 털어 내고 잠자리에서 뛰쳐나갔다. 지난밤, 새벽이 올 때까지 숲을 돌아다니다가 추위에 지쳐서 잠자리로 돌아왔다. 꿈에 대한 기억은 잠 속까지 쫓아왔다. 플러터링버드는 고양이들이 서로 뭉치기를 바랐다. 타오르는 별처럼, 꽃의 심장인 꽃술을 중심으로 꽃잎이 모이는 것처럼 고양이들이 서로 모이기를 바라는 것이다. 클리어스카이는 그런 뜻이 분명하다고 확신했다. 이 깊은 숲까지 추위가 몰아닥칠 정도라면 황무지는 더 춥고 힘들 것이다. 먹잇감이 이렇게 부족한 상황에서 계속 분지에 머문다면, 얼어 죽거나 아니면 굶어 죽을 게 뻔했다. 하지만 나무에 둘러싸여 추위를 피할 수 있는 숲에 살면서 함께 사냥한다면, 그들은 모두 안전하게 살아남을 것이다. 플러터링버드가 원하는 건 바로 그거였다.

이 사실을 그들에게 말해 줘야 했다.

'어쩌면 이미 알고 있지 않을까?'

클리어스카이는 영혼 고양이들이 다른 고양이들에게 무슨 말을 했는지 그제야 궁금해졌다. 그러자 마음속에서 희망이 깜빡이는 느낌이 들었다. 어쩌면 다른 고양이들도 하나가 될 준비를 하고 있을지도 모른다.

클리어스카이는 나무뿌리 아래에서 미끄러져 나왔다. 울퉁불퉁한 뿌리껍질이 등줄기를 시원하게 긁어 주었다.

얼어붙은 땅 위를 걸어가다가, 핑크아이스가 가지를 쭉 뻗은 호랑가시나무 밑에 웅크리고 앉아 눈을 가늘게 뜬 채 바람을 피하고 있는 걸 발견했다. 고운 눈가루가 소용돌이치다가 털가죽에 달라붙자 늙은 수고양이는 짜증스럽게 꼬리를 씰룩거리며 발을 몸 아래로 더 바짝 끌어당겼다.

클리어스카이는 수고양이를 보며 고개를 끄덕였다.

"블로섬은 어디 갔어요?"

원아이와의 전투가 끝나고 얼마 지나지 않아 달이 하늘에 난 발톱 자국처럼 작아졌을 때, 이 나이 든 수고양이는 삼색얼룩 무늬가 있는 하얀 암고양이와 함께 무리에 들어왔다.

"아직 자고 있어."

핑크아이스가 호랑가시나무 덤불 쪽으로 주둥이를 홱 움직이며 대답했다. 덤불 아래 그림자 속에서 블로섬의 털가죽이 보였다. 깨어 있을 때 이 어린 암고양이는 쾌활하고 기운이 넘쳐서 가만히 있지를 못했다.

클리어스카이가 이들을 처음 만났을 때, 블로섬은 땅바닥으로 팔락팔락 떨어지는 낙엽을 잡으려고 팔짝팔짝 뛰고 있었고, 핑크아이스는 꼬리 서너 개 길이 정도 떨어진 곳에서 하얗고 가는 꼬리를 죽은 생쥐 두 마리 위에 얌전히 올리고 앉아 있었다. 클리어스카이가 다가가서 경계 근처에 얼씬거리지 말라는 말을 꺼내기도 전에 핑크아이스가 먼저 물었다.

"우리도 네 무리에 들어가도 될까?"

예전 같았으면 이 떠돌이 둘을 당장 경계에서 쫓아냈을 것이다. 특히 핑크아이스는 나무 위에 있는 새도 못 볼 정도로 눈이 안 좋았다. 하지만 이 고양이들은 냄새 표시를 넘어오지도 않았고 털을 곤두세우지도 않았다. 그리고 이제 클리어스카이는 적보다는 친구를 만드는 게 더 낫다는 것을 경험으로 배웠다. 그래서 두 떠돌이는 무리에 들어왔고, 클리어스카이는 오래지 않아 이둘을 받아들이길 잘했다고 생각하게 되었다. 핑크아이스는 눈이 나쁜 대신 다른 감각들이 예리했다. 이 하얀 수고양이는 옆 공터에 있는 생쥐 소리도 들을 수 있었고, 달래 덤불 사이에 있는 토

27

끼 냄새도 맡을 수 있었다.

올더가 회색과 흰색이 섞인 얼룩덜룩한 등줄기에 작은 눈송이가 떨어지자 간지러운 듯 먹이에서 고개를 들었다. 그러더니 혀로 입가를 핥으며 핑크아이스의 움찔대는 꼬리로 시선을 돌렸다. 클리어스카이가 어린 암고양이의 눈이 장난기로 반짝이고 있다는 걸 알아챈 순간, 올더가 핑크아이스에게 달려들어 꼬리를 꽉 잡고 등을 바닥에 대고 데구루루 굴렀다. 그러고는 가르랑거리며 뒷다리로 장난스럽게 꼬리를 꾹꾹 밟았다.

"야!"

핑크아이스가 화난 눈으로 어린 암고양이를 쏘아보았다.

"네 꼬리나 가지고 놀아!"

"왜요?"

올더는 누워서 네발을 번쩍 들어 올린 채 천진난만하게 눈을 깜박거렸다.

"그건 개나 하는 짓이잖아요! 전 개가 아니거든요."

핑크아이스가 어린 암고양이를 노려보았다.

"내 꼬리는 먹잇감이 아니거든!"

버치가 누이 옆으로 걸어갔다. 흐린 아침 햇빛에 황갈색 털가죽이 밝게 빛났다.

"먹잇감도 이렇게 쉽게 잡히면 좋겠네."

버치가 느긋하게 말했다.

나이 든 수고양이는 콧방귀를 뀌고 성큼성큼 걸어갔다. 그러고는 떡갈나무 뿌리가 바람을 막아 주는 곳으로 들어가 앉아 버치와 올더를 노려보았다.

진영 반대편 끄트머리에 있는 가시덤불이 요란하게 흔들리더니 네틀이 한쪽 틈으로 걸어 나왔다. 숱 많은 회색 털가죽이 축축하게 젖어 있었다. 뒤이어 에이콘퍼가 너덜너덜해진 찌르레기 한 마리를 입에 물고 덤불 밖으로 나왔다. 그리고 이들을 뒤따라 리프가 비쩍 마른 다람쥐를 물고 나타났다.

"먹이가 이렇게 없는 건 처음 봤어요."

네틀이 진영 동료들 옆을 지나 클리어스카이 앞에 멈춰 섰다.

"새잎 돋는 계절까지 버틸 수 있을지 모르겠어요."

걱정이 벌레처럼 클리어스카이의 뱃속에서 꿈틀거렸다. 올더와 버치는 에이콘퍼가 잡아 온 찌르레기를 굶주린 눈으로 바라보았다. 퀵워터가 잡아 온 생쥐로는 배가 차지 않은 게 분명했다.

'이러다 굶어 죽겠어!'

클리어스카이는 나무 사이를 힐끗 살폈다. 황무지에는 먹이가 더 있지 않을까? 문득 자신이 그토록 치열하게 싸워서 만든 경계가 오히려 자신을 가두는 덫이 되었다는 느낌이 들었다.

'우리는 각자 가진 걸 지킬 게 아니라 나눠야 해.'

플러터링버드도 그 말을 하고 싶었던 게 분명했다.

"그레이윙의 진영에 다녀올게."

클리어스카이는 네틀에게 말했다.

네틀의 귀가 씰룩거렸다.

"왜요?"

클리어스카이는 발을 꼼지락거렸다. 네틀은 경계를 지키기 위해 함께 싸운 고양이였다.

'만약 내가 갑자기 생각을 바꿔서, 모두가 사냥터를 공유하며

하나의 무리로 살아야 한다고 말하면 네틀이 뭐라고 할까?'

영혼 고양이들이 그걸 바란다는 걸 알고 나면 네틀도 이해할 것이다. 하지만 지금은 자세히 설명하고 있을 시간이 없었다.

"재기드피크의 새끼들을 보고 와야겠어."

이 말은 사실이었다. 클리어스카이는 아직 동생의 새끼들을 만나지 못했다.

"날씨가 안 좋아지고 있어요."

네틀이 나무 꼭대기로 누렇게 모여드는 짙은 구름을 힐끗 쳐다보며 말했다.

"날이 저물기 전에 눈이 쏟아질 거예요. 거기다 바람까지 거세지면……."

클리어스카이는 그 말을 끊고 끼어들었다.

"난 산에서 왔잖아, 잊었어? 그런 눈 정도는 익숙하다고."

네틀은 어깨를 으쓱했다.

"알아서 하겠지만요."

블로섬이 호랑가시나무 덤불 밑에서 빠져나오자 클리어스카이는 공터 건너편을 힐끗 쳐다보았다.

"먹이 냄새가 나는 것 같은데, 맞아?"

어린 고양이가 밝게 물으며 에이콘퍼를 향해 눈을 돌렸다.

에이콘퍼는 찌르레기를 내려놓았다.

"많진 않지만 나눠 먹을 만큼은 돼."

리프도 다람쥐를 땅바닥에 내려놓았다.

"이걸로 당분간은 버틸 수 있을 거야."

목소리는 밝았지만 클리어스카이는 리프의 눈빛이 걱정으로

30

어두워지는 것을 보았다. 조금이라도 빨리 다른 고양이들을 찾아가 힘을 합치자고 설득해야 했다.

클리어스카이는 가시덤불 틈새로 향하며 어깨 너머로 소리쳤다.

"핑크아이스한테도 먹을 걸 가져다줘. 배가 고프면 성질이 고약해지니까."

장난스러운 눈빛으로 흰색 고양이를 바라보았지만, 핑크아이스는 못 들은 척 앞만 빤히 바라보고 있었다. 클리어스카이는 귀가 밝은 수고양이가 못 들었을 리 없다는 걸 잘 알고 있었다. 털가죽 밑에서 흰색 수고양이를 향한 애정이 솟구쳤다.

'자존심 센 늙은이 같으니!'

핑크아이스가 웅크리고 있는 나무뿌리 위로 블로섬이 팔짝 뛰어올랐다.

"찌르레기나 다람쥐 같이 나눠 먹을래요?"

"다람쥐 한 조각쯤은 괜찮겠지."

늙은 수고양이가 썩 내키지 않는다는 투로 말했다.

클리어스카이는 가르랑거리며 가시덤불 굴길을 빠져나갔다.

진영 밖으로 나오니 바람이 더 거세게 불었다. 머리 위 나뭇가지들이 바람에 마구 흔들렸다. 입을 열어 공기를 맛보자 산에서 나던 돌 냄새가 강하게 풍겼다. 네틀의 말이 옳았다. 폭설이 내리기 직전이었다. 클리어스카이는 서둘러 나무 사이로 달려갔다. 황무지 고양이들이 사는 분지에 되도록 빨리 도착해야 했다.

언덕을 달려 내려가다가, 쓰러진 나무를 뛰어넘어 그 뒤로 이어지는 비탈을 올랐다. 잎이 다 떨어진 가시나무들이 구불구불 이어진 길은 한 걸음 한 걸음 내디딜 때마다 땅을 잘 살펴야 했다. 고사리는 오래전에 다 시들어 버렸지만, 공기 중에 남은 퀴퀴한 고사리 줄기 냄새가 초록잎 우거진 계절엔 이곳이 푸르게 우거진 곳이었다는 사실을 일깨워 주었다. 비탈 꼭대기에는 뻣뻣한 고사리가 잔뜩 모여 있었다. 클리어스카이는 햇빛을 피하려고 눈을 가늘게 뜨고, 고사리 덤불을 뚫고 숲 가장자리로 향했다. 나무 숲에서 빠져나와 머리 위로 탁 트인 하늘이 펼쳐지자, 본능적으로 몸을 숙였다.

얼음처럼 차가운 바람이 수염 사이로 흘러 들어왔다. 클리어스카이는 귀를 머리에 납작 붙이고 이쪽저쪽을 힐끔거리며, 위험을 감지하기 위해 공기를 맛보았다. 풀에 개 냄새가 묻어 있었지만 오래된 것이었기 때문에 마음 놓고 숲 가장자리를 이루는 시든 고사리 덤불을 가로질러 거친 풀 사이로 비집고 들어갔다.

황량한 황무지에 홀로 서 있는 자라다 만 가시나무가 나타나자 클리어스카이는 걸음을 멈췄다. 그 나무 밑에 피에 굶주린 떠돌이 원아이를 묻은 무덤을 표시하는 흙더미가 쌓여 있었다. 황무지와 숲 그리고 강에서 온 고양이들이 힘을 합쳐 원아이를 물리쳤다. 눈이 흙 위에 떨어져 얼룩을 드리우고, 머리 위 나뭇가지에서는 개똥지빠귀가 노래했다.

'참된 빛이었던 아버지라니.'

원아이를 묻을 때 스타플라워가 한 말이 떠오르자 목구멍으로 쓰디쓴 물이 올라왔다.

'어떻게 그토록 착각에 빠질 수 있지?'

아무리 원아이가 아버지라고 해도, 스타플라워도 분명 잔인한 모습에 충격을 받았을 텐데 말이다.

'그리고 어떻게 원아이를 위해서 썬더를 배신할 수 있지?'

클리어스카이는 콧방귀를 뀌었다. 그 못된 암고양이가 자신의 아들을 속였다는 게 아직도 믿기지 않았다.

바람이 더 거세지면서 헤더가 머리 위에서 이리저리 흔들렸다. 클리어스카이는 바람을 피해 갈색 덤불 사이로 몸을 숙이며 서둘러 가다가, 헤더 줄기 사이에 난 토끼 길을 발견했다. 요리조리 구불구불 나 있는 그 길 덕분에 바람을 피하며 갈 수 있었다.

무성하던 헤더 밭은 어느새 매끈한 풀이 덮인 비탈로 변했다. 다시 주위가 탁 트인 곳으로 나오자 황무지 고양이들의 진영이 있는 언덕 옆 움푹 파인 분지가 눈에 띄었다. 클리어스카이는 걸음을 재촉했다. 이제 눈송이가 점점 굵어지며 쉬지 않고 내렸다.

눈가에 뭔가가 움직이는 것이 얼핏 보였다. 앞쪽 풀밭에서 작은 털 뭉치가 홱 지나가자 클리어스카이는 걸음을 멈췄다.

'먹이다.'

작은 토끼가 헤더 밭을 향해 팔짝팔짝 뛰어가고 있었다. 클리어스카이는 얼른 몸을 웅크리고 귀를 쫑긋 세웠다. 따뜻한 토끼 냄새가 코로 흘러들자 흥분이 밀려왔다. 클리어스카이는 꼬리를 씰룩거리고 엉덩이를 흔들며 덮칠 준비를 했다.

별안간 토끼가 걸음을 멈추고 귀를 쫑긋 세우더니 주위를 살폈다. 클리어스카이는 그대로 얼어붙었다.

토끼가 눈을 깜박이고는 헤더 밭을 향해 달리기 시작했다.

'지금이다!'

클리어스카이도 앞으로 내달렸다. 얼어붙은 땅바닥에서 발소리가 탕탕 울렸다.

토끼는 달아났지만, 녀석이 지나간 자리에 겁먹은 냄새가 남았다. 클리어스카이는 거리를 점점 좁혔다. 오로지 앞만 보며 서리가 내린 풀밭을 더 힘차게 박차고 달렸다.

그리고 펄쩍 뛰어올랐다. 쭉 뻗은 두 앞발이 먹잇감을 정확히 덮쳤다. 밑에 깔린 토끼가 몸부림을 쳤다. 뜻밖에도 녀석은 힘이 셌다. 클리어스카이는 서둘러 발톱을 박아 넣으며 이빨로 목을 깊이 물었다. 척추가 깔끔하게 부러지면서 토끼는 축 늘어졌다.

피 냄새가 혀를 휘감자 입에 침이 고였다. 클리어스카이는 일어나 앉아 입가를 혀로 핥았다.

'이건 여기 숨겨 뒀다가 돌아가는 길에 우리 무리에 가져다줘야 할까?'

앞에 있는 분지를 힐끗 살폈다. 먹이는 황무지 고양이들에게 더 필요할지도 모른다. 그리고 처음으로 새끼를 낳은 홀리와 재기드피크에게 아마도 좋은 선물이 될 것이다.

클리어스카이는 죽은 토끼의 목덜미를 물고 비탈을 올라갔다.

황무지 고양이들의 진영에 가까워지자 주위를 둘러싸고 있는 가시금작화 덤불 꼭대기를 살폈다.

'톨새도는 어디 갔지?'

평소대로라면 늘 앉아 있는 바위에서 경계하는 눈으로 황무지를 둘러보고 있을 암고양이가 보이지 않았다. 진영 입구에 다다르자 걸음을 늦췄다. 보초를 서는 고양이도 없었다. 클리어스카이는 귀를 쫑긋 세웠다. 날씨 때문에 모두 굴길 속에 숨은 걸까?

"눈이 그치기를 기다렸다가 사냥 순찰대를 내보내는 게 좋겠어요."

진영 벽 너머로 썬더의 목소리가 들렸다. 클리어스카이는 마음이 뿌듯해졌다. 아들은 이제 멋진 수고양이로 성장했다.

"눈이 며칠 동안 계속 내리면 어떻게 하지?"

그레이윙의 목소리였다.

"그건 그때 가서 생각하면 되죠."

클리어스카이는 코로 가시금작화 틈새를 비집고 들어갔다.

그레이윙이 놀라서 동그래진 눈으로 뒤를 돌아보았다.

"클리어스카이? 여긴 무슨 일이야?"

클리어스카이는 잡은 먹이를 내려놓았다.

"재기드피크의 새끼들을 보러 왔어."

진영을 둘러보다가 분지 반대편 풀밭 위에서 뒹구는 새끼 고양이 셋을 발견하자, 목에서 가르랑거리는 소리가 흘러나왔다.

썬더는 아버지의 눈길을 따라가지 않았다. 대신 클리어스카이의 앞에 놓인 토끼를 가만히 노려보았다.

"그거 우리 땅에서 잡은 거예요?"

썬더의 호박색 눈이 가늘어졌다.

클리어스카이는 아들을 보며 눈을 깜박였다. 둘은 겨우 서너 달 전부터 조금 가까워지기 시작했다. 그런데 지금은 그 어느 때보다 아들이 멀게 느껴졌다.

"그게…… 재기드피크와 홀리에게 선물하려고 가져왔어."

새끼 고양이 중 하나가 흥분한 목소리로 외쳤다.

"내가 제일 빨라!"

조그마한 갈색 수고양이가 붙잡으려는 형제들을 뿌리치고 분지 가장자리의 풀밭에서 지켜보고 있는 재기드피크를 향해 달려갔다.

"아니거든!"

얼룩무늬 새끼 암고양이가 그 뒤를 쫓아갔다. 홀리처럼 얼룩덜룩한 반점 무늬가 있는 고양이였다. 코끝과 꼬리 끝은 마치 눈 속에 파묻혔다 나온 것처럼 하얬다.

"나도 같이 가!"

세 번째 고양이가 맨 뒤에서 달려갔다. 숱 많은 회색 털가죽과 유연한 몸이 꼭 뒷다리를 다치기 전의 재기드피크 같았다.

"이글페더!"

홀리가 긴 풀 사이에 숨겨진 거처에서 걸어 나오자 갈색 새끼 수고양이가 엄마 품으로 뛰어들었다. 홀리는 새끼 수고양이의 목덜미를 물어 뒤에 있는 풀밭에 떨어뜨렸다.

"스톰펠트! 듀노즈! 잠자리로 돌아가, 너희 모두! 밖은 지금 너무 춥단 말이야."

재기드피크가 느긋하게 꼬리를 흔들었다.

"계속 뛰어놀면 몸이 따뜻해질 거야."

"놀게 내버려둬!"

섀터드아이스가 공터 너머에서 소리쳤다.

"그래야 강해지지."

회색과 흰색이 섞인 수고양이는 야위어 보였다.

머드포스와 라이트닝테일은 꼬리 하나 정도 떨어진 곳에 앉아 비쩍 마른 생쥐를 나눠 먹고 있었다. 둘 다 털 밑으로 뼈가 앙상하게 튀어나와 있었다.

머드포스가 먹이를 씹으며 고개를 들었다.

"걔들 꼬리 끝을 잘 살펴봐. 꼬리 끝이 얼었다면 그만 놀아야할 때란 뜻이니까."

머드포스가 충고했다.

"그냥 놀게 해 주세요!"

스패로퍼가 진영 끝에 있는 둥글게 휘어진 가시금작화 밑에서 걸어 나오며 말했다. 어린 암고양이는 몸이 자라긴 했지만 비쩍 마르고 털가죽도 윤기 없이 칙칙해 보였다.

"눈보라가 몰아치면 앞으로 며칠 동안은 못 놀잖아요."

그레이윙은 발로 땅바닥을 꾹꾹 눌렀다.

"당장 사냥 순찰대를 내보내야 해."

"그랬다가는 폭풍에 휩쓸릴 수도 있어요."

썬더가 반대했다.

"그리고 아버지가 이 토끼를 가져왔잖아요."

썬더는 넓적한 앞발로 토끼를 쿡 찔렀다.

"이 정도면 새끼 고양이들은 굶지 않아도 돼요."

클리어스카이는 눈을 깜박거렸다.

"쟤들이 벌써 먹이를 먹어?"

"지지난번 초승달이 뜰 때 태어났잖아."

그레이윙이 일깨워 주었다.

'벌써 그렇게 됐다고?'

지난밤 꿈에서 스톰이 한 말이 다시 생각났다.

"우린 기다리는 데 지쳤어."

그들은 타오르는 별처럼 성장하고 퍼져 나가겠다고 약속했다. 클리어스카이는 그레이윙과 눈을 마주쳤다.

"우리가 지난밤 본 것에 대해 이야기 좀 나눠야겠어."

말을 마치고 공터를 쓱 훑어보았다.

"톨새도는 어디 있어?"

"발에 난 상처를 치료받으려고 페블하트한테 갔어요."

썬더가 삐죽 튀어나온 가시금작화 덤불을 향해 고개를 끄덕이며 말했다.

"클라우드스파츠의 거처에서요."

"괜찮다면 제가 데려올게요."

클리어스카이의 뒤에서 목소리가 들렸다.

돌아보니 아울아이스가 서 있었다. 어린 수고양이는 그새 어깨가 제법 넓어졌고, 이마도 그레이윙만큼 넓었다.

"너 많이 컸구나!"

클리어스카이는 감탄하며 말했다.

"페블하트도 많이 컸어요."

아울아이스는 성큼성큼 걸어가 가시금작화 덤불에 대고 소리쳤다.

"톨새도, 클리어스카이가 왔어요."

"나도 알아."

검은 암고양이의 익숙한 목소리가 그림자 속에서 들려왔다.

"냄새가 났어."

덤불이 부스스 떨리면서 톨새도가 조용히 빠져나왔다.

페블하트도 그 뒤를 따라 나왔다.

"내일 새 찜질약을 발라 줄게요."

페블하트가 말했다.

"고마워."

톨섀도는 클리어스카이 옆에 멈춰 섰다.

"왜 왔어?"

톨섀도가 물었지만, 클리어스카이는 그 말을 거의 듣지 못한 채 눈 덮인 공터 너머를 빤히 바라보고 있었다. 공터 가장자리에서 재기드피크가 주둥이로 이글페더를 쓰다듬고 있었다. 페블하트는 아울아이스를 따라 풀밭을 가로질러 갔다.

스패로퍼가 가시금작화 밑에서 한배 형제들을 큰 소리로 불렀다.

"여기 와서 눈을 피해!"

그 모습을 지켜보던 그레이윙의 눈이 자랑스럽게 빛났다.

"쟤는 제 엄마를 정말 많이 닮았어."

그레이윙은 가르랑거리며 말을 이었다.

"그리고 재기드피크는 아빠 노릇을 정말 훌륭히 해내고 있어."

클리어스카이는 미안한 마음이 들어 썬더를 힐끗 쳐다보았다.

'썬더는 자신을 쫓아낸 아버지를 진심으로 용서할 수 있을까?'

클리어스카이는 재기드피크에게로 다시 눈길을 돌렸다. 동생은 어린 아들이 등으로 기어오를 수 있도록 몸을 낮게 숙이고 있었다.

'재기드피크는 나보다 훨씬 더 좋은 아버지야.'

추위가 털 속으로 파고들자 클리어스카이는 발을 꼼지락거렸다.

'그리고 난 내 새끼도 내팽개쳤는데, 그레이윙은 다른 고양이의 새끼를 잘 길러 냈어.'

"응?"

톨새도의 날 선 목소리에 클리어스카이는 혼자만의 생각에서 빠져나왔다.

"왜 왔느냐고 묻고 있잖아!"

클리어스카이는 암고양이의 눈을 마주 보았다.

"간밤에 꿈에서 너희를 봤어."

"우리도 널 봤어."

톨새도가 고개를 갸웃하며 말했다.

클리어스카이는 몸을 앞으로 숙였다. 심장이 빨리 뛰었다.

"영혼 고양이들이 너희한테는 무슨 말을 했어?"

"생각 그만하고 행동하래. 우리가 너무 오래 미적거렸대."

톨새도가 대답했다.

"나한테도 그렇게 말했어!"

클리어스카이는 흥분해서 몸이 부들부들 떨렸다.

"그들은 우리가 합치길 바라는 거야."

"합치다니?"

톨새도가 눈을 휘둥그레 뜨고 클리어스카이를 바라보았다.

"제대로 들은 거 맞아요?"

썬더가 호기심 어린 눈으로 고개를 기울이며 물었다.

"그들은 우리한테 퍼져 나가라고 했어."

그레이윙이 쏘아붙였다.

클리어스카이는 답답해서 속이 뒤틀렸다.

'이들은 영혼 고양이들이 한 말을 잘못 이해하고 있어.'

"우리는 하나가 돼야 더 강해질 수 있어. 먹이도 부족하고 힘든 날씨를 앞둔 지금은 특히 더 그럴 거야."

클리어스카이는 점점 굵어지는 눈발을 향해 고개를 들었다.

"우리가 힘을 합치면 성장하고 퍼져 나갈 수 있는 가능성이 더 커질 거야."

그레이윙이 눈을 가늘게 떴다.

"하지만 지난번 꿈을 꾼 뒤에 내가 뭐라고 했는지 기억 안 나? 타오르는 별은 꽃잎이 다섯 개야. 그러니까 난 우리가 다섯 개의 무리로 나뉘어야 한다고 생각했어."

"우린 그 말에 동의하지 않았고."

클리어스카이는 형제에게 다시 한 번 일깨워 주었다.

"그건 그냥 네 생각일 뿐이야, 그레이윙. 영혼 고양이들은 우리가 하나로 뭉치길 바라는 게 틀림없어!"

톨섀도의 귀가 씰룩거렸다.

"아주 좋아, 너희 둘이 또다시 싸우기 시작하는구나."

암고양이는 으르렁거리며 말을 이었다.

"때가 되면 난 이 무리를 떠날 거야. 그래서 소나무 숲에서 나만의 무리를 만들고 싶어."

클리어스카이는 깜짝 놀라서 암고양이를 바라보았다.

"말도 안 돼!"

머릿속이 복잡해졌다.

'얘들이 지금 무슨 소리를 하는 거야? 이건 플러터링버드가 바라는 것과 정반대잖아!'

"떠나고 싶어 하는 건 톨섀도만이 아니야."

그레이윙이 작은 소리로 중얼거렸다.

클리어스카이는 고개를 휙 돌려 형제를 바라보았다.

"그게 무슨 뜻이야?"

그레이윙이 눈길을 떨궜다.

"지난번 꿈을 꾼 뒤로 우리끼리 서로 이야기를 나눴는데, 모두가 이곳 황무지에서 살고 싶어 하는 건 아니었어."

"그럼 내 숲으로 오면 되겠네."

클리어스카이는 딱 잘라 말했다.

'얘들은 왜 일을 복잡하게 만들려고 하지?'

"숲에 가면 바람과 궂은 날씨도 피할 수 있어. 고양이가 많을수록 먹이도 더 많이 사냥할 수 있을 거야."

썬더의 얼굴이 일그러졌다.

"이해가 안 돼요. 아버지는 얼마 전까지만 해도 우리를 숲에 얼씬도 못 하게 했잖아요."

"그래, 예전엔 내 경계를 지키려고만 했어."

클리어스카이는 아들의 눈을 마주 보며 인정했다.

"하지만 난 변했다. 플러터링버드와 이야기를 하고 나서 깨달았어, 내가……."

그레이윙이 귀를 쫑긋 세웠다.

"플러터링버드를 만났어?"

그레이윙의 눈이 반짝반짝 빛났다.

"어때 보였어?"

"잘 지내고 있어."

어린 누이동생의 매끈한 털을 떠올리자 클리어스카이는 마음이 따뜻해졌다.

"살아 있을 때보다 훨씬 좋아 보였어."

"걔가 뭐라고 했는데?"

톨섀도가 느릿느릿 물었다.

"우리 각자가 마음을 따라야 한다고 말했어."

"그건 우리가 각자의 집을 찾아가야 한다는 뜻이네."

톨섀도가 결론을 내리듯 말했다.

"아니야!"

클리어스카이는 짜증이 나서 발톱을 쫙 폈다.

"영혼 고양이들이 왜 지금 와서 우리한테 흩어지라고 말하겠어? 그렇게 되면 우리는 위험해질 거야. 특히 그 무서운 병 때문에 먹잇감이 이렇게 많이 죽은 지금은 더 위험하다고. 우리는 하나로 합쳐야 해! 예전처럼 말이야. 우린 계속 그렇게 살았어야 했어."

클리어스카이는 털가죽이 점점 후끈해졌다. 하지만 그레이윙과 썬더는 실눈을 뜨고 그저 빤히 바라보고 있었다.

'얘들은 아직도 나를 안 믿는 걸까?'

"부탁이니까 나랑 같이 숲에 가자."

클리어스카이는 공터를 휩쓴 눈에 반쯤 파묻힌 다른 고양이들을 향해 꼬리를 홱 튕겼다.

"모두가 같이 가야 해. 거기선 눈을 피할 수 있어."

"그건 안 돼요, 아버지."

썬더가 으르렁거리는 소리가 클리어스카이의 심장을 파고들었다.

"그렇게 많은 일을 겪고 난 지금은 절대 예전으로 돌아갈 수 없어요."

썬더의 호박색 눈이 매서워졌다.

"아버지가 만든 경계 때문에 많은 고양이가 죽었어요. 그런데 아버지가 이제 와서 마치 그런 죽음이 없었다는 것처럼 행동하면 안 되죠."

"그럼 영혼 고양이들의 말은 어떻게 할 거야?"

클리어스카이는 목소리도 제대로 나오지 않았다.

'이들이 내 계획을 거부하고 있어.'

그레이윙이 클리어스카이와 눈을 맞췄다.

"그들은 우리한테 성장하고 퍼져 나가라고 했고, 우리는 그렇게 해야 해."

"그만 집으로 돌아가세요."

썬더가 진영 입구로 코를 홱 돌리며 말했다.

"아버지와 같이 숲으로 갈 고양이는 아무도 없어요. 부하로 삼을 고양이가 더 필요하면 새로운 떠돌이를 받아들이면 되잖아요."

클리어스카이는 침을 꿀꺽 삼켰다.

'대체 썬더가 왜 이렇게 됐지? 정말로 내가 부하를 더 거느리고 싶어서 이런다고 생각하나? 내가 이 모든 일로부터 아무것도 배우지 못했다고 생각하는 걸까?'

톨섀도가 걱정스러운 눈으로 바람 부는 공터를 바라보았다. 눈송이가 암고양이의 얼굴로 날아왔다.

"일단 폭풍이 지나가길 기다려야 할 것 같아. 곧 닥칠 거야."

클리어스카이는 고개를 저었다. 더 이상 여기 머물고 싶지 않았다.

"그냥 갈게."

클리어스카이는 으르렁거리듯 말하고, 고개를 푹 숙인 채 입구를 향해 걸어갔다. 하나로 힘을 합치기 위해 이곳에 왔는데 그러지 못했다. 이들과 이렇게까지 멀게 느껴진 건 처음이었다.

'이런 상황을 플러터링버드에게 어떻게 설명하지?'

누이동생을 실망시켰다는 생각이 들었다. 클리어스카이는 바위처럼 무거운 발걸음으로 가시금작화를 비집고 나갔다. 황무지 고양이들을 설득할 방법이 분명히 있을 것이다.

귀를 머리에 납작 붙이고 가시금작화 덤불 밖 탁 트인 풀밭으로 걸어 나갔다. 바람이 거세지고 눈발도 제법 굵어졌다. 털 속으로 헤집고 들어오는 바람은 마치 발톱이 뚫고 들어오는 것처럼 따가웠다. 클리어스카이는 몸을 웅크린 채 서둘러 헤더 밭으로 향했다.

'내가 꼭 저들을 설득할게, 플러터링버드.'

날아오는 눈이 얼굴을 아프게 때렸다.

'저들이 자신들의 마음을 따르게 만들 거라고 약속해. 우리는 곧 하나가 될 거야.'

2
서로 다른 생각들

썬더는 가시금작화 덤불 속으로 사라지는 아버지를 지켜보았다. 죄책감이 가슴을 움켜잡았다.

'내가 너무 심하게 말했나?'

질문을 던지는 얼굴로 그레이윙을 힐끗 쳐다보았다.

"아버지가 숲까지 안전하게 가는지 확인해 보는 게 좋을까요?"

그레이윙은 아무 대답도 하지 않았다. 그저 생각에 잠긴 얼굴로 휘몰아치는 눈보라를 가만히 바라보고 있었다.

톨섀도가 앞으로 몸을 숙이고 작은 목소리로 말했다.

"가 봐."

썬더는 톨섀도를 향해 눈을 깜박여 감사의 뜻을 전하고, 아버지가 비집고 들어간 가시금작화 덤불로 향했다. 덤불을 헤치고 황무지로 빠져나간 썬더는 눈앞을 가로막으며 휘몰아치는 눈발을 피해 눈을 가늘게 떴다. 아버지를 찾으려고 눈에 힘을 주고 살피다가, 저 앞에서 움직이는 시커먼 형체를 발견하자 마음이 놓였다. 썬더는 몸을 낮게 숙이고 아버지를 뒤쫓아 달려갔다.

"아버지!"

바람이 목소리를 날려 버렸다. 썬더는 두껍게 쌓인 눈을 발톱으로 찍으며 더 힘차게 걸어갔다. 클리어스카이의 모습이 헤더 밭 속으로 사라졌다.

썬더는 몸을 숙이고 토끼 길을 따라 아버지를 뒤쫓아 갔다. 마침내 저 앞에 아버지의 꼬리가 보였다.

"아버지!"

바람을 막아 주는 헤더 굴길 안에서 목소리가 크게 울렸다.

"뭐야?"

클리어스카이가 걸음을 멈추고 경계하는 눈빛으로 돌아보았다.

썬더는 주춤거리며 멈춰 섰다. 공기가 너무 차가워서 허파가 타는 것처럼 아팠다.

"아버지가 집까지 무사히 가시는지 확인하려고 왔어요."

썬더는 숨을 헐떡이며 말했다.

"그것뿐이야?"

클리어스카이는 다시 걷기 시작했다.

썬더는 미안한 마음을 꿀꺽 삼켰다.

"황무지는 아버지보다 제가 더 잘 알잖아요. 이런 눈보라 속에선 길을 잃기 쉬워요."

썬더는 단호하게 말했다.

클리어스카이는 말없이 꼬리만 홱 휘둘렀다.

썬더는 아버지의 뒤를 따라갔다.

"아까는 그렇게 말해서 죄송해요."

클리어스카이는 대답하지 않았다.

썬더는 배가 단단히 뭉치는 것 같았다.

'왜 미안한 마음이 들지? 애초에 경계를 만든 건 아버지잖아. 그래 놓고 이제 와서 자기 마음대로 경계를 없애겠다고 하는 거라고.'

썬더는 귀를 머리에 납작 붙인 채 클리어스카이를 뒤따라갔다.

길이 덤불과 덤불 사이에 있는 자그마한 공터로 이어지는 곳에서 클리어스카이가 걸음을 멈췄다. 헤더 위로 바람이 거세게 불었다. 아버지가 돌아서서 마주 보자 썬더는 털가죽이 따끔거렸다.

"나는 부하를 더 거느리고 싶은 생각 없다."

클리어스카이의 파란 눈이 슬픔으로 빛났다.

썬더는 땅바닥을 힐끗 내려다보며 작은 소리로 중얼거렸다.

"그런 생각을 하던 때도 있었잖아요."

"이젠 아니야."

클리어스카이의 어깨가 축 처졌다.

"난 그저 우리가 다시 예전처럼 하나로 힘을 합치길 바랄 뿐이야. 플러터링버드도 그걸 원하고 있어."

썬더는 동정심이 솟구쳤다. 아버지는 아직도 누이동생의 죽음을 슬퍼하고 있는 걸까?

"아버지 생각이 틀렸다면요?"

"그럴 리 없어."

클리어스카이가 잠시 아들을 빤히 바라보았다. 그러더니 공터로 이어지는 토끼 길을 향해 고개를 끄덕이고는 또 다른 길을 향해 주둥이를 홱 돌렸다.

"어느 쪽이야?"

썬더는 아버지 옆을 스쳐 지나가, 가까이 있는 길로 고개를 푹

48

숙이고 들어갔다.

"이쪽이에요."

아버지를 데리고 익숙한 길을 따라가 언덕 비탈로 나갔다. 헤더 밭 밖으로 나가자 눈이 얼굴을 때리고, 서 있기도 힘들 만큼 바람이 세차게 불었다. 너무 추워서 먹잇감들이 다 얼어 죽을 것 같았다.

클리어스카이도 조용히 뒤따라 나와 눈을 가늘게 뜨고 폭풍 속을 빤히 바라보았다.

"숲은 어디지?"

썬더는 앞을 보려고 애썼지만 안개보다 더 짙은 눈보라가 눈앞을 가렸다.

"이 비탈을 따라가면 숲 가장자리로 이어질 거예요."

"내가 앞장서마."

클리어스카이가 아들을 밀치고 지나갔다.

"숲 냄새는 너보다 내가 더 잘 알아. 숲에 가까워지면 바로 알수 있어."

'부하를 더 거느리기 싫다면서, 부하 대하듯 하는 건 여전하시네요.'

썬더는 목털이 곤두섰지만 입을 꾹 다물고 클리어스카이의 꼬리 끝이 코를 스칠 정도로 바짝 뒤쫓아 갔다. 귓가에서 바람 소리가 요란하게 울렸다. 추위가 털가죽을 뚫고 들어왔지만 떨지 않으려고 애썼다.

"굴길을 찾아서 눈보라가 멈출 때까지 숨어 있어야 할지도 몰라요."

"숲에 거의 다 왔어."

클리어스카이가 어깨 너머로 소리쳤다.

"신선한 흙냄새가 나. 숲이 얼마 남지 않았어."

클리어스카이는 걸음을 재촉했다. 아버지의 꼬리가 눈앞에서 사라지자 썬더는 깜짝 놀라 허겁지겁 그 뒤를 쫓아갔다.

"아버지!"

이런 날씨엔 절대 흩어져서는 안 된다. 눈을 깜박거리던 썬더는 아버지의 털가죽이 다시 보이자 그제야 마음이 놓였다.

그때 갑자기 앞에서 으르렁거리는 소리가 요란하게 들렸다.

썬더는 공포로 온몸이 얼어붙었다.

'저게 뭐지?'

썬더는 털을 부풀리며 앞으로 달려 나갔다.

"아버지?"

눈을 뜰 수 없을 정도로 몰아치는 하얀 눈보라 속에서 크고 시커먼 무언가가 클리어스카이를 향해 덤벼들었다.

클리어스카이가 비명을 질렀다.

썬더는 앞으로 뛰쳐나갔다. 피 냄새가 코를 찌르더니 오소리의 지독한 악취가 그 뒤를 따랐다. 썬더는 심장이 터질 것만 같았다.

"아버지!"

꽁꽁 얼어붙은 땅 위에서 무거운 몸뚱이가 쿵쿵 걷는 소리가 들리고, 오소리가 사납게 으르렁거리는 소리도 들렸다. 눈보라 사이로 검은 털이 보였다. 넓적한 엉덩이가 위아래로 흔들리며 부르르 떨리더니, 거대한 몸뚱이가 클리어스카이를 땅바닥에 처박았다. 공포가 온몸을 꿰뚫는 순간 썬더는 입이 탁 닫히는 소리를 들었다.

"저리 꺼져!"

썬더는 오소리의 옆구리로 몸을 날려 발톱을 깊이 박아 움켜잡았다. 오소리는 몸을 흔들어 썬더를 떨쳐 내고 다시 클리어스카이를 덥석 물었다.

썬더가 필사적으로 발버둥 치는 아버지의 뒷다리에 부딪혔을 때, 오소리가 썬더의 옆구리를 발톱으로 찍었다. 벌떡 일어서자 머리가 빙빙 돌았다. 오소리는 너무 거대했다!

썬더는 다시 펄쩍 뛰어올라 발톱을 쭉 뻗어 오소리의 등을 덮쳤다. 털가죽을 깊이 깨물며 뒷다리로 마구 발길질을 했지만, 오소리는 으르렁거리며 또다시 클리어스카이를 향해 달려들었다.

'오소리가 아버지를 죽일 거야!'

공포와 눈보라 때문에 눈앞이 깜깜했지만, 썬더는 오소리 다리 아래로 미끄러져 들어갔다. 그리고 부드럽고 축축한 살을 발톱으로 할퀴었다. 그제야 오소리가 움찔하며 소리를 질렀다.

'상처를 입혔어!'

희망이 번쩍였다. 슬쩍 몸을 숙여 오소리의 상처에서 피 냄새를 맡은 뒤, 다친 뒷다리에 주둥이를 들이밀어 상처 부위를 발톱으로 할퀴고, 꽉 물었다.

오소리는 화가 나서 고통스럽게 울부짖으며 뒷다리로 벌떡 일어섰다.

'달아나요, 아버지!'

썬더는 재빨리 클리어스카이를 돌아보았다. 하지만 아버지는 쓰러진 채 꼼짝도 하지 않았다. 오소리가 고개를 홱 돌리자 썬더는 얼어붙었다. 침을 꿀꺽 삼키며 물러서는데, 입에서 오소리 피 맛이 났다. 상처가 곪기라도 했는지 시큼한 맛이 나서 구역질이 났다.

오소리가 무시무시하게 으르렁거리면서 펄쩍 뛰어올랐다. 썬더는 옆으로 몸을 날려 데구루루 굴러 피했다. 고개를 돌려 오소리가 아직도 자신을 노려보고 있는 걸 확인하고, 비탈을 가로질러 달리기 시작했다.

뒤에서 오소리가 땅을 쿵쿵 울리며 쫓아왔다. 이겼다는 기쁨에 썬더는 온몸에 전율이 일었다. 저 오소리는 절대로 따라잡지 못할 것이다. 다리를 다쳤으니 어림도 없었다.

'녀석을 아버지한테서 멀리 떨어뜨려 놔야 해.'

어깨 너머를 힐끗 돌아보니 거대한 오소리가 계속 쫓아오고 있었다. 썬더는 눈밭을 뛰어다니며 오소리를 계속 멀리 유인했다. 눈보라 속으로 들어가니 바람이 귀를 때렸다. 방향을 바꿔 비탈을 올라가자 오소리는 점점 뒤처졌다. 눈이 내리는 게 이토록 고마울 수가 없었다! 이 정도 눈이면 발자국은 금세 사라질 것이다. 썬더는 발을 질질 끌듯이 걸으면서 크게 원을 그려 클리어스카이에게로 돌아갔다.

'제발 죽지 마세요!'

갑자기 불안감이 엄습했다.

'아버지는 어디 있지?'

썬더를 오소리에게서 감춰 준 눈이 이제는 아버지를 숨겨 버렸다. 썬더는 입을 벌리고 냄새를 맛보았다. 눈송이가 혀에 내려앉았다. 매서운 추위에 코가 시큰거렸다.

"아버지?"

속삭이듯 작게 불러 보았다. 오소리가 들을까 봐 감히 큰 소리를 낼 수가 없었다.

앞쪽에서 신음 소리가 들렸다.

"아버지!"

땅에 쓰러진 고양이를 발견하고 썬더는 마음이 놓였다.

"살아 있었네요!"

썬더는 아버지에게 다가가 웅크리고 앉았다. 클리어스카이는 옆구리를 땅에 대고 쓰러진 채 가슴을 들썩이고 있었다. 털가죽 냄새를 맡자 오소리의 시큼한 피 냄새가 났다.

"다쳤어요?"

클리어스카이는 눈을 끔벅이며 일어서려고 버둥거렸다.

썬더는 새로 생긴 상처 냄새를 맡았다. 아버지가 쓰러져 있던 자리에 눈이 빨갛게 물들어 있었다.

"어딜 물렸어요?"

피가 엉겨 붙은 아버지의 목덜미를 보자 공포로 온몸이 터져 버릴 것 같았다.

"깊지 않아."

클리어스카이가 껄껄대며 말했다.

"오소리한테 물리면 곪잖아요."

썬더는 경고하듯 말했다.

"다시 분지로 돌아가요."

"숲이 더 가까워."

클리어스카이가 고집스럽게 말하며 비틀비틀 걸어가다가 썬더

53

에게 옆구리를 기댔다.

썬더는 아버지의 무게를 버티기 위해 발톱을 땅에 푹 박아 넣었다.

"페블하트가 상처를 치료할 수 있어요. 어떤 약초가 상처에서 시큼한 냄새가 나는 걸 막아 주는지 잘 알 거예요."

클리어스카이가 떨리는 숨을 몰아쉬었다.

"오소리가 돌아오기 전에 여길 벗어나야 해요."

"오소리가 우글대는 황무지에서 왜 살고 싶어 하는지 이해를 못 하겠네."

썬더는 투덜대는 아버지를 부축해 헤더 밭을 향해 비탈을 올라갔다.

"숲에도 오소리가 있잖아요."

썬더는 지적했다.

"진영에서 아주 멀리 떨어져 있어서 놈들이 어슬렁거리며 고양이를 공격할 일은 없다고."

클리어스카이가 계속 투덜대자 썬더는 마음이 놓였다. 멈칫대며 걷기는 해도 상처가 심하지 않다는 뜻이었다. 오소리가 자신들의 냄새를 찾아낼까 봐 불안해진 썬더는 클리어스카이를 앞으로 살짝 밀었다. 아버지를 부축하려고 끙끙거리자 눈송이가 목구멍에 걸렸다. 비틀거리며 비탈을 올라가는데 바람에 몸이 자꾸 옆으로 밀렸다.

헤더 밭에 도착했을 땐 숨이 멎을 지경이었다. 썬더는 헐떡거리며 아버지를 덤불 사이 토끼 길로 안내했다. 덤불이 몸을 가려 주자 그제야 마음이 놓였다.

'오소리가 여기까지 쫓아오진 못할 거야.'

헤더 밭 반대편으로 나가자 탁 트인 풀밭이 나타났다. 눈은 이제 잦아들었다. 진영을 둘러싼 가시금작화 덤불을 발견한 썬더는 아버지의 어깨를 세게 밀었다.

"이제 거의 다 왔어요."

"다친 건 목이지 머리가 아니야."

클리어스카이가 투덜거렸다.

"아니면 혀를 다쳤거나요."

썬더도 으르렁거리며 받아쳤다.

"썬더?"

진영 입구에서 클라우드스파츠의 목소리가 들렸다.

"너 괜찮아?"

털이 긴 검은 수고양이가 서둘러 풀밭을 가로질러 달려왔다. 눈 덮인 황무지에 있으니 검은 고양이의 새하얀 귀 끝과 발끝이 보이지 않았다.

"피 냄새가 나는데."

"아버지가 오소리한테 공격당했어요."

썬더가 설명했다. 클라우드스파츠는 썬더가 기억하는 한 줄곧 다친 고양이들을 보살펴 왔다. 그리고 그 기술을 이제는 페블하트에게 물려주었다.

클라우드스파츠는 썬더의 반대편에서 클리어스카이의 어깨를 받쳐 주었다.

"그냥 살짝 물린 것뿐이야."

클리어스카이가 우기듯 말했다.

"살짝만 물려도 아주 고약하게 나빠질 수 있어. 특히 오소리한테 물린 상처는 그럴 가능성이 높아."

클라우드스파츠가 초조하게 말했다.

"그래도 나한테 좋은 약초가 많아."

클라우드스파츠는 고개를 쳐들고 진영을 향해 소리쳤다.

"페블하트!"

어린 수고양이가 진영 입구에서 나왔다. 눈 덮인 가시금작화와 대비되어 얼룩무늬 털가죽이 눈에 확 띄었다.

"무슨 일이에요?"

걱정 어린 목소리였다.

"가서 금잔화와 떡갈나무 잎을 씹어서 찜질약 좀 만들어."

클라우드스파츠의 걱정스러운 목소리를 듣자 썬더는 긴장해서 몸이 굳었다.

"아버지는 괜찮겠죠?"

클리어스카이를 힐끗 보며 물었다.

"당연히 난 괜찮을 거야."

클리어스카이는 몸을 똑바로 세우고 황무지 고양이들을 밀어 낸 뒤 분지로 성큼성큼 걸어 들어갔다.

썬더도 아버지를 뒤쫓아 서둘러 눈 덮인 진영으로 들어갔다.

톨섀도가 몸을 흔들어 등에 쌓인 눈을 털어 내며 풀밭에서 달려 나왔다.

"따라가라고 했지, 다시 데려오라고는 안 했어."

톨섀도가 화난 듯 귀를 씰룩거리며 말했다.

"오소리한테 공격당했어요. 그래서 다쳤어요."

썬더는 재빨리 설명했다.

"심해?"

톨새도가 어깨 너머를 힐끗 보며 물었다.

그레이윙이 발로 눈을 걷어차며 공터를 가로질러 달려왔다.

"클리어스카이는 괜찮아?"

"괜찮을 거야."

클라우드스파츠가 클리어스카이를 자신의 거처로 데려가며 대답했다.

그레이윙은 썬더와 눈을 맞췄다.

"꼭 여기로 데려왔어야 했니?"

그레이윙이 걱정스럽게 물었다.

"이미 오늘 여기서 충분히 소란을 피웠는데."

"아버지가 오소리한테 습격당했단 말이에요!"

썬더는 그레이윙에게서 등을 돌리고 클리어스카이를 따라 클라우드스파츠의 거처로 들어갔다.

클라우드스파츠는 클리어스카이를 천천히 밀어 옆으로 눕혔다.

"페블하트가 상처를 확인할 수 있게 가만히 있어."

클리어스카이는 씩씩대며 숨을 몰아쉬었다.

"겨우 물린 상처 하나 가지고 이렇게 소란 떨 거 없는데."

썬더는 코를 찡그리며 모래 바닥을 가로질러 걸어갔다. 톡 쏘는 약초 냄새가 공기를 가득 채우고 있었다. 거처 안쪽에는 헤더 가지를 엮고 이끼를 덧댄 잠자리가 두 개 있었다.

'페블하트와 클라우드스파츠는 이렇게 냄새나는 곳에서 어떻게 잠을 자지?'

57

희미하게 들어오는 빛에 눈을 가늘게 뜨고 보니, 가시금작화 줄기 사이사이에 끼워 놓은 나뭇잎 뭉치들이 보였다.

"저게 약초 창고예요?"

썬더는 클라우드스파츠에게 물었다. 약초를 이렇게 많이 모아 두었다니 정말 놀라웠다.

"이걸로 잎 없는 계절을 버텨야 해."

클라우드스파츠는 페블하트가 피로 얼룩진 클리어스카이의 목을 조심스럽게 닦는 모습을 지켜보았다.

"상처가 깊어?"

클라우드스파츠가 어린 수고양이에게 물었다.

"아뇨."

페블하트가 고개를 들고 대답했다.

"약간 들쭉날쭉하게 찢어지긴 했지만 그래서 더 쉽게 아물 것 같아요."

페블하트는 몸을 비틀어 옆에 있던 시커멓고 질척거리는 찜질약을 한입 가득 물고, 클리어스카이의 상처를 혀로 싹싹 핥으며 발라 주었다.

클리어스카이가 몸을 움찔하며 거친 목소리로 힘겹게 물었다.

"그게 정말 도움이 될까?"

클라우드스파츠가 꼬리로 클리어스카이의 옆구리를 쓰다듬어 주었다.

"따끔거리는 건 약초가 효과 있다는 뜻이야."

엉덩이를 깔고 앉아 있던 썬더는 문득 궁금증이 생겼다.

'저렇게 많은 약초의 이름과 쓰임새를 배울 만큼 참을성 있는

고양이가 얼마나 있을까?'

"나으려면 얼마나 걸려?"

"며칠이면 될 거야."

페블하트가 뒤로 물러나며 대답했다.

클리어스카이가 비틀거리며 일어서서, 얼마나 아픈지 확인하려는 듯 고개를 천천히 돌렸다.

"고마워."

클리어스카이가 페블하트에게 고개 숙여 인사했다.

"벌써 훨씬 좋아졌어."

"소리쟁이를 좀 씹어서 찜질약에 넣었어요."

페블하트가 말했다.

"그게 상처를 진정시켜 줄 거예요. 숲으로 돌아가면 잠자리에 소리쟁이 잎을 좀 놔두세요. 그러면 통증이 누그러질 거예요."

클리어스카이는 고맙다고 인사하듯 어린 고양이에게 눈을 깜박이고는 썬더를 돌아보았다.

"우리가 함께하니까 얼마나 잘 해낼 수 있는지 봤지?"

썬더는 마음이 무거워졌다. 클리어스카이는 여전히 무리를 합쳐야 한다고 설득하고 있었다.

아버지를 멍하니 바라보며 할 말을 찾고 있는데, 미처 대답하기도 전에 클리어스카이가 다시 입을 열었다.

"넌 오소리의 공격에서 나를 구했고, 페블하트는 내 상처를 치료해 줬어. 우리 모두 숲에서 살면 어떨지 상상이 가니?"

한 마디, 한 마디 내뱉을 때마다 클리어스카이의 눈이 점점 반짝거렸다.

"영혼 고양이들이 말한 것처럼, 우리는 강해져서 널리 퍼져 나갈 거야."

"그런 뜻으로 한 말은 아닌 것 같은데."

클라우드스파츠가 나지막이 말했다.

클리어스카이가 수고양이를 돌아보았다.

"그걸 네가 어떻게 알아? 넌 그 자리에 있지도 않았잖아!"

아버지가 발끈하자 썬더는 귀를 머리에 납작 붙였다. 아무래도 클리어스카이는 그다지 많이 변한 것 같지 않았다.

"클라우드스파츠한테 뭐라고 하지 마세요. 아버지를 도와줬잖아요."

썬더는 작은 소리로 말했다.

클리어스카이의 분노에 찬 시선이 번뜩이며 썬더를 향했다.

"왜 아무도 이해를 못 하는 거야? 플러터링버드는 우리가 함께 하길 원한다고!"

썬더는 갑자기 기운이 쭉 빠졌다. 오소리와 싸운 것만으로도 충분히 힘든데, 아버지와도 싸우고 싶지는 않았다. 썬더는 벌떡 일어섰다.

"아버지가 가실 때 약초 좀 싸 드릴 수 있을까?"

"응, 남은 찜질약을 싸서 보낼게."

페블하트가 대답했다.

"고마워."

썬더는 거처 밖으로 나갔다.

"나는 새끼 고양이들을 좀 보러 갈게."

어린 고양이들이 있는 잠자리에 눈이 내리지 않았는지 확인해

60

야 할 것 같았다.

밖으로 나와 공터를 가로질러 가는 동안 눈송이 몇 개가 빙글빙글 돌며 떨어졌다.

재기드피크가 커다란 헤더 다발을 진영 반대편으로 끌고 가고 있었다.

"새끼 고양이들은 별일 없어요?"

썬더는 큰 소리로 물었다.

재기드피크가 헤더를 내려놓고 썬더를 바라보았다.

"바람을 피할 수 있는 곳으로 거처를 옮기는 중이야."

썬더는 축 늘어진 금작화 밑으로 헤더 가지를 끌고 가는 재기드피크에게 달려갔다.

"여기로요?"

금작화 덤불 밑에는 축 늘어진 가지에 가려진 둥근 흙바닥이 있었다. 잎이 다 떨어졌는데도 늘어진 가지가 바람을 잘 막아 주고 눈도 들이치지 않았다. 홀리는 새 거처 뒤쪽에서 이빨로 헤더 가지들을 엮고 있었다. 이글페더, 듀노즈, 스톰펠트는 그 옆을 맴돌면서, 신이 나서 꼬리를 흔들며 서로를 덮쳤다.

재기드피크가 짝 옆에 싱싱한 헤더 가지를 내려놓았다.

"눈이 잦아들어서 섀터드아이스와 라이트닝테일이 가지를 더 모으러 나갔어."

"안에 깔 이끼도 필요해."

홀리가 말했다.

이글페더가 반쯤 지은 잠자리에 잔가지를 찔러 넣으려고 엎드린 엄마의 등 위로 기어 올라갔다.

“오소리 올라타기 놀이 할래!”

새끼 수고양이가 꺅꺅 소리쳤다.

홀리는 짜증스럽게 씩씩대고는 몸을 흔들어 아들을 떨어뜨렸다.

“지금은 안 돼! 엄마는 발이 네 개밖에 없단 말이야!”

썬더는 재빨리 앞으로 나섰다.

“내가 애들이랑 놀아 줄게.”

홀리는 안심한 듯 눈을 반짝이며 썬더를 힐끗 쳐다보았다.

“고마워, 썬더.”

“나도 같이 놀 거야.”

재기드피크가 재빨리 나섰다.

썬더는 고개를 꾸벅 숙였다.

“우리 같이 놀아요.”

이글페더가 제 아빠의 등으로 폴짝 뛰어올랐다. 듀노즈는 썬더를 향해 달려와 발톱으로 털을 붙잡고 어깨까지 기어 올라왔다.

작지만 가시처럼 날카로운 발톱에 찍힌 썬더는 저도 모르게 얼굴을 찡그렸다.

“넌 어떻게 할래, 스톰펠트?”

회색 새끼 고양이는 뒤로 물러났다.

“저는 엄마를 돕고 싶어요.”

홀리의 귀가 움찔거렸다.

“아가, 너도 가서 같이 놀아.”

“방해 안 한다고 약속할게요.”

스톰펠트가 진지한 얼굴로 엄마를 바라보며 말했다.

“나도 튀어나온 가지는 밀어 넣을 수 있어요!”

새끼 수고양이는 반쯤 완성된 잠자리로 발을 쭉 뻗어, 튀어나온 헤더 가지를 날렵하게 쑥 밀어 넣었다.

그 모습을 보며 홀리가 가르랑거렸다.

"좋아, 그럼 넌 엄마를 도우렴."

"빨리 가요, 썬더!"

듀노즈가 썬더의 털가죽 속으로 발톱을 밀어 넣어 더 꽉 움켜잡으며 재촉했다.

"조심해! 난 먹잇감이 아니라고!"

썬더는 숨을 헐떡이며 말했다.

썬더의 등에 매달려 덤불 속으로 들어가면서 듀노즈는 신이 나서 가르랑거렸다.

"꽉 잡아!"

축 늘어진 가지가 몸을 휩쓸고 지나가자 썬더는 주의를 주었다.

듀노즈의 발이 어깨를 단단히 붙잡았다. 썬더는 새끼 고양이가 발톱을 감춘 걸 다행으로 여기며 가르랑거렸다.

밖에는 구름이 점점 옅어지고 있었다. 눈은 이제 그쳤지만 공터에는 눈이 두껍게 쌓였다. 썬더는 뒤뚱거리는 오소리처럼 발을 쿵쿵대면서 이리저리 눈을 헤치고 걸었다. 조금 전에 자신과 싸운 오소리는 떠올리지 않으려고 애쓰면서. 듀노즈가 신이 나서 깍깍대며 더 단단히 매달렸다.

재기드피크가 썬더를 따라와 물었다.

"클리어스카이 형도 같이 진영으로 돌아오지 않았어?"

"클리어스카이요? 어디 있는데요?"

재기드피크의 어깨에 매달려 있던 이글페더가 물었다.

"클라우드스파츠의 거처에 있어요."

썬더가 설명했다.

"오소리를 만났거든요. 그래서 살짝 물렸어요."

새끼 고양이들이 겁먹을까 봐 썬더는 그렇게만 말했다.

"오소리?"

재기드피크가 걱정스러운 표정을 지었다.

"진영 근처에서?"

썬더는 고개를 저었다.

"숲 경계 근처에서요. 다친 녀석이었어요. 황무지에서 오래 돌아다니지는 않을 것 같아요. 특히 이런 날씨에는."

재기드피크는 얼굴을 찡그렸다.

"숲 근처에서 그런 일이 있었는데 왜 여기로 데리고 왔어?"

"그야 다쳐서……."

썬더가 대답하기 시작했지만 재기드피크는 말이 끝날 때까지 기다리지 않았다.

"안 그래도 형 때문에 다들 걱정하고 수군거리고 있어! 이렇게 계속 문제를 일으키는 걸 두고 볼 순 없다고."

재기드피크는 말을 끝내고 어깨에 매달려 있는 이글페더를 흔들었다. 자그마한 새끼 고양이는 꺅 소리를 지르며 눈밭으로 툭 떨어졌다.

"더 놀 거예요!"

재기드피크는 진영 반대편에 있는 바위를 향해 고갯짓을 했다.

"저기 가서 톨섀도의 바위 밑에 이끼가 있는지 찾아봐."

"하지만 지금은 눈이 쌓여 있잖아요."

이글페더가 투덜거렸다.

"그럼 발로 파 보면 되잖아."

재기드피크가 단호하게 말했다.

듀노즈는 썬더의 옆구리에서 미끄러져 내려와 한배 형제 옆에 섰다.

"가자, 이글페더! 이끼를 모아 가면 엄마가 좋아할 거야."

듀노즈는 눈 위를 팔짝팔짝 뛰어갔다. 새끼 암고양이는 한 걸음 뛸 때마다 눈 속에 더 깊이 파묻혔다. 이글페더도 그 뒤를 따라갔다.

"같이 가!"

새끼 고양이들은 물 밖으로 튀어 오르는 개구리처럼 눈 위로 폴짝폴짝 뛰어오르며 달려갔다.

썬더는 가르랑거리며 그 모습을 지켜보다가, 재기드피크를 힐끗 쳐다보았다. 얼룩무늬 수고양이는 제 새끼들을 보고 있지 않았다. 대신 걱정이 가득한 어두운 눈빛으로 톨섀도의 바위 너머에 있는 클라우드스파츠의 거처를 빤히 보고 있었다.

"많이 다쳤어?"

재기드피크가 물었다.

"그냥 좀 긁혔어요."

썬더가 대답했다.

'클라우드스파츠와 페블하트 말고 아버지를 걱정하는 고양이가 또 있는 걸까?'

"페블하트가 상처가 덧나지 않게 잘 치료했어요."

"그럼 이제 집으로 돌아가도 되겠네."

썬더는 재기드피크를 노려보았다.

"다쳤다는데 걱정도 안 돼요?"

재기드피크는 클라우드스파츠의 거처에서 눈길을 돌리며 콧방귀를 뀌었다.

"변화가 있긴 하네. 예전에는 형이 남에게 상처를 입히곤 했는데 말이야."

썬더는 움찔했지만 따지지 않았다. 클리어스카이는 레인스웹트플라워를 죽였고, 재기드피크를 숲에서 쫓아냈다. 그러니 재기드피크가 지금 이렇게 냉랭한 태도를 보이는 것도 이해할 수 있었다. 그렇지만 재기드피크의 말에 걱정이 되는 건 사실이었다.

썬더는 진영을 힐끗 둘러보았다. 톨섀도는 늘 앉는 보초 바위에 앉아 황무지를 바라보고 있었고, 새끼 고양이들은 그 밑에서 신나게 눈을 파고 있었다. 진영 가장자리의 기다란 풀을 헤치고 나온 머드포스는 귀에서 눈을 털어 냈다. 그곳에서 꼬리 서너 개 정도 떨어진 곳에 앉아 있는 대플드펠트도 귀를 씰룩거리고 있었고, 마우스이어는 그 옆에 서서 하늘을 올려다보고 있었다.

"아버지 때문에 고양이들이 수군거린다고요?"

썬더는 재기드피크에게 물었다.

"톨섀도가 소나무 숲으로 옮겨 갈 생각을 하고 있다는 건 너도 알잖아."

재기드피크가 투덜대듯 말했다.

"그리고 다들 이런 날씨에 바람을 막아 줄 수 없는 탁 트인 곳에서 사는 게 좋은 생각인지 의문을 품기 시작했어. 머드포스와 마우스이어는 떠돌이 시절에도 이 정도로 춥진 않았대. 날씨가 추워

66

져도 나무숲이나 강가에서 추위와 눈을 피할 수 있었을 테니까."

대플드펠트가 다가왔다.

"산에 살 때도 이 정도로 추위에 노출되진 않았어."

암고양이가 큰 소리로 말했다.

"그땐 동굴에 들어가면 추위를 피할 수 있었으니까."

"그래도 여기선 사냥이 더 쉽잖아요."

썬더는 암고양이를 돌아보며 말했다.

"병으로 먹잇감의 절반이 죽어 버리기 전까진 그랬지."

대플드펠트가 상기시켜 주었다.

썬더는 털가죽이 따끔거릴 정도로 마음이 불편했다.

"그럼 지금 숲으로 가서 아버지의 무리가 되고 싶다는 거예요?"

도저히 믿을 수가 없었다. 그들은 황무지를 지키기 위해 목숨 걸고 싸웠다!

"그건 절대 아니야."

대플드펠트가 콧방귀를 뀌며 말했다.

"하지만 우리가 살 수 있는 곳이 황무지밖에 없는 건 아니잖아."

썬더는 천천히 고개를 끄덕였다. 리버리플은 섬에 산다. 그리고 이 근처에 추위를 피할 수 있는 곳이 아버지가 사는 숲 하나만 있는 것도 아니다. 소나무 숲은 뾰족한 솔잎이 하늘을 빽빽하게 가리고 있어서 숲 바닥에 눈이 조금도 쌓이지 않을 것이다.

머드포스도 끼어들었다.

"내 생각엔 영혼 고양이들이 우리가 다른 곳으로 옮기길 바라는 것 같아."

"또 영혼 고양이 타령!"

마우스이어가 씩씩거렸다.

"설마 그런 걸 믿는 건 아니지? 죽은 고양이가 살아 있는 고양이한테 이래라저래라 한다는 게 말이 돼?"

대플드펠트가 수고양이를 보며 천천히 눈을 깜박거렸다.

"썬더랑 톨섀도, 그레이윙까지 그들을 봤어."

"그건 그냥 꿈이야."

마우스이어가 고개를 한쪽으로 기울였다.

"아마 셋 다 잠자리에 들기 전에 썩은 생쥐를 나눠 먹었을 거야."

썬더는 짜증스러운 눈빛으로 수고양이를 보았다.

"그러니까, 황무지에 남고 싶다는 말이죠?"

"그런 말은 안 했어."

마우스이어가 쏘아붙였다.

"그저 상상 속의 고양이가 하는 말만 믿고 다른 곳으로 갈 생각은 없다는 것뿐이야."

재기드피크가 꼬리를 휘둘렀다.

"모두가 말다툼에 끼어들기 전에 이 얘기를 마무리 지어야 해."

썬더가 눈을 깜박이며 멍하니 지켜보는 사이, 재기드피크는 톨섀도가 있는 바위로 빠르게 걸어가 바위 위로 펄쩍 뛰어올랐다.

톨섀도는 놀라서 몸을 일으켰다.

"무슨 일이야, 재기드피크?"

"모든 고양이가 말싸움을 하기 전에 우리가 어디서 살 건지 정해야 해요."

수고양이의 목소리가 공터에 쩌렁쩌렁 울려 퍼졌다.

금작화 밑에서 홀리가 고개를 내밀었다. 그리고 클라우드스파츠의 거처가 부스럭대더니 클리어스카이가 밖으로 나왔다.

그레이윙은 눈을 동그랗게 뜨고 공터를 가로질러 걸어왔다.

"재기드피크, 너 지금 뭐 하는 짓이야?"

썬더는 서둘러 보초 바위로 달려갔다. 클리어스카이는 희망이 생긴 듯 눈을 빛내며 재기드피크를 올려다보았다.

'아버지는 모두가 함께 살아야 한다는 자신의 주장에 재기드피크가 동의한다고 생각하는 걸까?'

썬더는 불안해서 배가 뒤틀렸다.

"그건 나중에 다시 얘기해요!"

썬더는 재기드피크에게 큰 소리로 말했다.

'아버지가 아직 여기 있는데 굳이 지금 얘기해야 하나?'

클리어스카이의 무리에 들어가려는 고양이는 아무도 없었다. 이렇게 소란을 피우지만 않았다면, 크게 착각하고 있는 아버지를 창피하게 만들지 않고도 이 문제를 조용히 해결할 수 있었을 것이다.

대플드펠트가 썬더 옆에 와서 멈춰 섰다.

"재기드피크가 말하게 놔둬."

암고양이가 나지막이 중얼거렸다.

"진작 결정했어야 할 문제였어."

머드포스와 마우스이어가 보초 바위 밑에 멈춰 섰고, 홀리도 서둘러 그들에게 다가갔다. 스톰펠트도 엄마를 따라 달려왔다.

홀리가 이글페더와 듀노즈에게 소리쳤다.

"얘들아, 이리 오렴!"

새끼 고양이들은 바위 주위를 파느라 온몸이 눈투성이였다. 듀노즈는 입에 이끼 한 조각을 물고 달랑달랑 흔들며 엄마에게 달려갔다.

홀리는 한 발로 딸을 끌어당겨 자신의 따뜻한 배에 품었다. 그리고 이글페더 역시 끌어당겨 품었다. 스톰펠트는 형제들 사이로 파고들었다.

"우리가 잠자리에 깔 이끼를 찾아냈어요."

이글페더가 신이 나서 말했다.

"쉿."

홀리는 몸을 숙여 아들의 코에서 눈을 핥아 주었다.

진영 밖에서 발소리가 들리더니 잠시 뒤 라이트닝테일과 섀터드아이스가 가시금작화 굴길로 들어왔다.

섀터드아이스는 눈을 깜박거렸다.

"무슨 일 있어?"

헤더 한 다발을 입에 물고 있던 라이트닝테일은 그걸 내려놓고 대플드펠트와 머드포스 사이로 끼어들었다.

"지금 회의하는 거예요?"

재기드피크가 라이트닝테일을 내려다보았다.

"우리는 앞으로 어디서 살지 결정해야 해."

"드디어!"

톨섀도가 흥분해서 바위를 쿵쿵 쳤다.

홀리는 입을 하악 벌렸다.

"난 지금 막 새 잠자리를 만드는 걸 끝냈단 말이야!"

"나는 소나무 숲으로는 가고 싶지 않아! 거긴 습지만큼 축축하다고."

새터드아이스가 소리쳤다.

"난 여기 머물고 싶지 않아!"

머드포스가 말했다.

"여기 있다가는 새잎 돋는 계절이 오기 전에 얼어 죽을 거야."

마우스이어도 같은 생각이라는 듯 으르렁거렸다.

"토끼 굴에서 사냥하는 건 이제 지겨워!"

"난 신선한 물 가까이에서 살고 싶어."

대플드펠트도 소리쳤다.

"여기 물은 검은 흙 맛이 나."

썬더는 오랫동안 함께 진영에서 산 고양이들을 믿을 수 없다는 눈으로 바라보았다.

'저들은 늘 이렇게 불만이 많았나?'

슬픔이 가슴을 콕콕 찌르는 것 같았다. 썬더는 이 분지에서 자랐다. 이곳이 썬더의 집이었다. 어떻게 그런 곳을 버리고 떠날 수 있을까? 썬더는 앞으로 나섰다.

"황무지를 떠난다는 건 말도 안 돼요!"

"여기 남아 있으면 우리 다 굶어 죽어!"

마우스이어가 대꾸했다.

클리어스카이가 꼬리를 쳐들었다.

"영혼 고양이들이 시키는 대로 하자. 타오르는 별처럼, 꽃의 중심에 꽃잎이 모이는 것처럼 우리도 그렇게 하자."

클리어스카이의 눈이 빛났다.

"나와 같이 숲에 가서 살자!"

재기드피크가 형을 노려보았다.

"우리가 토끼 대가리인 줄 알아?"

"난 네 옆에서는 절대 안 살아."

섀터드아이스가 으르렁거렸다.

"그리고 나무 밑에서도 살 수 없어……. 난 머리 위에 하늘이 보여야만 한다고."

"하지만 나무가 있으면 비바람을 막을 수 있어."

톨섀도가 주장했다.

썬더의 머릿속에서 생각이 빠르게 돌아갔다.

"어디로 가야 하는지도 결정 못 하는데 어떻게 여길 떠난다는 거예요?"

재기드피크가 바위 앞쪽으로 걸어 나와 모여 있는 고양이들을 둘러보았다.

"우리가 마지막에 결정했을 때처럼 하자."

썬더는 얼굴을 찡그렸다.

'마지막이라니?'

재기드피크의 눈길이 그레이윙에게서 멈췄다.

"기억나지?"

그레이윙은 엄숙하게 고개를 끄덕였다.

"돌을 던지자."

3
각자의 결정

바위 아래로 뛰어내리는 재기드피크와 톨섀도를 보며 썬더는
얼굴을 찡그렸다.

'돌을 던진다고? 그게 무슨 소리지?'

"어떻게?"

썬더는 혼잣말로 중얼거렸다.

따뜻한 주둥이가 옆구리를 쿡 찔러 돌아보니, 대플드펠트가 눈
을 반짝이며 서 있었다.

"우리는 예전에도 이렇게 결정을 내렸어. 클리어스카이가 무리
에서 빠져나가 숲에 자기만의 진영을 따로 만들려고 했을 때 말
이야. 그리고 그 전에 산을 떠나려 할 때도 그랬고."

그레이윙이 보초 바위 밑의 눈을 파헤치기 시작했다. 그리고
땅속에서 자갈들을 파내 뒤로 차서 날렸다. 그러자 재기드피크가
자갈들을 모아 쌓아 올렸고, 톨섀도는 서둘러 공터 가장자리로
가서 눈밭에 넓은 구멍을 파기 시작했다.

페블하트와 클라우드스파츠가 클리어스카이를 치료한 가시금
작화 덤불 밑 거처에서 나왔다. 둘의 몸에서는 약초 냄새가 풍겼

고, 페블하트는 발끝마다 초록색으로 물들어 있었다.

스패로퍼와 아울아이스는 공터 가장자리의 눈 쌓인 풀밭을 비집고 나와 다른 고양이들에게 다가왔다. 아울아이스는 입을 크게 벌려 하품을 했고, 스패로퍼는 졸음을 쫓으려고 눈을 깜박거렸다.

"우리 돌 던질 거야."

대플드펠트가 흥분한 목소리로 새로 합류한 고양이들에게 말했다.

"돌을 던진다고요?"

아울아이스가 삼색얼룩 암고양이 옆에 앉으며 물었다.

"돌을 왜 던져요?"

"저마다 어디서 살지 결정하기 위해서야."

대플드펠트가 대답했다.

스패로퍼의 눈이 휘둥그레졌다.

"왜 하필 지금요?"

대플드펠트는 대답 대신 날카로운 눈으로 클리어스카이를 힐끗 쳐다보았다.

썬더는 불편한 마음으로 발을 꼼지락거렸다. 아버지가 참견하는 바람에 어쩔 수 없이 서둘러 이런 결정을 하게 되었다는 것을 모두가 아는 것 같았다.

"우리가 어젯밤 영혼 고양이들의 꿈을 똑같이 꿨어."

썬더는 스패로퍼에게 설명했다.

"영혼 고양이들은 우리한테 타오르는 별처럼 성장하고 퍼져 나가라고 했어."

스패로퍼가 눈을 굴렸다.

"그건 오래전부터 이미 알고 있었잖아."

"어젯밤에는 우리에게 서두르라는 말을 했어."

스패로퍼가 호기심 어린 눈빛으로 고개를 갸웃했다.

"왜?"

"그건 우리도 몰라."

썬더는 어머니의 다급한 말투를 떠올렸다.

'영혼 고양이들이 왜 서두르라고 재촉했을까? 우리한테 알려주지 않은 뭔가를 더 알고 있는 건 아닐까?'

"썬더!"

톨섀도가 부르는 소리에 썬더는 퍼뜩 정신을 차렸다.

"여길 치우는 것 좀 도와줘."

썬더는 암고양이에게 달려가, 흙바닥이 드러날 때까지 눈을 둥글게 파 놓은 자리를 더 넓히기 시작했다. 하지만 아직도 톨섀도가 뭘 하고 있는지 정확히 알 수 없었다.

둥근 자리가 꼬리 세 개를 합친 길이만큼 되자, 톨섀도가 재빨리 앞발을 움직여 맨땅에 동그라미 하나를 그렸다. 그리고 또 하나, 또 하나, 모두 세 개의 동그라미를 그렸다. 그제야 톨섀도가 주둥이를 들었다.

"모든 고양이는 그레이윙과 재기드피크가 쌓아 둔 돌 더미에서 돌멩이를 하나씩 들어서 자신이 살고 싶은 곳을 표시한 동그라미 안에 내려놓으면 돼."

섀터드아이스가 앞으로 걸어 나왔다.

"어느 동그라미가 어느 곳인데?"

라이트닝테일이 진영으로 가지고 온 헤더 가지 하나를 재빨리 물고 섀터드아이스 옆으로 다가갔다. 그리고 가지 끝에서 갈색 잔가지를 끊어 동그라미 중 하나에 내려놓았다. 그런 다음 잔가지 두 개를 더 끊어 두 번째 동그라미에 내려놓았다. 이제 세 동그라미에 모두 다른 표시가 되었다.

톨새도가 고개를 끄덕였다.

"고맙다, 라이트닝테일."

톨새도는 모여 있는 고양이들을 향해 다시 이야기를 시작했다.

"헤더 가지가 없는 동그라미는 클리어스카이의 진영이야. 가지가 하나 있는 동그라미는 소나무 숲, 그리고 가지가 두 개 있는 동그라미는 황무지야."

대폴드펠트가 꼬리를 휘둘렀다.

"그러면 강은?"

라이트닝테일이 눈을 깜박거리며 암고양이를 바라보았다.

"거긴 리버리플의 영역이잖아요."

그레이윙이 흙을 파느라 지저분해진 발로 보초 바위에서 몸을 돌렸다.

"리버리플도 우리 계획에 포함시켜야 해. 영혼 고양이들은 우리와 마찬가지로 리버리플에게도 나타났으니까."

"알았어."

톨새도가 흙바닥 위에 네 번째 동그라미를 그렸다.

라이트닝테일이 새로 그린 동그라미 속에 헤더 잔가지 세 개를 내려놓았다.

썬더는 고개를 갸웃했다.

"다섯 번째 꽃잎도 있어야 하지 않아요?"

타오르는 별의 꽃잎은 다섯 개다. 영혼 고양이들은 그들이 다섯 개의 무리로 나뉘길 바랄 것이다.

그레이윙이 재기드피크를 스치고 지나가, 네 개의 동그라미가 그려진 흙바닥 가장자리에 멈춰 섰다.

"윈드러너의 무리도 있어."

진영에 병이 퍼져 새끼 하나를 잃은 윈드러너와 고스퍼는 살아남은 모스플라이트와 더스트머즐을 데리고 분지를 떠나 황무지에 그들만의 진영을 따로 만들었다. 그리고 그곳에 다정한 떠돌이 암고양이 슬레이트가 합류했다.

톨섀도가 동료들을 둘러보았다.

"윈드러너의 무리도 동그라미를 그릴까?"

"물론이지. 윈드러너도 다섯 개의 꽃잎 중 하나야."

섀터드아이스가 말했다.

"아니야."

그레이윙이 고개를 저었다.

"윈드러너는 이유가 있어서 떠났잖아. 그러니까 우리 중 누구도 자신의 무리에 들어오는 걸 바라지 않을 거야."

그레이윙이 모두에게 상기시켜 주었다.

페블하트가 진영 입구를 힐끗 쳐다보았다.

"누가 가서 윈드러너를 데려오는 게 좋겠어요. 윈드러너도 이 일을 함께 의논해야죠."

"언젠가는 알게 되겠지."

그레이윙이 부드럽게 말했다.

"하지만 지금 당장은 윈드러너가 혼자서 새끼들을 돌보는 게 옳다고 생각하고 있고, 우리는 그 생각을 존중해 줘야 해."

톨셰도가 고개를 끄덕였다.

"그레이윙 말이 맞아. 윈드러너는 늘 독립적이었어. 자신만의 시간에 스스로 결정을 내리게 될 거야."

암고양이는 흙바닥 가까이 몸을 숙이며 다시 말을 이었다.

"동그라미는 네 개로 충분해."

머드포스가 알겠다는 듯 고개를 숙였다. 마우스이어도 진지한 얼굴로 고개를 끄덕였다. 클라우드스파츠는 앉아서 꼬리로 발을 감쌌다.

스패로퍼는 잔뜩 흥분해서 페블하트와 아울아이스 사이로 요리조리 돌아다녔다.

"우리도 가고 싶은 곳을 마음대로 골라도 돼요?"

어린 암고양이가 물었다.

"물론이지."

그레이윙이 대답했다.

"터틀테일이 우린 각자 자신의 마음을 따라야 한다고 말했어."

썬더는 꼬리가 파르르 떨렸다. 어머니인 스톰 역시 자신에게 그렇게 말했다.

'하지만 내 마음이 어디로 향하는지 모르겠는걸.'

썬더는 공터 건너편을 힐끗 쳐다보았다. 라이트닝테일과 에이콘퍼와 함께 장난을 치고, 호크스웁이 긴 풀 사이 잠자리에서 다정하게 지켜보곤 하던 어린 시절의 기억이 문득 떠올라 마음이 서글퍼졌다.

'내가 정말로 여길 떠날 수 있을까?'

클리어스카이가 재기드피크 옆을 스치고 지나갔다.

"우리 마음은 한곳을 향하고 있어!"

클리어스카이의 눈이 사납게 번들거렸다. 썬더는 갑자기 아버지가 가엾게 느껴졌다. 클리어스카이는 고양이들에게 자신과 함께 가자고 애원하고 있었다.

'아버지가 저렇게 절박하게 매달리는 건 처음 봐!'

섀터드아이스가 콧방귀를 뀌었다.

"우리가 널 믿을 거라고 생각해?"

섀터드아이스는 클리어스카이를 노려보며 말을 이었다.

"넌 지금껏 권력에만 집착했어! 지금도 넌 지도자가 되고 싶다는 생각뿐이잖아, 유일한 지도자."

아버지가 뒤로 주춤하는 걸 보고 썬더는 움찔했다.

클리어스카이의 눈빛이 절망으로 어두워졌다.

"네 마음대로 생각해."

클리어스카이는 작게 중얼거리고는 보초 바위로 슬그머니 걸어가 그 옆에 웅크리고 앉았다.

재기드피크가 앞발로 돌 더미를 쿡 찔렀다.

"어서 시작해요."

톨새도가 몸을 숙여 첫 번째 돌을 입으로 물었다. 그리고 헤더 가지가 하나 놓인 동그라미 안에 내려놓았다.

'소나무 숲이구나.'

썬더는 놀랍지 않았다. 톨새도의 마음이 어디로 향하고 있는지는 이미 알고 있었다.

재기드피크가 두 번째 돌을 그 옆에 내려놓았다.

79

썬더는 재기드피크를 빤히 쳐다보았다.

"정말요?"

재기드피크는 대답하지 않았다. 대신 뭔가를 묻는 눈빛으로 홀리를 바라보았다.

홀리가 앞으로 걸어 나왔다. 이글페더, 스톰펠트, 듀노즈가 지켜보는 앞에서 홀리는 돌을 들어 재기드피크가 내려놓은 돌 옆에 내려놓았다. 그러고는 고개를 들어 짝을 보며 천천히 눈을 깜박였다.

"소나무가 추운 날씨로부터 우리 애들을 지켜 줄 거야."

재기드피크는 가르랑거리며 짝의 주위를 맴돌았다.

이글페더가 눈을 걷어차며 재빨리 엄마, 아빠에게 다가갔다.

"그래도 난 황무지가 좋은데!"

홀리는 몸을 숙여 아들의 귀를 핥아 주었다.

"소나무 숲도 좋아하게 될 거야."

어미 고양이가 장담했다.

"거긴 좋은 사냥터도 많고 숨바꼭질할 수 있는 곳도 많단다."

바위 옆에 웅크리고 있던 클리어스카이가 끙 소리를 내며 발을 몸 깊숙이 밀어 넣었다.

썬더는 불만스러워하는 아버지를 애써 외면하고 대신 다른 고양이들을 힐끗 보았다.

'다음은 누가 나설까?'

마치 발이 땅에 뿌리박힌 것처럼 움직이지 않았다.

'나도 재기드피크와 톨섀도를 따라가야 할까?'

잘 아는 고양이들과 함께 사는 것이 가장 현명한 방법일지도 모른다.

썬더가 지켜보는 앞에서 그레이윙이 돌 하나를 물어 홀리의 돌 옆에 내려놓았다.

'그레이윙도?'

어두컴컴한 소나무 숲을 떠올리자 썬더는 몸이 부르르 떨렸다. 먹이마다 코를 톡 쏘는 송진 냄새가 풍기고, 어두운 그림자가 가득 드리워진 그곳에서는 절대 살고 싶지 않았다. 페블하트, 머드포스, 마우스이어까지 그레이윙의 돌 옆에 돌을 내려놓는 모습을 지켜보면서 썬더는 마음이 점점 더 무거워졌다.

'모든 고양이가 소나무 숲으로 가겠다는 건가?'

그때 대플드펠트가 옆으로 스쳐 지나가 돌을 하나 물었다. 썬더는 숨을 죽이고 그 모습을 지켜보았다. 암고양이는 강을 표시한 동그라미에 돌을 떨어뜨렸다.

클리어스카이가 벌떡 일어섰다.

"넌 고양이지, 물고기가 아니야!"

대플드펠트는 차분한 눈빛으로 클리어스카이를 바라보며 눈을 깜박거렸다.

"우리는 각자 자기가 원하는 곳을 고르고 있어."

암고양이가 단호하게 말했다.

클리어스카이는 얼굴을 찡그렸지만 다시 앉았다.

썬더는 화내는 아버지를 모른 척했다. 살 곳을 선택하는 것만으로도 이미 충분히 힘들었다. 대플드펠트가 돌을 내려놓는 걸 지켜보면서 썬더는 마음이 불편했다. 평생 솔잎 더미를 헤매며 살기 싫다는 고양이가 자기 하나만이 아니라는 걸 알았으니 마음이 놓여야 했다. 하지만 무리가 뿔뿔이 흩어지는 걸 보고 있자니 털가죽 아래에서 불안감이 솟구쳤다.

새터드아이스도 대플드펠트를 따라 강을 선택했다. 그다음으로 라이트닝테일 차례가 되었다. 썬더는 답답한 마음으로 친구를 지켜보았다. 라이트닝테일은 새끼 고양이 시절부터 같은 잠자리에서 살았다. 라이트닝테일과 그의 누이 에이콘퍼는 썬더와는 친형제나 다름없었다.

라이트닝테일은 입에 돌을 물고 아무것도 없는 흙바닥으로 걸어갔다. 그리고 썬더를 힐끗 쳐다보았다.

'지금 나한테 뭔가를 묻고 있는 걸까?'

썬더는 친구를 외면했다.

'난 네 결정을 도와줄 수 없어. 넌 네 마음을 따라야 해.'

라이트닝테일은 클리어스카이의 동그라미에 돌을 내려놓았다.

클리어스카이가 흥미롭다는 듯 귀를 씰룩거렸다.

'라이트닝테일은 당연히 숲을 선택하겠지!'

썬더는 자신이 이런 결과를 미리 예상하지 못한 게 더 놀라웠다. 누이인 에이콘퍼는 이미 숲으로 옮겨 갔고, 호크스웁과 잭도스크라이도 죽었으니 이곳 황무지에는 혈육이 아무도 남지 않았다.

그다음으로 스패로퍼가 돌 더미로 가서 돌 하나를 물었다. 그러고는 눈을 내리깐 채로 클리어스카이의 동그라미에 돌을 내려놓았다.

썬더는 그레이윙이 긴장하는 것을 보았다.

"스패로퍼, 너 진심이니?"

그레이윙이 어린 암고양이를 빤히 보며 물었다.

스패로퍼는 그레이윙의 눈을 마주 보며 고개를 끄덕였다.

"전 그곳이 좋아요."

그레이윙은 아무 말도 하지 않았다.

"전 나무가 좋아요."

스패로퍼가 주장했다.

"그리고 늘 다람쥐를 먹어 보고 싶었고, 또⋯⋯."

어린 암고양이가 말꼬리를 흐렸다. 그레이윙의 눈이 슬픔으로 가득 차서 번들거리고 있다는 걸 누가 봐도 알 수 있었다.

"당연히 네 마음을 따라야지."

그레이윙은 눈길을 떨궜다.

아울아이스가 누이 옆으로 잽싸게 지나가 이빨로 돌을 물었다. 그리고 스패로퍼가 놓은 돌 옆으로 툭 던지고는 페블하트를 힐끗 쳐다보았다. 그들은 한배 형제를 두고 떠나기로 한 것이다.

"괜찮지?"

"괜찮아."

페블하트가 가르랑거리며 말했다.

"천둥길이 우리 사이를 갈라놓겠지만 우리가 형제라는 건 변하지 않아."

페블하트가 형제에게 다가가 주둥이로 볼을 비비는 사이 클라우드스파츠는 클리어스카이의 동그라미에 돌을 던졌다.

페블하트가 홱 돌아서서 털이 긴 검은 수고양이를 바라보았다. 어린 고양이의 눈이 놀라움으로 반짝이고 있었다.

"스승님이 없으면 누가 절 가르쳐 줘요? 어떤 약초를 써야 하는지 어떻게 알 수 있죠?"

"넌 이미 다 알고 있어."

클라우드스파츠가 가볍게 대답했다.

"난 이제 너한테 가르쳐 줄 게 없어. 그리고 우리의 치료 기술을 두 무리에 퍼뜨리는 게 훨씬 좋잖니. 소나무 숲에 사는 고양이들은 너한테 치료를 받고, 클리어스카이의 무리는 나한테 치료를 받게 되는 거야."

클라우드스파츠는 어깨 너머로 클리어스카이를 힐끗 보았다.

"클리어스카이의 무리에도 치료해 줄 고양이가 필요하니까."

클리어스카이는 그 말을 듣지 못했는지, 자신의 동그라미 안에 놓인 네 개의 돌만 뚫어져라 바라보고 있었다.

썬더는 불안한 마음에 발톱으로 계속 땅을 팠다. 머릿속으로 질문을 되새기고 또 되새기는 사이, 그를 뺀 모든 고양이가 결정을 마쳤다.

"뭐 해?"

클리어스카이가 재촉했다.

"넌 어디를 선택할 거냐, 썬더?"

썬더는 자신이 자랄 때 함께했던 고양이들을 둘러보았다. 그레이윙과 톨새도를 따라 소나무 숲에 가야 할까? 아니면 대플드펠트와 섀터드아이스를 따라 강으로 가야 할까?

'아니야.'

썬더는 자신이 어떻게 해야 하는지 알고 있었다. 우선, 아버지가 하마터면 죽을 뻔한 순간을 목격했다. 아버지가 불안해하는 모습도 봤다. 심지어 아버지가 애원하는 모습까지 지켜보았다. 썬더는 지금껏 한 번도 본 적 없는 아버지의 약한 마음을 느낄 수 있었다.

'아버지한테는 내가 필요해.'

내키지 않았지만 썬더는 돌 더미로 가서 남은 돌들 중 하나를 물었다. 그리고 클리어스카이의 동그라미 안에 떨어뜨렸다.

"고맙다, 썬더."

아버지의 목소리는 금이 가서 깨질 것만 같았다.

썬더는 눈을 감았다.

'나는 옳은 결정을 한 거야.'

클리어스카이는 더 이상 예전 같은 무자비한 지도자가 아니었다. 아버지의 무리가 타오르는 별처럼 성장하고 퍼져 나가려면, 무리를 이끌기 위해 도움이 필요했다. 썬더는 신선한 바람처럼 온몸을 휘감는 안도감에 몸을 부르르 떨었다.

결정은 끝났다.

그렇지만 무리가 뿔뿔이 흩어진다고 생각하니 가슴이 철렁했다. 이게 정말로 옳은 일일까? 길고 긴 잎 없는 계절 동안 텅 비어 있을 분지를 상상해 보았다. 빈 잠자리마다 눈이 쌓이고, 풀을 꾹꾹 밟아 줄 발들이 없으니 공터에는 잡초가 무성하게 자랄 것이다.

마우스이어가 톨새도 주위를 요리조리 맴돌았다.

"소나무 숲이 황무지보다 먹잇감이 훨씬 더 많을 거야."

머드포스는 새까만 앞발을 들어 몸단장을 시작했다. 그리고 혀로 발을 핥는 사이사이에 중얼거렸다.

"당장이라도 이 바람을 피하고 싶어."

대플드펠트는 눈을 반짝이며 새터드아이스 앞을 정신없이 왔다 갔다 했다.

"리버리플이 우리한테 물고기 잡는 법을 가르쳐 줄까?"

그 말을 들은 스패로퍼가 몸을 부르르 떨었다.

"진짜 발을 적시고 싶어요?"

어린 암고양이는 믿을 수 없다는 얼굴로 대플드펠트를 빤히 쳐다보았다.

"난 헤엄치는 법도 배우고 싶은걸."

대플드펠트가 말했다.

"굴길 파는 것보다는 안 힘들겠지."

섀터드아이스도 거들었다.

라이트닝테일이 콧방귀를 뀌었다.

"그건 쥐 대가리 같은 소리로 들리는데요."

라이트닝테일이 놀리듯 가르랑거렸다.

모두가 즐거운 듯 보였지만 썬더의 귀에는 그들의 말소리가 들리지 않았다. 발치를 요리조리 돌아다니는 새끼 고양이들을 거느리고 홀리에게 다가가는 재기드피크를 보자 짜증이 치밀어 올랐다.

'재기드피크는 굳이 지금 저렇게 즐거운 척해야 해?'

썬더는 재기드피크를 향해 성큼성큼 걸어갔다.

"우리 무리가 찢어지게 생겼는데 그렇게 즐거워요?"

재기드피크는 무덤덤하게 썬더의 눈을 마주 보았다.

"이게 영혼 고양이들이 바라는 거야, 너도 알잖아."

썬더는 재기드피크의 대담한 태도에 놀라서 눈만 깜박거렸다.

"상황이 변했어, 썬더."

재기드피크는 움직이지 못하는 자신의 뒷다리를 힐끗 돌아보왔다.

"그 변화에 이미 적응한 고양이들도 있어. 너도 적응하는 게 좋을 거야."

재기드피크는 꼬리로 썬더의 주둥이를 때리듯 스치며 매몰차게 돌아섰다. 그리고 코로 이글페더를 밀어 자신의 어깨에 올렸다.

"우리 새집에 가서 오소리 올라타기 놀이 또 할까?"

썬더는 그들을 빤히 쳐다보았다. 재기드피크는 변했다. 자신감이 넘쳤다.

'그것 때문에 못마땅하게 여기는 건 말이 안 돼.'

털가죽이 옆구리를 스치는 느낌이 들면서 클리어스카이가 옆에 멈춰 섰다.

"다섯이면 충분해."

클리어스카이의 시선은 떠나는 고양이들에게 고정되어 있었다.

"지금 당장은 말이다."

썬더는 갑자기 몸이 싸늘해졌다. 아버지의 목소리는 차가울 정도로 단호했다. 클리어스카이는 전혀 약해지지 않았다. 불안하고 애원하는 듯한 눈빛은 그저 속임수였던 걸까?

"아직도 저들 모두를 원하세요?"

"난 아니다."

클리어스카이의 파란 눈은 차분했다.

"플러터링버드가 원했지."

썬더는 그 자리를 떠났다. 어쩌면 무리가 황무지와 강 그리고 숲으로 나뉘는 게 최선일지도 모른다. 이 고양이들 모두를 다스릴 만한 지도자는 없을 테니까. 그렇게 하려면 너무 큰 힘이 필요하다.

클리어스카이가 꼬리를 쳐들었다.

"이제 그만 떠날 준비를 하자."

스패로퍼와 아울아이스는 벌써 입구 근처를 서성거리고 있었다. 그들 옆에서는 라이트닝테일이 아쉬운 듯 분지를 바라보고 있었다.

그레이윙은 혼자 앉아 있었다. 나이 든 수고양이의 황금빛 눈동자는 슬픔으로 어두웠다.

썬더는 목이 메었다.

"그레이윙한테 작별 인사를 하고 올게요."

클리어스카이에게 말하고, 풀밭을 가로질러 달려가 오랜 친구 앞에 멈춰 섰다.

"제가 저 애들을 지켜 줄게요."

썬더는 스패로퍼와 아울아이스를 향해 고갯짓을 하며 그레이윙에게 약속했다.

"터틀테일을 또다시 잃는 기분이야."

그레이윙이 꽉 잠긴 목소리로 말했다.

"난 톨샌도를 떠날 준비도 안 됐고, 페블하트한테는 내가 필요해. 그런데 어떻게 저 어린것들과 헤어지지?"

썬더는 그레이윙이 이런 힘든 일을 겪는 게 정말 싫었다.

"저 애들은 이제 새끼 고양이가 아니에요."

썬더는 다정하게 말했다. 아울아이스와 스패로퍼, 페블하트는 이제 거의 다 자랐지만, 그레이윙은 언제까지나 아버지로서 그 아이들을 사랑하리라는 걸 잘 알고 있었다.

"어쨌든 저 애들이 어디 있는지는 알잖아요."

썬더는 그레이윙을 위로했다.

"그러니까 보고 싶을 땐 언제든 볼 수 있어요."

"전과 같지는 않을 거야."

썬더는 가슴속에서 심장이 뒤틀리는 것 같았다.

'맞아요, 다시는 예전 같지 않을 거예요.'

새 보금자리를 찾아간다는 생각에 흥분한 고양이들이 귀를 쫑긋 세우고 꼬리를 씰룩거리면서 분주하게 주위를 돌아다녔다.

'그저 우리가 옳은 일을 하고 있기를 바라야죠.'

4

흩어지는 고양이들

썬더가 떠나자 그레이윙은 서서히 추위가 느껴지기 시작했다. 스패로퍼가 클리어스카이의 동그라미에 돌을 던진 뒤로 아무것도 느껴지지 않던 몸이 그제야 풀렸다. 그레이윙은 몸을 떨며 가시금작화 입구에 있는 어린 고양이 둘에게 시선을 돌렸다. 아울아이스가 떨어지는 눈송이를 잡으려고 폴짝 뛰어올랐다. 새끼 고양이의 눈은 흥분으로 반짝반짝 빛나고 있었다.

슬픔을 삼키던 그레이윙은 부드러운 털이 옆구리를 스치자 고개를 돌렸다.

페블하트가 동그란 호박색 눈으로 바라보고 있었다.

"쟤들한테 작별 인사를 하고 왔어요. 아빠도 해야죠."

그레이윙은 발이 돌처럼 무겁게 느껴졌다.

'내가 어떻게 저 애들한테 작별 인사를 할 수 있겠어?'

이런 식으로 헤어질 거라고는 상상도 못 했다. 진영을 짓누르듯 뒤덮고 있는 눈구름을 힐끗 쳐다보았다. 터틀테일이 지켜보고 있을까? 타오르는 별처럼 성장하고 퍼져 나가라고 재촉할 때, 이런 일이 일어나리라는 걸 터틀테일은 알고 있었을까?

"터틀테일이 내게 남겨 준 건 저 애들뿐인데."

그레이윙은 작은 소리로 중얼거렸다.

"아직 제가 남아 있잖아요."

페블하트가 그레이윙을 앞으로 쓱 밀었다.

"작별 인사를 하기 전까지 쟤들은 떠나지 않을 거예요."

'내가 옳은 결정을 한 걸까?'

그레이윙은 자신이 정말 소나무 숲으로 가야 하는 건지 의문이 들었다. 어떻게 숲을 집이라고 부를 수 있을까? 터틀테일과 함께 잠자리를 만든 이곳 분지가 집처럼 느껴졌다. 그런 곳을 떠난다는 게 너무 이상했지만, 이미 선택해 버렸다. 어떤 고양이도 분지에 남겠다고 돌을 던지지 않았다.

'이제 이곳은 텅 빌 거야.'

생각만 해도 잔인한 발톱이 배를 움켜쥔 것처럼 뼈아픈 후회가 밀려왔지만, 그런 생각은 떨쳐 버려야만 했다. 그레이윙은 자신이 페블하트 곁을 지켜야 한다는 걸 잘 알고 있었다. 이 어린 수고양이는 태어날 때부터 특별했다. 이 아이는 선택받은 치유사이고, 기묘할 정도로 정확한 꿈을 꾼 게 한두 번이 아니었다. 이 아이를 지켜야 한다는 책임감이 그레이윙을 강하게 끌어당겼다. 모든 고양이의 운명이 페블하트의 운명과 연결되어 있다는 느낌을 무시할 수 없었다.

'나는 이 아이를 지켜야만 해.'

그레이윙은 마음을 가라앉히려고 크게 심호흡을 했지만 가슴이 답답했다. 숲에 불이 나서 연기를 들이마신 뒤로 종종 숨이 잘 쉬어지지 않았다. 거기다 잎 없는 계절의 차가운 공기와 분지를 떠나야 한다는 긴장감이 마치 돌덩이처럼 가슴을 짓누르고 있었다. 그레이윙은 잠시 눈을 감고 얕은 숨을 들이마신 뒤 진영을 가로질러 걸어갔다.

"신나 보이는구나."

스패로퍼와 아울아이스에게 다가가며 말했다. 말을 내뱉고 보니 비난처럼 들린다는 생각이 들었다. 하지만 후회하기에는 너무 늦었다.

"내 말은…… 너희가 행복해 보인다는 뜻이야. 너희 둘 다 옳은 선택을 한 것 같아."

스패로퍼가 걱정스러운 눈빛으로 그레이윙을 바라보았다.

"상처를 주려던 건 아니었어요."

"상처 안 받았어."

그레이윙은 거짓말을 했다.

아울아이스가 눈을 깜박이며 그레이윙을 쳐다보았다.

"숨소리가 쌕쌕거리는데요."

"날이 추워서 그래."

그레이윙은 턱을 쳐들었다. 스패로퍼와 아울아이스를 번갈아 보는데, 갑자기 아이들이 쑥 자란 것처럼 느껴졌다. 새끼 고양이의 보송보송한 솜털은 어느새 다 사라졌다. 털가죽은 매끈하고 그 아래에 숨은 섬세한 근육이 드러났다. 스패로퍼는 제 엄마와 같은 예쁜 삼색얼룩 무늬가 있었다. 그리고 아울아이스는 엄마처럼 몸이 호리호리하고 유연했다.

"새집에 가더라도 엄마는 잊지 않을 거지?"

"당연하죠! 우리는 절대 엄마를 잊지 않을 거예요."

스패로퍼가 분명하게 말했다.

아울아이스의 꼬리가 파르르 떨렸다.

"지금도 엄마 냄새를 기억하는걸요."

'축축하고 퀴퀴한 숲 냄새에 둘러싸이더라도 네 엄마 냄새를 기억할 수 있겠니?'

그레이윙은 한숨이 나오려는 것을 꾹 참고 말을 이었다.

"네 엄마는 용감한 고양이였어. 그리고 내가 아는 가장 친절한 고양이였지. 너희가 이렇게 용감하게 미래를 향해 나아가는 걸 보면 너희 엄마도 자랑스러워할 거야."

아울아이스가 고개를 갸웃했다.

"아빠도 우리를 자랑스러워할 거예요?"

그레이윙은 앞으로 몸을 숙여 주둥이로 아울아이스의 머리를 톡 쳤다.

"나는 언제나 너희를 자랑스러워할 거야."

그렇게 말하고서 스패로퍼의 귀를 핥아 주었다.

"언제든 내가 필요하면 나를 찾아오렴."

슬픔이 밀려와 숨쉬기가 힘들었지만 돌아서서 천천히 걸어갔다. 어린 고양이들의 시선이 털가죽에 뜨겁게 와 닿았다.

"너희 둘, 얼른 와! 출발하자!"

라이트닝테일의 경쾌한 목소리가 뒤에서 울려 퍼졌다.

"클리어스카이를 기다려야 하는 거 아니야?"

스패로퍼가 큰 소리로 물었다.

클리어스카이가 바위 옆에서 걸어 나왔다.

"난 알아서 따라가마."

클리어스카이는 그레이윙 앞으로 걸어와 약속했다.

"쟤들은 내가 잘 돌볼게."

그레이윙은 실눈을 하고 형제를 바라보았다. 클리어스카이는 다른 고양이들에게 자신의 무리로 와 달라고 필사적으로 애원했다. 게다가 오소리의 공격을 받아 많이 놀란 것처럼 보였다. 지금은 평소처럼 당당하게 가슴을 내밀고 있었지만 그레이윙이 보기엔 형제의 파란 눈에 여전히 공포의 흔적이 깃들어 있었다. 문득 형제가 겁에 질린 모습을 지금껏 본 적이 없다는 걸 깨달았다. 그래서 불안해졌다.

'얘가 뭘 두려워하는 걸까?'

그레이윙은 생각에 잠긴 채 고개를 갸웃했다.

"괜찮아, 클리어스카이?"

"물론이지!"

클리어스카이는 몸을 힘껏 털었다.

"아직도 플러터링버드가 한 말 때문에 걱정하는 거야?"

그레이윙은 죽은 누이동생의 말이 클리어스카이에게 얼마나 큰 영향을 미쳤는지 짐작할 수 있었다. 누이동생의 죽음에 죄책감을 느끼는 건 그레이윙도 마찬가지였다. 만약 그들이 사냥을 더 많이 했거나 더 오래 해서 먹잇감을 충분히 잡아 왔다면, 누이동생은 죽지 않았을지도 모른다.

'하지만 그땐 우리가 너무 어렸어.'

그레이윙은 스스로에게 변명했다.

"난 걱정하는 게 아니야."

클리어스카이가 주장했다.

"그저 다른 고양이들이 내 말을 듣지 않은 게 아쉬울 뿐이야."

그레이윙은 더 이상 묻지 않았다. 클리어스카이는 언제나 남들에게 이래라저래라 명령하길 좋아했다. 그 말을 반박하는 게 시간 낭비라는 건 오래전부터 경험으로 알고 있었고, 지금은 낭비할 시간이 없었다.

"정말 우리와 같이 가지 않을래?"

클리어스카이가 다그치듯 물었다.

그레이윙은 고개를 저었다.

"톨섀도와 함께한 시간이 너무 길어서 지금 당장은 떠날 수 없어. 그리고 페블하트한테도 내가 필요해."

"알았어."

클리어스카이는 고개를 꾸벅 숙이고 가시금작화 입구로 향했다. 라이트닝테일, 스패로퍼, 아울아이스가 빠져나간 가시금작화 덤불은 아직도 흔들리고 있었다.

재기드피크와 홀리도 새끼들을 그곳으로 데려가고 있었다. 그러다 클리어스카이가 지나가자 걸음을 멈췄다. 재기드피크가 어깨 너머를 돌아보았다.

"어서 가자, 그레이윙 형. 눈이 더 올 것 같은 냄새가 나. 되도록 빨리 소나무 숲에 도착하는 게 좋겠어."

톨섀도가 성큼성큼 걸어가 듀노즈를 물고 들어 올렸다.

듀노즈는 붙잡힌 물고기처럼 꿈틀거렸다.

"나 걸어갈래!"

새끼 암고양이가 끽끽거렸다.

"너무 멀어. 그리고 진영 밖에는 눈이 깊이 쌓였단 말이야."

홀리가 새끼를 달랬다.

이글페더가 허공으로 코를 높이 쳐들었다.

"나는 내 발로 걸어갈 거야!"

"오소리에 올라타는 건 어때?"

마우스이어가 소리쳤다.

"끝까지요?"

이글페더는 신이 나서 덩치 큰 수고양이를 힐끗 쳐다보았다.

"끝까지."

마우스이어가 몸을 웅크리며 가르랑거렸다.

이글페더는 낑낑대며 수고양의 넓은 어깨로 기어 올라갔다.

"나도 오소리에 올라타면 안 돼요?"

스톰펠트가 수줍게 물었다.

머드포스가 재빨리 새끼 고양이를 향해 다가갔다.

"올라오렴!"

머드포스는 코로 스톰펠트를 밀어 등에 태운 뒤 새끼 고양이가 자신의 어깨에 걸터앉아 자그마한 발로 단단히 붙잡고 숱 많은 털에 푹 파묻힐 때까지 기다렸다.

듀노즈가 짜증이 나서 발을 휘두르며 더 요란하게 낑낑댔다.

"나도 오소리에 올라탈래!"

"알았어."

톨섀도가 새끼 암고양이를 내려놓고는 자신의 등 위로 기어오를 수 있도록 몸을 낮게 숙였다.

그레이윙도 도와주고 싶었지만 자신은 숨이 차지 않게 조심해야 한다는 걸 잘 알고 있었다. 재기드피크 말이 옳았다. 숨을 들이마시자 공기에서 신선한 눈 냄새가 났다. 그리고 가슴이 쿡쿡 쑤실 정도로 공기가 차가웠다.

진영을 둘러싼 가시금작화 덤불 옆에서 대플드펠트와 섀터드 아이스가 낮은 소리로 수군대고 있었다.

"리버리플이 우릴 쫓아내면 어쩌지?"

대플드펠트가 물었다.

"그럼 다른 무리로 가면 되지 뭐."

섀터드아이스가 톨섀도를 바라보았다.

"우리 받아 줄 거지?"

"당연하지!"

톨섀도가 가르랑거렸다. 암고양이의 어깨에 올라탄 듀노즈가 발을 꼼지락거렸다.

"어서 가요."

재기드피크가 가장 먼저 입구를 빠져나갔다.

그때 갑자기 페블하트가 당황한 눈빛으로 물었다.

"제 약초는 어떻게 해요?"

어린 고양이는 가지가 들쭉날쭉 튀어나와 있는 가시금작화 덤불을 힐끗 돌아보았다. 그때 덤불이 부르르 떨리며 가지에 쌓인 눈이 떨어지더니 클라우드스파츠가 약초 꾸러미를 물고 미끄러져 나왔다.

검은 수고양이는 눈 덮인 풀밭을 가로질러 페블하트의 발치에 약초 꾸러미를 내려놓았다.

"이거 가져가. 지금 당장은 이걸로도 충분할 거야. 나중에 와서 나머지 약초를 가져가면 돼."

페블하트는 고맙다는 듯 검은 수고양이를 바라보며 눈을 깜박거렸다.

"스승님은 어쩌고요?"

"난 새로 꾸러미를 만들면 돼."

클라우드스파츠는 거처로 다시 돌아서다가 걸음을 멈췄다.

"숲에 가면 더 좋은 약초가 있을지도 몰라."

페블하트는 눈을 반짝이며 고개를 끄덕였다.

"소나무 숲에도요."

"새로운 걸 찾으면 너한테도 알려 줄게."

클라우드스파츠가 약속했다.

"저도 그럴게요."

다정한 눈으로 서로를 마주 보는 둘을 보자 그레이윙은 갑자기 질투심이 솟구쳤다. 페블하트는 자신에게 많은 것을 가르쳐 준 클라우드스파츠를 좋아하는 게 분명했다.

"우리가 알게 된 걸 서로 가르쳐 줄 수 있게 정기적으로 만나는 게 좋겠어."

클라우드스파츠가 제안했다.

페블하트가 열심히 고개를 끄덕였다.

"다음 초승달이 뜰 때 나무 네 그루가 있는 곳에서 만나는 게 어때요?"

클라우드스파츠가 꼬리를 흔들었다.

"그럼 그때 보자."

클라우드스파츠는 다시 자신의 거처로 들어갔다.

"가자, 페블하트."

그레이윙은 어린 수고양이를 불렀다. 다른 고양이들은 벌써 줄지어 진영을 빠져나가고 있었다.

페블하트도 약초 꾸러미를 입에 물고 마우스이어를 쫓아 서둘러 굴길을 빠져나갔다. 마우스이어의 등에 올라탄 이글페더는 가시금작화 가지가 등줄기를 긁자 끽끽거리더니, 수고양이의 등에 더 깊이 파고들었다.

진영 입구에 다다른 그레이윙은 잠시 멈춰 서서 분지를 돌아보았다. 공터는 기분 나쁠 정도로 고요했고, 클라우드스파츠가 굴 안을 뒤적거리는 소리만 이따금 들렸다.

그레이윙은 무거운 마음을 안고 가시금작화를 비집고 나갔다.

밖으로 나와 보니 황무지가 온통 눈에 덮여 있었다. 바람이 휩쓸고 지나가자 헤더가 흔들렸다. 대플드펠트와 섀터드아이스는 이미 강을 향해 가고 있었다. 탁하게 변한 드넓은 하늘 아래에 있는 그들은 유난히 작아 보였다.

홀리, 마우스이어, 머드포스, 톨섀도는 재기드피크를 따라 풀밭을 가로질러 갔다. 황무지 너머 저 멀리 소나무 숲 꼭대기가 보였다. 페블하트가 그들을 따라잡으려고 열심히 달려갔다.

"서둘러, 형!"

무리의 선두에 선 재기드피크가 그레이윙을 보며 소리쳤다.

그레이윙은 코를 씰룩거리며 걸음을 멈췄다. 낯선 냄새가 눈 냄새를 뒤덮고 있었다. 떠돌이들이 이 길을 지나간 것 같았다. 게다가 진영 입구에 머무르기까지 했다. 그들이 앉았던 자리가 아직도 움푹 파여 있었다. 그들은 왜 다른 떠돌이들처럼 찾아와서 인사하지 않았는지 궁금했다. 호기심이든 아니면 경계심 때문이

든 말이다. 불안감이 그레이윙의 털을 잡아당겼다. 황무지를 돌아다니는 떠돌이들 냄새는 다 알고 있다고 생각했는데, 이건 전혀 모르는 냄새였다.

'그게 무슨 상관이야? 이제 우리는 이 분지를 떠나는데.'

그레이윙은 황무지를 훑어보았다. 윈드러너의 진영이 이 근처에 있었다. 원아이의 기억이 머릿속을 휙 스쳐 지나갔다. 만약 낯선 떠돌이들이 이 주위를 맴돈다면, 윈드러너의 새끼들이 위험할 수도 있다. 아무래도 조사를 해 봐야 할 것 같았다.

"너희 발자국을 따라갈게!"

그레이윙은 재기드피크에게 소리쳤다.

"난 먹잇감을 좀 찾아봐야겠어."

사실대로 말해서 새끼 고양이들을 겁줄 필요는 없었다.

"너무 오래 걸리면 안 돼!"

재기드피크의 대답을 들으며 그레이윙은 눈에 코를 박고 냄새를 맡았다. 강으로 이어진 발자국이 보였다. 대플드펠트와 섀터드아이스의 흔적이었다. 또 다른 흔적은 숲으로 이어졌다. 클리어스카이를 따라간 고양이들이었다. 세 번째 흔적에서 낯선 고양이들 냄새가 났다. 그레이윙은 그 흔적을 쫓아 비탈을 내려가 드넓은 헤더 밭에 도착했다. 헤더 가지가 머리 위로 드리워진 곳에서 냄새는 더 진해졌다.

'둘이로군.'

그레이윙은 걸음을 늦췄다. 여전히 숨을 깊이 들이쉬는 게 쉽지 않았다. 이렇게 몸이 약해진 상태에서 낯선 고양이들을 맞닥뜨리긴 싫었지만, 호기심과 윈드러너의 새끼들에 대한 걱정이 발을 이끌었다. 앞쪽에서 으르렁거리는 소리가 울려 퍼지자 그레이윙은 귀를 쫑긋 세웠다.

"시간이 없어."

수고양이가 으르렁거렸다.

그러자 불안한 목소리가 대답했다.

"하지만 나 혼자 갈 순 없어."

이어서 고통스러운 비명 소리가 헤더를 뚫고 나왔다.

그레이윙은 몸이 얼어붙었다.

"넌 이제 새끼 고양이가 아니잖아!"

첫 번째 목소리가 쏘아붙였다.

그레이윙은 앞에서 햇빛이 보일 때까지 살금살금 기어갔다. 헤더 굴길이 공터로 이어지면서, 하얀 눈 위에서 획획 움직이는 구부러진 얼룩무늬 꼬리 끝이 보였다.

그레이윙은 재빨리 길에서 벗어나 뒤엉킨 덤불 속으로 몸을 숨겼다. 그리고 갈대 사이로 이동하는 물뱀처럼 거친 가지 사이로 요리조리 미끄러져 나갔다. 추위에 딱딱하게 언 가지들이 옆에서 사그락거렸다.

"무슨 소리지?"

두 고양이 중 하나가 긴장한 듯 속삭이는 소리가 들리자 그레이윙은 몸이 굳었다.

"비둘기나 토끼겠지."

"먹잇감인가?"

암고양이가 흥분한 목소리로 쉭쉭거렸다.

"먹는 건 나중에 해도 돼."

수고양이가 쏘아붙였다.

"넌 그 고양이들을 쫓아가."

'그 고양이들을 쫓아가라고?'

그레이윙은 두 귀를 쭉 뻗었다. 그리고 퀴퀴한 풀 냄새가 자신의 냄새를 가려 주길 바라며 헤더 밭 가장자리까지 최대한 살금살금 기어갔다. 삐죽삐죽한 가지 사이로 두 고양이의 모습이 보였다.

어깨가 넓은 갈색 얼룩무늬 수고양이가 검은 암고양이를 마주보고 있었다. 둘 다 몸에 흉터가 있고 귀 끝은 잘려 있었으며, 털에는 오래된 상처가 십자 모양으로 여기저기 나 있었다. 얼룩무늬 수고양이는 두 앞다리에 베인 흉터가 하얀 줄무늬처럼 길게 이어져 있고, 두 귀는 찢어지고 수염은 절반 정도 빠져 있었다. 검은 암고양이는 마치 사고로 꼬리 절반이 잘려 나간 듯 짧고 끝이 뭉툭했다.

'저 암고양이는 꼬리가 반밖에 없는데 어떻게 균형을 잡지?'

그레이윙은 헤더 사이로 눈을 가늘게 뜨고 살펴보았다. 검은 암고양이는 흉터는 많지만 어려 보였고, 근육도 팽팽했다. 얼룩무늬 고양이는 나이가 들어 옆구리가 축 늘어졌지만, 눈에는 경험이 반짝거렸고 말할 때 긴 발톱을 세우는 것이 눈에 띄었다.

'저 녀석은 무시무시한 적이 되겠어.'

그레이윙은 생각했다.

얼룩무늬 고양이가 다시 말을 이었다.

"넌 그 녀석들을 쫓아가서 어디에 자리 잡는지 알아내. 난 놈들이 아무것도 없는 이 땅을 언젠가 떠날 줄 알고 있었어. 놈들이 어디에 진영을 만들고, 어디서 사냥하고, 어떤 습관이 있고, 어떤 약점을 가지고 있는지 전부 다 알아내야 해!"

"대체 왜 그래야 하는데, 슬래시?"

검은 암고양이의 목소리가 바들바들 떨렸다.

"쥐 대가리처럼 굴지 좀 마, 펀!"

얼룩무늬 고양이가 앞발을 휘둘러 암고양이의 귀를 할퀴었다. 펀은 작게 낑낑거리며 뒤로 물러났다.

"그냥 내가 시키는 대로 해!"

슬래시가 쉭쉭거렸다.

"지켜보면서 기다렸다가 나한테 와서 보고하란 말이야."

"나랑 같이 가면 안 돼?"

그레이윙은 펀이 저 못된 고양이한테서 벗어날 수 있는 기회를 왜 마다하는지 이해할 수가 없었다.

"난 다른 물고기도 잡아야 한단 말이야."

슬래시는 위협적인 목소리로 말을 이었다.

"날 실망시키지 마, 펀. 스타플라워가 날 배신했지만 그 녀석은 운이 좋아서 내가 살려 준 거야. 하지만 넌 그렇게 살살 다루지 않을 거야."

"실망 안 시킬게."

펀은 마치 겁먹은 새끼 고양이처럼 배를 땅바닥에 납작 붙이고 재빨리 약속했다.

"그리고 절대 그 녀석들한테 들키지 마!"

슬래시가 이빨을 드러내며 말을 이었다.

"때가 되면 그 말랑말랑한 애완 고양이 같은 녀석들이 놀라는 꼴을 내 눈으로 직접 보고 싶으니까."

"그림자처럼 숨어 있을게."

펀이 중얼거렸다.

"그러는 게 좋을 거야. 안 그러면 내가 널 어떻게 할지 알고 있 겠지?"

펀은 겁을 잔뜩 먹고 바들바들 떨었다.

"아, 알아, 슬래시."

"좋아."

슬래시는 몸을 곧게 펴고는 풀밭을 성큼성큼 걸어갔다. 떠나는 수고양이를 지켜보던 펀의 눈빛이 두려움에서 증오로 변했다.

그레이윙의 꼬리 끝이 불안하게 떨렸다. 이 떠돌이들은 분명 골칫거리가 될 것이다. 하지만 이 둘은 두려움을 바탕으로 맺어 진 관계다.

'그게 저들의 약점이야.'

펀이 떠날 때까지 그레이윙은 꼼짝하지 않고 기다렸다. 검은 암고양이는 비탈을 가로질러 갔다. 천둥길과 그 너머 소나무 숲 으로 가고 있는 것이 틀림없었다. 그레이윙은 펀이 넓게 퍼진 가 시금작화 덤불 너머로 사라질 때까지 기다렸다가 헤더 밭에서 꿈 틀거리며 빠져나왔다. 몸을 힘껏 흔들어 털가죽에 붙은 잎 부스 러기를 털어 내면서, 황무지를 꼼꼼히 살폈다.

'슬래시는 대체 언제부터 우리 영역을 돌아다닌 걸까?'

오래전부터 무리의 고양이들을 지켜본 것 같았다. 그리고 스타 플라워도 알고 있었다. 그러니 아마 스타플라워의 아버지인 원아 이도 알고 있을 것이다. 그레이윙은 발이 따끔거렸다. 이 떠돌이들은 독이 있는 잡초 같았다. 원아이는 죽었지만 슬래시가 그 자리를 차지하고 버젓이 살아 있었다. 그레이윙은 털가죽 밑에서 좌절감이 폭발하는 걸 느꼈다.

'우리는 영원히 평화를 얻을 수 없는 걸까?'

그레이윙은 다시 헤더 밭 속으로 몸을 숨겼다. 펀과 마주치지 않고 다른 고양이들을 따라잡아야 했다. 가시금작화 덤불을 빙 둘러 가는 길을 따라가다가, 황무지 꼭대기 근처에서 헤더 밖으로 빠져나갔다. 이곳에서는 산을 향해 완만한 비탈을 이룬 구불구불한 길이 한눈에 보이고, 그 앞에는 천둥길을 향해 내려가는 가파른 비탈도 보였다. 그 길을 따라 걷고 있는 재기드피크와 다른 고양이들이 보였다! 그레이윙은 그들을 따라잡기 위해 성큼성큼 달려갔다. 바람이 차가워질수록 가슴이 점점 더 답답해지면서 조여드는 것처럼 아팠지만, 애써 무시하며 계속 발을 옮겼다. 눈송이가 옆구리를 때리기 시작했다. 또다시 폭설이 몰려오고 있었다. 저 멀리 보이는 산은 이미 눈보라에 휩싸였다. 친구들을 따라잡았을 무렵엔 꼬리 하나 앞도 제대로 보이지 않았다.

"그레이윙? 맞아요?"

눈보라를 뚫고 외치는 페블하트의 목소리가 들렸다. 그 목소리를 따라간 그레이윙은 어린 수고양이와 동료들이 보이자 그제야 마음이 놓였다. 새끼 고양이들은 여전히 마우스이어와 머드포스, 톨섀도의 등에 매달려 있었다. 눈이 그들의 털가죽을 뒤덮었다.

"숲에 가면 눈을 피할 곳이 있을 거야!"

재기드피크가 소리쳤다.

"그 전에 먼저 천둥길을 건너야 하잖아."

홀리가 대꾸했다.

검은 길의 매캐한 냄새가 그레이윙의 혀를 건드렸다. 천둥길에 가까워졌다는 뜻이었다. 수염 하나 앞도 제대로 안 보이는데 천둥길을 어떻게 건너야 할까? 그레이윙은 마우스이어와 머드포스를 지나쳐 재기드피크 옆으로 걸어갔다.

"몸을 숨길 곳을 찾아서 좀 쉬었다가 건너는 게 좋겠어."

"안 돼."

재기드피크가 시선을 앞쪽에 고정한 채 말했다.

"소나무 숲에 도착할 때까지 쉬지 않고 계속 갈 거야. 거긴 먹잇감도 있고 쉴 곳도 있어. 애들이 춥고 배고프단 말이야."

그레이윙은 휘몰아치는 눈보라 때문에 눈을 가늘게 떴다. 재기드피크는 마치 자신이 지도자인 것처럼 굴고 있었다. 어쨌든 그 말이 틀린 건 아니었다. 천둥길이 멀지 않았고, 소나무 숲은 천둥길 바로 너머에 있었다. 바로 앞에 쉴 곳이 있는데 몸을 숨길 다른 곳을 찾아 비탈을 헤매고 다니는 건 시간 낭비일지도 모른다.

귓가에서 바람 소리가 요란하게 울렸다. 그런데 점점 커지는 그 소리가 단지 바람 소리만이 아니라는 걸 깨닫고 그레이윙은 몸이 굳었다.

"조심해!"

그 말과 동시에 커다란 두 개의 눈이 눈보라 사이로 번쩍이며 나타났다. 그 빛에 앞이 보이지 않자 그레이윙은 겁을 먹고 몸을 웅크렸다. 괴물 하나가 고양이들을 향해 무섭게 달려오고 있었다.

"뒤로 물러나!"

재기드피크가 홀리를 잡아당기고는 울부짖으며 허겁지겁 뒤로 물러났다. 그리고 그레이윙을 톨새도에게로 떠밀었다. 꼬리 하나 앞에서 괴물이 요란하게 울부짖으며 달려가자, 듀노즈는 겁을 먹고 꺅꺅 소리를 질렀다. 눈보라를 뚫고 나타난 괴물의 거대한 검은 발이 천둥소리를 내며 폭풍 속으로 사라졌다.

"아슬아슬했어."

재기드피크가 몸을 똑바로 세우고 다른 고양이들을 돌아보았다.

"다들 괜찮아?"

"그래."

재기드피크의 침착함에 감명받은 그레이윙은 새끼 고양이들을 살폈다. 새끼 고양이들은 꼬리털을 잔뜩 부풀린 채 옹기종기 모여 있었고, 페블하트와 톨새도가 그 옆에 웅크리고 있었다.

"저게 천둥길 괴물이에요?"

이글페더가 숨을 헐떡이며 물었다.

"그렇단다, 얘야."

홀리가 몸을 뻗어 마우스이어의 등에 매달린 새끼를 주둥이로 문질렀다.

"우린 조심해야 해."

"그럴 거야."

재기드피크가 으르렁거렸다.

"적어도 이젠 천둥길이 어디 있는지는 알잖아."

그레이윙은 눈보라 속을 노려보았다.

"지금은 천둥길을 건널 수 없어."

"아니, 건널 수 있어."

재기드피크가 앞으로 걸어 나오다가 멈춰 섰다.

"방금 지나간 괴물이 우리 앞에 다다르기 전에 땅이 울렸어."

발이 눈 속에 깊이 파묻힐 때까지 재기드피크는 이리저리 발을 움직였다.

"그러니까 괴물이 다가오면 내가 알려 줄 수 있어."

홀리가 눈을 깜박거리며 짝을 바라보았다.

"거기 그렇게 서 있으면 안 돼!"

암고양이가 숨을 헐떡이며 말했다.

"그러다 괴물이 갑자기 방향을 바꿔서 당신을 덮치면 어떡해?"

"그럴 리는 없어."

재기드피크가 자신 있게 말했다.

'얘가 완전히 달라졌잖아.'

그레이윙은 톨섀도를 힐끗 쳐다보았다. 암고양이도 놀란 얼굴로 재기드피크를 보고 있었다.

톨섀도와 그레이윙의 시선이 마주쳤다.

"이렇게 완전히 변해 버린 고양이는 처음 봐."

그레이윙은 고개를 끄덕였다.

"나도 같은 생각을 하고 있었어."

홀리가 고개를 홱 돌렸다.

"아주 작은 사랑으로도 이렇게 놀라운 일이 벌어지지."

'방금 비꼬는 말이었나?'

그레이윙은 순간 죄책감이 밀려왔다. 동생이 원하던 건 약간의 친절뿐이었는데, 그동안 너무 모질게 대했던 걸까?

홀리가 턱을 쳐들고 재기드피크 옆으로 걸어갔다.

"난 당신을 믿어."

암고양이는 주둥이로 짝의 뺨을 톡 치고는 마우스이어와 머드
포스를 큰 소리로 불렀다.

"재기드피크가 신호를 주면 즉시 애들을 데리고 천둥길을 건너
는 거야."

마우스이어는 고개를 끄덕이고, 천둥길 가장자리에 선 재기드
피크 옆으로 걸어갔다.

"기다려, 땅이 흔들리고 있어."

재기드피크가 경고했다.

그레이윙은 동생의 몸이 굳는 것을 보았다.

"뒤로 물러나."

마우스이어가 그 말대로 뒤로 물러나자, 재기드피크는 그 자리
에 버티고 섰다. 윙윙대는 바람 소리가 괴물의 울부짖음으로 변
했다. 괴물이 재기드피크를 향해 눈을 번뜩이며 달려오는 모습을
그레이윙은 숨을 죽이고 지켜보았다. 괴물의 새까만 발이 눈보라
속에서 나타나자 공포로 온몸이 새까맣게 타들어 가는 것 같았
다. 하지만 재기드피크는 괴물이 달려들듯 옆으로 지나가는 내내
꼼짝도 하지 않았다.

그제야 그레이윙은 간신히 숨을 내쉬었다. 차가운 눈에 입이
얼어붙고 가슴이 타는 듯이 아팠다.

"지금이야!"

재기드피크가 소리쳤다.

마우스이어와 머드포스가 재기드피크를 지나쳐 달려갔다. 그들
의 등에 매달린 새끼 고양이들이 꺅꺅 소리를 내질렀다. 그레이
윙은 바들바들 떨면서 그들이 눈보라 속으로 사라지는 모습을 지

켜보았다.

"아직 안전해!"

재기드피크가 울부짖었다.

이번에는 톨새도가 앞으로 달려갔다. 홀리가 뒤따라 달려가고, 페블하트도 그 뒤를 바짝 쫓아갔다.

"형도 가!"

재기드피크가 내리는 눈 사이로 그레이윙을 보며 소리쳤다.

그레이윙은 숨이 차서 대답도 할 수가 없었다.

재기드피크가 그를 향해 달려왔다.

"괜찮아?"

"이런 눈 속에선 숨을 못 쉬겠어."

그레이윙은 헐떡이며 말했다.

재기드피크가 몸을 바짝 붙였다.

"나한테 기대."

그레이윙은 동생의 튼튼한 어깨가 옆구리에 닿는 걸 느낄 수 있었다. 동생에게 몸을 기대자 갑자기 자신이 약해진 것 같았다.

"가자, 괴물의 움직임이 전혀 안 느껴져."

재기드피크가 부드럽게 재촉했다.

그레이윙은 땅에서 떨림이 느껴지는지 확인하려고 앞발에 온 정신을 집중했지만, 땅이 흔들리는 건지 자신의 다리가 흔들리는 건지 알 수가 없었다. 재기드피크를 힐끗 쳐다보았지만 동생의 눈은 차분히 앞만 보고 있었다.

'내 다리가 떨리는 거겠지. 동료들한텐 내가 필요해. 이렇게 나약하게 굴어선 안 돼!'

110

"그냥 계속 걸어가."

재기드피크가 그레이윙을 앞으로 밀며 툴툴대듯 말했다.

"일단 소나무 숲에 가면 숨 쉬는 게 한결 편해질 거야."

그레이윙은 대답하지 않았다. 그저 재기드피크의 힘을 고맙게 여기며, 동생에게 의지해서 떨리는 다리로 계속 걸어갔다. 발밑의 눈은 미끄러웠고 그 아래 땅바닥은 돌처럼 단단했다. 이미 천둥길 위로 올라온 것 같았다. 그레이윙은 비틀거리며 걸음을 서둘렀다.

"괜찮아."

재기드피크가 안심하라는 듯 말했다.

"괴물은 없어. 서두르지 않아도 돼."

눈이 주둥이를 스치고 날아가자 그레이윙은 머리가 핑 돌았다.

"더는 못 가겠어."

그레이윙은 숨을 헐떡이며 말했다.

"가야 해!"

재기드피크가 위협하듯 으르렁거렸다.

"땅이 흔들리는 게 느껴진단 말이야."

그레이윙의 발이 눈 위에서 주르르 미끄러졌다.

"어서!"

재기드피크가 어깨로 그레이윙의 옆구리를 더 세게 밀면서, 거의 들어 올리듯 앞으로 밀고 갔다.

괴물이 울부짖는 소리가 들리기 시작했다. 눈을 뚫고 빛이 번쩍거렸다. 재기드피크가 앞으로 세게 떠밀자 그레이윙은 세상이 무너지는 것 같았다.

'우리 이제 죽는구나!'

그레이윙은 부드러운 눈 위를 데구루루 굴러가다가 미끄러지듯 멈췄다. 괴물이 울부짖는 소리가 귀 털을 뚫고 밀려들었다. 돌멩이와 얼음 조각이 마구 날아오고, 매캐한 연기가 콧구멍을 꽉 채웠다. 그러고 나서 하얀 눈이 모든 걸 집어삼켰다.

괴물은 사라졌다.

"재기드피크?"

공포가 털가죽 속으로 밀려왔다.

"재기드피크!"

"나 여기 있어!"

의기양양한 동생의 목소리가 귓속으로 날아왔다.

"우리가 해냈어! 나무숲이 보여."

마음이 놓이면서 힘이 탁 풀린 그레이윙은 재기드피크의 부축을 받아 앞도 제대로 보지 못하고 비틀거리며 걸어갔다. 시커먼 형체들이 앞에서 빙빙 소용돌이치며 점점 어두워지더니 으스스할 정도로 주위가 고요해졌다.

눈이 사라졌다. 바람도 멎었다.

'나 죽은 건가?'

그레이윙은 눈을 깜박이며 주위를 둘러보았다. 옆에는 나무줄기가 하늘 높이 쭉쭉 뻗어 있고, 발밑에는 솔잎이 푹신하게 깔려 있었다.

"당신이 해냈어!"

홀리가 소나무 사이로 달려와 재기드피크와 뺨을 맞댔다.

"당연하지."

재기드피크는 페블하트에게 고개를 끄덕였다.

"형이 다시 호흡 곤란을 겪고 있어."

페블하트가 물고 있던 약초 꾸러미를 내려놓았다.

"여기서 머위 냄새가 나요."

어린 수고양이는 코로 약초 꾸러미를 풀어 칙칙한 녹색 가지 하나를 꺼냈다.

"초록잎 우거진 계절부터 말린 거지만 효과는 있을 거예요."

익숙한 약초 냄새가 코로 흘러들자 그레이윙의 마음속에 안도감이 불꽃처럼 반짝였다. 페블하트가 잔가지를 이빨로 물어 건넸고, 그레이윙은 그걸 받았다.

"고맙다."

잔가지를 꼭꼭 씹어 말라붙은 가지에서 간신히 즙을 짜낸 뒤 꿀꺽 삼켰다.

"여기서 잠시 쉬었다 가자."

톨섀도가 어깨를 들썩여 듀노즈를 등에서 떨어뜨렸다.

어린 암고양이는 땅에 내려서며 끽끽 소리를 질렀다.

"땅바닥 느낌이 이상해요!"

이글페더와 스톰펠트도 머드포스와 마우스이어 등에서 팔짝 뛰어내렸다.

"폭신폭신해!"

이글페더가 두껍게 쌓인 솔잎 위를 팔짝팔짝 뛰어다녔다.

"꼬리 하나만큼이나 깊어!"

스톰펠트는 갈색 솔잎 더미에 발이 푹 파묻힐 때까지 꼼지락거렸다.

"이것 봐! 내 발이 없어졌어!"

머위의 약효가 나타나기 시작하자 답답했던 가슴이 편해지면서 그레이윙은 그 자리에 앉았다.

"고마워, 페블하트."

그레이윙은 작은 소리로 속삭였다.

"이 숲에 머위가 많으면 좋겠어요."

페블하트가 나무를 찬찬히 훑어보며 말했다.

길고 곧게 뻗은 나무들은 햇볕에 바싹 마른 오래된 먹이처럼 쩍쩍 갈라져 있었다. 그리고 갈라진 틈 사이사이마다 시커멓게 그림자가 드리워져 있었다. 여기저기 무성하게 자란 덤불은 나무뿌리를 뒤덮었다. 그레이윙은 고개를 들었다. 잎 없는 계절에도 여전히 초록빛을 띠고 있는 굵은 나뭇가지들이 하늘을 가렸다. 끝이 가는 나뭇가지는 머리 위로 불어닥치는 눈보라에 삐걱삐걱 흔들렸지만, 나무는 단단하게 버티며 서 있었고 뿌리는 검은 흙 속에 깊이 박혀 있었다.

"어떤 것 같아?"

톨섀도가 그레이윙의 눈길을 따라 위를 올려다보며 물었다.

그레이윙은 바늘 같은 솔잎으로 덮인 땅 위로 꼬리를 휘둘렀다. 독한 소나무 냄새가 답답한 가슴속으로 파고들었다. 발에 힘이 돌아오는 느낌이 들면서 어깨의 긴장도 풀렸다.

"여기가 마음에 들 것 같아."

"그럼 진영을 만들까?"

홀리가 큰 소리로 물었다.

"어디에?"

톨새도가 주위를 둘러보며 물었다.

문득 슬래시가 펀에게 내린 명령이 생각나서 그레이윙은 몸이 굳었다.

"놈들이 어디에 진영을 만들고, 어디서 사냥하고, 어떤 습관이 있고, 어떤 약점을 가지고 있는지 전부 다 알아내야 해!"

'펀도 천둥길을 건넜을까? 이 근처에 있는 거 아니야?'

그레이윙은 수상한 움직임을 찾기 위해 눈에 힘을 주고 그림자 속을 노려보았다. 펀의 털가죽이 주황색이면 얼마나 좋을까? 그림자 속은 검은 암고양이가 몸을 숨기기에 너무나도 좋았다.

"그레이윙?"

톨새도가 불안한 듯 시선을 마주치려고 애썼다.

"무슨 문제라도 있어? 털이 곤두섰잖아."

"별일 아니야."

그레이윙은 재빨리 대답했다. 슬래시의 첩자에 대해 톨새도가 할 수 있는 일은 아무것도 없었다. 그러니 그토록 오랫동안 기다려 왔던 순간을 맞이하는 톨새도의 기쁨을 방해할 필요는 없었다.

"이 숲이 네가 상상했던 것만큼 좋아?"

가르랑거리며 소나무 아래를 맴돌고 있는 톨새도에게 그레이윙은 질문했다. 땅바닥에 쌓인 솔잎을 밟는 소리는 속삭임보다도 크지 않았다.

"상상했던 것보다 훨씬 더 좋아."

암고양이가 두 귀를 쫑긋 세웠다.

"바람 소리가 아주 멀리서 들려."

"다람쥐 냄새가 나."

마우스이어가 만족스러운 목소리로 말했다.

"우리 사냥해야 하는 거 아니야?"

머드포스가 재기드피크를 보며 물었다. 그레이윙은 놀라서 눈을 깜박거렸다. 머드포스가 재기드피크를 마치 지도자처럼 대하고 있었기 때문이다.

톨섀도는 그대로 앉아 나무 사이를 물끄러미 바라보았다. 머드포스가 재기드피크를 지도자처럼 대하는 것을 눈치채지 못했거나, 아니면 눈치챘더라도 신경 쓰지 않는 것 같았다. 암고양이의 초록색 눈은 반짝반짝 빛났다. 마치 새집에 벌써 적응한 듯 검은 털가죽이 그림자 속에 완전히 숨어들었다.

"톨섀도?"

재기드피크가 큰 소리로 암고양이를 불렀다.

"사냥할까요?"

"마음대로 해."

톨섀도가 어깨를 으쓱하며 대답했다.

홀리는 새끼들에게로 시선을 돌렸다. 새끼 고양이들은 신이 나서 코와 꼬리를 씰룩거리며 나무뿌리를 기어오르고 있었다.

듀노즈가 펄쩍펄쩍 뛰면서 발톱으로 나무껍질을 찍어 나무줄기에 대롱대롱 매달렸다.

"이거 봐요! 나 나무에 올라갔어요."

"너무 높이 올라가면 안 돼."

홀리가 주의를 주었다.

페블하트가 공기를 맛보았다.

"사냥하기 전에 잠자리를 만들 곳부터 찾는 게 좋겠어요."

116

"흩어지자."

재기드피크가 제안했다.

"난 머드포스와 마우스이어와 함께 사냥하러 갈게. 페블하트와 홀리, 톨새도는 그레이윙과 새끼 고양이들을 데리고 오늘 밤 쉴 곳을 찾아봐."

'그레이윙과 새끼 고양이들을 데리고⋯⋯!'

그레이윙은 온몸이 따끔거릴 정도로 화가 치밀었다.

'재기드피크는 마치 내가 새끼 고양이들 중 하나인 것처럼 말하고 있어!'

스톰펠트가 고개를 갸웃했다.

"왜 그레이윙은 같이 사냥 안 가요? 훌륭한 사냥꾼이잖아요."

"그레이윙은 이제 예전만큼 빠르지 않아."

재기드피크가 대답했다.

홀리도 고개를 끄덕였다.

"그레이윙은 너희와 같이 있으면 더 안전할 거야."

이글페더가 으스대듯 가슴을 쑥 내밀었다.

"내가 그레이윙을 돌볼 거예요!"

재기드피크는 사랑이 가득 담긴 눈으로 제 새끼를 바라보았다.

"이렇게 힘센 새끼 고양이가 돌봐 준다고 하면 그레이윙이 무척 고마워할 거야."

"난 누가 돌봐 주지 않아도 돼!"

그레이윙은 두 귀를 머리에 납작 붙이고 재기드피크에게 쏘아붙였다.

"네가 내 목숨을 구해 줬다고 해서 나를 쓸모없는 새끼 고양이

취급해도 되는 건 아니라고!"

그러자 듀노즈가 발끈하며 털을 곤두세웠다.

"새끼 고양이도 쓸모없지 않아요!"

톨섀도가 그들 사이로 걸어 들어왔다.

"재기드피크는 아무 의미 없이 한 말이야, 그레이윙."

암고양이가 달래듯 말했다.

재기드피크는 고개를 숙였다.

"당연하지. 하지만 숲에서 불이 난 뒤로 형이 숨을 쉬기 힘들어 한다는 건 우리 모두 알고 있어. 형이 예전과 똑같은 상태는 아니잖아."

그레이윙은 화가 치밀었다. 동생의 귀를 할퀼 만큼의 힘이 남아 있을까, 생각하면서 발톱을 세웠다.

'이 녀석이 감히?'

톨섀도가 꼬리를 홱 튕겼다.

"넌 사냥을 하러 가는 게 좋겠다, 재기드피크."

암고양이는 갈등이 커지지 않게 하려고 애쓰고 있었다.

그레이윙은 얼굴을 찡그렸다.

'홀리의 사랑은 재기드피크에게 자신감을 준 게 아니라, 저 녀석을 오만하게 만들었어!'

"조심해, 이 숲에 뭐가 있는지 아직 모른다는 거 잊지 말고."

그레이윙은 중얼거렸다.

'저들에게 펀과 슬래시에 대해 경고해야 할지도 몰라.'

이곳은 동료들이 믿는 것만큼 완벽한 집이 아니었다. 그림자 속에 위험이 도사리고 있었다. 톨섀도를 힐끗 쳐다본 그레이윙은 숲에 발을 들인 뒤 처음으로 암고양이가 걱정 어린 눈빛을 하고 있다는 것을 알아차리고 화를 꾹 참았다. 여기 와서 기뻐하던 톨새도의 기분을 망치고 싶지 않아서였다.

"미안해."

적당한 때가 되면 슬래시에 대해 경고할 생각이었다. 아니, 어쩌면 경고할 필요가 없을지도 모른다. 대신 펀을 찾아서 이야기를 나눠 볼 수도 있을 것이다. 그 떠돌이는 나쁜 고양이가 아닌 것 같았다. 그저 슬래시를 겁내는 것처럼 보였다.

그레이윙은 갑자기 피로가 밀려오는 걸 느꼈다. 새 진영을 만들지도 못했는데 벌써부터 걱정거리가 그들을 따라다니고 있었다.

"가자."

그레이윙은 억지로 몸을 일으켰다.

"잠자리를 만들 만한 곳을 찾아보자."

그들이 출발하자 이글페더가 잽싸게 앞서갔다.

"저 혼자서 잠자리를 써도 돼요?"

"네가 좀 더 크면."

홀리가 뒤에서 큰 소리로 외쳤다.

그레이윙은 새끼 고양이 너머에 있는 그림자를 조심스럽게 살폈다.

"우리 옆에 바짝 붙어 다녀야 해, 이글페더. 이곳이 안전하다는 확신이 들 때까지는."

5
다시 만난 스타플라워

거센 바람에 머리 위 나뭇가지들이 요란하게 흔들렸다. 썬더는 두 앞발을 배 밑으로 깊숙이 집어넣었다.

옆에서 클리어스카이가 거친 숨을 몰아쉬었다.

"춥니?"

"아뇨."

썬더는 떨리는 몸을 감추기 위해 근육에 힘을 주었다.

둘은 진영에서 그리 멀지 않은 작은 공터 가장자리에 앉아서, 에이콘퍼가 아울아이스와 스패로퍼에게 새로운 숲속 집에서 사냥하는 법을 가르쳐 주는 걸 지켜보고 있었다. 클리어스카이는 자신을 따라나선 고양이들이 숲 생활에 제대로 적응하는지 보고 싶어 했다.

썬더는 털을 부풀렸다. 지난 며칠 사이에 잎 없는 계절의 매서운 추위는 좀 누그러들었지만, 눈구름이 비로 바뀌면서 숱 많은 털가죽 깊숙이 습기가 파고들었다.

이제 비는 그쳤지만 조금 전 내린 비가 나무마다 맺혀 방울방울 떨어졌다. 축축한 낙엽이 한데 뭉치면서 숲 바닥이 미끄러웠다.

"다시 해 봐, 아울아이스."

에이콘퍼가 죽은 생쥐를 공터 가장자리에 내려놓으며 말했다.

"한 번에 여기까지 뛰어와야 해. 숲에는 먹잇감이 숨을 수 있는 곳이 아주 많기 때문에 두 번째 기회 같은 건 없어."

썬더는 떡갈나무 뿌리 위에 웅크리고 앉아 먹잇감을 빤히 보는 아울아이스의 눈빛이 걱정으로 어두워져 있다는 것을 알아차렸다.

스패로퍼는 아울아이스에게서 꼬리 하나 정도 떨어진 곳에서 초조하게 서성거리고 있었다.

"빨리 좀 해!"

스패로퍼가 재촉했다.

에이콘퍼가 갈색 암고양이를 짜증스럽게 쳐다보았다.

"가만히 있어, 스패로퍼. 네 형제가 집중하게 놔두란 말이야."

"나도 빨리 하고 싶단 말이야."

스패로퍼가 투덜거렸다.

"저 생쥐는 어디 안 가."

에이콘퍼가 말했다.

"내가 저걸 잡을 때쯤이면 너덜너덜해질 거야."

스패로퍼가 시무룩하게 고개를 숙였다.

"아울아이스는 연습이 필요해."

에이콘퍼가 말하는 사이 머리 위 나뭇가지에서 시든 나뭇잎이 떨어져 젖은 땅바닥에 찰싹 달라붙었다.

아울아이스의 눈길이 그 나뭇잎으로 홱 옮겨 갔다.

에이콘퍼가 꼬리를 휘두르며 말했다.

"나뭇잎 보지 마! 생쥐에 집중하란 말이야!"

아울아이스는 숨을 헐떡였다.

"미안!"

썬더는 어린 수고양이를 보며 안타까운 마음이 들었다. 펄쩍 뛰어 생쥐를 덮치려던 아울아이스는 진흙투성이 땅바닥에 발이 쭉 미끄러지면서 생쥐를 그대로 지나치고 말았다. 만약 에이콘퍼가 계속 다그친다면, 다시 뛰어도 좋은 결과는 나오지 않을 것이다.

"사방을 경계하는 건 잘하는 일이야."

썬더는 자리에서 일어서며 말했다.

"숲에서는 정신 바짝 차려야 해. 황무지에서처럼 위험을 감지하기가 쉽지 않으니까."

에이콘퍼가 발끈하며 털을 곤두세웠다.

"하지만 나뭇잎이 떨어질 때마다 먹잇감에서 눈을 떼면 곤란하다고!"

암고양이가 쏘아붙였다.

"그러면 쟤는 영영 아무것도 못 잡을 거야."

아울아이스가 떨리는 나뭇가지를 유심히 바라보았다.

"익숙해질게."

어린 고양이가 약속했다. 하지만 털가죽이 불안한 듯 씰룩거리고 있었다. 썬더는 나뭇가지가 빽빽하게 뒤엉킨 숲을 아울아이스가 여전히 불편해한다는 걸 알 수 있었다.

썬더는 공터를 가로질러 걸어가 에이콘퍼 옆에 멈춰 섰다.

"쟤는 아직 어리잖아."

썬더는 암고양이의 귀에 속삭였다.

"네가 웅크린 사냥 자세 하나 배우는 데 얼마나 오래 걸렸는지 기억 안 나?"

썬더는 장난스럽게 눈을 찡긋했다.

"내가 너보다 빨리 배웠거든."

에이콘퍼가 쏘아붙였다.

"그리고 라이트닝테일보다도 빨랐지."

썬더는 친구에게 일깨워 주었다.

에이콘퍼는 가르랑거리며 아울아이스를 향해 돌아섰다.

"때가 되면 떨어지는 나뭇잎과 뒤쫓아 오는 여우 소리가 다르다는 걸 구분할 수 있을 거야. 너도 모르는 사이에 말이야."

에이콘퍼가 어린 수고양이를 안심시켰다.

"지금은 저 생쥐한테 집중하자. 위험한 냄새가 나면 내가 알려 줄게."

스패로퍼가 콧방귀를 뀌었다.

"난 대체 언제까지 기다려야 하는데!"

에이콘퍼가 어린 암고양이를 불렀다.

"넌 차례를 기다리는 동안 얼마나 많은 냄새가 나는지 찾아보는 게 어때?"

"냄새 찾기는 새끼 고양이들이나 하는 짓이야."

클리어스카이가 투덜거리듯 말하며 공터를 성큼성큼 가로질러 걸어왔다.

"이 녀석한테는 더 나은 일을 시켜야지! 진짜 먹잇감을 사냥하라고 해."

클리어스카이는 죽은 생쥐 옆에 멈춰 서더니 발로 뻥 차서 숲

바닥으로 데구루루 굴렀다. 그때까지도 아울아이스는 죽은 생쥐 한테서 눈을 떼지 않았다.

에이콘퍼가 마음이 편치 않은 듯 발을 꼼지락거렸다.

"하지만 얘는 아직 숲에서 사냥하는 법을 모른단 말이에요."

"그리고 네가 훈련시키지 않으면 얘는 영영 그 방법을 배우지 못할 거야."

클리어스카이는 스패로퍼에게 고개를 끄덕이며 말을 이었다.

"너! 당장 가서 다른 고양이들을 위해 뭐든 잡아 와."

스패로퍼의 눈이 반짝거렸다.

"신난다!"

어린 암고양이는 휙 돌아서서 가시덤불 옆으로 달려갔다.

"기다려! 뭐가 있는지도 모르잖아!"

에이콘퍼가 꼬리를 휙 튕겨 아울아이스를 불렀다.

"우리도 같이 가자!"

아울아이스는 여전히 죽은 생쥐를 노려보고 있었다.

"먼저 뛰어가서 덮칠까?"

"그 생쥐는 내버려둬."

에이콘퍼가 털을 곤두세우고 짜증스럽게 말했다.

"그건 돌아가는 길에 챙겨 가면 돼."

에이콘퍼가 못마땅한 듯 클리어스카이를 힐끗 보며 옆으로 지나가자, 썬더는 이해한다는 듯 어깨를 으쓱해 보였다.

하지만 클리어스카이는 에이콘퍼를 보지 못했는지 눈을 가늘게 뜨고 나무 사이를 노려보고 있었다.

"누가 오고 있어."

에이콘퍼가 아울아이스와 스패로퍼를 데리고 가시덤불을 지나 고사리 덤불 속으로 들어가는 동안 썬더는 귀를 쫑긋 세우고 기다렸다. 숲 바닥을 쿵쿵 울리는 여러 개의 발소리가 점점 가까워지고 있었다. 썬더는 공기를 맛보았다.

'라이트닝테일이잖아!'

낮게 뻗은 나뭇가지 밑에서 뛰쳐나온 친구가 젖은 나뭇잎 위를 미끄러지다 멈춰 섰다.

"에이콘퍼는 어디 갔어?"

"방금 떠났는데."

"아직 스패로퍼와 아울아이스를 훈련시키고 있어? 내가 도와주겠다고 약속했는데."

라이트닝테일은 주위를 둘러보았다.

"어느 쪽으로 갔는데?"

클리어스카이가 콧방귀를 뀌었다.

"고사리 덤불을 비집고 갔어. 냄새 못 맡았어?"

"젖은 나뭇잎 냄새밖에 안 나요."

라이트닝테일이 투덜거렸다.

"이런 곳에서 어떻게 먹이 냄새를 맡을 수 있다는 거지? 몸단장할 때 내 꼬리 냄새도 못 맡겠던데."

"차차 배우게 될 거야."

썬더는 장담했지만, 사실은 자신도 이제 겨우 익숙해지는 중이었다. 예전에 숲에서 산 적이 있지만 황무지에서 여러 달 사는 동안 숲에서 배운 건 모두 잊어버렸다. 황무지에서 불어오는 바람은 신선한 냄새만 실어다 주었다. 그런데 여기는 덤불을 스치고 나무줄기에 머물다 온 냄새들이 한데 모여서 뒤섞였다. 퀴퀴하게 썩는 냄새가 숲 전체를 뒤덮고 있었다.

라이트닝테일이 썬더에게 고개를 끄덕였다.

"너도 같이 갈래?"

"아니, 됐어."

썬더는 가시덤불이 우거진 산등성이로 이어지는 가파른 오르막 너머에 무엇이 있을까, 궁금해하며 나무 사이를 들여다보았다.

"난 새집을 탐험해 볼까 해."

썬더는 클리어스카이를 향해 꼬리를 홱 튕겼다.

"저랑 같이 가실래요?"

클리어스카이가 몸을 홱 돌렸다.

"같이 가자고?"

"아버지가 계속 제 옆에 있고 싶어 하시는 줄 알았어요."

클리어스카이가 눈을 가늘게 떴다.

"내 영역을 나한테 구경시켜 주겠다는 말이냐?"

썬더는 갑자기 어색해져서 고개를 갸웃했다.

"그런 뜻이 아니고요. 그저 저랑 같이 가고 싶은지……."

"나는 경계를 순찰할 시간이 됐다."

클리어스카이가 아들의 말을 끊었다. 그리고 꼬리를 높이 쳐들었다.

"이제 보니 네가 내 옆에 있고 싶었구나."

썬더는 털가죽이 따끔거릴 정도로 짜증이 났다. 왜 아버지는 모든 걸 경쟁이나 싸움으로 받아들이는지 이해할 수 없었다.

'아버지는 지도자잖아.'

썬더는 자신에게 말했다.

'그러니까 아버지가 이끌도록 내버려둬.'

썬더는 고개를 꾸벅 숙였다.

"영광입니다."

클리어스카이가 공터를 성큼성큼 걸어가자 썬더는 그 뒤를 따라갔다.

썬더가 옆을 스쳐 지나갈 때 라이트닝테일이 몸을 숙이고 속삭였다.

"늘 그렇게 사사건건 따지고 드는 거야?"

"응."

썬더는 쉭쉭거리며 대답했다.

클리어스카이는 고집이 셌다. 하지만 그건 모두가 이미 알고 있는 사실이었다. 썬더는 다만 무엇 때문에 아버지가 목털을 곤두세우고 있는지 알아낼 수 있길 바랄 뿐이었다. 아버지를 상대하는 건 마치 들장미 덤불을 뚫고 지나가는 것 같아서, 언제 가시를 밟을지 알 수 없었다.

라이트닝테일이 썬더의 옆구리를 코로 쿡 찔렀다.

"넌 나보다 참을성이 더 많은 것 같아."

'그 말이 사실이라면 좋겠는데.'

"나중에 보자, 라이트닝테일."

썬더는 호리호리한 자작나무 사이를 서둘러 빠져나가, 나무 사이로 아버지를 따라갔다. 앞에서 물 흐르는 소리가 들렸다. 둘은 개울을 향해 가고 있었다. 썬더가 마침내 따라잡았을 때 클리어스카이는 개울을 뛰어넘어 건너편에 웅크리고 있었다. 썬더는 물가에 멈춰 서서 아버지가 가파른 둑 아래로 몸을 숙여 물을 핥는 것을 지켜보았다.

눈이 녹기 전까지 개울은 말라 있었다. 그런데 지금은 발끝을 적실 정도의 물이 앙상한 나뭇가지 아래로 반짝이며 뱀처럼 구불구불 흘러갔다. 썬더도 몸을 낮게 숙여 개울물을 마셨다. 황무지에서 마시던 것보다 훨씬 깨끗하고 신선했다. 황무지 흙에는 석탄이 섞여 있어서 물에서 연기 냄새가 나고 개울도 느릿느릿 흘러갔다.

썬더가 턱에서 물방울을 뚝뚝 흘리며 고개를 들어 보니 클리어스카이는 이미 개울둑 저 멀리 걸어가고 있었다.

"준비됐니?"

아버지가 물었다.

썬더가 개울을 뛰어넘자 클리어스카이는 숲을 가로지르는 도랑을 향해 고갯짓을 했다.

"저 도랑을 따라가면 아주 큰 떡갈나무가 하나 있다. 그 뒤로 숲이 두발쟁이 마을까지 뻗어 있지."

"보여 주세요."

썬더는 아버지가 앞장서기를 기다렸다가 뒤따라갔다.

아버지를 따라 언덕을 넘고 다시 도랑으로 뛰어들었다. 도랑은 양쪽 벽이 가파르게 솟아 있었고, 최근에 내린 비로 진흙탕이 되어 있었다. 발밑으로는 미끄러운 뿌리가 뱀처럼 구불구불 뻗어 있었다. 클리어스카이는 그 사이로 수월하게 걸어갔다. 연회색 털가죽은 어둠 속 그림자처럼 거의 보이지 않았다. 썬더는 자신의 주황색 털가죽이 쉽게 눈에 띨 거라는 걸 알고 있었다. 게다가 발밑이 너무 미끄러웠다. 나무뿌리에 걸려 비틀거리던 썬더는 또 다른 뿌리에 걸려 쿵 소리를 내며 발을 디뎠다. 썬더는 넓고 바닥이 매끈한 황무지에 익숙했다. 헤더 밭 사이로 토끼가 지나다니는 길조차 바닥이 평평하게 다져져 있어 다니기 편했다. 그런데 여기는 땅이 울퉁불퉁해서 균형 잡기가 힘들었고, 발 디딜 곳에 온 신경을 집중해야 해서 길 위로 축축 늘어진 가시덤불을 살필 여유가 없었다. 그 바람에 가시에 귀를 찔려 고통으로 숨을 헐떡였다.

클리어스카이가 멈춰 서서 고개를 돌렸다.

"괜찮니?"

"그냥 가시에 좀 찔렸어요."

썬더는 옆으로 솟아 있는 땅을 힐끗 쳐다보았다. 도랑 위쪽은 땅이 더 매끈해 보였다. 그리고 가시덤불도 없었다.

'왜 아버지는 굳이 이렇게 걷기 힘든 도랑을 따라 걷는 거지?'

"더 빨리 걸을 순 없니?"

클리어스카이가 물었다.

"지금 최선을 다하고 있거든요!"

썬더는 짜증이 나서 털가죽 밑이 화끈거렸다.

'아버지는 일부러 저러는 거야.'

자신의 영역에서 얼마나 쉽게 움직이는지 보여 주고 싶어 하는 게 분명했다.

클리어스카이는 뿌리가 이리저리 뒤엉킨 길 위로 걸음을 재촉했다.

'아버지한테 말려들지 않을 거거든요.'

썬더는 도랑의 가파른 둑을 펄쩍 뛰어올라 완만한 비탈을 기어올라갔다. 그리고 이제 더 높은 곳에 올라 클리어스카이가 지나간 길을 따라갔다. 앞을 가로질러 길게 자란 고사리 덤불을 비집고 들어가자 따끔거리는 긴 줄기들이 털을 긁고 잡아당겼다.

고사리 덤불을 뚫고 나와 보니 클리어스카이가 앞에서 기다리고 있었다.

"내가 간 길을 따라왔어야지."

클리어스카이가 비탈에 서서 파란 눈으로 매섭게 노려보았다.

"아까까지는 그랬어요. 그런데 자꾸 발에 뭐가 걸리잖아요."

"숲에서 돌아다니는 법을 완전히 잊어버렸구나."

썬더는 거들먹거리는 아버지의 말투는 못 들은 척하며 비탈 위쪽을 힐끗 쳐다보았다. 비탈 꼭대기에 지붕처럼 뻗은 다른 나뭇가지들 위로 커다란 나무가 우뚝 서 있었다.

"저게 아버지가 말한 그 떡갈나무예요?"

"그래."

클리어스카이는 꼬리를 휙 휘두르고는 그 나무를 향해 성큼성큼 달려갔다.

썬더도 아버지를 뒤따라 뛰어갔다. 클리어스카이는 선두를 놓치지 않으려고 더 힘차게 발을 디뎠다. 그런데 비탈 꼭대기에 다다랐을 때, 앞에서 새빨간 털이 휙 가로질러 갔다.

클리어스카이는 온몸의 털 한 올 한 올이 바짝 곤두선 채 멈춰 섰다.

썬더도 아버지가 내뿜는 두려움의 냄새를 맡고 걸음을 멈췄다. 꼬리까지 불안이 순식간에 번졌다. 앞쪽 길에서 나뭇잎이 소용돌이치며 날아오르자 썬더는 발톱을 세웠다.

'여우였나?'

그런데 그때, 자그마한 발이 숲 바닥을 쪼르르 달려가는 소리가 들리더니, 붉은 다람쥐 한 마리가 땅에서 팔짝 뛰어올라 떡갈나무 줄기 위로 허둥지둥 기어 올라갔다.

썬더는 눈을 굴렸다.

"여우인 줄 알았어요!"

클리어스카이는 아직도 털을 잔뜩 곤두세우고 있었다.

"멍청하게 굴지 마!"

클리어스카이가 쏘아붙였다.

썬더는 아버지를 힐끗 노려보았다.

'그러는 아버지는 왜 그렇게 겁먹은 얼굴인데요?'

클리어스카이가 콧방귀를 뀌었다.

"나 그만 쳐다보고 발 디딜 자리나 잘 살펴봐. 또 어딘가에 발이 걸리기 싫으면 말이야."

클리어스카이는 꼬리를 흔들며 떡갈나무를 지나쳐 성큼성큼 걸어갔다.

썬더는 이리저리 얽힌 나뭇가지들 사이로 숨어 버린 다람쥐를 힐끗 올려다보며 아버지를 따라갔다. 빗방울이 주둥이 위로 후두두 떨어졌다. 썬더는 고개를 흔들어 빗방울을 털어 낸 뒤 다시 걸음을 옮겼다.

떡갈나무 너머로 내리막이 이어지다가 작은 공터가 나왔다. 공터 바닥을 가득 메운 가시덤불을 보자 썬더는 가슴이 철렁 내려앉았다. 덤불을 빙 둘러 갈 수 있는 깨끗한 길이 있기는 했다. 시든 고사리 줄기 사이로 나 있는 오솔길이었다. 하지만 클리어스카이는 가시덤불을 향해 곧장 달려 내려갔다. 어쩔 수 없이 썬더도 귀를 머리에 납작 붙이고 뒤따라갔다.

클리어스카이는 축축한 줄기 사이로 날렵하게 뛰어들었다.

가시가 발바닥을 찔러 대자 썬더는 얼굴을 잔뜩 찡그리고 걸어갔다. 하지만 가다 보니 어느새 덤불이 점점 줄어들고, 비에 젖은 채 흐릿한 햇빛에 반짝이는 두발쟁이 거처 지붕들이 나무 사이로 보였다. 낯선 냄새에 썬더는 걸음이 느려졌다.

하지만 클리어스카이는 속도를 늦추지 않았다.

"저기 가까이 가려는 건 아니죠?"

썬더는 주목 덤불 옆에 멈춰 서며 물었다.

"무리에 들어오고 싶어 하는 애완 고양이를 찾을 수 있을지도 몰라."

클리어스카이가 걸음을 멈추고 돌아섰다.

"플러터링버드가 우리한테 성장하고 퍼져 나가라고 했잖아, 기억나지?"

"그렇다고 애완 고양이를요?"

썬더는 터틀테일이 낳은 새끼들의 아버지인 톰을 떠올렸다. 톰은 터틀테일을 괴롭히기 위해 새끼들을 훔쳐 갔고, 터틀테일은 그 아이들을 구하러 갔다가 목숨을 잃었다.

"너 혹시 애완 고양이들이 무섭니?"

클리어스카이가 도발하듯 물었다.

"절대 아니에요!"

썬더는 아버지를 노려보았다.

"하지만 그들은 싸움도 못 하고 사냥도 못 하잖아요. 그런 애완 고양이들이 우리한테 무슨 도움이 되는데요?"

"우리가 훈련시키면 되지."

하지만 썬더는 클리어스카이의 말을 거의 듣지 못했다. 가까이에서 낙엽 밟는 소리가 들렸기 때문이다. 썬더는 귀를 쫑긋 세웠다. 주목 덤불 뒤에서 뭔가가 움직이고 있었다.

"조용히 해 봐요. 저 소리 들리죠?"

썬더는 클리어스카이에게 쉭쉭대며 물었다.

클리어스카이가 꼬리를 흔들었다.

"보나 마나 다람쥐야. 저 녀석은 집으로 돌아가는 길에 사냥하면 돼."

클리어스카이는 두발쟁이 마을을 향해 걸음을 옮겼다.

"지금 잡아야 해요."

그들은 오늘 이미 한 마리를 놓쳤다.

'아버지는 지금이 잎 없는 계절이라는 걸 잊어버렸나?'

어떤 먹이든 포기해서는 안 되는 때였다.

"그럼 가서 잡아."

클리어스카이가 대답했다.

썬더는 몸을 숙여 주목 덤불 아래로 들어갔다. 축축 늘어진 나뭇가지가 등줄기를 긁어 댔다. 그런데 톡 쏘는 주목 냄새 사이로 다람쥐 냄새만 풍기는 게 아니었다. 뭔가 익숙한 냄새가 났다. 이빨로 뼈를 씹는 소리가 들리자 썬더는 목덜미 털이 곤두섰다. 차갑고 축축한 땅 위로 배를 끌며 기어가, 앞에 있는 긴 줄기 사이로 밖을 내다보았다.

황금빛 암고양이가 죽은 다람쥐 위로 몸을 숙이고 있었다. 냄새로 봐서 방금 잡은 것 같았다. 썬더는 발톱을 세웠다. 암고양이의 얼룩무늬와 하얀 가슴, 발이 너무나 익숙해서 가슴이 저릿해졌다.

썬더는 주목 덤불에서 조용히 미끄러져 나와 암고양이를 노려보았다.

"스타플라워."

스타플라워는 고개를 돌려 선명한 초록색 눈으로 썬더를 바라보았다.

"안녕, 썬더? 네가 숲에는 웬일이야? 넌 황무지 고양이인 줄 알았는데."

썬더는 털이 곤두섰다.

"웬일이냐고?"

스타플라워는 자신이 클리어스카이의 영역에서 사냥했다는 걸 모르는 눈치였다.

"어떻게 뻔뻔하게 여기 나타날 수 있지? 그런 일이 있었는데……."

스타플라워가 썬더의 말을 끊었다.

"그런 일이 뭔데?"

암고양이는 썬더에게서 눈을 떼지 않은 채 고개를 갸웃했다.

"네가 내 아버지를 죽인 일 말이야?"

스타플라워는 원아이라는 떠돌이 이야기를 하고 있었다. 원아이는 클리어스카이의 영역을 막무가내로 빼앗고, 반항하는 고양이는 무자비하게 공격하던 난폭한 고양이였다. 그래서 숲 고양이들은 온 힘을 다해 그를 물리쳤다! 하지만 스타플라워는 나쁜 점이 그토록 많은데도 자기 아버지를 사랑했다.

'내가 쟤를 사랑했던 것처럼.'

썬더는 씁쓸한 마음으로 생각했다.

하지만 썬더는 이제 이 암고양이에게 아무런 감정이 없었다. 그럴 거라고 확신했다.

"그런 게 아니었잖아."

썬더는 항의하듯 말했다.

"정말?"

스타플라워는 숱 많은 꼬리를 홱 휘두르고는 다시 다람쥐로 눈길을 옮겼다.

썬더는 분노에 휩싸여 털을 바짝 곤두세우고 암고양이를 노려보았다. 원아이를 죽이지 않았다면 원아이가 황무지 고양이들을 모두 죽였을 것이다.

스타플라워가 썬더를 힐끗 쳐다보았다.

"한 입 먹을래?"

썬더의 털가죽 밑에서 화가 솟구쳐 올랐다.

"한 입? 우리가 친구인 줄 알아? 넌 생각이 없어?"

스타플라워가 초록색 눈을 반짝이며 고개를 들었다.

"너를 용서할 정도의 생각은 있어."

"날 용서한다고?"

썬더는 콧방귀를 뀌었다.

"나를 배신한 건 너잖아!"

"그리고 넌 내 아버지를 죽였지."

스타플라워가 침착하게 대꾸했다.

뒤에서 주목 덤불이 부스럭거렸다.

"그건 내 아들 잘못이 아니야."

클리어스카이가 나뭇가지 사이로 빠져나왔다.

"원아이의 죽음에 대한 책임을 묻고 싶다면 나를 탓해라."

스타플라워는 생각에 잠긴 눈빛으로 클리어스카이를 바라보았다.

"내 아버지를 무리에 받아들인 고양이가 그쪽 맞죠?"

썬더는 암고양이에게 경고의 눈빛을 보냈다. 아버지가 자신의 실수를 다시 떠올리고 싶어 할 리 없다는 생각이 들어서였다. 그런데 아버지가 고개를 꾸벅 숙이는 모습에 썬더는 놀라서 눈을 깜박거렸다.

"그래, 내가 바로 그 고양이다."

'아버지가 원래 저렇게 예의 바른 고양이였나?'

스타플라워의 목털이 다시 매끈하게 가라앉았다.

"친절했네요."

스타플라워는 썬더를 스치고 지나가 클리어스카이의 주둥이에서 수염 하나 떨어진 곳에 멈춰 섰다.

"그 친절을 다시 한 번 베풀어서 저도 받아들여 주시겠어요?"

썬더는 암고양이를 노려보았다.

"떠돌이로 사는 건 너무 힘들어요."

스타플라워가 나긋나긋한 목소리로 말을 이었다.

"저를 믿지 않는다는 건 알아요. 하지만 절 믿어야만 해요. 전 마지막까지 아버지에게 충성했어요."

암고양이의 시선이 잠시 썬더에게 머물렀다.

"그거야말로 진정한 충성심 아닌가요?"

썬더는 화가 치밀었지만 꾹 참았다.

'그럼 그동안 아버지를 떠나 있었던 나는 충성스럽지 않다는 말이야?'

불안한 마음으로 아버지를 바라보았다. 스타플라워의 꿀처럼 달콤한 말이 과연 통할까? 고개를 젓는 아버지를 보고 썬더는 마음이 놓였다.

"나는 너를 받아들일 수 없어."

클리어스카이가 암고양이에게 말했다.

"네 아버지가 내 고양이들을 너무 많이 아프게 했어. 너를 우리 진영에 받아들이면 그들이 좋아할 리 없어."

스타플라워는 클리어스카이를 보며 천천히 눈을 깜박거렸다.

"만약 그들이 괜찮다고 하면요?"

암고양이는 나긋나긋하게 물었다.

"그러면 그때는 저를 받아 줄 건가요?"

클리어스카이는 고개를 젓고 돌아섰다.

"그럴 수 없어. 네 아버지가 저지른 짓 때문에 안 돼."

썬더는 스타플라워의 눈이 분노로 번뜩이는 것을 봤다.

"썬더, 제발 부탁이야!"

스타플라워가 썬더를 향해 돌아섰다. 썬더는 암고양이의 밝은 초록색 눈을 피하고 싶었지만 그럴 수가 없었다.

"잎 없는 계절이 아주 길 거야."

스타플라워가 겁먹은 목소리로 말했다.

"나 혼자선 도저히 버틸 수 없어. 아버지가 죽은 지금은 사냥을 함께 할 고양이도 없어."

스타플라워의 간절한 눈빛이 털가죽을 태울 것처럼 뜨겁게 느껴졌지만 썬더는 억지로 외면했다. 원아이의 죄 때문에 그 딸을 벌한 게 잘못된 걸까? 원아이가 억지로 나쁜 짓을 시키지 않았다면 스타플라워는 배신 같은 건 하지 않았을지도 모른다. 어쩌면 스타플라워 역시 희생자일지도 모른다. 그런 생각이 들자 심장이 뒤틀리는 것 같았다.

"아버지!"

썬더는 클리어스카이를 큰 소리로 불렀다.

"어쩌면 기회를 주는 게 좋을지도 모르겠어요."

클리어스카이가 어깨 너머로 힐끗 돌아보았다.

"쟤는 원아이의 딸이야!"

"그게 애 잘못은 아니잖아요!"

썬더는 아버지의 발걸음을 무조건 따라야 할 필요는 없다는 것을 누구보다 잘 알고 있었다. 스타플라워의 매끈한 털가죽이 옆구리를 스치자, 몸 안에서 번개처럼 기운이 솟구쳤다. 스타플라워의 냄새는 너무나 익숙하고 따스했다. 썬더는 마음이 복잡해졌다. 어떻게든 아버지를 설득해서 스타플라워를 무리에 받아들이고 싶었다. 이 암고양이가 굶어 죽게 내버려둘 수는 없었다.

"아버지는 모든 고양이가 함께하길 바라잖아요!"

썬더는 소리쳤다.

"그런데 스타플라워는 왜 안 되는데요? 애도 한때는 우리와 함께였잖아요."

138

클리어스카이의 파란 눈이 가늘어졌다.

"플러터링버드는 우리가 하나가 되어 성장하고 퍼져 나가기를 바랐어요."

썬더는 고집스럽게 말을 이었다.

"수가 많으면 많을수록 우리는 더 강해질 거예요."

클리어스카이는 스타플라워가 잡은 다람쥐를 힐끗 쳐다보았다.

"사냥은 할 줄 아는 것 같구나."

"저 사냥할 줄 알아요!"

스타플라워가 다람쥐를 홱 낚아채며 말했다.

클리어스카이는 꼬리를 씰룩거리며 돌아섰다.

"데려와. 동료들한테는 네가 직접 설명해라."

스타플라워는 가르랑거리며 클리어스카이를 따라 주목 덤불을 통과했다.

썬더는 긴장해서 배가 팽팽하게 당기는 걸 느끼며 그 뒤를 따라갔다.

'나더러 직접 설명하라니.'

스타플라워를 진영으로 데리고 들어가면 라이트닝테일이 어떤 표정을 지을지 상상하자, 불안해서 발바닥이 따끔거렸다.

'아마 내가 정신이 나갔다고 생각할 거야.'

6
그림자 속에 도사린 위험

그레이윙은 사냥을 하기 위해 몸을 웅크렸다. 머리 위 높은 곳에서 지붕처럼 뒤엉킨 나뭇가지 사이로 햇빛이 스며들어 숲 바닥에 얼룩덜룩한 그림자를 드리웠다. 쓰러진 나무 밑에서 튀어나온 도마뱀을 보고 그레이윙은 흥분해서 꼬리를 씰룩거렸다. 다른 다리로 체중을 옮기는 순간 발밑에서 솔잎이 눈처럼 바스락거렸다. 그 소리를 들은 도마뱀이 숨어 있던 곳에서 잽싸게 달아났고, 그레이윙은 훌쩍 몸을 날렸다.

바늘 같은 솔잎을 휙휙 날리며 도마뱀 위로 착지했다. 발이 어설프게 미끄러졌지만 다행히 앞발로 도마뱀을 낚아채, 재빨리 몸을 숙여 단숨에 목을 물었다. 발치에 쓰러진 도마뱀의 비늘 냄새를 맡아 보았다. 지금까지 사냥하던 먹잇감들과는 다르게 부드러우면서 매끄러운 촉감이 낯설었다.

'리버리플은 이것도 먹던데.'

도마뱀의 목에서 흘러나오는 피를 핥으며 그레이윙은 생각했다. 살은 맛이 이상할지 몰라도 피는 다른 먹잇감들과 맛이 똑같았다. 홀리의 새끼들은 맛있게 먹을지도 모르겠다는 생각이 들었다.

그레이윙은 몸을 바로 세웠다. 아침 내내 숨 쉴 때마다 가슴이 답답했는데, 잎 없는 계절의 흐릿한 햇빛에 숲의 이슬이 다 말라 버린 지금까지도 여전히 답답했다. 신선하고 강한 솔잎 냄새가 가슴속을 간질이기라도 하는 듯 기침과 재채기가 계속 나왔다.

'황무지의 시원한 바람을 맞으면 몸이 한결 좋아지곤 했는데.'

문득 옛날 집이 그리워지면서 무딘 발톱이 배털을 잡아 뜯는 것처럼 가슴이 뻐근해졌다.

'이젠 여기가 내 집이잖아.'

스스로를 다독거리며 도마뱀을 물어 올리려고 허리를 숙이는데, 뒤에서 바스락거리며 솔잎 밟는 소리가 들렸다.

그레이윙은 온몸이 긴장했다.

'펀인가?'

거의 반달 전 이 숲에 온 뒤로 꼬리가 반밖에 남지 않은 그 암고양이를 한 번도 보지 못했다. 그렇다고 해서 그 암고양이가 소나무 숲의 낯선 냄새와 짙은 그림자 속에 숨어서 돌아다니지 않는다고 단정 지을 수는 없었다.

그레이윙은 발톱을 세우며 돌아섰다.

"뭐 하세요?"

페블하트가 다가오며 인사를 건넸다.

그레이윙은 곤두세웠던 털을 다시 차분히 눕혔다.

"너였구나."

페블하트가 장난스럽게 수염을 씰룩거렸다.

"제가 아니고 슬레이트이길 바랐어요? 오늘 올 거라고 했는데."

"그런 거 아니야."

그레이윙은 이곳에 찾아올 무리 밖 고양이는 슬레이트 하나뿐이기를 바라며 발을 꼼지락거렸다. 황무지에 있는 윈드러너의 진영에서 온 진회색 암고양이를 얼른 만나고 싶었다. 그레이윙이 여기 온 뒤로 슬레이트는 고양이들이 새집에 적응하는지 보기 위해 여러 번 소나무 숲을 찾아왔다. 그리고 자기가 아는 걸 가르쳐 주기도 했다. 숲 한가운데 넓게 퍼져 있는 두 개의 가시덤불 사이에 진영을 만든 것도 슬레이트의 제안 덕분이었다.

"그렇게 하면 공격을 막기가 쉬울 거야."

슬레이트가 톨섀도에게 말했다.

톨섀도는 깜짝 놀랐다.

"누가 공격하는데?"

슬레이트는 어깨를 으쓱했다.

"개가 공격할 수도 있고, 여우나 두발쟁이가 올 수도 있잖아. 이 소나무 숲도 다른 곳과 같아. 영역의 중심에는 안전한 심장 같은 곳이 필요해."

상심한 듯한 톨섀도를 보고 그레이윙이 앞으로 나섰다.

"톨섀도는 오래전부터 여기서 살기를 꿈꿔 왔어."

그레이윙은 슬레이트와 눈을 맞췄다.

'톨섀도의 행복한 시간을 망치지 말아 줘.'

그때 톨섀도가 턱을 쳐들었다.

"네 말이 맞아, 슬레이트. 여긴 위험하지 않을 거라고 생각하다니, 내가 바보였어. 당연히 우리도 대비를 해야지. 네가 말한 가시덤불이 어디인지 알려 줘. 새끼 고양이들이 안전하게 뛰놀 수 있는 곳에 진영을 만들어야겠어."

고양이들은 뾰족뾰족한 가시나무 줄기 사이에서 며칠 동안 애를 쓴 끝에 어떤 침입자도 감히 비집고 들어올 수 없는 진영을 완성했다. 가시투성이 동그라미처럼 가시덤불이 둥글게 주위를 에워싼 모양의 진영이었다. 줄기들을 서로 엮고 덤불과 덤불을 서로 꼬아서, 가시나무가 바늘 같은 솔잎이 흩뿌려진 넓은 공터를 둘러싸게 만들었다.

그레이윙은 페블하트의 머리 너머에 있는 진영을 보았다. 소나무 그림자 속에 숨겨진 진영은 시커멓게 뒤엉킨 덤불처럼 보였다.

"숨소리가 쌕쌕거려요."

페블하트의 말에 그레이윙은 정신을 차렸다.

"원래 해가 높이 뜨고 나서야 숨 쉬는 게 좀 편해져."

그레이윙은 높게 솟은 소나무 사이에서 빛나는 해를 안타까운 눈으로 쳐다보았다.

"진영으로 돌아가요. 싱싱한 머위가 있어요."

페블하트가 명령했다.

"네가 찾아낸 거야?"

가시덤불로 걸어가는 페블하트를 보며 그레이윙은 놀라서 눈을 깜박거렸다.

"마지막으로 남아 있던 거예요. 호랑가시나무 덤불 밑에 있어서 서리를 맞지 않았더라고요."

페블하트는 그레이윙이 자신을 따라올 수 있도록 천천히 걸음을 옮겼다.

"천둥길 옆에 있는 덤불 말이에요."

"너 혼자 천둥길까지 갔단 말이야?"

그레이윙은 긴장해서 배가 단단히 뭉치는 것 같았다.

"그러면 안 되는……."

페블하트가 그레이윙을 바라보며 말을 막았다.

"전 이제 새끼 고양이가 아니거든요. 그러니까 절 항상 지켜 주지 않아도 돼요."

그레이윙은 그 말이 귀에 들리지 않았다. 셀 수 없이 많은 가시가 배 속을 찔러 대는 것처럼 고통스러웠다. 걸음을 멈추고 숨을 들이마시려고 했지만 할 수가 없었다.

"그레이윙?"

페블하트가 홱 돌아보았다.

그레이윙의 마음속에 공포가 소용돌이쳤다. 배를 깔고 엎어져 목을 쭉 뻗고 숨을 헐떡였다. 눈앞에서 세상이 빙빙 돌았다. 귓가에서 솔잎이 바스락거리더니 페블하트의 앞발이 옆구리를 때렸다. 그레이윙은 눈을 감고 자신을 옭아매는 두려움을 떨쳐 버리려고 애썼다.

'난 괜찮을 거야.'

페블하트가 계속해서 옆구리를 때리고 가슴과 등을 꾹꾹 누르자 그제야 서서히 긴장이 풀리면서 숨쉬기가 편해졌다.

"고마워."

그레이윙은 쉰 목소리로 말했다.

페블하트는 그 자리를 떠나려고 돌아섰다.

"머위를 좀 가져올게요."

"기다려!"

그레이윙은 억지로 몸을 일으켰다.

"나도 같이 갈 수 있어."

먹잇감처럼 약해 보이고 싶지 않았다.

"이 숲에 온 뒤로 숨을 쉬는 게 계속 힘들었잖아요."

페블하트가 심각한 얼굴로 바라보며 말했다.

"아침마다 머위를 먹어야겠어요."

"머위가 충분히 있는 거야?"

잎 없는 계절은 앞으로도 길게 이어질 것이다.

"머위가 필요한 다른 고양이가 생기면 어쩌려고?"

"많이 모아 놨어요. 그리고 황무지 분지에 가면 말린 잎이 아직 남아 있고요."

페블하트는 그레이윙의 어깨를 제 어깨로 밀었다.

"갈 준비 됐어요?"

그레이윙은 고개를 끄덕이고 어린 수고양이에게 너무 많이 기대지 않으려고 애쓰며 앞으로 걸어갔다.

'이제는 이 아이가 나를 돌봐 주는구나.'

페블하트와 형제들을 두발쟁이 거처에서 구해 낸 게 아득히 오래전 일처럼 느껴졌다. 그렇지만 터틀테일의 새끼들을 보호해야 한다는 마음을 버리기란 쉽지 않았다. 페블하트에게 펀에 대해 경고해야 할까? 그리고 이곳을 몰래 감시하라고 펀을 보낸 슬래시에 대해서도 말해야 할까?

'아직은 아니야.'

이 숲에 온 뒤로 펀의 흔적은 보지 못했다. 어쩌면 그 떠돌이는 소나무 숲에 오지 않았는지도 모른다. 그레이윙은 그 암고양이가 슬래시한테서 도망칠 기회를 놓치지 않고 아주, 아주 멀리 달아났기를 바랐다.

"먼저 들어가세요."

페블하트가 진영으로 이어지는 가시나무 굴길 앞에서 걸음을 멈췄다.

그레이윙은 몸을 숙이고 굴길로 걸어 들어갔다.

공터 반대편에서 톨섀도와 재기드피크가 함께 앉아 고개를 숙이고 조용히 이야기를 나누고 있었다. 홀리는 잠자리의 이끼를 정리 중이었고, 새끼 고양이들은 거처 뒤쪽의 솔잎 덤불에서 뒹굴며 놀고 있었다. 머드포스와 마우스이어는 진영 벽 그늘 안에서 혀를 나누고 있었다.

"어서 와, 그레이윙!"

마우스이어가 고개를 들고 인사를 건넸다.

"뭐 좀 잡아 왔어?"

'아차, 도마뱀!'

그레이윙은 잡은 먹이를 놓고 왔다는 게 생각났다.

"도마뱀을 잡았어."

그레이윙은 쉰 목소리로 말했다.

마우스이어가 팔짝 뛰듯 일어나 그레이윙에게 다가왔다.

"도마뱀도 먹을 수 있어?"

"리버리플은 먹어."

그레이윙의 대답에 마우스이어는 코를 찡그렸다.

"하긴, 우리가 까다롭게 굴 처지는 아니지."

마우스이어는 코를 킁킁거렸다.

146

"도마뱀은 어디 있는데?"

"진영 밖에 두고 왔어."

듀노즈가 놀이를 그만두고 돌아섰다.

"우리가 가서 가져와도 돼요?"

새끼 암고양이는 신이 난 얼굴로 이글페더와 스톰펠트를 힐끗 돌아보았다.

홀리가 몸을 일으켰다.

"마우스이어가 같이 가면 너희도 갈 수 있어."

어미 고양이는 공터 건너편에 있는 얼룩무늬 수고양이에게로 눈길을 돌렸다.

"그래 줄 수 있어?"

마우스이어가 가르랑거렸다.

"당연하지."

새끼 고양이들이 달려오자 마우스이어는 기분 좋게 꼬리를 휘둘렀다.

"너희 중에 누가 도마뱀을 가져올 거니?"

"저요!"

듀노즈가 가시나무 굴길로 잽싸게 달려갔다.

이글페더도 그 뒤를 따라갔다.

"내가 먼저 찾을 거야."

마우스이어는 스톰펠트가 따라오기를 기다렸다가, 조용히 속삭였다.

"저 둘이 제멋대로 뛰어다니는 동안 우리가 도마뱀을 찾아내자. 그래서 네가 집으로 가지고 오는 거야."

스톰펠트는 수염을 씰룩거리며 진영 입구로 빠르게 걸어갔다.

"아이들한테서 눈을 떼면 안 돼!"

홀리가 소리쳤다.

마우스이어는 몸을 숙여 굴길로 걸어 들어가면서 꼬리를 홱 튕겼다.

"알았어."

페블하트는 이미 공터 반대편으로 가서 가시덤불 아래로 비집고 들어가고 있었다. 그러더니 잠시 뒤 부드러운 초록색 잎 하나를 입에 물고 꿈틀대며 기어 나왔다.

서둘러 그레이윙에게 돌아온 어린 고양이는 물고 있던 잎을 축축한 땅바닥에 내려놓았다.

"지금은 좀 어때요?"

"훨씬 좋아졌어."

아픔은 가셨지만 아직도 가슴이 답답했다. 그래도 머위를 보니 마음이 놓였다. 몸을 웅크리고 잎꼭지를 씹자 쌉쌀하고 톡 쏘는 익숙한 맛이 혀에 퍼졌다.

"아침마다 잠자리로 하나씩 가져다 드릴게요."

페블하트가 약속했다.

"내가 가서 먹을게."

그레이윙은 코를 찡그리며 말했다. 갑자기 짜증이 확 치밀었다. 페블하트는 그저 돕고 싶은 마음이라는 걸 잘 아는데도, 아무것도 못 하는 고양이 취급을 받는 것 같아 화가 났다. 재기드피크도 다른 고양이들이 절름발이 취급을 했을 때 이런 기분이 들었을까?

페블하트는 어깨를 으쓱했다.

"알았어요."

머위를 다시 한입 가득 씹어 먹자 답답했던 가슴이 좀 편해지는 느낌이 들었다. 그레이윙은 똑바로 일어나 앉아 페블하트가 잎을 꺼내 온 가시덤불 아래 작은 구멍을 향해 고개를 끄덕였다. 그 옆에는 이끼에 덮인 나뭇가지 더미처럼 보이는 페블하트의 잠자리가 있었다.

"저기서 자면 춥지 않아? 너한테도 제대로 된 거처를 만들어 줘야 하는데."

"다른 고양이들 잠자리도 다 비슷해요."

페블하트는 공터 가장자리에 흩어져 있는 잠자리들을 주둥이로 가리켰다. 그 잠자리들도 잔가지 더미와 다를 바 없었다. 그레이윙의 잠자리는 톨섀도의 잠자리 옆에 있었고, 거기서 꼬리 서너 개 정도 떨어진 곳에 머드포스와 마우스이어의 잠자리가 있었다. 홀리와 재기드피크는 공터 맞은편에 새끼들을 품고 따뜻하게 지낼 수 있는 넓은 잠자리를 만들었다.

그레이윙은 눈을 가늘게 뜨고 말했다.

"긴 가시나무 줄기를 잘 풀어서 덤불에서 끌어낼 수 있다면 그걸로 잠자리 주위에 장벽을 만들 수 있을지도 몰라."

홀리가 귀를 쫑긋 세우고 다가왔다.

"좋은 생각이야."

암고양이가 말했다.

"안 그래도 앞으로 내릴 눈이 걱정이야. 여기는 눈을 피할 수 있는 가시금작화 그늘도 없잖아."

페블하트가 홀리의 걱정스러운 눈을 바라보며 말했다.

"전 가시나무 밑에 있는 흙을 파내면 어떨까 생각했어요. 그런 식으로 굴을 만들 수 있을 것 같은데."

"맞아!"

호흡이 평소대로 돌아오면서, 그레이윙은 털가죽 아래로 흥분이 퍼져 나가는 걸 느꼈다.

"먼저 잠자리로 삼을 구덩이를 파고, 가시나무 줄기를 엮어서 그 위를 덮는 거야. 이 진영을 되도록 빨리 진짜 집처럼 만드는 게 중요해."

"좋은 생각이야!"

홀리도 마음에 드는 듯 열심히 고개를 끄덕였다.

"공터의 어느 쪽이 애들한테 가장 안전하고 따뜻할까?"

어디서 차가운 바람이 불어오는지 알아내기 위해 굳이 공기를 맛볼 필요도 없었다. 잠자리에서 벌벌 떨며 잠든 밤이 하루 이틀이 아니기 때문이다. 그레이윙은 진영 반대편 끝을 향해 고개를 끄덕였다.

"저쪽에 있는 가시덤불 장벽이 잎 없는 계절의 바람을 막아 줄 거야."

그레이윙은 코를 들어 나뭇가지 지붕 사이로 뚫린 구멍을 가리켰다. 흐릿한 햇빛이 그 구멍을 통해 들어오고 있었다.

"그리고 햇빛이 들어오니까 이른 아침 서리를 녹여 줄 거야."

"페블하트."

머드포스가 절뚝거리며 공터를 가로질러 어린 수고양이에게 걸어왔다.

"어제 다람쥐를 쫓다가 어깨를 삐었어. 뻣뻣해진 어깨를 풀어 줄 방법이 있을까?"

다른 고양이들이 어린 페블하트에게 도움을 청하고 의지하기 시작하는 모습을 보자 그레이윙은 마음이 뿌듯해졌다. 하늘 위에서 영혼 고양이들과 함께 있는 터틀테일도 자신의 아들이 동료들에게 얼마나 중요한 존재가 되었는지 보고 있길 바랐다.

"잠자리에 나래지치를 깔면 도움이 될 거예요."

페블하트가 갈색 수고양이에게 말했다.

"그런데 밖에 나가서 좀 더 찾아봐야 해요. 지금까지는 머위와 쐐기풀밖에 못 모았거든요."

'밖에 나간다고?'

지난 반달 동안 페블하트와 나머지 고양이들은 진영 근처를 벗어난 적이 거의 없었다. 그레이윙은 걱정이 되어 귀를 움찔거렸다. 편이 밖에 있을지도 모른다. 어쩌면 슬래시가 있을지도 모르고. 페블하트는 그레이윙의 걱정을 알아차렸는지 머드포스를 힐끗 쳐다보았다. 그러자 머드포스가 재빨리 고개를 끄덕였다.

"내가 같이 갈게. 눈이 네 개면 두 개보다는 낫잖아."

갈색 수고양이가 말했다.

그제야 그레이윙은 마음이 놓였다.

"둘이 딱 붙어 있어야 해."

그레이윙이 주의를 주자 페블하트가 의문스러운 얼굴로 돌아보았다.

"걱정되는 거라도 있어요?"

"아니야."

그레이윙은 재빨리 대답했다.

"아직 우리 새 영역에 대해 잘 모르잖아. 후회하는 것보다는 미리 조심하는 게 낫지."

페블하트는 의심스럽다는 듯 눈을 가늘게 떴지만 머드포스는 이미 입구로 가고 있었다.

"별일 없을 거야."

머드포스가 어깨 너머로 외쳤다.

"너무 걱정하지 마세요."

페블하트도 꼬리를 홱 튕기며 말했다.

"그러면 호흡에도 안 좋아요. 우린 서로를 어떻게 지켜 줘야 하는지 잘 알아요."

그레이윙은 머드포스를 따라 빠르게 걸어가는 페블하트를 지켜보며, 마음속에서 꿈틀대는 걱정을 애써 무시했다. 그리고 홀리를 향해 고개를 끄덕였다.

"자, 네 새로운 거처에 바람을 막아 줄 장벽을 엮을 수 있는지 보자."

그레이윙은 홀리와 함께 진영 한구석으로 향했다.

톨새도와 재기드피크 옆을 지나가자 둘은 하던 이야기를 멈추고 고개를 들었다.

"뭐 하는 거야?"

재기드피크가 홀리를 보며 물었다.

"아이들을 위해 새로운 거처를 만들려고. 그레이윙이 도와주기로 했어."

그 말을 들은 재기드피크가 등줄기 털을 물결치듯 움직이며 다가왔다.

"그 애들은 내 새끼들이야. 그러니까 걔들 거처를 지으려면 내가 지어야지."

재기드피크가 날카롭게 말했다.

홀리는 재기드피크가 자신과 그레이윙 사이로 비집고 들어오는 바람에 옆으로 비켜야 했다.

"그레이윙은 저쪽 구석이 가장 따뜻할 거라고 했어."

홀리가 짝에게 말했다.

재기드피크는 아무 말도 하지 않고 가시나무 장벽 주위를 콩콩거리기 시작했다.

그레이윙은 뒤로 물러났다. 재기드피크가 이 일을 이끌고 싶다면 누가 반대하겠는가! 듀노즈, 스톰펠트, 이글페더는 재기드피크의 새끼들이었다.

"도움이 필요하면 알려 줘."

그레이윙은 홀리에게 고개를 꾸벅 숙이며 말했다. 그리고 돌아서는데 톨섀도가 자신을 보고 있다는 것을 알아차렸다. 암고양이는 마음이 편치 않아 보였다. 무슨 일 있느냐고 물어보려는데, 진영 입구에서 부스럭거리는 소리가 났다. 그러더니 곧 익숙한 냄새가 코를 스쳤다.

"슬레이트!"

호박색 눈의 황무지 고양이가 진영으로 걸어 들어왔다. 암고양이는 톨섀도를 향해 고개를 숙였다.

"내가 찾아와서 방해가 된 건 아니지?"

톨섀도는 공터 가장자리에서 걸어왔다.

"너는 언제나 환영이야."

그레이윙은 서둘러 슬레이트에게 다가갔다.

"윈드러너랑 새끼들은 잘 지내?"

"걔들은 하루가 다르게 쑥쑥 크고 있어!"

슬레이트가 즐거운 듯 가르랑거리며 말했다.

"애들은 진영 밖으로 나가고 싶어서 안달인데, 윈드러너가 절
대 허락하질 않아."

암고양이는 목소리를 낮추고 계속 말을 이었다.

"내가 보기에 고스퍼는 신선한 공기가 부족하면 힘이 나지 않
는다고 생각하는 것 같은데, 윈드러너는 꼬리를 내밀고 얼굴을
찌푸리기만 해. 그럼 그걸로 말다툼은 끝이야."

그레이윙은 재미있어서 수염을 씰룩거렸다. 윈드러너는 항상
자신이 가장 좋은 방법을 안다고 자신했다. 그 때문에 새끼들에
게 엄격한 어머니가 되었지만, 동시에 아주 강한 어머니이기도
했다. 그런 어머니 밑에서 자라는 건 새끼 고양이들에게는 큰 행
운이었다.

"같이 가 보지 않을래?"

"황무지에?"

슬레이트의 물음에 그레이윙은 깜짝 놀랐다. 털을 물결치게 만
드는 상쾌한 황무지 바람과 드넓게 펼쳐진 헤더, 새까만 흙이 떠
올랐다. 그곳으로 돌아가고 싶어서 마음이 아플 정도였지만 그레
이윙은 고개를 저었다.

"동료들을 떠날 수 없어. 지금은 진영을 만들고 있는 중이거든."

"아주 잠깐도 안 돼?"

슬레이트가 다정하게 바라보며 물었다.

"리드와 미노도 아직 못 만났잖아. 너도 마음에 들 거야."

리드와 미노는 낙엽 지는 계절 막바지에 윈드러너의 무리에 들어간 떠돌이들이다.

황무지에 대한 그리움이 그레이윙의 가슴을 잡아당겼다.

톨새도가 꼬리를 홱 튕겼다.

"가 보지 그래, 그레이윙? 우린 너 없이도 해낼 수 있어."

그레이윙은 고개를 저었다. 슬래시와 펀의 대화를 엿듣지만 않았어도 슬레이트를 따라가서 하루 정도 머물렀을지도 모른다. 하지만 소나무 그림자 사이에 위험이 도사리고 있다는 걸 아는 이상 친구들을 떠날 수는 없었다.

진영 밖에서 요란하게 떠드는 소리가 들리고, 숲 바닥을 가볍게 걷는 발소리가 들렸다.

"나도 돕게 해 줘!"

듀노즈가 화가 나서 외치는 소리가 들렸다.

가시덤불이 부스럭대더니 스톰펠트가 진영으로 빠르게 걸어 들어왔다. 도마뱀을 대롱대롱 입에 물고 눈을 반짝반짝 빛내고 있었다. 이글페더와 듀노즈도 한배 형제를 따라 진영으로 불쑥 뛰어들었다.

"내가 먼저 찾을 수 있었는데."

듀노즈가 속상한 듯 투덜거렸다.

"그런데 이글페더가 계속 방해했단 말이야."

마우스이어도 새끼 고양이들을 뒤따라 굴길에서 나와 그레이윙에게 고개를 끄덕였다.

"스톰펠트는 네 냄새 흔적을 쫓아가서 도마뱀을 곧장 발견했는

155

데, 나머지 두 녀석은 빙글빙글 돌며 뛰어다니기만 했어."

"우리 안 그랬거든요!"

이글페더가 가슴을 부풀리며 말했다.

"가서 먹이 더미에 올려놓으렴, 스톰펠트."

마우스이어는 공터 가장자리의 텅 빈 자리를 향해 고개를 끄덕이며 덧붙였다.

"지금은 더미라고 할 것도 없지만."

그레이윙은 꼬리를 홱 튕겼다.

"사냥할 고양이들을 내보내야겠어."

마우스이어가 시선을 맞췄다.

"내가 갈까?"

"홀리와 재기드피크를 데려가."

그레이윙이 대답했다.

"나도 갈 수 있는데."

슬레이트가 나섰다.

그 말을 들은 톨섀도가 짜증이 난 듯 꼬리를 씰룩거리며 황무지 고양이 앞으로 다가갔다.

"재기드피크와 홀리는 지금 바빠. 그리고 슬레이트는 자기 무리를 위해 사냥해야지."

암고양이의 성난 눈빛이 그레이윙의 털가죽을 태울 듯했다.

그레이윙은 이해할 수가 없어서 고개를 갸웃했다.

"하지만 먹이 더미가 텅 비었잖아. 재기드피크와 홀리가 거처를 만드는 건 뒤로 미뤄도 돼. 그리고 슬레이트는 여러 계절 전부터 여기서 사냥했으니까 먹잇감을 찾기 좋은 곳을 우리한테 알려 줄 수도 있어."

그때 재기드피크의 회색 털이 눈가에 얼핏 보였다.

"무슨 일인데?"

수고양이가 자신만만하게 걸어오며 물었다.

"그레이윙이 사냥 무리를 만들고 있어."

톨새도가 몸을 똑바로 세우고 으르렁거리며 말했다.

"그런데 네가 그런 결정을 내릴 자격은 없다고 생각해."

그레이윙은 발끈하며 털을 곤두세웠다.

"마우스이어가 먼저 가겠다고 했어. 난 그저 혼자서 사냥하러 가는 건 안전하지 않다고 생각했던 것뿐이야."

재기드피크가 턱을 쳐들었다.

"톨새도 말이 맞아. 형은 지도자 자리를 포기했잖아. 이제 와서 되돌릴 순 없어."

번개처럼 찌릿한 충격이 그레이윙의 털가죽을 꿰뚫었다.

"난 그저……."

톨새도가 화난 듯 씩씩거렸다.

"넌 진영으로 돌아온 뒤부터 계속 명령을 내리고 있잖아."

그레이윙은 암고양이를 보며 눈을 깜박거렸다.

"나는 그저 도우려고 한 것뿐이야."

"여기 지도자는 나야!"

톨새도가 쏘아붙였다.

"우리를 이곳으로 데리고 온 것도 나라고."

"하지만……."

그레이윙은 말문이 막혔다. 이곳에 온 것이 톨새도에게 얼마나 큰 의미가 있는지는 잘 알고 있었다. 톨새도의 결정을 존중했고, 안전한 집을 짓는 걸 도와주려고 여기까지 따라온 것이다. 펀과 슬래시가 나타날까 봐 매일 주위를 살피기도 했다. 그저 진영 동료들이 안전하기만을 바랄 뿐이었다.

"미안해, 그레이윙."

톨새도의 목소리가 다시 부드러워졌다.

"하지만 너는 오랫동안 우리를 돌봐 왔어. 할 만큼 한 거야. 그리고 이제는 예전만큼 강하지 않잖아."

'톨새도도 내가 약하다고 생각하는구나!'

이어지는 톨새도의 말을 들으며 그레이윙은 꼬리를 휘둘렀다.

"이제는 더 강한 고양이들에게 책임을 맡겨야 할 때가 됐어. 너는 이제 우리 지도자가 아니잖아."

"나도 다른 고양이들만큼 강해!"

그레이윙은 화가 나서 쉭쉭대며 말했다.

"어떻게 감히 나한테 그런……."

그레이윙은 말을 멈췄다. 가시덤불 사이로 익숙한 냄새가 풍겨 왔기 때문이다. 그레이윙은 털이 곤두섰다.

'펀이다!'

귀를 쫑긋 세우고 진영 벽 너머에서 솔잎이 부스럭대는 소리에 귀를 기울였다.

'떠돌이가 우리를 몰래 엿보고 있어.'

그레이윙은 곧장 진영 입구로 달려갔다.

"그레이윙?"

슬레이트가 뒤에서 소리쳐 불렀다.

"가지 마, 그레이윙!"

톨새도의 목소리는 걱정으로 날카로웠다.

"난 그저 네 건강이 걱정돼서 그런 거야."

그레이윙은 귀를 머리에 납작 붙이고 입을 벌려 공기를 맛보면서 가시나무 굴길을 빠져나갔다. 편이 확실했다. 어둑어둑한 숲바닥을 찬찬히 살피자, 시커먼 형체가 소나무 옆으로 휙 지나가 고사리 덤불 속으로 들어가는 게 보였다. 생쥐처럼 겁 많은 떠돌이가 도망치고 있었다.

그레이윙은 목털을 곤두세운 채 떠돌이 암고양이를 뒤쫓아 달려갔다. 톨새도는 새로운 보금자리에 어떤 위험이 도사리고 있는지 전혀 알지 못했다.

'내가 아직은 동료들을 지킬 수 있을 만큼 강하다는 걸 톨새도한테 꼭 보여 줄 거야!'

7
굶주린 떠돌이들

'펀이 어느 쪽으로 갔을까?'

그레이윙은 궁금했다. 떠돌이의 냄새는 아직 나는데 눈에 보이질 않았다. 눈에 힘을 주고 소나무 그늘 사이를 살피던 그레이윙은 저 앞에서 뭔가 움직이는 걸 보고 긴장했다.

솔잎이 깔린 땅 위로 조용히 미끄러지며 그 뒤를 따라가자, 나무 사이를 요리조리 빠져나가고 있는 검은 암고양이가 보였다. 따라잡는 건 그리 어렵지 않을 것 같았다.

'저 떠돌이 암고양이를 붙잡아 진영으로 끌고 가서, 내가 아직은 동료들을 지킬 수 있을 만큼 강하다는 걸 톨섀도에게 똑똑히 보여 줘야지!'

그레이윙은 얼굴을 찌푸렸다.

'근데 왜 달려가지 않지? 내가 뒤쫓는 걸 눈치채지 못했나?'

호기심에 털이 근질거렸다.

'저 녀석이 지금 뭘 하는 거야?'

그레이윙은 그림자 속에서 몸을 낮추고 먹잇감처럼 가벼운 발걸음으로 살금살금 걸어갔다.

앞쪽에서 흐릿한 햇빛이 숲으로 스며들었다. 괴물이 으르렁대는 소리가 작게 들리며 땅이 흔들렸다. 어느새 두 고양이는 소나무 숲과 클리어스카이의 나무숲을 나누는 천둥길에 가까워지고 있었다. 천둥길 옆으로 조용히 미끄러지는 펀의 털가죽이 초록색 잎을 배경으로 선명하게 보였다. 그레이윙은 걸음을 멈추고 나무 사이를 들여다보았다.

펀은 천둥길 옆에 웅크리고 앉아 시커먼 길을 살펴보고 있었다. 옆구리가 넓고 하얀 괴물 하나가 나무 너머에서 으르렁거리며 달려왔다. 그레이윙은 심장이 쿵쾅거려 발톱으로 땅을 움켜잡았다. 그때 펀이 곧장 천둥길로 뛰어들었다. 괴물은 햇빛에 눈을 번뜩이며 펀을 깔아뭉갤 기세로 달려왔다.

'조심해!'

그레이윙이 숨을 죽이고 지켜보는 가운데 펀이 잽싸게 검은 돌길을 가로질렀다. 암고양이가 길 건너편으로 펄쩍 뛰는 순간, 괴물이 요란한 소리를 내며 지나갔다.

펀의 꼬리가 떡갈나무를 지나쳐 그림자 속으로 사라지자마자 그레이윙은 앞으로 달려 나가 나무 사이를 살폈다. 길게 울부짖는 소리가 귀 털을 뚫고 들어오면서 발밑에서 땅이 흔들렸다. 그레이윙이 그 자리에 얼어붙어 있는 사이 또 다른 괴물이 코앞으로 요란하게 울부짖으며 지나갔다. 괴물이 지나간 자리로 바람이 획 불며 돌멩이가 날아왔다. 매캐한 괴물의 악취가 코로 밀려들면서 가슴이 조여 왔다.

괴물이 천둥 같은 소리를 내며 사라지자마자 그레이윙은 천둥길을 가로질러 달려갔다. 귓속에서 쿵쿵 뛰는 심장 소리를 들으며 길가의 고사리 덤불로 뛰어들어 숨을 골랐다. 천둥길을 건너는 데 익숙해지는 날이 과연 올까?

고약한 괴물의 악취가 사라지자 그레이윙은 곤두선 목털을 눕히고 숲을 찬찬히 살펴보았다. 퀴퀴한 낙엽 냄새가 코를 찔렀다.

'펀은 어디로 간 거지?'

그레이윙은 떡갈나무 뿌리 사이를 샅샅이 살폈다.

'저기다!'

암고양이가 지나간 흔적이 남아 있었다. 그레이윙은 코를 낮추고 그 흔적을 따라갔다.

떠돌이 암고양이는 클리어스카이의 진영을 정확히 피해 나무숲 끄트머리로 방향을 틀었다.

'슬래시를 만나러 황무지로 갔나?'

휘어진 뿌리가 땅속에서 솟아나 있고 나무 사이로 가시덤불이 무성했다. 가시에 찔리지 않으려고 이리저리 몸을 숙이며 그레이윙은 그 옆으로 지나갔다. 펀은 요리조리 방향을 바꾸며 걸어갔지만 나무숲을 벗어나지 않았다. 그레이윙은 걸음을 멈췄다.

'왜 나무숲 밖으로 나가 황무지로 가지 않는 걸까?'

나무 너머로 풀 덮인 비탈이 보였다.

'펀이 지난번에 슬래시와 이야기하던 곳이 저쪽 아니었나?'

그레이윙은 얼굴을 찡그렸다. 펀이 나무 네 그루로 가고 있었기 때문이다.

'설마 슬래시가 거기서 만나자고 했나?'

그레이윙은 귀를 쫑긋 세우고 계속 걸어가다가 나무뿌리에 발이 걸려 비틀거렸다. 온몸으로 아픔이 번지면서 얼굴이 저절로

162

일그러졌다. 게다가 하필 가시덤불 쪽으로 몸이 기우는 바람에 털가죽이 가시에 찔렸다. 결국 그레이윙은 황무지를 가로질러 나무 네 그루가 있는 쪽으로 가기로 마음을 바꿨다. 그 길이 훨씬 더 멀긴 했지만 가기는 더 편할 것 같아서였다.

방향을 틀어 나무숲을 빠져나온 그레이윙은 고사리 덤불을 지나 비탈길로 향했다. 매끈한 풀을 밟고 걸어가는데 바람이 불어와 털 사이로 스며들었다. 차갑고 상쾌한 바람이 가슴을 가득 채우고 너무도 익숙한 검은 흙 냄새가 풍겨 오자 아찔할 정도로 기분이 좋았다. 비탈을 달려 올라간 그레이윙은 헤더 밭 주위를 빙 둘러 나무 네 그루로 향했다. 이곳에선 빠르게 달릴 수 있었다. 발아래 땅이 흐릿하게 스쳐 지나가고 공기가 가슴을 가득 채웠다. 심장 박동이 점점 빨라지고 수염이 바람에 날려 뺨에 닿았다. 분지 꼭대기를 향해 비탈길이 점점 가팔라지자 그레이윙은 걸음을 늦췄다. 저 아래 나무숲에서 편은 덤불 사이로 난 길을 택했을 것이다. 그레이윙은 마지막으로 쭉 뻗은 풀밭을 가로질러 분지 꼭대기에 올라서서 황무지 너머를 바라보았다. 그곳엔 구름 그림자처럼 보이는 움푹 파인 작은 분지가 자리하고 있었다.

'아직 저곳이 비어 있을까? 다른 동물들이 숨어 있으려나?'

눈을 가늘게 뜨고 윈드러너의 작은 진영이 보이는지 살펴보았다. 하지만 윈드러너가 집으로 삼은 헤더 공터는 오르락내리락하는 황무지 구릉에 가려져 보이지 않았다. 윈드러너가 진영 하나는 잘 고른 것 같았다.

그레이윙은 분지로 다시 눈길을 돌렸다. 잎이 다 떨어진 떡갈나무 네 그루가 분지 가장자리 위로 시커멓게 솟아 있었다. 그리고 그 뒤로 해가 아득한 지평선을 향해 떨어지면서 푸른 하늘을 주황색으로 물들이고 있었다. 그레이윙은 털에 이슬이 맺히는 걸 느끼고, 몸을 흔들어 털어 냈다.

분지 한쪽 끝에는 거대한 바위가 솟아 있었다.

'편이 벌써 저기까지 갔을까?'

그레이윙은 앞으로 걸어가 비탈을 뒤덮은 고사리 덤불을 조심스럽게 비집고 들어갔다. 바닥에 가까워지자 걸음을 늦추면서 눈을 가늘게 뜨고 공터를 샅샅이 살폈다.

편의 검은색 털가죽을 발견한 순간 그레이윙은 몸이 굳었다. 암고양이는 배를 땅에 붙이고 신이 난 듯 짤막한 꼬리를 씰룩거리며 공터를 가로지르고 있었다. 뭔가를 뒤쫓고 있는 게 분명했다.

그레이윙은 공기를 맛보았다. 슬래시의 냄새는 나지 않았다. 편이 잔뜩 집중하고 있는 걸 봐서 먹잇감을 뒤쫓는 것 같았다.

'그냥 사냥하러 온 건가?'

그레이윙은 짜릿한 희망을 느꼈다. 지금이야말로 편에게 말을 걸어, 슬래시가 왜 자신들을 염탐하라고 보냈는지 물어볼 기회였다. 그레이윙은 몸을 낮게 숙이고 잎이 거의 떨어진 고사리 줄기를 조용히 비집고 나가, 공터로 걸어 들어갔다.

편은 공터 반대편 끝에 있는 풀밭을 유심히 들여다보고 있었다. 턱을 낮추고 엉덩이를 흔들며 먹잇감에 집중하느라 그레이윙이 공터를 가로질러 다가가는데도 귀 한번 움찔거리지 않았다.

"편?"

검은 암고양이가 쉭쉭 소리를 내며 홱 돌아섰다. 그러더니 곧 눈에 두려움이 스치며 발톱을 세우고 뒷발로 벌떡 일어섰다.

"난 싸우러 온 게 아니야."

그레이윙은 꼬리 하나 떨어진 곳에서 멈춰 섰다. 암고양이가 풍기는 두려움의 냄새를 맡을 수 있었다.

"그럼 왜 온 건데?"

펀이 경계하는 눈빛으로 노려보며 물었다.

"나 못 알아보겠어?"

그레이윙은 암고양이가 경계하지 않도록 멀찍이 떨어져서 주위를 맴돌았다. 몸을 낮춰 다시 네발로 선 펀은 그레이윙에게서 눈을 떼지 않은 채 몸을 돌렸다.

"내가 왜 널 알아봐야 하는데?"

"넌 지난 반달 동안 우리를 염탐했잖아."

그레이윙의 대답에 펀은 겁에 질린 듯 눈이 휘둥그레졌다.

"넌 산에서 온 고양이들 중 하나구나!"

그레이윙은 눈을 굴렸다. 이 암고양이는 첩자가 될 만한 소질이 전혀 없었다.

"아직 우리 냄새도 익히지 못했어?"

펀의 등줄기를 따라 털이 곤두섰다.

"거기선 송진 냄새와 고인 물 냄새밖에 안 나잖아."

가까이 다가가 보니 암고양이의 털가죽은 윤기 없이 칙칙했고, 비쩍 마른 몸에는 갈비뼈가 툭 튀어나와 있었다.

'곧 굶어 죽을 것처럼 생겼네.'

"그렇게 냄새가 고약한 곳에서 먹이를 찾기 쉽지 않았을 텐데."

그레이윙이 말했다.

암고양이는 뒤로 주춤 물러났다.

"난 혼자 사냥하는 데에 익숙하지 않아. 게다가 지난번 병이 돈 뒤로 먹잇감도 많이 없단 말이야."

"평소에는 슬래시가 널 위해 사냥해 줬어?"

슬래시의 이름을 듣자 펀의 눈에 두려움이 더 또렷해졌다.

"슬래시가 도와줬어."

암고양이는 변명하듯 말을 이었다.

"그래서 뭐? 왜 물어보는데?"

"하지만 지금은 널 혼자 두고 떠났잖아."

그레이윙은 힘주어 말했다.

"너 지금 굉장히 배고파 보여."

암고양이의 눈이 번들거렸다.

"네가 이렇게 날 방해하지만 않았어도 배가 안 고팠을 거야. 막 먹이를 잡으려던 참이었다고!"

펀은 원망스러운 눈으로 풀밭을 힐끗 쳐다보았다.

"내가 쫓던 생쥐는 지금쯤 달아났을 거야."

그레이윙은 비쩍 마른 암고양이의 옆구리로 시선을 던졌다.

"생쥐 한 마리로는 부족할 것 같은데."

펀이 턱을 쳐들었다.

"걱정 안 해도 돼, 내가 알아서 할 테니까."

"내가 사냥을 도와줄 수 있어. 슬래시가 그랬던 것처럼 말이야."

그레이윙이 제안했다.

펀이 눈을 가늘게 떴다.

"네가 왜?"

"네가 배고프니까."

펀은 그레이윙을 빤히 쳐다보았다.

그레이윙은 계속 말을 이었다.

"슬래시는 나쁜 고양이야. 원아이랑 다를 게 없어."

"네가 슬래시를 어떻게 알아?"

펀이 의심스럽다는 투로 물었다.

"황무지에서 너랑 이야기하는 걸 봤어."

펀은 털가죽 아래로 움츠러드는 것 같았다.

"슬래시한테 그렇게 휘둘려서는 안 돼."

"그럼 나더러 어쩌라고?"

암고양이가 울부짖듯 말했다.

"말을 안 들으면 슬래시가 날 죽일 거야."

그레이윙은 천천히 암고양이에게 다가갔다.

"그건 공평하지 않아. 슬래시는 네가 굶어 죽게 내버려뒀잖아."

그레이윙은 텅 빈 공터를 향해 주둥이를 홱 돌렸다.

"널 돌봐 주지도 않잖아. 만약 내가 위험한 고양이였으면 어쩔 뻔했어? 넌 싸울 힘도 없어 보이는데. 그리고 들키지 않고 클리어스카이의 영역에 들어간 것도 운이 좋았던 거야. 내 형제는 첩자를 절대 용서하지 않거든."

"난 마음대로 선택할 수 있는 처지가 아니었단 말이야!"

암고양이가 쏘아붙였다. 그러다 갑자기 눈빛이 어두워졌다.

"슬래시한테 날 봤다고 말하면 안 돼, 알았지?"

"내가 왜 슬래시한테 말하겠어?"

그레이윙은 몸을 더 가까이 기울이며 물었다.

펀은 바들바들 떨면서 뒤로 물러났다.

167

"난 널 해치려는 게 아니야!"

그레이윙은 다급히 외쳤다.

'이 고양이는 수고양이라면 모두 다 슬래시와 원아이처럼 나쁜 녀석들이라고 생각하는 건가?'

"그렇다면 날 혼자 내버려둬!"

펀은 쉭쉭거리며 힘도 없는 앞발을 휘둘렀다.

그레이윙은 어렵지 않게 몸을 숙여 그 발을 피했다.

"넌 먹이가 필요해. 지금 넌 갓 태어난 새끼 고양이처럼 약하단 말이야. 내가 사냥해 올 동안 여기서 기다려."

그레이윙은 서둘러 공터를 가로질러 달려가 반대편에 있는 긴 풀 사이로 뛰어들었다. 입을 벌려 먹잇감 냄새를 찾다가 쥐 냄새를 맡고 신이 나서 꼬리 끝을 씰룩거렸다. 킁킁거리며 흔적을 따라가다 보니 앞에 있는 고사리가 살랑살랑 흔들리는 게 보였다.

그레이윙은 재빨리 몸을 웅크렸다. 작은 갈색 몸뚱이가 고사리 줄기 사이로 움직였다. 녀석은 바닥에 떨어진 나뭇잎 사이를 파헤치고 있었다.

'생쥐다!'

그레이윙은 뒷다리에 잔뜩 힘을 주고 뛰어올라, 놀란 생쥐를 앞발로 내리쳤다. 밑에 깔린 생쥐는 반항 한번 못 하고 축 늘어졌다. 재빨리 등줄기를 물어 숨통을 끊은 뒤 공터에 웅크리고 있는 펀에게로 돌아갔다. 암고양이는 도망칠 생각도 하지 못했다.

'얘는 정말 생긴 것처럼 약하구나.'

그레이윙은 암고양이의 발치에 생쥐를 툭 떨어뜨렸다.

"먹어."

펀이 먹이를 허겁지겁 먹는 사이 생쥐의 피 냄새가 그레이윙의 코를 자극했다. 배 속에서 꼬르륵거리는 소리가 났다. 그레이윙 역시 오늘 아침부터 아무것도 먹지 못했다.

마지막 한 점까지 말끔히 먹어 치운 펀이 입가를 혀로 핥으며 일어나 앉았다.

"넌 이름이 뭐야?"

"나는 그레이윙이라고 해."

"고마워, 그레이윙."

펀은 잠시 아래를 내려다보다가 다시 그레이윙을 바라보았다. 그레이윙은 어깨를 으쓱했다.

"그 보답으로 네가 날 위해 해 줬으면 하는 일이 있어."

암고양이의 눈이 겁을 먹고 번들거렸다.

"뭔데?"

"우릴 염탐하는 건 시간 낭비라고 슬래시를 설득해 줘."

"어떻게?"

암고양이는 얼굴을 찡그렸다.

"그건 나도 모르지."

그레이윙은 짜증이 나서 털가죽이 따끔거렸다.

"우리가 아주 튼튼한 진영을 만들었다고 말해. 그리고 우리가 아주 위험하고, 우리와 싸워선 절대 못 이길 거라고 말하는 거야."

그레이윙은 암고양이를 바라보며 덧붙였다.

"그렇게 믿게 만들어."

펀이 고개를 갸웃했다.

"슬래시는 자기가 이길 수 없는 고양이가 있다는 말은 절대 안

169

믿을걸."

쓸쓸하게 중얼거리던 암고양이의 눈이 갑자기 밝아졌다.

"하지만 관심을 딴 데로 돌릴 수는 있을 거야."

그레이윙은 암고양이에게 가까이 몸을 숙였다.

"관심을 돌린다고? 어떻게?"

"너희가 소나무 숲 너머에서 사냥한다고 말할게. 너희가 싱싱한 먹이를 구할 곳을 새로 찾았다는 말을 들으면 아마 직접 가서 보고 싶어 할 거야. 슬래시는 욕심이 많거든."

"그게 무슨 도움이 되는데?"

그레이윙은 눈을 가늘게 뜨고 물었다.

"너희가 준비할 시간이 생기는 거지."

펀이 대답했다.

"슬래시는 곧 너희를 공격할 거야. 그동안 너희는 진영을 최대한 튼튼히 만들고 싸움 연습도 해야 해. 슬래시는 공격할 때 절대 혼자 가지 않을 거야."

그레이윙은 배 속이 텅 빈 데다 두렵기까지 해서 몸이 부르르 떨렸다. 펀의 이야기만 들어서는 슬래시가 원아이와 다를 바 없는 것 같았다.

"넌 어떻게 할 건데?"

그레이윙은 펀에게 물었다. 비쩍 마른 이 떠돌이는 혼자서는 사냥도 못 할 것 같았다.

"난 괜찮을 거야."

암고양이가 장담했다.

"그럼 여기서 하루 이틀 정도 더 머물러."

그레이윙은 충고했다.

"더 이상 우릴 염탐할 필요도 없고, 여기엔 먹잇감도 있잖아. 잡을 수 있는 만큼 잡아서 먹고 힘을 길러 둬."

펀은 고개를 끄덕였다.

"그럴게."

그레이윙은 암고양이의 눈을 들여다보았다. 이 암고양이가 약속을 지킬 거라고 믿어도 될까? 이 고양이가 과연 슬래시에게 거짓말을 해서 있지도 않은 먹잇감을 찾아 소나무 숲 너머를 헤매고 다니게 할 용기가 있을까?

펀도 그레이윙을 빤히 바라보았다. 희망이 생긴 듯 눈이 반짝이고 있었다.

지금으로서는 펀을 믿는 수밖에 없다는 생각이 들었다.

"행운을 빌어."

그레이윙은 돌아서서 가시덤불 사이로 요리조리 빠져나가 비탈 꼭대기로 올라갔다. 소나무 숲으로 돌아가기 전에 황무지를 마지막으로 한 번 더 보고 싶었다. 황무지는 저녁 햇살에 물들어 있었다. 해가 나무 뒤로 저물면서 머리 위 하늘은 보랏빛으로 물들었다. 솔잎이 흩어져 있는 숲 바닥을 걷다 와서 그런지 황무지 풀이 어느 때보다 부드럽게 느껴졌다. 차갑고 상쾌한 바람이 털 사이로 불어와 살갗을 찔렀다. 숨을 깊이 들이마시자 익숙한 헤더 냄새와 바위 냄새가 밀려왔다.

그때 토끼 냄새가 코를 찔렀다. 흥분한 그레이윙은 비탈 아래를 유심히 살폈다. 어린 토끼 한 마리가 풀밭을 팔짝팔짝 뛰어다니고 있었다. 토끼는 꼬리 서너 개 길이 정도 앞에 시커멓게 뚫려 있는 굴로 가는 중이었다.

'저 녀석이 굴로 뛰어들기 전에 잡을 수 있을까?'

배에서 꼬르륵거리는 소리가 났다.

그레이윙은 비탈을 쿵쿵 달려 내려갔다. 발소리를 들은 토끼가 풀밭 위로 하얀 꼬리를 흔들며 잽싸게 달아나기 시작했다. 토끼 굴에 거의 다다랐을 즈음 그레이윙은 몸을 날렸다. 허공을 가르며 날아가 두 앞발을 쭉 뻗어 정확히 토끼를 덮쳤다. 그리고 입으로 목을 꽉 물어 단번에 숨통을 끊었다.

따끈따끈한 피 냄새가 주둥이로 흘러들자 가슴속에서 기쁨이 샘솟았다. 따뜻한 토끼 고기를 허겁지겁 베어 물었을 때였다.

"이건 불공평해!"

작게 투덜거리는 소리에 그레이윙은 놀라서 펄쩍 뛰었다. 그리고 고기를 한입 가득 문 채 일어나 앉았다.

황갈색 새끼 수고양이가 풀밭을 가로질러 그레이윙을 향해 씩씩하게 걸어왔다. 어깨를 봐서는 이글페더나 스톰펠트보다 나이가 많아 보였지만, 얼굴은 호리호리하고 몸도 비쩍 말랐다.

"그건 우리 엄마가 잡은 거란 말이에요!"

새끼 고양이가 쏘아붙였다.

"엄마가 뒤쫓고 있었다고요."

새끼 고양이는 어깨 너머를 힐끗 쳐다보았다. 헤더 밭에서 검은 형체가 조용히 다가오고 있었다.

그레이윙은 공기를 맛보았다. 암고양이였다. 그레이윙은 암고양이가 꼬리를 낮추고 귀를 머리에 납작 붙인 채 다가오는 모습을 지켜보았다. 황갈색과 검은색 얼룩이 있는 암고양이는 아들보

172

다 더 비쩍 말랐다. 그 뒤로 황갈색과 흰색이 섞인 새끼 암고양이가 비틀거리며 따라왔다.

'이들도 곧 굶어 죽게 생겼잖아! 펀처럼.'

그레이윙은 토끼를 힐끗 보고는 새끼 수고양이에게로 밀어 주었다.

"받아. 네 엄마가 잡으려던 토끼라는 거 몰랐어."

가까이 다가온 암고양이가 걸음을 멈췄다.

"네가 잡은 거니까 네가 먹어."

암고양이는 한 발을 들어 아들을 토끼한테서 물러나게 했다.

"낯선 고양이한테 먹이를 얻어먹으면 안 돼."

엄마를 따라잡은 새끼 암고양이가 바들바들 떨면서 엄마의 옆구리에 바짝 기댔다.

"딱 한 입만 먹으면 안 돼요?"

새끼 암고양이는 배가 고파 휘둥그레진 눈으로 토끼를 빤히 바라보았다.

"우리랑 나눠 먹자고 하면요."

"안 된다니까. 우리 먹이는 우리 힘으로 잡아야 하는 거야."

얼룩무늬 암고양이가 매섭게 말했다.

그레이윙은 고개를 숙이고 부드럽게 말했다.

"난 오늘 운이 좋았어. 이건 두 번째로 잡은 거야. 그러니까 사양하지 말고 받아 줘."

얼룩무늬 암고양이는 조심스럽게 그레이윙과 눈을 맞췄다.

"새끼들은 계속 자라는데 먹이는 부족하잖아."

그레이윙은 재촉하듯 말했다. 그리고 가슴을 내밀었다.

"난 너만큼 먹이가 간절하진 않아."

"이거 속임수지?"

얼룩무늬 암고양이의 눈빛이 매서워졌다.

"아니야."

그레이윙은 암고양이가 왜 이렇게 경계하는지 알 수 없었다.

"너 같은 고양이를 전에도 만난 적 있어."

암고양이가 으르렁거리며 말했다.

"넌 약한 고양이가 굶든 말든 관심 없잖아……. 그저 싸움을 걸 핑계를 만들려고 나한테 먹이를 주려는 거지."

그제야 그레이윙은 암고양이의 한쪽 귀 끝이 찢어지고 검은 주둥이에 흉터가 있는 것을 알아차렸다. 그 모습을 보자 마음이 아팠다.

"난 널 해칠 생각 없어."

그레이윙은 약속했다. 그리고 황갈색과 흰색이 섞인 새끼 암고양이를 쳐다보았다. 조그만 새끼 고양이는 너무도 약해 보였다.

'꼭 플러터링버드 같아.'

"나한테 누이동생이 하나 있었는데, 굶어 죽었어."

그레이윙은 암고양이에게 말했다.

"새끼 고양이가 죽는 건 두 번 다시 보고 싶지 않아."

새끼 암고양이가 겁먹은 듯 눈을 동그랗게 떴다.

"우리 죽어요? 브램블처럼?"

"아니야, 아가."

얼룩무늬 암고양이가 주둥이로 딸의 귀를 문질렀다.

"브램블은 원래 아팠잖아. 우린 괜찮을 거야."

그레이윙은 그 말을 믿을 수 없었다. 이 얼룩무늬 암고양이는 사냥도 못 할 것처럼 약해 보였다. 토끼가 굴속으로 달아나기 전에 절대 잡지 못했을 것이다.

"넌 이름이 뭐야?"

그레이윙은 암고양이에게 물었다.

"밀크위드."

암고양이는 아들과 딸을 향해 차례로 고개를 끄덕였다.

"얘는 시슬이고, 얘는 클로버야. 얘들의 누이인 브램블이 어제 죽었어."

암고양이의 호박색 눈이 슬픔으로 번들거렸다.

"그렇다면 먹어."

그레이윙은 몸을 숙여 토끼를 입으로 물었다. 그리고 암고양이를 향해 홱 던졌다. 토끼는 암고양이의 발치에 툭 떨어졌다.

밀크위드는 여전히 경계하는 눈으로 바라보았다.

"너도 산에서 온 고양이들 중 하나지?"

암고양이의 눈빛에는 비난이 담겨 있었다.

"너희가 온 뒤로 사냥할 땅은 줄어들고 먹이를 구하려는 입은 더 늘어났어."

그레이윙의 털가죽 밑에서 죄책감이 불꽃처럼 튀었다.

"우리도 산에서 굶주리다가 여기 온 거야. 내 누이동생도 산에서 죽었어. 우리는 너희 땅이나 먹이를 훔치려고 온 게 아니야……. 나누려고 온 거지."

"너희 때문에 떠돌이들이 서로 싸우기 시작했단 말이야."

밀크위드가 쏘아붙였다.

"이제 모든 고양이가 먹이를 차지하려고 싸우고 있어."

"그건 병 때문에 먹잇감이 너무 많이 죽었기 때문이야."

그레이윙도 지지 않고 맞섰다.

'그리고 원아이와 슬래시 같은 놈들이 다른 고양이들을 괴롭히는 걸 즐기기 때문이야.'

"그런데도 네가 잡은 먹이를 우리한테 나눠 주겠다는 거야?"

밀크위드의 코가 씰룩거렸다. 토끼 냄새가 굶주림에 지친 암고양이를 흥분하게 만든 것 같았다.

"맞아."

그레이윙은 그 자리에 앉아서 꼬리로 발을 감쌌다.

"너희가 다 먹을 때까지 내가 여기서 지켜봐 줄게."

"제발요, 엄마. 네?"

클로버가 애원하는 눈빛으로 엄마를 바라보았다.

시슬은 토끼 옆으로 슬금슬금 다가가 입을 벌리고 따뜻한 냄새를 들이마셨다.

"좋아."

밀크위드도 그 옆에 웅크리고 앉아 토끼 고기를 한 덩어리 찢었다. 그걸 클로버의 발치에 툭 던져 주고 또다시 한 덩어리 찢어 이번에는 시슬에게 던져 주었다. 아이들이 먹기 시작하자 그제야 암고양이는 자신이 먹을 것도 한 점 찢었다.

그레이윙은 그들이 마음 편히 먹을 수 있도록 몸을 돌렸다.

배 속에서 꼬르륵 소리가 났다. 오늘 먹이를 두 번이나 잡은 건 맞지만, 여태 아무것도 먹지 못했다. 배가 고파서 발을 꼼지락거리며 생각에 잠겼다. 먹잇감은 부족한데 배고픈 고양이는 여전히 많다. 정말로 황무지와 숲에 무리를 이루고 사는 고양이들 때문에 이렇게 먹잇감이 부족해진 걸까?

'우리는 그저 배가 고파서 여기로 온 거야.'

굶주린 고양이들을 도울 방법이 없는 걸까? 그때 한 가지 생각이 머릿속에 번쩍 떠올랐다.

'타오르는 별처럼 성장하고 퍼져 나가라.'

"너, 클리어스카이한테 가 봐."

그레이윙은 밀크위드에게 말했다.

턱이 피로 얼룩진 채 토끼 고기를 뜯어 먹던 암고양이가 눈을 들었다.

"클리어스카이?"

암고양이의 눈에 두려움이 번쩍였다.

"그 고양이가 내 친구 미스티를 죽였어……. 그 녀석은 나 같은 떠돌이를 싫어해."

그레이윙은 마음이 불편해져서 털가죽을 꿈틀거렸다.

"그래도 미스티의 새끼들을 받아들였어."

밀크위드가 콧방귀를 꿰었다.

"착한 일 했네. 그럼 나를 죽이면 내 새끼들을 받아들이겠구나."

그레이윙은 움찔했다.

"클리어스카이는 달라졌어."

그레이윙은 장담했다.

"이제는 모든 고양이가 평화롭게 함께 살기를 바라고 있어. 그리고 무리가 커지고 퍼져 나가기를 바라고 있고. 내 친구들 중에도 클리어스카이와 함께 살겠다고 간 고양이들이 있어. 아마 너랑 네 새끼들도 받아 줄 거야."

밀크위드는 작게 투덜대며 다시 토끼 고기로 눈을 돌렸다.

"가서 그레이윙이 보냈다고 말해. 거기 가면 먹이를 얻고 보호도 받을 수 있다고 내가 말했다고 전해."

밀크위드는 아무 대답도 하지 않고 토끼만 뜯어 먹었다.

'어쩌면 이 고양이들을 소나무 숲으로 데리고 가는 게 나을지도 몰라.'

그레이윙은 얼굴을 찡그리며 생각했다.

'하지만 거기 가면 안전할 수 있을까?'

소나무 숲으로 간 고양이들은 아직도 먹이를 사냥할 수 있는 가장 좋은 사냥터를 찾지 못했다. 또 새로운 곳에 맞는 사냥 기술도 배워야 했다. 그리고 펀은 슬래시가 공격해 올 거라고 확신하듯 말했다. 그렇다면 클리어스카이의 숲이 더 안전할 것이다.

시슬이 일어나 앉아 혀로 입가를 핥았다.

"배 아파요."

그레이윙은 안타까운 눈으로 새끼 수고양이를 바라보았다.

"많이 먹는 데 익숙하지 않아서 그런 거야. 다음부턴 좀 더 천천히 씹어 먹도록 해."

클로버가 고개를 들고 꺼억 트림을 했다.

"이제 몸이 따뜻해지는 거 같아요."

밀크위드도 몸을 세워 앉았다.

"고마워."

암고양이는 고마운 눈빛으로 그레이윙을 바라보았다.

"클리어스카이에게 가."

178

그레이윙은 다시 한 번 말했다.

"여기서 혼자서는 살아남을 수 없어."

밀크위드는 꼬리로 클로버를 감쌌다.

"우리 정말 가도 돼요?"

시슬이 신이 나서 눈을 반짝거리며 물었다.

"난 숲 고양이가 되고 싶어요. 클리어스카이의 고양이들이 사냥하고 싸우는 훈련을 한다는 얘길 들었어요. 거기 가면 숲에서 힘이 제일 센 싸움꾼이 되는 법을 가르쳐 줄지도 몰라요. 그러면 다시는 두려워하며 살지 않아도 될 거예요."

밀크위드는 사랑이 듬뿍 담긴 눈으로 아들을 바라보다가 그레이윙을 힐끗 쳐다보았다.

"정말 우리를 해치지 않는다고 장담해?"

"장담해."

그레이윙은 고개를 숙이며 대답했다.

밀크위드는 남은 토끼 찌꺼기를 잠시 내려다보다가 비탈을 가로질러 갔다. 클로버도 꼬리를 높이 쳐들고 빠른 걸음으로 엄마를 뒤따라갔다. 시슬은 남은 찌꺼기를 발톱으로 홱 낚아챘다.

"서둘러, 엄마한테 네가 필요하잖니."

그레이윙은 어린 수고양이를 재촉했다.

시슬이 진지한 얼굴로 그레이윙의 눈을 마주 보았다.

"내가 엄마를 지켜 줄 거예요."

그렇게 약속하고 시슬은 가족을 따라 풀밭을 달려갔다.

그레이윙은 그 자리에 서서 밀크위드와 새끼 고양이들이 나무 숲 가장자리를 덮고 있는 고사리 덤불에 다다를 때까지 지켜보았다. 그들이 나무 사이로 사라지자 마음이 아팠다.

'제발, 클리어스카이, 저 고양이들을 받아 줘.'

그레이윙은 멀리 있는 소나무 숲 쪽을 힐끗 쳐다보고는 황무지를 바라보았다. 장밋빛으로 물든 황무지 꼭대기 너머로 저무는 해가 높은 돌산도 붉게 물들이고 있을 것이다. 문득 가슴 가득 차오르는 그리움을 느끼며 달리기 시작했다. 황무지 끄트머리로 달려가 헤더 덤불을 요리조리 피해 꼭대기에 다다랐다. 그 너머에는 천둥길로 내려가는 가파른 내리막 위로 불쑥 솟은 넓고 납작한 바위가 있었다. 그레이윙은 서둘러 달려가 바위 위로 기어 올라갔다. 바람 때문에 차가워진 바위 위를 걸으니 발바닥이 얼얼했다. 그 위에 엎드려 바위 너머로 고개를 늘어뜨린 채, 높은 돌산을 향해 뻗어 있는 구불구불한 들판을 바라보았다. 그들은 저 먼 산에서부터 이렇게 먼 길을 온 것이다.

'여기서 우리가 사는 모습을 스톤텔러가 보면 뭐라고 말할까?'

자랑할 게 너무나 많았다. 새끼들이 새로 태어났고, 새로운 집도 만들었다. 또다시 배에서 꼬르륵 소리가 나자 사냥을 한 번 더 해야 하나 고민에 빠졌다. 하지만 저물어 가는 햇빛 속에서 황금빛으로 반짝이는 높은 돌산에서 도저히 눈을 뗄 수가 없었다.

'그럼 우리가 치른 전투와 이곳에서 죽은 고양이들에 대해서는 스톤텔러가 뭐라고 말할까?'

뒤쪽으로 해가 저물면서 높은 돌산이 어둠 속으로 사라지자 그레이윙은 눈을 감고 잠이 들었고, 곧 꿈속으로 빠져들었다.

8

텅 빈 동굴

그레이윙은 눈을 떴다. 추억이 짙게 묻어 있는 냄새들이 온몸을 휘감았다. 추위가 귀를 물어뜯었다. 이런 추위는 그동안 까맣게 잊고 있었다.

뒤에서 천둥처럼 쏟아지는 물소리에 돌아보니, 예전에 살던 동굴 입구를 가려 주는 폭포가 보였다. 떨어지는 물 사이로 스며든 빛이 동굴 벽에 일렁이는 그림자를 드리웠다.

"아무도 없어요?"

목소리가 텅 빈 동굴에 울려 퍼졌다. 부족 동료들의 잠자리가 있는 넓은 돌바닥을 유심히 살폈지만, 지금은 텅 빈 채 잔가지와 쪼글쪼글한 나뭇잎만 쌓여 있었다.

"다들 어디 있어요?"

걱정이 털가죽을 찔렀다. 귀를 쫑긋 세우고 귀를 기울이자 저 멀리서 희미한 소리가 들리는 것 같았다. 바위 위를 걷는 발소리도 멀리서 들려왔지만, 모습은 보이지 않았다.

부족 동료들이 전부 어딘가로 떠난 것일까? 혹시 모두 영혼 고양이가 되어 버린 걸까?

"어머니! 스노헤어! 어디 계세요?"

심장이 철렁 내려앉으며 죄책감에 털가죽이 화끈거렸다. 부족 동료들을 두고 떠나지 말았어야 했다. 사냥할 고양이가 없어서 다들 굶어 죽은 것일까?

"내가 무슨 짓을 한 거지?"

그때 동굴 뒤쪽에서 가르랑거리는 소리가 들렸다.

그레이윙의 가슴속에 희망이 번쩍였다. 어둠 속을 들여다보자, 휙휙 움직이는 꼬리 하나가 굴길 안으로 점점 멀어져 가는 게 보였다.

그레이윙은 자신을 집어삼킨 어둠에 적응하려고 눈을 깜박이며 서둘러 뒤쫓아 갔다. 꽁꽁 언 바위 위를 걸으려니 발바닥이 아팠다. 수염이 동굴 벽을 스치고, 꼬리는 울퉁불퉁한 천장에 자꾸 걸렸다.

"거기 누구예요?"

그레이윙은 어둠에 대고 불안하게 소리쳤다.

갑자기 굴길이 확 넓어지면서 천장에 뚫린 구멍으로 달빛이 쏟아져 들어오는 동굴이 나타났다. 바위 바닥과 천장에는 날카로운 발톱 같은 바위들이 위아래로 자라 있었다. 그중에는 마치 발과 발이 서로 맞닿은 것처럼 연결되어, 위에서 흘러내린 물로 번들거리는 바위들도 있었다. 천장에서 떨어진 물은 바닥에 고여 웅덩이를 이루며 벽에 달빛을 반사했다.

웅덩이 너머에서 늙고 하얀 고양이가 꼬리를 씰룩이며 그레이윙을 지켜보고 있었다.

"스톤텔러?"

그레이윙은 눈을 깜박이며 조심스레 불러 보았다. 부족 동료들 중에 남은 건 스톤텔러 하나뿐일까?

암고양이가 대답 대신 앞발로 웅덩이 하나를 톡 건드리자 수면 위로 물결이 퍼져 나갔다.

그레이윙은 좀 더 가까이 다가갔다.

"정말 죄송해요. 우리 없이 부족이 어떻게 살아남을지 하루도 생각하지 않은 날이 없어요."

"쉿."

스톤텔러가 초록색 눈을 들어 그레이윙의 눈을 마주 보았다.

"넌 용서를 빌어야 할 이유가 전혀 없다."

"하지만 동굴이……!"

그레이윙은 흐느끼며 말을 이었다.

"텅 비었잖아요! 이건 다 제 잘못이에요. 제가 여기 남아 있기만 했어도……."

"그레이윙."

스톤텔러의 목소리는 단호했다.

"네가 모든 고양이의 운명을 결정할 수 있는 건 아니다. 너한테는 그런 힘이 없어."

"그렇다면 왜 저를 여기로 데리고 오신 건데요?"

자신을 이곳으로 소환해 텅 빈 동굴을 보여 준 건 스톤텔러가 분명했다.

"부족에게 무슨 일이 일어난 건데요?"

스톤텔러는 물결이 사라진 웅덩이를 들여다보았다.

"머지않아 모든 게 확실해질 게다."

늙은 암고양이가 중얼거렸다.

"하지만 지금 당장은 과거를 잊으려무나. 네가 바꿀 수 있는 건 미래뿐이다."

날카로운 비명 소리에 그레이윙은 움찔하며 잠에서 깼다. 눈을 깜박이며 아래로 길게 뻗어 있는 어두운 골짜기를 내려다보았다. 높은 돌산 너머 산들은 별이 빛나는 밤하늘 아래에서는 그저 그림자로밖에 보이지 않았다.

'부족 고양이들!'

그레이윙은 벌떡 일어섰다.

'다들 어디로 간 거지?'

또다시 들려온 비명 소리에 그레이윙은 정신이 번쩍 들었다.

황무지는 달빛에 물들었고 풀은 서리가 내려 하얗게 변했다.

"저리 가!"

가시금작화 덤불 너머에서 사납게 울부짖는 소리가 들렸다. 그레이윙은 단번에 그 목소리를 알아들었다.

'슬레이트!'

바위에서 펄쩍 뛰어내린 그레이윙은 황무지 꼭대기로 달려가 가시금작화 덤불을 미끄러지듯 빙 둘러 갔다.

슬레이트는 날카로운 가시를 등지고 있었다. 여우 한 마리가 암고양이의 뒷다리를 깨물려고 입을 딱딱 다물다가, 날카로운 이빨을 번뜩이며 주둥이를 노리고 달려들었다. 슬레이트는 쉭쉭대면서 덤불 속으로 더 깊이 몸을 밀어 넣었다. 피가 암고양이의 털가죽을 검게 물들였다. 슬레이트는 눈을 번뜩이며 여우 얼굴을 향해 앞발을 휘둘렀지만, 여우는 꼬리를 노리고 뛰어들었다.

다행히 슬레이트는 때맞춰 꼬리를 홱 휘둘렀고, 꼬리는 아슬아슬하게 여우의 입을 때렸다. 화가 난 여우는 캥캥거리며 이번에는 목을 노리고 달려들었다.

"저리 꺼져!"

그레이윙은 털을 바짝 곤두세우고 앞으로 돌진했다. 그리고 으르렁거리며 여우의 등을 덮쳤다.

깜짝 놀란 여우는 비틀거리며 넘어졌다. 그레이윙은 여우의 등에 매달려 발톱을 깊이 박아 넣었다. 더러운 털가죽을 뚫고 여우의 뼈가 발톱에 닿았다. 이 황무지에서 굶주린 건 고양이들만이 아니었다.

슬레이트가 으르렁거렸다.

"그 녀석이 내 먹이를 빼앗으려고 했어."

고약한 여우 냄새 사이로 갓 잡은 먹이 냄새를 맡을 수 있었다. 그레이윙은 고개를 돌려 슬레이트와 눈을 마주쳤다. 그때 밑에 깔려 있던 여우가 예상보다 훨씬 강한 힘으로 마구 날뛰었다. 굶주림에 대담해지고 절박해진 게 분명했다. 여우가 주둥이를 뒤로 홱 돌려 그레이윙의 목을 물어뜯었다. 털가죽이 찢어지는 느낌과 함께 온몸으로 고통이 퍼져 나갔다. 비명을 지르며 땅바닥으로 주르르 미끄러진 그레이윙은 서리 내린 풀밭에서 발을 딛으려고 안간힘을 썼다.

여우가 그를 향해 돌아섰다. 상대를 물어 죽이려고 쩍 벌린 입에서 뿜어져 나온 악취가 그레이윙의 주둥이를 적셨다. 그때 눈가에 털이 번쩍이더니, 슬레이트가 울부짖으며 여우에게 달려들어 뒤로 넘어뜨렸다.

그 틈에 그레이윙은 벌떡 일어섰다. 슬레이트와 여우는 풀밭 위에서 뒤엉켜 굴렀다. 서로를 붙잡고 몸부림을 치느라 몸이 땅에 쿵쿵 부딪혔다. 둘은 공기를 찢을 것처럼 무시무시하게 울부짖었다. 여우의 입이 슬레이트의 귀를 꽉 무는 순간 그레이윙이 그들을 향해 몸을 날렸다.

화가 나서 쉭쉭거리며 그레이윙은 여우를 밀쳐 냈다. 슬레이트가 고통스럽게 비명을 지르는 소리가 들렸다. 그레이윙은 뒷다리로 벌떡 일어나 한 발, 한 발 번갈아 휘둘러 여우를 뒷걸음치게 만들었다. 발톱으로 여우의 털을 잡아 뜯자 마침내 주둥이가 피로 물들었다. 여우의 눈이 분노로 번뜩였다. 하지만 캥캥 울부짖으며 홱 돌아서더니 그림자처럼 풀밭을 가로질러 쏜살같이 달아났다.

그레이윙은 슬레이트를 향해 돌아섰다.

"괜찮아?"

암고양이는 고개를 숙인 채 옆구리를 들썩이며 앉아 있었다.

"저놈이 내 귀를 물어뜯었어."

그레이윙은 서둘러 슬레이트의 곁으로 다가갔다. 피 냄새가 주위를 가득 메우고 있었다. 슬레이트의 귀에서 나는 냄새였고, 끝이 찢어진 걸 볼 수 있었다.

"나을 거야."

그레이윙은 암고양이를 달래 주었다.

자신의 털가죽도 축축하게 느껴졌다. 목털이 피로 흠뻑 젖어 있었다.

186

"여우는 평소에는 먹이 때문에 저렇게 사납게 싸우지 않아."

그레이윙은 으르렁거리며 말했다.

"우리가 둘인 걸 보고 도망친 것 같아."

슬레이트는 여전히 숨을 헐떡거리고 있었다.

"와 줘서 고마워."

암고양이가 고개를 들었다. 호박색 눈이 고통으로 어두워졌다.

"그런데 황무지에는 왜 온 거야?"

"그건 나중에 설명할게."

그레이윙은 여우와의 싸움으로 머리가 멍해져서 여기 온 적당한 이유를 생각해 낼 수가 없었다. 슬레이트한테 펀에 대해 말할 수는 없었다. 펀과 나눈 대화는 슬래시가 위협하는 동안은 비밀로 해야 했다. 만약 펀이 자신과 이야기했다는 소문이 퍼지면 그 잔인한 떠돌이는 펀을 죽일지도 모른다.

"진영으로 돌아가. 너 계속 피를 흘리고 있어."

슬레이트의 눈길이 그레이윙을 빠르게 훑었다.

"너도 같이 가. 목이 꽤 안 좋아 보여. 리드가 네 상처를 치료할 수 있을 거야."

그레이윙은 눈을 깜박이며 슬레이트를 바라보았다.

"그 고양이가 약초에 대해 잘 알아?"

"지난번에 널 찾아갔을 때 말했잖아."

슬레이트는 뻣뻣하게 서서 주둥이로 그레이윙을 쿡 찔렀다.

"나이 먹더니 깜빡깜빡하는구나."

그레이윙도 암고양이를 슬쩍 찔렀다.

"너 지금 나한테 나이 먹었다고 했어?"

슬레이트는 사랑스럽게 수염을 씰룩거렸다.

"여기서 잠깐 기다려."

암고양이는 절뚝거리며 가시금작화 덤불로 걸어가, 덤불 아래에서 뭔가를 끌고 나왔다.

'들꿩이잖아.'

슬레이트가 들꿩을 끌고 오자 강렬한 냄새가 코를 자극했다. 들꿩의 날개가 땅바닥에 질질 끌려서 슬레이트는 발이 걸려 넘어지지 않도록 안간힘을 써야 했다.

"내가 도와줄게."

그레이윙은 암고양이 옆으로 다가가 날개를 입으로 물었다. 깃털이 코를 막아 따스한 숨결이 깃털 사이로 피어올랐다.

둘은 나란히 서서 슬레이트가 잡은 먹이를 윈드러너의 진영으로 끌고 갔다. 그레이윙은 목에 난 상처가 불타는 것처럼 따가웠지만, 들꿩을 단단히 물었다. 이걸 지키려고 이 지경이 될 때까지 싸웠으니 진영까지 잘 가져가야 했다.

슬레이트는 넓은 헤더 밭 속에 숨겨진 공터로 이어지는 비밀 통로를 따라 그레이윙을 안내했다. 길이 좁아지자 암고양이는 들꿩을 그레이윙한테서 잡아당겨 앞으로 나아갔다. 그레이윙은 들꿩을 놓고 뒤에서 천천히 걸어갔다. 헤더 밭은 풀이 덮인 작은 공터로 이어졌다.

'윈드러너가 나를 반길까?'

마지막으로 만났을 때 윈드러너는 무리에 속하지 않은 고양이는 자신의 진영에 들어오지 못하게 하겠다고 분명히 밝혔다.

"그레이윙!"

고스퍼가 가장 먼저 그레이윙을 발견하고 헤더로 만든 잠자리에서 기어 나와 풀밭을 가로질러 달려왔다.

"잘 지냈어?"

고스퍼가 걸음을 멈추고 코를 씰룩거렸다.

"피 냄새가 나는데. 괜찮아?"

슬레이트가 들꿩을 입에서 떨어뜨려 헤더 아래로 밀어 넣었다.

"내가 여우를 만났어."

암고양이가 설명했다.

"그레이윙이 내 비명 소리를 듣고 와서 도와줬어. 걱정하지 마, 우리가 여우를 쫓아냈으니까. 한동안은 이 근처에 주둥이를 들이밀지 못할 거야."

고스퍼가 있던 잠자리 밖으로 자그마한 귀가 삐죽 솟아올랐다.

"누구예요?"

새끼 고양이 하나가 잠자리에서 기어 나와 공터를 쪼르르 달려왔다.

"모스플라이트!"

꼬리 하나 떨어진 곳에 있는 잠자리에서 윈드러너가 벌떡 일어나 앉으며 소리쳤다.

"잠자리 밖으로 나가기엔 너무 추워. 그리고 더스트머즐 혼자 잠자리에 있으면 몸이 얼어붙을 거야!"

"나 안 얼어붙어요!"

두 번째 머리가 잠자리 위로 쏙 올라왔다.

"너희는 지금 잘 시간이야."

윈드러너가 화난 목소리로 말했다.

"잠은 나중에 자도 돼요!"

더스트머즐도 고스퍼의 잠자리에서 기어 나와 누이를 따라 달려왔다.

어둠 속에서 반짝반짝 빛나던 윈드러너의 눈이 그레이윙을 발견하고 놀라서 휘둥그레졌다. 암고양이는 잠자리 밖으로 뛰쳐나왔다.

"그레이윙!"

"자는데 방해해서 미안해."

그레이윙은 고개를 꾸벅 숙여 인사했다.

윈드러너가 기쁜 듯 꼬리를 획 튕겼다.

"만나서 반가워."

암고양이는 공기를 맛보았다.

"너 다쳤구나!"

"좀 긁힌 것뿐이야."

슬레이트가 어깨를 으쓱하며 말했다.

"슬레이트는 귀가 찢어졌어."

그레이윙이 말했다.

윈드러너가 슬레이트의 상처에 코를 대고 냄새를 맡았다.

"리드가 잘 알 거야."

윈드러너는 어깨 너머를 돌아보며 소리쳤다.

"리드, 자?"

"이렇게 시끄러운데 어떻게 잠을 자?"

은색 얼룩무늬 수고양이가 잠자리에서 기지개를 켰다.

그레이윙은 자신의 두 앞발을 스치는 부드러운 털을 느꼈다.

이어서 꼬리가 코를 휙 스쳐 지나갔다. 그레이윙은 아래를 내려다보았다.

"모스플라이트? 너니?"

"당연히 나죠."

모스플라이트는 그새 많이 자랐다. 듀노즈보다 몸집은 더 컸지만 아직 보송보송한 솜털은 남아 있었다. 모스플라이트는 밝은 초록색 눈으로 그레이윙을 바라보았다.

"누구예요?"

"난 그레이윙이야."

모스플라이트가 고개를 갸웃했다.

"죽은 내 형제들을 위해 무덤을 판 고양이 맞죠? 우리가 분지에 살 때 말이에요."

새끼 암고양이가 말했다.

고개를 끄덕이던 그레이윙은 윈드러너의 눈에서 슬픔이 반짝이는 것을 보자 마음이 불편해졌다.

윈드러너는 발을 꼼지락거렸다.

"모스플라이트, 네 형제를 데리고 다시 잠자리로 가렴. 그레이윙이랑은 날이 밝으면 이야기하고. 그레이윙은 지금 상처를 치료해야 해."

이미 리드가 공터를 가로질러 걸어와 그레이윙의 목 냄새를 맡고 있었다.

"상처가 덧나기 전에 약초를 붙이는 게 좋겠어."

고스퍼가 끙 소리를 냈다.

"여우한테 물린 상처는 오소리한테 물린 상처만큼 안 좋은데."

191

"내가 도와줄게요, 리드!"

모스플라이트가 나섰다.

"나도!"

더스트머즐이 누이를 밀치고 끼어들었다. 새끼 수고양이의 회색 털가죽이 달빛에 반짝반짝 빛났다.

모스플라이트가 형제를 옆으로 밀어냈다.

"내가 먼저 말했거든."

그러자 윈드러너가 으르렁거렸다.

"둘 다 안 돼."

어미 고양이는 새끼들에게 단호하게 말했다.

"둘 다 잠자리로 가서 자."

모스플라이트가 엄마를 쳐다보았다.

"그럼 들꿩 한 입만 먹고 자도 돼요? 이렇게 근사한 먹이는 정말 오랜만에 본단 말이에요."

윈드러너가 엄한 얼굴로 딸을 바라보았다.

"아침에 먹어."

모스플라이트는 돌아서서 잠자리로 달려갔다.

"내가 동이 트기 전에 굶어 죽으면 다 엄마 때문이에요."

더스트머즐도 누이를 쫓아 달려갔다.

"그래도 아침에 눈 뜨면 먹을 게 있잖아."

더스트머즐이 신이 나서 말했다.

새끼 고양이들이 잠자리로 돌아가자 그레이윙은 진영을 찬찬히 둘러보았다. 작은 분지는 헤더 덤불 사이에 자리 잡고 있어서 차가운 바람이 거의 들어오지 않았다. 잠자리는 헤더 가지 그늘 깊숙한 곳에 만들어 놓았다. 예전에 살던 분지보다는 훨씬 아늑했지만 새끼들이 커서 각자의 잠자리가 필요해지면 너무 비좁을 것 같았다.

리드가 그레이윙의 목에 난 상처들을 들여다보았다.

그레이윙은 코로 리드를 밀어냈다.

"슬레이트 귀 먼저 봐 줘."

슬레이트는 상처가 전혀 아프지 않은 척 행동하고 있었지만, 그레이윙은 암고양이의 몸이 뻣뻣하게 굳었다는 걸 느낄 수 있었다. 슬레이트는 용감했지만 여우의 난폭한 공격 때문에 충격을 받았을 것이다.

'만약 내가 거기 없었다면 슬레이트는 죽었을지도 몰라.'

그레이윙은 그 생각을 떨쳐 버렸다. 또 다른 고양이를 잃고 싶진 않았다.

"상처는 깨끗해."

리드가 슬레이트의 귀에 코를 대고 냄새를 맡으며 말했다.

"깨끗하게 나을 거야. 그래도 염증이 생기지 않도록 찜질약을 붙여 줄게."

리드는 엉덩이를 깔고 앉아 안타깝다는 듯 고개를 갸웃했다.

"네 멋진 귀가 이렇게 되다니 속상하네."

그레이윙은 어둠 속에서 눈을 깜박이다가, 슬레이트의 나머지 한쪽 귀도 끝이 찢어진 것을 알아차렸다. 지금까지는 눈치채지 못했다는 게 놀라웠다.

"이제 두 귀가 똑같이 됐네."

그레이윙은 슬레이트의 기운을 북돋워 주려고 말했다.

슬레이트가 수염을 씰룩거렸다.

"그걸 지금 칭찬이라고 하는 거야?"

그레이윙은 털가죽 아래가 후끈해졌다.

"아니, 나는…… 내 말은…….."

리드가 둘 사이로 지나갔다.

"난 찜질약이나 만들러 가야겠다."

은색 얼룩무늬 고양이가 진영을 가로질러 가는 동안 그레이윙은 슬레이트의 눈을 가만히 들여다보았다.

"난 그저 괜찮아 보인다고 말하려던 거였어."

그레이윙은 수줍게 속삭였다.

"고마워."

슬레이트가 고개를 숙이며 말했다.

윈드러너는 둘 사이를 서성거렸다.

"새로운 보금자리는 어때, 그레이윙? 분지의 고양이들이 흩어졌다는 소식은 슬레이트한테서 들었어. 네가 그 축축하고 냄새나는 숲을 선택했다는 말을 듣고 놀랐어. 난 네가 뼛속까지 황무지 고양이인 줄 알았는데."

리드가 둘의 상처를 살피는 동안 뒤로 물러나 있던 고스퍼가 몸을 앞으로 기울였다.

"톨새도는 좋아하겠네."

"맞아."

그레이윙은 가르랑거리며 말했다.

"소나무 숲은 평화롭고 비바람도 잘 막아 줘."

"썬더는 제 아버지한테 갔다며? 슬레이트한테서 들었어."

194

고스퍼가 계속 말을 이었다.

"그 둘이 함께 있기엔 숲이 너무 좁다고 생각 안 해?"

윈드러너의 귀가 씰룩거렸다.

"그만해, 고스퍼. 둘 다 그레이윙의 혈육이잖아."

그레이윙은 어깨를 으쓱했다.

"클리어스카이는 많이 변했어. 그리고 썬더도 어른스러워졌고……. 둘이서 잘 해낼 거라고 믿어."

고스퍼는 콧방귀를 뀌었다.

"얼룩무늬가 줄무늬로 바뀌는 일은 절대 없지."

공터 끄트머리에서 그림자가 움직였다. 회색과 흰색이 섞인 암고양이가 헤더 덤불 밑에서 몸을 숙이고 나와 그들을 향해 걸어왔다.

"누구야?"

암고양이가 의심스러운 눈초리로 그레이윙을 보며 물었다.

"우리 옛 친구야. 분지에서 왔어."

윈드러너가 설명했다. 그리고 새로 나타난 암고양이를 향해 고갯짓을 했다.

"이쪽은 미노. 리드의 짝이야."

그레이윙은 고개를 끄덕여 인사했다.

"난 그레이윙이라고 해. 만나서 반가워."

"네가 그레이윙이야?"

미노가 눈을 반짝이며 그레이윙을 훑어보았다. 깜짝 놀란 목소리였다.

"훨씬 더 클 줄 알았는데."

195

"엄마!"

고스퍼의 잠자리에서 모스플라이트의 목소리가 날아왔다.

"다들 떠들어 대니까 잠을 잘 수가 없잖아요."

윈드러너는 무겁게 한숨을 쉬었다.

고스퍼가 헤더 들판 너머로 밝아 오는 하늘을 향해 고갯짓을 했다.

"벌써 새벽이 다 됐네."

고스퍼의 목소리는 다정했다.

"그냥 일어나서 뛰어놀라고 하는 게 낫겠어. 내가 애들을 데리고 진영을 나가서 황무지를 구경시켜 줄 수도 있고……?"

윈드러너가 짝을 노려보았다.

"알다시피, 난 저 애들이 자기 몸을 지킬 수 있을 정도로 크기 전까진 진영 밖으로 내보낼 생각 없어."

"내가 같이 간다니까."

고스퍼가 말했다.

"나도 같이 갈게."

미노가 제안했다. 이 암고양이는 덩치는 작았지만, 그레이윙이 보기에 털가죽 밑에 단단한 근육이 숨어 있는 것 같았다.

모스플라이트와 더스트머즐은 벌써 잠자리를 기어 나오고 있었다.

"제발요, 엄마! 가면 안 돼요?"

모스플라이트가 먼저 윈드러너 곁으로 다가와 주위를 뱅글뱅글 돌았다.

"내내 진영 안에만 갇혀 있으면 몸을 지키는 법은 영영 못 배울

196

거예요."

더스트머즐도 간절한 눈으로 엄마를 바라보았다.

"모스플라이트가 말썽 안 피우게 내가 잘 살필게요."

새끼 수고양이가 약속했다.

"쟤 옆에 꼭 붙어 있을게요."

"제발요!"

모스플라이트는 윈드러너에게서 고스퍼에게로 눈길을 돌렸다.

"아빠 옆에 딱 붙어서 아빠 말 잘 들을게요."

윈드러너의 어깨가 축 처졌다.

"알았어."

암고양이가 마침내 허락했다.

"하지만 밖에 너무 오래 있으면 안 돼. 그 여우가 아직 돌아다니고 있을지도 모르니까."

그레이윙이 고개를 들었다.

"우리 때문에 겁먹고 달아났을 거야."

"조심할게요!"

모스플라이트가 진영 입구로 달려가며 소리쳤다.

"같이 가!"

더스트머즐도 누이를 뒤따라 달려갔다.

고스퍼가 기쁜 듯 꼬리를 번쩍 들어 올렸다.

"애들은 별일 없을 거야."

고스퍼는 짝을 안심시키고 몸을 숙여 헤더 굴길로 들어갔다.

미노도 그 뒤를 따라가다가, 어깨 너머로 그레이윙에게 물었다.

"우리가 돌아올 때까지 여기 있을 거야?"

"모르겠어."

그레이윙은 별이 저물고 있는 옅은 하늘을 힐끗 쳐다보며 대답했다. 진영 동료들이 자신을 걱정하고 있을 것 같았다.

미노가 떠나고 얼마 지나지 않아 리드가 반으로 접힌 잎 하나를 물고 공터를 빠르게 가로질러 왔다. 그리고 그걸 풀 위에 툭 떨어뜨리더니 앞발로 펼쳤다. 잎 위에는 걸쭉한 반죽이 묻어 있었다.

"네 귀를 먼저 치료해 줄게."

리드는 몸을 숙여 반죽을 혀로 가득 떠서 슬레이트의 귀 끝을 핥기 시작했다.

슬레이트가 얼굴을 찡그렸다.

"이게 도움이 될까?"

"우리 어머니가 나한테도 이렇게 해 줬어."

리드는 반죽을 다 바른 뒤 가슴을 내밀었다.

"봐, 내가 지금 얼마나 건강한지."

그레이윙은 작게 가르랑거렸다. 이 친근한 수고양이가 마음에 들었다.

"네 차례야."

리드가 그레이윙을 향해 돌아섰다.

"턱을 들어 봐."

리드는 찜질약에 다시 혀를 담갔다가 그레이윙이 하늘을 향해 코를 쳐들자 목 주위에 난 상처를 핥기 시작했다.

그레이윙은 수고양이의 세심하고 부드러운 치료에 깜짝 놀랐다. 찜질약이 상처에 닿자 따끔거리기는 했지만, 리드의 혀는 아주 빠르고 또 가벼웠다. 은색 수고양이가 찜질약을 다 바르고 물러나자 그레이윙은 코를 찡그렸다.

"이게 무슨 냄새인지 모르겠어."

"말린 떡갈나무 잎과 금잔화야."

리드가 말했다.

"금잔화는 초록잎 우거진 계절에 강 근처에서 모았어. 그걸 햇빛에 잘 말리면 효과가 오래가."

"페블하트한테 말해 줘야겠다."

그레이윙이 말했다.

"페블하트! 슬레이트가 그 아이에 대해 말해 줬어."

리드가 눈을 반짝이며 말했다.

"슬레이트 말로는 타고난 치료사라던데. 그 아이를 언제 한번 만나 보고 싶어."

"분명 그럴 날이 올 거야."

그레이윙은 슬레이트를 힐끗 쳐다보았다.

"난 이만 돌아가야겠어. 다들 내가 어디 있는지 걱정할 거야."

"그 전에 먹이를 같이 먹자."

슬레이트가 권했다.

"이 들꿩이면 우리 모두 먹을 수 있을 거야."

사실 그레이윙은 굶주려서 배가 아플 지경이었다.

윈드러너가 꼬리를 들어 올렸다.

"좀 더 있다 가. 오랜만에 만났잖아."

윈드러너는 진영을 둘러싼 헤더 장벽으로 다가가 들꿩을 끌고 왔다. 그리고 날개 하나를 쭉 찢어서 그레이윙에게 던져 주었다.

발치에 툭 떨어진 날개에서 나는 냄새가 코로 날아들었다.

"좋아."

진영 동료들은 그레이윙이 얼마든지 혼자서 다닐 수 있을 만큼 경험이 풍부하다는 걸 알고 있을 것이다. 그레이윙은 몸을 숙여 날개의 가장 두꺼운 부분에서 달콤한 살을 한입 가득 베어 물었다.

윈드러너는 들꿩을 조각조각 찢어 미노와 고스퍼, 그리고 새끼들 몫을 옆에 따로 남겨 두고 나머지는 리드, 슬레이트와 함께 나눠 먹었다.

먹이를 먹는 사이 저 멀리 산에서부터 새벽빛이 밀려와 헤더 들판 위로 쏟아졌다. 그 따스함에 황무지도 잠에서 깨어난 듯 바람에 풀 냄새가 실려 왔다. 기분 좋은 냄새를 맡으며 그레이윙은 배가 잔뜩 부른 채 일어나 앉아 혀로 입가를 핥았다.

윈드러너는 이미 다 먹고 혀로 천천히 발을 핥고 있었다. 리드는 이른 아침 햇빛이 웅덩이처럼 고인 공터 끄트머리로 걸어가 누웠다.

슬레이트가 조금 남은 먹이를 그레이윙에게 밀어 주었다.

"너 아직 배고프지?"

"새끼 고양이들 주게 남겨 둬."

그레이윙은 다른 고양이들의 먹이를 빼앗아 먹었다는 생각에 눈치가 보였다.

윈드러너가 고개를 들었다.

"그냥 다 먹어. 넌 너무 말랐어."

그레이윙은 문득 황무지 고양이들이 마지막으로 봤을 때와 똑같이 건강해 보인다는 걸 깨달았다.

"여기는 사냥이 잘돼?"

"나쁘지 않아. 잎 없는 계절인 데다 병이 휩쓸고 간 것 치고는."

윈드러너는 가르랑거리며 말을 이었다.

"여긴엔 땅속 굴길이 있다는 거 잊지 마. 그래서 눈이 와도 사냥을 할 수 있어."

윈드러너는 호기심이 생긴 듯 눈을 가늘게 떴다.

"황무지가 그립지 않아?"

"바람과 하늘이 그리워. 숲은 공기가 축축해서 숨쉬기가 힘들어. 하지만 난 페블하트와 톨섀도 곁에 있어야 해."

그레이윙은 잠시 말을 멈췄다. 톨섀도와 말다툼한 게 떠오르자 슬픔이 가슴을 잡아당겼다.

"톨섀도가 아직 나를 필요로 하는지는 잘 모르겠지만 말이야. 톨섀도는 내가 지도자 자리를 빼앗으려 한다고 탓했어. 내가 예전만큼 강하지 않다고 하면서 말이야."

"진심으로 한 말은 아닐 거야. 새로운 보금자리에 적응하려다 보니 그랬겠지."

윈드러너는 풀밭 위로 꼬리를 꿈틀거렸다.

"나도 처음 여기로 옮겨 왔을 때 그런 기분이 들었거든."

슬레이트가 콧방귀를 뀌었다.

"네가 여우와 싸우는 걸 톨섀도가 봤다면, 네가 누구 못지않게 힘이 세다는 걸 똑똑히 알았을 텐데!"

"톨섀도는 네가 곁에 있는 게 행운이라는 걸 알게 될 거야."

윈드러너는 앞발을 핥아서 그 발로 귀를 쓰다듬었다.

그레이윙은 이 고양이들이 너무 친절한 게 어색해서 발을 꼼지락거렸다. 그러다 다른 이야기를 꺼내기로 했다.

"넌 어떻게 지내, 윈드러너?"

마지막으로 봤을 때 윈드러너는 두 번째 새끼를 잃고 몹시 슬퍼하고 있었다.

암고양이가 눈을 맞췄다.

"모스플라이트와 더스트머즐은 씩씩하고 기운이 넘쳐. 우리 집은 안전하고 따뜻해. 그리고 이제는 리드, 미노, 슬레이트도 함께 있어. 모두 훌륭한 사냥꾼들이야."

윈드러너는 잠시 말을 멈추고 슬레이트에게 고개를 숙였다.

"아이들을 위해서도 좋은 환경이야."

윈드러너는 천천히 눈을 깜박이며 말을 이었다.

"난 행복한 거 같아. 그렇게 많은 걸 잃어서 다시는 행복해질 수 없을 줄 알았는데 말이야. 내가 잘못된 걸까?"

윈드러너는 불안한 듯 눈을 동그랗게 뜨고 그레이윙을 바라보았다.

그레이윙은 다정하게 암고양이를 마주 보았다.

"잘못된 거 아니야. 나도 터틀테일을 잃고 다시는 행복할 수 없을 줄 알았어. 그런데 삶은 계속되고, 내 앞에 새로운 길이 있다는 걸 알게 됐어."

그레이윙은 생각에 잠긴 얼굴로 자신을 바라보는 슬레이트를 슬쩍 쳐다보았다.

"난 아무리 큰 슬픔을 겪더라도, 아무리 많은 것을 잃었다고 해도 우리는 행복해지려고 노력해야 한다고 생각해."

윈드러너가 가르랑거렸다.

"고스퍼도 그렇게 말했어. 고스퍼는 매일매일을 마치 처음 맞이하는 날이자 마지막 남은 날인 것처럼 사는 것 같아."

진영 벽 너머로 땅을 밟는 소리에 윈드러너는 귀를 쫑긋 세웠다. 헤더가 부스스 흔들리더니 모스플라이트와 더스트머즐이 공터로 뛰어들었다.

"밖이 굉장히 커요!"

모스플라이트가 흥분한 목소리로 외쳤다.

"아빠가 우리를 황무지 꼭대기로 데리고 가서 높은 돌산을 보여 줬어요!"

더스트머즐이 그레이윙을 보며 말을 이었다.

"정말로 산에서 여기까지 먼 길을 여행했어요?"

그레이윙은 더스트머즐에게 다가가 주둥이로 머리를 톡 건드렸다.

"정말 길고 힘든 여행이었단다."

"나도 언젠가 그런 여행을 하고 싶어요!"

더스트머즐이 소리쳤다.

"내가 볼 수 있는 것보다 더 멀리 가고 싶어요."

그러자 모스플라이트가 형제를 물끄러미 바라보았다.

"집을 떠나겠다는 거야?"

새끼 암고양이는 엄마를 돌아보았다.

"우리는 여기 남아서 우리 것을 지켜야 해요, 그렇죠?"

모스플라이트의 눈이 사납게 반짝거렸다.

윈드러너가 자랑스럽게 턱을 쳐들었다.

"당연히 그래야지."

그때 고스퍼가 진영으로 걸어 들어왔다.

"미노는 사냥하러 갔어. 새로 생긴 토끼 길을 찾아냈거든. 나도 뒤따라가서 도와야 할 것 같아."

윈드러너가 일어서더니 등을 둥글게 말고 꼬리가 바르르 떨릴 때까지 기지개를 켰다.

"나도 같이 가."

"우리는 언제 사냥하러 갈 수 있어요?"

모스플라이트가 물었다.

"너희는 오늘 신나게 밖을 돌아다녔잖아."

윈드러너는 꼬리를 흔들어 딸을 뒤로 물러나게 했다.

리드가 고개를 들고 공터 건너편을 바라보며 새끼 고양이들을 불렀다.

"이리 와서 나랑 같이 햇볕 쪼이자."

"지루해."

더스트머즐이 투덜거렸다.

"생쥐 잡기 놀이 하자!"

모스플라이트가 눈을 꼭 감으며 말했다.

"내가 안 볼 동안 빨리 숨어."

"너희 둘 다 절대 진영 밖으로 나가면 안 된다!"

헤더 줄기 사이로 꼼지락대며 숨는 더스트머즐을 보며 윈드러너가 당부했다. 그러고는 그레이윙을 힐끗 쳐다보았다.

"여기 좀 더 있을 거지? 우리가 나간 사이에 떠나 버리면 섭섭할 거야."

그레이윙은 고개를 갸웃했다.

"모르겠어. 페블하트가 날 기다릴 텐데."

"별일 없을 거야. 걔도 이제 다 컸잖아."

윈드러너는 슬레이트를 힐끗 쳐다보았다.

"네가 좀 붙잡아 봐, 알았지?"

슬레이트가 뭐라고 대답하기도 전에 윈드러너는 고스퍼를 뒤따라 헤더 굴길로 달려 들어갔다.

그레이윙은 발을 몸 아래로 더 바짝 끌어당겼다. 배불리 먹은 탓에 졸리고 목에 난 상처도 욱신거렸다.

"정말 집에 가야 하는데."

그레이윙은 별생각 없이 중얼거렸다.

"윈드러너가 시키는 대로 해."

슬레이트가 설득했다.

"여기서 좀 쉬어. 잠시만이라도."

그레이윙은 반쯤 감긴 눈으로 암고양이를 바라보았다. 이곳은 아늑하고, 익숙한 황무지 냄새에 슬레이트의 따뜻한 냄새가 뒤섞여 있었다. 그레이윙은 입을 크게 벌려 하품을 했다.

"낮잠 한숨 자고 가는 것도 나쁘지 않겠지."

9
스타플라워의 속삭임

클리어스카이는 나뭇가지 끝에 턱을 괴고 아래쪽에 있는 진영을 내려다보았다. 자신의 무리에 속한 고양이들을 지켜보고 있자니 뿌듯한 마음이 털가죽 아래로 밀려들었다. 에이콘퍼는 나뭇가지 사이로 스며드는 잎 없는 계절의 흐릿한 햇빛 속에 누워 있었고, 버치와 올더는 자신들 사이에 누워 있는 암고양이의 꼬리 끝을 툭툭 때리며 놀고 있었다. 이따금 에이콘퍼가 꼬리를 쳐들고 획획 휘두르면 둘 중 하나가 가르랑거리며 그 꼬리를 잡으려고 팔짝팔짝 뛰었다.

네틀과 쏜은 너도밤나무 뿌리 사이에서 서로 혀를 나누고 있었고, 아울아이스와 스패로퍼는 먹이 더미를 뒤지고 있었다.

스패로퍼가 먹이 더미 꼭대기에 있던 생쥐를 발로 쳐서 치우더니 그 밑에서 자그마한 들쥐 한 마리를 발견하고는 의기양양하게 꼬리를 쳐들었다. 그리고 한 걸음 뒤로 물러서서 희망에 찬 얼굴로 진영 동료들을 둘러보았다.

클라우드스파츠가 공터를 가로질러 어린 암고양이를 향해 다가갔다.

"싱싱한 먹이 있어?"

"이 들쥐요."

스패로퍼가 들쥐를 향해 고갯짓을 하며 대답했다.

"네가 잡았어?"

클라우드스파츠가 눈을 반짝이며 물었다.

아울아이스가 콧방귀를 뀌었다.

"당연히 얘가 잡았죠! 우리가 사냥에서 돌아온 뒤로 계속 자랑하고 있다니까요."

클라우드스파츠가 혀로 입가를 핥았다.

"나 들쥐 좋아하는데."

아울아이스가 털이 지저분한 찌르레기를 발톱으로 휙 낚아챘다.

"깃털 있는 건 어때요?"

스패로퍼가 아울아이스를 노려보았다.

"클라우드스파츠는 네가 잡은 거 말고 내가 잡은 거 먹고 싶다잖아."

어린 암고양이는 들쥐를 클라우드스파츠에게 쓱 밀어 주었다. 클라우드스파츠는 들쥐를 물고 너도밤나무 아래로 가지고 가서 네틀과 쏜 옆에 자리 잡았다.

"난 찌르레기가 먹고 싶은데."

호랑가시나무 덤불에서 퀵워터와 함께 햇볕을 쬐고 있던 핑크아이스가 큰 소리로 말했다.

퀵워터가 고개를 들었다.

"나랑 같이 나눠 먹을래요?"

핑크아이스가 일어나 앉았다.

"좋지."

아울아이스가 찌르레기를 입에 물고 공터를 가로질러 성큼성큼 달려갔다. 그러고는 핑크아이스의 발치에 내려놓았다.

"죄송해요. 찌르레기가 좀 말랐어요."

"잎 없는 계절이잖아. 먹잇감이 있는 것만 해도 다행이지."

핑크아이스가 어깨를 으쓱하며 말했다.

아울아이스는 가시덤불 장벽을 힐끗 쳐다보았다.

"블로섬의 순찰대가 곧 돌아올 거예요. 그들이 더 많이 잡아 오겠죠."

퀵워터는 찌르레기 냄새를 킁킁대며 맡았다.

"이 정도면 우린 충분해."

클리어스카이가 앉아 있는 떡갈나무에서는 가시덤불 장벽 너머가 잘 보였다. 아직 블로섬의 순찰대는 보이지 않았다. 클리어스카이는 동이 트자마자 라이트닝테일과 블로섬을 순찰대로 내보냈다. 그리고 조금 지나서 리프와 스패로퍼, 아울아이스도 내보냈는데, 리프는 벌써 돌아왔다가 이끼를 모으러 다시 나갔다. 사냥 순찰대가 둘이면 진영의 굶주린 배를 모두 채울 만큼의 먹이를 구할 수 있어야 했다.

클리어스카이는 주목나무 아래를 들여다보았다.

'밀크위드와 새끼들은 어디 갔지?'

그들이 처음 이곳에 왔을 때 너무 약해 보여서 클리어스카이는 어두운 녹색 가지 아래 깊숙이 자리 잡고 있는 버치와 올더의 아늑한 잠자리를 그들에게 내줬다.

그림자 속을 눈으로 샅샅이 더듬다 보니 덤불 밑에서 반짝거리는 두 쌍의 눈이 보였다. 밀크위드의 황갈색과 검은색이 섞인 털가죽이 그 뒤에서 움직이고 있었다. 클리어스카이는 경계 근처에서 그들을 찾아냈고, 보자마자 마음이 너무 아팠다. 새끼 고양이들은 오래전에 플러터링버드가 그랬던 것처럼 비쩍 말랐고, 밀크위드는 어머니 콰이어트레인처럼 겁먹고 어두운 눈빛을 하고 있었다. 그래서 밀크위드가 부탁하기도 전에 무리로 들어오라고 먼저 권했다. 그런데 밀크위드가 그레이윙의 이야기를 전했고, 클리어스카이는 희망이 싹트는 것을 느꼈다.

'어쩌면 그레이윙도 결국은 모든 고양이가 함께 사는 것이 옳다고 생각했을지도 몰라.'

클리어스카이는 안타까운 마음에 속이 뒤틀렸다. 다른 고양이들도 이해해 주면 얼마나 좋을까. 그렇다면 그들도 여기에 함께 있을 수 있을 텐데. 사냥을 할 고양이가 많아지면 그만큼 먹이도 많아질 것이다. 그리고 플러터링버드가 원했던 것처럼 모두가 안전해질 것이다.

'잎 없는 계절이 앞으로 몇 달 더 계속될 거야.'

잎 없는 계절이 밀크위드와 시슬, 클로버를 이곳으로 데리고 왔다. 더 많은 서리와 눈이 내리면 황무지 고양이들과 강 고양이들도 자기들 힘만으로는 살아남을 수 없다는 것을 깨닫게 될 것이다. 그리고 소나무 숲도 톨새도가 꿈꾸는 것처럼 먹이가 풍부한 곳이 아니라는 걸 알게 될 것이다.

'다들 결국엔 내가 옳다는 걸 깨닫게 될 거야.'

스타플라워의 황금색 털가죽이 시선을 사로잡았다. 암고양이는 떡갈나무 뒤에서 조용히 미끄러져 나와 공터 가장자리를 빙 둘러 걸어왔다. 그러더니 주목나무 옆에서 걸음을 멈추고 몸을 굽혀 나뭇가지 아래를 들여다보았다.

"안녕, 거기 둘."

암고양이는 장난스럽게 가르랑거리며 시슬과 클로버를 불렀다.

"누가 나랑 먹이 더미까지 경주할래?"

시슬과 클로버가 신이 나서 열심히 빛 속으로 기어 나왔다.

"먹이가 있어요?"

클로버가 눈을 깜박이며 물었다.

"거봐, 내가 생쥐 냄새가 난다고 했잖아."

시슬이 누이에게 말했다.

"하지만 엄마가 먹이를 나눠 주기 전까지는 먹으면 안 된다고 했는데."

클로버가 걱정스러운 듯 눈을 동그랗게 뜨고 말했다.

스타플라워가 꼬리를 높이 들었다.

"지금 내가 나눠 주잖아."

클리어스카이는 콧방귀를 뀌었다. 스타플라워는 마치 먹이 더미의 먹이를 자기 마음대로 나눠 줘도 되는 것처럼 굴고 있었다! 스타플라워는 여기 머문 시간이 이 새끼 고양이들보다 얼마 길지도 않았다. 게다가 먹이를 잡아 온 사냥 순찰대에도 참여하지 않았다. 그러면서도 잘난 척하는 건 여전했다.

"내 옆에 줄 서."

암고양이가 몸을 웅크리며 새끼 고양이들에게 말했다.

"내가 귀를 씰룩거리면 달리는 거야. 먹이 더미에 가장 먼저 도착하는 고양이가 먹이를 선택할 수 있어."

시슬과 클로버는 신이 나서 짧은 꼬리를 휘두르며 스타플라워 옆에 웅크렸다.

그때 밀크위드가 뒤에서 덤불을 비집고 나왔다.

"가장 좋은 먹이는 건드리지 마. 먹이를 잡아 오는 사냥꾼들 몫이니까."

어미 고양이가 경고했다.

스타플라워가 어미 고양이를 홱 돌아보았다.

"애들은 마음대로 먹게 내버려둬요. 튼튼하게 자라야 하니까. 어차피 언젠가 얘들도 사냥꾼이 될 거잖아요."

밀크위드는 진영을 힐끗 둘러보며 불안한 눈길로 다른 고양이들을 살폈다.

"그렇긴 하지."

밀크위드는 다른 고양이들한테 의지하는 게 불편해 보였다.

스타플라워가 귀를 씰룩거리자 시슬과 클로버가 작은 발로 차가운 흙바닥을 때리며 쏜살같이 달려 나갔다. 스타플라워는 빠른 걸음으로 그 뒤를 쫓아가, 먹이 더미 앞에 미끄러지듯 멈춰 선 새끼 고양이들보다 서너 걸음 늦게 도착했다.

"내가 1등이다!"

시슬이 외쳤다.

"하지만 내가 더 가까워."

클로버는 스패로퍼가 먹이 더미에서 내던진 생쥐 앞에 바짝 다가가서 멈춰 섰다. 그러고는 생쥐를 입으로 탁 낚아채 밀크위드가 있는 쪽으로 끌고 갔다.

시슬이 으르렁거렸다.

"그러면 안 되지!"

"넌 생쥐 안 좋아해?"

스타플라워가 눈을 반짝이며 물었다.

"좋아하죠. 하지만 저는……."

스타플라워는 말이 끝날 때까지 기다려 주지 않았다.

"그러면 가서 네 누이가 생쥐를 끌고 가는 걸 도와줘."

생쥐가 공터 가장자리에 튀어나온 나무뿌리에 걸렸다. 클로버
는 얼굴을 찡그린 채 끙끙대며 생쥐를 잡아끌고 있었다.

시슬이 서둘러 누이에게 달려가 이빨로 생쥐 꼬리를 물고 나무
뿌리에서 빼냈다. 클로버는 고맙다는 듯 형제를 보며 눈을 깜박
거렸고, 둘은 힘을 합쳐 생쥐를 엄마에게 끌고 갔다.

스타플라워는 엉덩이를 깔고 앉아 새끼 고양이들을 지켜보고
있었다. 클리어스카이는 눈을 가늘게 뜨고 그 모습을 바라보았다.
썬더도 떡갈나무 밑에서 황금색 암고양이를 지켜보고 있었다. 아
들의 눈이 반짝반짝 빛났다.

'썬더에게 스타플라워를 진영으로 데리고 와도 좋다고 한 게
과연 잘한 일일까?'

클리어스카이는 마음이 편치 않아서 발을 꼼지락거렸다. 다른
고양이들은 스타플라워를 받아들이기는 했지만, 여전히 믿지 못
하는 눈치였다.

스타플라워가 무리에 들어온 그날 밤, 리프와 라이트닝테일은
진영 밖으로 클리어스카이를 쫓아와 그 결정에 대해 따져 물었다.

"스타플라워는 배신자야."

리프가 으르렁거리며 말했다.

라이트닝테일도 얼굴을 찌푸린 채 서성거렸다.

"걔는 지난번에 썬더를 속였어요. 분명히 또 그럴 거예요."

클리어스카이는 그들의 눈을 차분히 들여다보았다.

"썬더는 바보가 아니야. 그리고 스타플라워가 왜 또 거짓말을 하겠어? 우릴 배신하면서까지 도와줄 고양이도 더 이상 없잖아. 원아이는 죽었어. 걔한테는 이제 아무도 없다고. 그런 고양이를 잎 없는 계절 동안 혼자 지내라고 쫓아내야겠어?"

"네."

라이트닝테일은 앞발로 낙엽을 걷어찼다.

"내가 스타플라워를 왜 받아들였는지 생각 안 해 봤어?"

클리어스카이는 따지듯 물었다.

"가까이 두면 감시하기가 쉬워져. 만약 저 고양이가 우리 적이라면, 우리한테 해를 끼치기 전에 먼저 알아낼 수 있을 거야."

리프는 생각에 잠긴 듯 고개를 갸웃했다.

"그럴 수도 있겠네."

하지만 라이트닝테일은 입을 하악 벌렸다.

"그럼 전 재 움직임 하나하나를 감시할 거예요. 썬더 주위에 있을 때는 특히 더요."

클리어스카이의 생각이 다시 현재로 돌아왔다.

'그들은 아직도 스타플라워를 믿지 않을까?'

스타플라워는 지금까지 충성스러운 모습만 보여 주었다. 사냥도 잘하고, 너도밤나무 뿌리 사이의 축축한 잠자리도 군말 없이 받아들였다. 그럼에도 라이트닝테일은 자신이 말한 대로 매와 같은 눈으로 암고양이를 감시했고, 썬더와 이야기를 하려고 하면

꼬박꼬박 끼어들었다. 그런데 라이트닝테일이 사냥을 하러 나간 지금, 썬더는 아쉬운 얼굴로 황금색 암고양이를 바라보고 있었다.

'쟤는 아직도 스타플라워를 못 잊고 있구나.'

클리어스카이는 나뭇가지 위에서 자세를 바꿨다. 스타플라워는 나른하게 두 앞발을 쭉 뻗으며 뒷다리가 바들바들 떨릴 때까지 등을 말고 기지개를 켰다.

'쟤도 썬더가 자기를 지켜보는 걸 알고 있어.'

스타플라워는 아주 잠깐 어깨 너머를 힐끗 살피더니, 먹이 더미에서 생쥐 한 마리를 골라 주목나무를 향해 걸어갔다.

그러자 썬더가 재빨리 고개를 돌리고 스타플라워가 옆으로 지나갈 때 서둘러 꼬리를 단장하기 시작했다.

'아무래도 저 녀석과 이야기를 해 봐야겠군.'

클리어스카이는 생각했다.

'썬더는 아직 어려. 감정 때문에 판단이 흐려질 수 있어.'

클리어스카이는 발을 딛고 일어섰다. 하지만 곧 생각을 바꿨다.

'이야기는 나중에 하자.'

썬더가 자신의 말에 제대로 귀를 기울이게 만들려면 적당한 때를 골라야 한다는 생각이 들었다.

지금 당장은 숲의 경계를 순찰할 계획이었다. 황무지나 소나무 숲 또는 강에 사는 고양이들이 숲의 냄새 표시 가까이에서 사냥하지는 않는지 확인하고 싶었다.

'그들도 배가 고프면 결국 먹잇감이 풍부한 숲으로 오게 될 거야. 그러면 플러터링버드가 원하는 대로 우린 하나가 될 수 있어.'

맑은 하늘이 계속되면서 숲의 공기는 차갑지만 상쾌했다. 클리어스카이는 나뭇가지를 타고 내려와 공터로 뛰어내렸다. 그리고 이 상쾌한 날씨가 비가 내려 따뜻해질지 아니면 눈이 내려 더 차가워질지 궁금해하며 공기를 맛보았다. 하지만 낙엽 썩는 냄새로 더럽혀진 바람은 날씨에 대한 아무런 실마리도 주지 않았다.

클리어스카이는 밀크위드에게 고개를 끄덕이고, 옆을 지나쳐 공터 가장자리를 따라 걸어갔다. 스타플라워는 어미 고양이 옆에 자리 잡고 앉아 시슬과 함께 생쥐를 나눠 먹고 있었고, 클로버는 엄마의 먹이를 몇 입 나눠 먹었다. 밀크위드가 클리어스카이를 바라보았다. 말은 없었지만 동그랗게 뜬 눈에는 고마움이 담겨 있었다. 밀크위드의 새끼들은 여기 온 지 며칠 되지 않았는데도 벌써 털에 매끈하게 윤기가 흘렀다. 이제 이 아이들은 좋은 사냥꾼으로 성장할 것이다.

클리어스카이는 고개를 숙였다.

"다음 사냥 순찰대에 함께 가지 않을래?"

밀크위드도 사냥을 돕기 시작하면 다른 고양이가 잡아 온 먹이를 나눠 먹는 부담감이 좀 줄어들지도 모른다.

밀크위드가 꼭 그러고 싶다는 듯 눈을 깜박거렸다.

"좋아, 가고 싶어!"

"나도 같이 가도 돼요?"

생쥐를 먹던 시슬이 고개를 들고 물었다.

"넌 아직 안 돼."

클리어스카이는 새끼 고양이에게 대답했다.

"하지만 진영에서 사냥 동작 몇 가지를 연습할 수는 있을 거야."

클리어스카이는 버치와 올더를 힐끗 쳐다보았다. 에이콘퍼는 옆으로 누워 자고 있었고, 그 뒤에서 어린 고양이 둘이 할 일을 찾는 것처럼 정신없이 서성거리고 있었다.

"너희, 시슬과 클로버에게 사냥 동작 몇 가지 가르쳐 줄래?"

클리어스카이가 큰 소리로 묻자 올더가 서둘러 달려왔다.

"좋아요!"

시슬이 신이 나서 발딱 일어나 앉으며 입을 혀로 핥았다.

"지금 당장 시작해도 돼요?"

"안 될 게 뭐 있어?"

올더가 시슬을 공터 한가운데로 데리고 가는 사이 클리어스카이는 가시덤불로 향했다. 그리고 여전히 찌르레기를 씹고 있는 핑크아이스와 퀵워터 옆에 멈춰 섰다.

"경계 순찰을 나가야 하니까 진영 좀 지켜 줘요."

핑크아이스가 콧방귀를 뀌었다.

"그런 건 나보다 눈이 좋은 고양이한테 부탁해야지."

그러자 퀵워터가 늙은 수고양이를 쿡 찔렀다.

"당신보다 더 소리를 잘 듣고 냄새를 잘 맡는 고양이는 없어요."

"아무것도 놓치지 않을 거라고 믿어요."

클리어스카이는 고개를 숙이며 말했다.

퀵워터가 호기심 어린 얼굴로 바라보았다.

"경계 순찰은 왜 하는데? 이젠 낯선 고양이도 환영하는 줄 알았는데."

"그래도 누가 오고 가는지 정도는 알아 두고 싶어서."

클리어스카이는 퀵워터에게 대답하고 가시덤불 장벽으로 걸어가 나뭇가지 틈새로 비집고 나갔다.

진영 밖은 추웠다. 얼음처럼 차가운 바람이 나무 사이로 불어왔다. 돌아다니는 먹잇감은 하나도 보이지 않았다. 숲의 작은 동물들은 모두 따뜻한 보금자리에 깊숙이 틀어박혀 있는 것 같았다. 어쩌면 이제는 낮뿐만 아니라 밤에도 사냥 순찰대를 내보내야 할지도 모른다는 생각이 들었다. 생쥐와 들쥐는 달이 높이 뜰 때 밖에 나와 돌아다닌다. 그런데 그때는 올빼미와 여우도 먹이를 찾아 돌아다닌다. 그리고 밤에는 공기가 너무 차가워져서 먹잇감의 냄새를 맡기가 쉽지 않았다.

클리어스카이는 길을 따라 도랑으로 향했다. 비가 많이 내리면 숲의 좁은 도랑에 물이 넘칠 듯 찰랑거리지만, 지금은 바싹 말라 있었다. 도랑 안으로 폴짝 뛰어 들어간 클리어스카이는 커다란 단풍나무가 있는 곳으로 향했다.

그런데 갑자기 누군가의 시선이 느껴져서 등줄기 털을 곤두세우며 걸음을 멈췄다.

'누가 쫓아오나?'

걸음을 멈추고 발소리가 들리는지 확인하려고 귀를 쫑긋 세웠다. 머리 위에서 찌르레기가 날카롭게 울부짖었고, 황무지 저 멀리서 개 한 마리가 요란하게 짖어 댔다. 입을 열고 공기를 맛보자, 라이트닝테일과 블로섬이 이 길로 지나갔는지 바람을 타고 희미한 냄새가 날아왔다. 소나무 숲 냄새도 물씬 풍겼지만 다른 냄새는 나지 않았다.

'괜히 겁을 먹었네.'

클리어스카이는 몸을 힘껏 털고는 도랑을 따라서 가던 길을 계속 걷기 시작했다.

나무숲이 한쪽으로 기울어지는 곳에 다다르자 도랑 밖으로 뛰어나가 단풍나무가 서 있는 곳을 향해 비탈을 오르기 시작했다. 비탈 꼭대기에 가까워지자 싱싱한 냄새가 코를 자극했다.

'먹잇감이 전부 굴속에 숨은 건 아닌가 보네.'

단풍나무 밑에 두껍게 쌓인 낙엽 속에는 맛 좋은 벌레가 기어 다니며 쥐들을 유혹할 것이다. 클리어스카이는 입을 벌리고 들쥐 냄새를 들이마셨다.

근육을 긴장시킨 채 사냥 자세로 몸을 웅크리고, 한 걸음씩 천천히 비탈 꼭대기를 향해 나아갔다. 숲 바닥을 찬찬히 살펴보니 단풍나무의 늙은 뿌리가 땅속으로 구불구불 뻗어 있는 게 보였다. 울퉁불퉁한 뿌리 옆에서 뭔가가 휙 움직였다. 클리어스카이는 순간 몸이 얼어붙었다. 들쥐가 자그마한 귀를 움찔거리며 씨앗 꼬투리 냄새를 맡고 있었다.

클리어스카이는 들쥐에게 눈길을 고정한 채 꼬리를 빳빳이 들고 살금살금 앞으로 기어갔다. 가까이 갈수록 심장이 점점 더 빠르게 뛰었다. 들쥐는 씨앗 꼬투리를 들더니 한쪽을 갉아 먹기 시작했다. 꼬리 세 개 길이만큼 떨어진 곳에서 클리어스카이는 눈을 가늘게 뜨고 거리를 가늠해 보았다. 제대로 힘껏 뛰면 들쥐를 완전히 덮쳐 단풍나무 뿌리에 처박을 수 있을 것 같았다. 등줄기를 따라 털이 물결쳤다. 다리를 몸 아래로 끌어모으고 엉덩이를 씰룩거렸다. 그런 다음 힘껏 뛰어올랐다.

낙엽이 바스락거리는 소리를 들은 들쥐가 공포에 질려 눈이 휘둥그레진 채 돌아보았다. 그러더니 번개처럼 빠르게 눈앞에서 사라졌다. 클리어스카이는 어설프게 내려앉으며 단풍나무 뿌리에

쿵 부딪혔다.

"쥐똥!"

짜증이 치밀어 올랐다.

나뭇잎이 바스락거리는 소리에 뒤를 돌아보니 스타플라워가 비탈 꼭대기에 서 있었다. 암고양이는 탐스러운 꼬리를 높이 쳐들고 재미있다는 듯 눈을 반짝거렸다.

"아깝네요."

클리어스카이는 창피해서 털가죽이 화끈거렸다.

"너 때문에 놀라서 도망갔잖아."

클리어스카이는 화를 내며 몸을 일으켰다.

"아마 네 냄새를 맡았을 거야."

스타플라워는 꼬리를 이리저리 휘두르며 가까이 다가왔다.

"어쨌든 뭔가가 놀라게 한 건 맞겠죠."

"네 쪽에서 바람이 불어오고 있잖아."

클리어스카이는 투덜거렸다.

'얘가 지금 나한테 창피를 주려고 이러나?'

"어쩌면 내가 몇 가지 조언을 할 수도 있을 것 같은데요."

암고양이는 꼬리 하나 길이까지 다가와서 걸음을 멈췄다.

"난 태어나서부터 내내 여기서 사냥했으니까요."

클리어스카이는 나무뿌리 위로 올라가 앉았다.

"고맙지만 조언 따윈 필요 없어. 내 사냥 실력은 탁월하니까."

클리어스카이는 한 발을 들어 몸단장을 시작했다.

"그건 잘 알죠."

스타플라워는 흙 속으로 파고든 뿌리를 빙 돌아 반대편에 가서 멈췄다.

"하지만 당신은 여기서 태어나지 않았잖아요. 그러니 이곳에 대해 나만큼 정확히 알 수는 없어요. 리프와 네틀도 본능적으로 사냥 방법을 알고 있어요. 그들이 사냥하는 걸 봤잖아요. 당신은 절대 할 수 없는 방식으로 나무숲에 섞여 든다는 것도 눈치챘을 텐데요."

클리어스카이는 몸단장을 멈췄다.

"그래서 그들을 내 무리로 받아들인 거야."

클리어스카이는 자부심에 가슴을 부풀리며 말했다. 사냥은 고양이라면 누구나 할 수 있지만, 다른 고양이의 능력을 알아보고 이용할 줄 아는 감각을 가진 고양이는 흔치 않다. 클리어스카이는 스타플라워에게로 몸을 숙였다.

"차라리 내가 너에게 지도자의 역할에 대해 가르쳐 주는 게 맞을 것 같은데."

암고양이의 녹색 눈이 도전하듯 빛났다.

"그럼 그렇게 해 주세요."

클리어스카이는 콧방귀를 뀌었다.

'건방진 녀석 같으니!'

"그건 그렇고, 넌 여기서 뭐 하는 거야?"

"진영을 혼자 떠나는 당신 모습이 외로워 보여서요."

암고양이가 대답했다.

"난 외롭지 않아."

클리어스카이는 쏘아붙였다.

스타플라워가 그를 잠시 빤히 바라보았다.

"정말요?"

암고양이는 수염 하나 겨우 남을 정도로 바짝 다가왔다.

클리어스카이는 나무뿌리 아래로 뛰어내려 암고양이를 마주보았다.

"혼자 있고 싶으니까 넌 얼른 진영으로 돌아가."

"진영은 너무…… 화기애애해요. 난 그렇게 많은 고양이들과 함께 사는 데 익숙하지 않단 말이에요. 이제껏 거의 평생을 아버지와 단둘이 살았으니까요."

"형제는 있었을 거 아니야."

클리어스카이는 말을 하면서도 짜증이 치밀었다. 암고양이에게 말려들었다는 생각이 들어서였다.

"어머니와 같이 죽었어요."

스타플라워의 초록색 눈에서는 아무 감정도 읽을 수 없었다.

클리어스카이는 마음이 불편해서 발이 따끔거렸다.

'얘는 슬프지도 않나?'

"다들 왜 죽었는데?"

"나도 몰라요."

스타플라워는 어깨를 으쓱했다.

"너무 어렸을 때라 기억이 안 나요. 그리고 아버지도 말해 주지 않으려고 했고요."

클리어스카이는 암고양이 옆을 지나쳐 가며 나무 사이로 시선을 돌렸다. 이 고양이에게 동정심을 느끼고 싶지 않았다. 아마 그런 방법으로 썬더의 마음을 빼앗았을 것이다.

"힘들었겠네."

221

클리어스카이는 차가운 목소리로 말했다.

"하지만 누구나 마음속에 비극을 품고 있기 마련이야."

"당신처럼 말이죠."

스타플라워는 털가죽이 맞닿을 정도로 가까이 다가왔다.

클리어스카이는 움찔하며 물러나 암고양이를 노려보았다.

"당장 진영으로 돌아가라니까."

"우린 당신이 생각하는 것보다 훨씬 더 닮았어요."

암고양이의 초록색 눈이 클리어스카이의 눈을 태울 듯 빤히 바라보았다.

"우린 전혀 닮지 않았어."

클리어스카이는 으르렁거리듯 말했다.

"나는 그 누구도 배신하지 않았어."

"그레이윙도 그 말에 동의할지 잘 모르겠네요."

스타플라워가 지적했다.

"아니면 썬더나 재기드피크는 어떻게 생각할까요?"

암고양이는 잠시 말을 멈췄다.

"레인스웹트플라워의 생각도 궁금하고요."

클리어스카이는 자신의 발톱이 땅을 파고드는 걸 느낄 수 있었다.

'감히 내가 함께 자란 고양이를 죽인 사실을 입에 올려? 매일같이 그 잘못을 바로잡으려고 얼마나 애쓰고 있는데!'

스타플라워가 목소리를 낮췄다.

"난 이해할 수 있어요, 클리어스카이. 당신은 그저 지켜야 할 고양이들을 위해 힘든 결정을 내린 거잖아요. 그러기 위해서는

222

가끔 후회할 일을 해야 할 때도 있어요."

암고양이가 클리어스카이의 눈을 들여다보았다.

"내가 한 일 중에 몇 가지를 되돌릴 수 있다면, 난 기꺼이 그렇게 할 거예요."

클리어스카이는 눈을 깜박거렸다.

'썬더를 배신한 걸 후회하는 걸까?'

스타플라워의 눈은 별빛이 반사되는 것처럼 반짝거렸다. 검은 눈동자는 마치 꽃처럼 보였다. 타오르는 별의 다섯 꽃잎이 눈 속에서 빛나는 것 같았다.

"날 믿지 않는다는 건 알아요."

스타플라워가 속삭였다.

"나 같은 게 어떻게 당신의 믿음을 얻겠어요. 하지만 날 믿어도 된다는 걸 보여 주려고 노력할 거예요. 그래서 내 편이 생기면, 그들을 위해 기꺼이 목숨도 내놓을 거예요. 난 많은 잘못을 저질렀지만 내 아버지는 배신하지 않았어요. 그리고 만약 당신이 나를 믿어 준다면 절대 당신을 배신하지 않을 거예요."

클리어스카이는 눈길을 돌리고 싶었지만, 암고양이의 깊은 초록색 눈동자에 붙들린 것처럼 도저히 눈을 뗄 수가 없었다.

'절대 당신을 배신하지 않을 거예요.'

암고양이의 말이 머릿속에 맴돌면서 심장이 아플 정도로 희망이 솟구쳤다.

'저 말이 진심일까? 드디어 나를 온전히 믿어 주는 고양이를 찾은 걸까? 상황이 좋을 때나 나쁠 때나 아무 의심 없이 나를 따를 고양이가 나타난 걸까?'

머리 위에서 나뭇가지가 바스락거리는 소리에 정신이 번쩍 든 클리어스카이는 그대로 돌아섰다.

"진영으로 돌아가, 스타플라워."

클리어스카이는 단호하게 말했다.

"내 믿음을 얻고 싶다면…… 그리고 다른 고양이들의 믿음을 얻고 싶다면, 노력해서 얻어 내. 밀크위드가 몸단장을 할 때 벼룩 잡는 걸 도와주고, 핑크아이스의 잠자리에 깔 싱싱한 이끼를 구해 와. 털이 많이 빠져서 다른 고양이들보다 추위를 더 많이 타니까. 그리고 시슬과 클로버가 더 이상 굶지 않도록 잘 살펴."

스타플라워를 바라보며 눈빛을 살폈다.

'내 말을 순순히 따를까?'

암고양이가 고개를 꾸벅 숙였다.

"알았어요."

스타플라워는 돌아서서 나무 사이로 걸어갔다. 비탈 너머로 사라지는 황금색 털가죽 위로 햇살이 마치 발톱 같은 그림자를 드리웠다.

클리어스카이는 꼼짝도 하지 못하고 암고양이를 지켜보았다. 마치 발이 땅속에 뿌리내린 것만 같았다. 간신히 꼬리만 움찔거릴 수 있었다.

아무래도 지금껏 스타플라워에 대해 잘못 알고 있었던 것 같다는 생각이 들었다.

'저 암고양이는 겉으로 보이는 것 말고도 더 많은 것을 가지고 있어.'

10

비밀스러운 만남

썬더는 잠자리에서 기지개를 켜면서 잠을 깨려고 눈을 깜박거렸다. 새로운 날의 아침이 찾아왔지만 햇빛은 보이지 않았다. 짙은 먹구름이 진눈깨비를 뿌려 진영을 적셨다. 굵은 빗방울 하나가 주둥이로 뚝 떨어지자 썬더는 몸을 부르르 떨며 잠자리에서 뛰쳐나갔다.

"드디어 일어났구나."

아울아이스가 썬더를 보고 인사를 건넸다.

아울아이스는 공터 가장자리에서 버치와 올더가 시슬과 클로버를 훈련시키는 걸 지켜보고 있었다.

"나 늦잠 잔 거야?"

썬더는 고개를 들어 나무 꼭대기에 걸린 구름 속에서 해의 흔적을 찾아보았다.

"클리어스카이가 벌써 사냥 순찰대를 내보냈어."

아울아이스가 어린 고양이들한테서 눈을 떼지 않고 말했다.

"쟤들은 훈련 이틀째야."

버치와 올더는 진흙탕이 된 땅바닥을 부드럽게 밟으며 공터를

225

빙 돌았다. 마른 몸에 털이 찰싹 달라붙은 시슬과 클로버는 공터 한가운데에 사냥 자세로 웅크리고 앉아, 버치와 올더에게 집중하고 있었다.

"꼬리 낮춰!"

올더가 시슬에게 말했다.

"뒷발을 몸 아래로 더 확실히 집어넣어야지."

버치도 클로버에게 소리쳤다.

클로버는 얼굴을 찡그렸다.

"그러면 뛰어오르기가 힘들단 말이에요."

"처음에는 그렇게 느껴질 거야."

버치가 황갈색과 흰색이 섞인 새끼 고양이를 격려했다.

"하지만 일단 익숙해지면 그렇게 해야 훨씬 멀리 뛸 수 있어. 그리고 멀리 뛸수록 뒤쫓는 걸 줄일 수 있고."

아울아이스의 꼬리가 짜증스럽게 씰룩거렸다.

"뒤쫓는 게 왜 나쁜 건데?"

회색 수고양이의 질문을 무시하고, 클로버는 눈을 가늘게 뜬 채 뒷다리와 엉덩이를 단단히 웅크렸다.

"이렇게 하면 돼요?"

"잘했어!"

버치가 꼬리를 번쩍 쳐들었다.

"이제 뛰어."

클로버가 앞으로 몸을 날렸다. 그런데 땅에서 뛰어오르면서 뒷발이 진흙에 쭉 미끄러지는 바람에 어린 암고양이는 배를 깔고 엎어지고 말았다.

시슬이 재미있다며 가르랑거렸다.

"너 꼭 헤엄치는 거 같아!"

클로버는 홱 돌아서서 형제를 노려보았다.

"그럼 네가 한번 해 봐, 쥐 대가리야!"

시슬은 입을 꽉 다물고 펄쩍 뛰었다. 새끼 수고양이는 공터를 가로질러 버치한테서 주둥이 하나 길이만큼 남은 곳에 깔끔하게 착지했다. 그러고는 자랑스럽게 가르랑거리며 황갈색 수고양이를 바라보았다.

"어때요?"

"넌 아주 훌륭한 사냥꾼이 되겠어."

버치가 자랑스러운 목소리로 대답했다.

클로버는 콧방귀를 뀌고서 다시 배를 깔고 웅크려 앉아 뒷발을 몸 아래로 바짝 끌어당겼다. 그러고 나서 끙끙거리며 앞으로 폴짝 뛰었다. 이번에는 젖은 땅에서도 미끄러지지 않고 솜씨 좋게 착지했다. 버치는 눈을 깜박이며 올더를 바라보았다.

"아까보다 잘했죠?"

"훨씬 더 잘했어!"

올더도 새끼 고양이를 칭찬했다.

아울아이스가 킁킁대며 콧방귀를 뀌었다.

"아무리 생각해도 쟤들한테는 멀리 뛰는 것보다 먹잇감을 뒤쫓는 법을 가르치는 게 좋을 것 같은데."

그 말을 들은 올더가 회색 수고양이를 힐끗 쳐다보았다.

"클리어스카이가 우리한테 애들을 훈련시키라고 했지, 너한테 훈련시키라고 한 거 아니거든."

버치도 누이의 말에 맞장구를 쳤다.

"너 지금 클리어스카이가 스패로퍼만 두 번째 사냥 순찰대로 뽑은 것 때문에 기분 나빠서 이러지? 다 알아."

아울아이스가 귀를 머리에 납작 붙이고 작게 투덜거렸다.

"빗속에서는 걔보다 내가 사냥을 훨씬 더 잘한단 말이야. 스패로퍼는 발 젖는 거 안 좋아한다고."

공터를 터벅터벅 걸어간 아울아이스는 비에 젖어 털이 삐죽삐죽 뻗친 채로 너도밤나무 뿌리 사이에 몸을 둥글게 말고 누웠다. 그리고 발을 코 위에 얹고 속상한 듯 눈을 감았다.

'나도 순찰대로 나갔어야 하는데.'

썬더는 아울아이스한테서 눈길을 돌려 진영을 둘러보았다.

'아버지는 어디 가셨지?'

그때 주목나무 밑에서 클라우드스파츠의 목소리가 들렸다.

"이 잎을 꼭꼭 씹어 먹어, 밀크위드."

톡 쏘는 냄새에 썬더는 코를 씰룩거렸다.

"그냥 가슴이 조금 아픈 것뿐이야."

클라우드스파츠의 말이 이어졌다.

"이걸 먹으면 괜찮아질 거야. 그래도 계속 안 좋으면 클로버를 보내. 그러면 잎을 좀 더 줄게."

잠시 뒤 털이 긴 검은 수고양이 클라우드스파츠가 주목나무 아래에서 나와 떡갈나무 너머에 있는 낮고 가파른 둑으로 걸어갔다. 클리어스카이가 잠자리를 만든 구덩이 옆으로 가시덤불이 드리워져 있었고, 그곳에서 톡 쏘는 풀 냄새가 났다. 클라우드스파츠는 덤불 뒤로 미끄러져 들어갔다. 며칠 동안 모은 약초를 가시돋친 줄기 사이에 숨겨 두었기 때문이다.

"썬더!"

클로버가 큰 소리로 불렀다.

"나 뛰는 것 좀 봐요!"

어린 암고양이는 몸을 웅크렸다가 공터를 가로질러 펄쩍 뛰어올랐다.

썬더는 아버지가 굶주린 밀크위드와 새끼들을 받아들여서 정말 다행이라고 생각했다. 게다가 밀크위드가 그레이윙의 이야기를 전했을 때는 더 기뻤다. 아무래도 클리어스카이와 그레이윙의 관계가 서서히 회복되고 있는 것 같았다. 하지만 그레이윙이 황무지에 있었다는 게 좀 이상했다. 그레이윙은 소나무 숲에서 톨섀도와 함께 살겠다고 떠났다. 그런데 왜 예전 집으로 돌아갔을까?

"어때요?"

그제야 썬더는 클로버가 기대에 가득 찬 얼굴로 자신을 보고 있다는 것을 알아차렸다.

"아주 잘했어."

클로버는 신이 나서 가르랑거렸다.

"이제 나도 시슬만큼 멀리 뛸 수 있어요."

시슬은 발끈하며 꼬리를 번쩍 쳐들었다.

"아니, 나만큼은 못 뛰어!"

버치가 새끼 고양이들 사이로 걸어 들어갔다.

"그럼 우리 이제 아울아이스의 말대로 먹잇감을 몰래 쫓는 훈련을 하는 거 어때?"

아울아이스의 귀가 씰룩거렸지만 발로 주둥이를 덮은 채 여전히 꼼짝도 하지 않았다.

썬더는 버치를 보며 물었다.

"클리어스카이는 어디 있어?"

어쩌면 자신도 사냥 순찰대에 넣어 달라고 부탁하기에 아직 늦지 않았을지도 모른다는 생각이 들었다.

버치는 공터 위로 드리워진 나뭇가지를 힐끗 쳐다보았다. 클리어스카이는 그곳에 앉아 진영을 지켜보는 걸 좋아했다. 하지만 지금 나뭇가지는 텅 비어 있었다. 버치는 어깨를 으쓱했다.

"용변 보러 갔을지도 몰라."

썬더는 떡갈나무 아래로 걸어갔다. 나무껍질에 아버지 냄새가 강하게 남아 있었다. 아직 멀리 가지 않았다는 뜻이다. 썬더는 가파른 둑을 뛰어 올라가 그 너머로 펼쳐진 젖은 풀밭 위를 걸어갔다.

"아버지?"

큰 소리로 부르자 진영 가장자리의 고사리 덤불이 부스럭대더니 클리어스카이가 미끄러져 나왔다.

"무슨 일이야?"

"저도 사냥 순찰대로 나가고 싶어요."

썬더는 아버지에게 말했다.

"어느 쪽으로 갔어요? 제가 따라잡을 수 있을 거예요."

"넌 그냥 여기 있어."

클리어스카이는 썬더를 지나쳐 가다가 비탈 끄트머리에서 걸음을 멈췄다.

"누군가는 남아서 새끼 고양이들을 지켜봐야 해."

"아버지가 있잖아요. 버치와 올더도 있고. 맞다, 아울아이스도 있어요."

클리어스카이가 고개를 돌렸다.

"사냥 순찰대로 나가고 싶다면 더 일찍 일어났어야지."

'늦잠을 잤다고 날 벌주려는 건가?'

"죄송해요. 아직도 황무지 햇빛에 익숙해져 있어서 그래요. 숲에선 구름이 끼면 낮인지 밤인지 구분하기 힘들 때가 있거든요."

"여기 있는 다른 고양이들은 그런 문제 없어."

클리어스카이가 공터로 뛰어내렸을 때 라이트닝테일과 리프가 진영 입구를 비집고 들어왔다. 둘 다 입에 두툼한 이끼 뭉치를 물고 있었다.

라이트닝테일이 부드러운 초록 이끼를 내려놓았다.

"잠자리 두 곳에 깔 수 있을 만큼 충분해요."

리프도 이끼를 뱉어 냈다.

"이런 날씨에는 이끼가 절대 마르지 않을 거야."

"일단 저 호랑가시나무 옆에 펼쳐 놓을까요?"

라이트닝테일이 말했다.

"저기가 햇빛이 잘 들잖아요. 구름이 걷히면 금세 마를 거예요."

썬더는 애원하는 얼굴로 아버지를 돌아보았다.

"라이트닝테일과 리프도 돌아왔잖아요. 그러니 사냥하러 가게 허락해 주세요. 순찰대를 따라잡지 못하면 저 혼자서라도 사냥할게요. 잎 없는 계절이니 잡을 수 있는 먹이는 다 잡아야죠."

"넌 여기 있어야 해. 내가 경계 순찰을 나가야 하니까."

클리어스카이는 아들과 눈을 맞췄다.

"게다가 혼자서 사냥하는 건 좋지 않아."

썬더는 눈을 깜박거렸다.

"왜요?"

"먹이는 모두 함께 나눠야 해."

클리어스카이가 빠르게 말했다.

"함께 사냥을 해야 자기가 잡은 먹이를 독차지하고 싶다는 유혹을 떨칠 수 있을 테니까."

썬더는 발끈했다.

"우리를 못 믿는 거예요?"

클리어스카이는 턱을 쳐들었다.

"당연히 믿지. 하지만 유혹에 빠지지 않게 지키는 것도 지도자인 내 임무야."

썬더는 아버지를 노려보았다.

'아버지가 이렇게 거만한 고양이라는 걸 내가 왜 잊고 있었지?'

썬더는 말다툼할 생각은 포기하고 순순히 꼬리를 내렸다.

"그럼 경계 순찰을 나갈 때 저도 데리고 가 주세요. 아버지가 경계를 너무 자주 바꿔서 예전 냄새 표시와 새로운 냄새 표시를 잘 구분 못 하겠어요. 그러니까 좀 도와주세요."

그건 사실이 아니었다. 썬더는 오래된 냄새와 신선한 냄새를 쉽게 구분할 수 있었지만, 늦잠을 잔 걸 어떻게든 만회하고 싶었다. 지금처럼 계속해서 아버지 비위를 맞추면 순찰대에 데리고 나갈지도 모른다.

클리어스카이는 꼬리를 휘둘렀다.

"아직까지 그걸 구분 못 한다면 넌 앞으로도 절대 배우지 못할 거야.”

클리어스카이는 못마땅하다는 듯 끌끌 소리를 내며 말했다.

“순찰은 나 혼자 갈 거야. 누구나 때때로 혼자만의 시간이 필요한 법이니까.”

썬더가 반대하기도 전에 클리어스카이는 입구로 성큼성큼 걸어갔다. 멀어지는 아버지를 지켜보면서, 썬더는 털가죽 밑에서 불안이 꿈틀꿈틀 기어가는 것 같았다. 지금까지 클리어스카이는 단 한순간도 혼자 있고 싶어 한 적이 없었다. 그런데 이제 와서 갑자기 왜 저러는 걸까?

아버지가 진영 밖으로 나가자 썬더는 서둘러 공터를 가로질러 라이트닝테일에게로 갔다.

“진영을 지켜 줘.”

썬더는 재빨리 속삭였다.

“왜?”

젖은 땅 위에 이끼를 펼치면서 라이트닝테일이 물었다.

“아버지가 나한테 그 일을 시키긴 했는데, 난 아버지를 따라가고 싶단 말이야.”

그제야 라이트닝테일이 고개를 들었다.

“왜? 어딜 가는데?”

“경계 순찰을 하러 간다고 말했어.”

썬더는 목소리를 낮춰 덧붙였다.

“나도 가겠다고 했더니, 진영에 남아 있으라고 명령하잖아.”

라이트닝테일은 어깨를 으쓱했다.

“혼자 있고 싶은가 보지.”

233

"그래, 아버지도 그렇게 말했어."

썬더는 인정했다.

"그래도 난 아버지를 따라갈 거야. 만약에 혼자 있다가 여우나 개를 만나면 어떡해?"

라이트닝테일은 놀리듯 수염을 씰룩거렸다.

"너도 꽤나 참견쟁이구나."

"그런 거 아니거든!"

썬더는 콧방귀를 뀌었다.

라이트닝테일이 몸을 일으켰다.

"그럼 나도 같이 갈래."

"나더러 참견쟁이라며?"

썬더도 놀리듯 말했다.

리프가 정리하던 이끼 뭉치에서 고개를 들었다.

"너희 둘은 뭘 그렇게 속닥거리는 거야?"

"진영 좀 지켜 주세요. 우린 지금 순찰하러 나가야 해요."

썬더는 수고양이에게 말했다.

리프는 어깨를 으쓱하더니 넓게 깔아 놓은 이끼를 앞발로 매끈하게 다듬었다.

"알았어."

썬더는 서둘러 가시덤불 장벽으로 달려갔고 라이트닝테일도 그 뒤를 바짝 쫓아왔다. 몸을 숙여 굴길을 빠져나가면서 썬더는 클리어스카이의 냄새를 찾으려고 입을 벌렸다.

본능적으로 아버지와 마지막 순찰을 할 때 갔던 도랑으로 눈길이 갔지만, 클리어스카이의 냄새는 다른 방향에서 풍겨 왔다. 썬더는 그 냄새를 쫓아갔다. 몸을 낮춘 채 고사리 덤불을 스치고 지나가 나뭇가지 아래로 미끄러져 들어갔다.

"강으로 가고 있어."

라이트닝테일이 뒤에서 속삭였다.

썬더의 꼬리가 씰룩거렸다. 강 끄트머리에는 경계가 있다. 하지만 그곳은 클리어스카이가 평소에 순찰하던 곳이 아니었다. 리버리플의 습지와 떡갈나무 숲 사이로 흐르는 강은 떠돌이와 애완고양이들이 건너오기엔 너무 넓다는 이유에서였다.

어쩌면 클리어스카이는 밀크위드, 핑크아이스, 블로섬을 찾아낸 것처럼 무리에 받아들일 새로운 고양이를 찾으러 간 건지도 모른다.

'그래서 순찰을 나간 걸까?'

긴 풀 사이로 비집고 들어가면서 썬더는 아버지의 변화를 다시 한 번 떠올렸다. 경계를 지키려고 그토록 치열하게 싸우던 지도자가 지금은 누가 경계를 넘어오든 환영했다.

그런 반가운 변화를 떠올리자 신이 나서, 마지막 몇 개의 풀 더미는 팔짝 뛰어넘어 언덕을 오르기 시작했다. 몰래 뒤따라가는 걸 아버지에게 들키고 싶지 않았기 때문에 주위를 살피며 걸음을 서둘렀다. 일단 아버지를 찾으면 적대적인 떠돌이나 굶주린 여우를 만나는 것 같은 문제가 생기지 않는 한 모습을 드러내진 않겠다고 마음먹었다.

"보여?"

언덕 꼭대기에 가까워지자 라이트닝테일이 옆으로 다가와 물었다.

"아니. 하지만 그렇게 멀리 가지는 못했어."

클리어스카이의 냄새는 신선했고 축축한 숲 바닥 위에는 발자국도 선명하게 찍혀 있었다. 언덕 너머로 납작하게 짓밟힌 풀은 클리어스카이가 강을 향해 달려 내려갔다고 알려 주었다. 썬더는 내리막을 샅샅이 살피며 아버지의 연회색 털가죽을 열심히 찾았다. 나무 너머에서 반짝이며 흘러가는 강은 보이는데, 아버지의 흔적은 짓밟힌 풀 말고는 보이지 않았다. 썬더는 비탈을 달려 내려가다가 나무가 자라고 있는 곳에 가까워지자 속도를 늦췄다. 그 너머로 강물이 돌투성이 둑 위로 물거품을 일으키며 느릿느릿 흘러갔다.

라이트닝테일이 앞으로 나서서 나무 사이로 고개를 쭉 뻗었다.

"강가에는 없는데."

썬더는 코로 하류를 가리켰다.

"냄새가 강을 따라 저쪽으로 이어져 있어."

"납작 바위로 간 게 틀림없어."

라이트닝테일이 말했다.

납작 바위는 강 하류로 한참을 내려간 곳에 솟아 있는 넓고 큰 바위들이었다. 썬더가 처음 아버지와 함께 숲에서 살게 되었을 때, 햇볕에 잘 익은 따뜻한 바위 위에서 햇볕을 쬐며 몸을 녹였다. 그런데 지금 납작 바위로 이어지는 풀에서 클리어스카이의 냄새가 났다.

"가 보자."

썬더는 나무 뒤로 몸을 숨기며 납작 바위로 향했다. 비가 그치고 짙은 회색 구름 사이로 햇살이 내리쬐고 있었다. 얼마 지나지 않아 나무 너머로 빛이 희미하게 보이면서 비에 젖은 바위가 반짝거렸다.

썬더는 걸음을 멈추고 공기를 맛보았다. 클리어스카이의 냄새가 이제 더 강하게 풍겼다. 나무 사이로 넓은 바위를 내다보았다. 가벼운 산들바람이 머리 위 나무 사이로 속삭이고, 저 멀리 울퉁불퉁 솟은 바위 아래 어딘가에서 강물이 졸졸 흐르는 소리가 들렸다.

"저기 있다!"

라이트닝테일이 속삭였다.

썬더는 꼼짝하지 않고 친구의 시선을 따라갔다.

납작 바위 한가운데에 귀를 쫑긋 세우고 앉아 있는 클리어스카이가 보였다. 흥분한 듯 꼬리를 씰룩거리며 바위 가장자리를 둘러싼 숲을 바라보고 있었다. 썬더는 눈을 가늘게 떴다. 아버지가 먹잇감이라도 발견한 걸까?

그때 나무 사이에서 익숙한 목소리가 들렸다.

"그래서, 나한테 사냥 훈련을 받기로 결정한 거예요?"

스타플라워가 나무 사이로 당당하게 걸어 나와 클리어스카이가 있는 넓은 바위 위를 가로질러 가자 썬더는 몸이 얼어붙었다. 암고양이는 클리어스카이 바로 앞에 멈춰 서더니 풍성한 꼬리를 번쩍 들어 올렸다. 햇살이 구름 사이로 쏟아져 내려 황금색 털가죽을 환하게 물들였다.

썬더 옆에 있던 라이트닝테일도 몸이 굳었다.

"쟤가 지금 저기서 뭐 하는 거야?"

썬더는 아무 대답도 하지 않았다. 아버지 앞을 요리조리 걸어

다니는 암고양이를 보니 가슴속에서 질투가 끓어올랐다. 목구멍에서 나지막이 으르렁거리는 소리도 흘러나왔다.

'이래서 순찰을 가면서 나를 한사코 뿌리쳤구나.'

"난 여기 사냥 훈련을 받으러 온 게 아니야."

클리어스카이가 스타플라워의 앞을 가로막으며 말했다.

암고양이는 재미있다는 듯 눈을 반짝이며 멈춰 섰다.

"그럼 왜 온 건데요? 내가 숲에서 사냥하는 법을 가르쳐 줄 테니까 만나자고 했잖아요."

클리어스카이는 스타플라워의 눈에서 시선을 떼지 않은 채 털을 스치며 맴돌았다. 그러다 주둥이 바로 앞에서 걸음을 멈췄다.

"너는 나한테 아무것도 가르쳐 줄 필요 없어. 나는 알아야 하는 건 이미 다 배웠으니까. 그것도 아주 힘들게 말이야."

"내가 뭐랬어요."

스타플라워가 목 깊숙한 곳에서 가르랑거리는 소리를 내며 말했다.

"당신이 생각하는 것보다 우린 닮은 점이 아주 많다니까요."

클리어스카이는 눈을 반쯤 감았다.

"그럴지도 모르지."

스타플라워가 꼬리로 클리어스카이의 턱 밑을 쓸었다.

썬더는 암고양이의 부드러운 꼬리가 자신의 주둥이를 쓸어내리는 상상을 하며, 푹신한 흙을 발톱으로 꽉 움켜잡았다. 스타플라워는 자신과 이야기할 때도 똑같은 몸짓을 사용했다.

썬더는 아버지를 노려보면서, 저 위험한 배신자한테서 물러나기를 기다렸다. 하지만 스타플라워가 천천히 주위를 맴도는데도 클리어스카이는 가만히 서 있었다.

"나한테 지도자의 역할에 대해 가르쳐 준다면서요."

스타플라워가 속삭였다.

"아직은 아니야."

클리어스카이의 눈이 번뜩였다.

"너는 지도자가 되어 이끄는 법을 배우기 전에 따르는 법을 먼저 배워야 해."

'아버지가 스타플라워를 부추기고 있잖아!'

썬더는 화가 치밀었다. 하지만 곧이어 두려움이 밀려왔다. 스타플라워가 누군가를 좋아하는 척하다가 결국 어떻게 배신하는지, 썬더는 누구보다 잘 알고 있었다. 한때 이 암고양이는 썬더의 무리에 들어오고 싶다고, 썬더의 짝이 되고 싶다고 믿게 만들었다. 하지만 그건 단지 원아이를 위해 첩자 노릇을 하기 위해서였다. 썬더에게 진심으로 좋아했다고 말하긴 했지만, 그건 원아이가 죽고 나서야 한 말이었다.

마음속에서 분노가 타올랐다.

'왜 저 암고양이가 아버지에게 저런 말을 하는 걸까?'

반달 전에 스타플라워가 다시 나타났을 때, 썬더는 자신을 위해 숲에 돌아왔을지도 모른다는 작은 희망을 품었다.

하지만 지금 납작 바위 위에 드러누워 꼬리를 획획 넘기는 스타플라워를 보자 털이 바짝 곤두섰다. 암고양이가 클리어스카이를 올려다보았다. 햇빛이 반사되어 초록 눈동자가 더 선명하게 빛났다.

"나랑 같이 햇볕을 즐겨요."

썬더는 그대로 돌아서서 나지막이 으르렁거리며 숲을 성큼성큼 걸어갔다.

라이트닝테일이 뒤를 바짝 쫓아왔다.

"썬더!"

"진작 알았어야 했어."

썬더는 으르렁거렸다.

"저 못된 암고양이가 나한테 전혀 마음이 없다는 걸 알았어야 했다고."

라이트닝테일이 앞을 가로막았다.

"기다려!"

썬더는 친구를 노려보았다.

"네 생각이 옳았다는 소릴 하려는 거야?"

라이트닝테일의 눈에 속상한 빛이 스치자 썬더는 순간 미안한 마음이 들었다.

"미안해."

썬더는 고개를 떨궜다.

"네가 저 암고양이한테 사랑한다고 말하는 쥐 대가리 같은 짓을 하기 전에 저런 모습을 본 게 다행이라고 생각해."

라이트닝테일이 말을 멈추고 불쑥 다가왔다.

"설마 벌써 고백한 건 아니지?"

"안 했어!"

썬더는 날카롭게 쏘아붙였다.

"내가 그 정도로 바보는 아니거든."

라이트닝테일이 납작 바위가 있는 곳을 힐끗 돌아보았다.

"클리어스카이는 그런 것 같은데."

썬더는 가슴이 철렁 내려앉았다. 자신이 속은 것만 생각하느라 아버지에 대해서는 미처 생각 못 하고 있었다.

"쟤가 지금 아버지를 이용하고 있어!"

"대체 왜?"

라이트닝테일의 눈이 걱정으로 어두워졌다.

"이용할 수 있으니까 이용하려는 거지."

썬더는 씁쓸하게 으르렁거렸다.

"아버지는 지도자잖아. 지도자의 짝이 되면 힘과 영향력을 가질 수 있어."

"하지만 클리어스카이도 스타플라워가 배신자라는 걸 알고 있잖아."

라이트닝테일이 말했다.

"그러니까 스타플라워가 무슨 짓을 하려는지, 그리고 왜 그러는지 다 알 거야. 어쩌면 클리어스카이는 쟤가 무슨 짓을 하는지 지켜보고 있는지도 몰라."

썬더는 천천히 고개를 끄덕였다. 아버지의 가장 큰 목적은 짝을 찾는 것이 아니라, 모두를 하나로 뭉치는 것이었다.

"당연히 그렇겠지. 아버지는 스타플라워가 어리석은 속임수를 쓰다가 결국 바보처럼 들통나게 만들려고 일부러 저러는 게 분명해."

말은 그렇게 했지만 썬더는 어두운 눈빛으로 라이트닝테일을 멍하니 바라보았다.

'그렇다면 스타플라워가 나한테도 어리석은 속임수를 쓰려고

접근했던 걸까?'

그런 생각이 들자 불에 덴 것처럼 가슴이 아팠다. 하지만 슬픔을 잊으려고 몸을 힘껏 털었다.

"나 혼자 있고 싶어, 라이트닝테일. 생각할 게 있어서 그래."

라이트닝테일은 걱정스런 얼굴로 친구를 바라보았다.

"설마 다시 돌아가서 뭐라고 하려는 건 아니지?"

"아니야."

썬더는 심각한 얼굴로 친구의 눈을 마주 보았다.

"아버지는 스스로 판단을 내릴 수 있어. 그리고 난 스타플라워와는 더 이상 엮이고 싶지 않아."

그제야 라이트닝테일은 곤두세웠던 털을 눕혔다.

"너무 오래 있지는 마."

썬더는 고개를 끄덕였다.

"그냥 생각을 좀 정리하려는 것뿐이야."

라이트닝테일이 시든 덤불 사이로 그림자처럼 멀어질 때까지 썬더는 계속 지켜보았다. 그런 다음 강을 향해 걸어가다 나무숲 밖으로 빠져나와, 리버리플의 습지를 바라보았다. 갈대가 바람에 이리저리 흔들리고 휘어졌다. 갑자기 거센 바람이 훅 불어오면서 수염이 뺨을 때렸다. 물 위로 커다란 바위들이 불쑥불쑥 솟아 있는 강 하류를 바라보자, 가슴속 깊은 곳에서 통증이 느껴졌다.

'정말로 나를 만나러 돌아온 줄 알았는데. 하지만 스타플라워에게 소중한 고양이는 단 하나, 자기 자신뿐이었어.'

11

분노한 썬더

잎 없는 계절의 흐릿한 태양이 나무 꼭대기를 향해 미끄러질
때, 클리어스카이가 진영으로 돌아왔다.

썬더는 내내 아버지를 지켜보고 있었다. 아버지가 공터를 가로
질러 걸어와 떡갈나무 뿌리 사이에 있는 잠자리를 지나 그 너머
의 낮고 가파른 둑으로 뛰어오르는 모습을 보면서, 썬더의 털가
죽은 짜증스럽게 씰룩거렸다. 오후 내내 마음속에서 부글부글 끓
어오르는 분노를 무시하려고 애썼지만 아버지와 스타플라워 생
각을 머릿속에서 몰아낼 수가 없었다.

그래서 쏜이 옆구리를 스치며 지나갔을 때 으르렁거리는 소리
를 간신히 삼켰다.

"미안."

갈색 수고양이가 고개를 숙였다.

"먹이 더미로 가는 길인데 진영이 좀 붐비네."

썬더는 콧방귀를 뀌었다.

"먹이 더미에 뭐가 있긴 해요?"

썬더는 보잘것없어 보이는 먹이 더미를 힐끗 쳐다보았다. 생쥐

세 마리와 다람쥐 한 마리로는 이 많은 입을 다 먹일 수 없다. 숲에 먹잇감이 가득한데 아버지가 모든 고양이를 진영 안에 붙잡아 두려는 건 쥐 대가리 같은 생각이었다.

쏜은 호랑가시나무 덤불 옆에서 빈둥거리는 핑크아이스와 퀵워터 옆을 지나갔다. 그리고 주목나무 밑에 몸을 숨기고 이따금 기침을 하는 밀크위드에게 공손하게 인사했다. 아픈 어미 고양이 옆에 웅크리고 앉은 클라우드스파츠는 약초를 씹어 걸쭉하게 만드는 중이었고, 시슬과 클로버는 머리 위에 뻗친 나뭇가지로 서로 먼저 기어 올라가려고 다투고 있었다.

라이트닝테일은 에이콘퍼와 혀를 나누고 있었고, 버치와 올더는 그들에게 황무지에서의 생활에 대해 질문을 퍼부었다.

"정말로 토끼 굴에서 사냥했어?"

올더가 눈을 휘둥그레 뜨고 물었다.

라이트닝테일은 어깨를 으쓱했다.

"난 땅 위에서 사냥하는 게 더 재미있었어."

에이콘퍼가 몸을 부르르 떨었다.

"난 아니야. 난 굴길이 아늑해서 좋았어……. 거긴 털을 헝클어뜨리는 바람이 안 불거든."

"굴길은 깜깜한데 앞을 어떻게 봐?"

버치가 물었다.

"우리한테는 수염과 귀, 코가 있잖아."

에이콘퍼가 대답했다.

"난 굴길에서 한 번도 사냥 못 해 봤어."

공터 가장자리에서 졸린 눈으로 다리를 쭉 뻗고 누워 있던 스

244

패로퍼가 말했다. 아울아이스가 그 주위를 서성거리고 있었다.

"그때 난 너무 어렸거든."

"근데 이제는 어디서도 사냥할 기회가 없잖아!"

아울아이스가 클리어스카이를 힐끗 쳐다보며 말했다. 종일 진영에서 나가지 못한 탓에 여전히 화가 나 있는 듯했다.

블로섬이 그 옆을 지나가며 말했다.

"클리어스카이가 내일은 사냥하러 가는 걸 허락할 거야."

"그래, 그렇겠지."

말은 그렇게 했지만 아울아이스는 믿지 않는 눈치였다.

썬더는 문득 고소하다는 생각이 들었다. 클리어스카이의 바보 같은 사냥 규칙 때문에 진영 동료들 모두 짜증을 내고 있었다. 그 규칙들은 심지어 효과도 없었다. 썬더는 먹이 더미를 다시 한 번 힐끗 쳐다보았다. 네틀과 리프가 초라한 먹이 더미 옆에서 보초처럼 경계하는 눈빛으로 동료들을 지켜보며 누워 있었다.

클리어스카이가 둑 위에서 큰 소리로 외쳤다.

"썬더! 사냥 순찰대가 둘 다 돌아왔니?"

"보면 몰라요?"

썬더는 쏘아붙였다.

'진영 안이 고양이들로 넘쳐 나잖아요!'

클리어스카이가 눈을 가늘게 뜨고 노려보았다.

"무슨 문제라도 있어?"

라이트닝테일이 썬더에게 경고의 눈빛을 날렸다.

'지금은 스타플라워 문제로 아버지한테 따질 때가 아니야.'

썬더는 가슴을 내밀고 아버지를 향해 다가갔다. 진흙탕이 되어

질척이는 둑 위로 뛰어올라 클리어스카이 옆에 내려서서 퉁명스
럽게 야옹거렸다.

"제대로 되질 않고 있어요."

"뭐가 제대로 되지 않는다는 거야?"

클리어스카이가 고개를 갸웃했다.

"매일 아침 두 개의 순찰대만 내보내고 그 뒤로는 하루 종일 모
든 고양이가 진영 안에 갇혀 있는 거 말이에요."

썬더는 가슴속에 분노가 치미는 게 당연하다고 생각했다.

"이건 쥐 대가리 같은 생각이에요."

썬더의 비난에 클리어스카이의 어깨 털이 곤두섰다.

"먹이 더미 좀 보세요."

썬더는 먹이 더미를 향해 고갯짓을 하며 말을 이었다.

"오늘 밤이면 우리 모두 굶주리게 생겼다고요."

클리어스카이는 둑 가장자리를 벗어나 고사리 덤불로 천천히
걸어갔다.

"목소리 낮춰."

클리어스카이가 아들에게 경고하듯 말했다.

"사냥에 대해서는 이미 다 의논했어. 내가 왜 이렇게 조심스럽
게 사냥 순찰대를 조직하는지 너도 알잖아."

"우릴 믿지 않으니까요."

썬더는 진영 동료들 귀에 대화 소리가 들리지 않는 곳으로 아
버지를 따라갔다.

"그렇다고 해도 하루에 사냥 순찰대를 둘만 내보내는 건 설명이
안 돼요. 전 지금 당장이라도 사냥하러 갈 수 있어요. 만약 제가 잡

은 먹이를 저 혼자 먹어 치울까 봐 걱정이 된다면, 저를 감시할 수 있도록 리프와 네틀을 같이 보내면 되잖아요."

썬더는 콧방귀를 뀌며 말을 이었다.

"그러면 다들 할 일이 생기고 좋잖아요. 그리고 아울아이스는 어떻게 할 건데요? 걔는 사냥하러 가고 싶어서 안달이 났는데 하루 종일 진영에 갇혀 있었어요. 오늘 밤도 배가 텅 빈 채로 잠자리에 들면, 걔는 톨새도의 무리로 갈 걸 그랬다고 후회하기 시작할걸요. 그들은 분명 해가 뜰 때부터 질 때까지 사냥할 테니까요."

썬더는 자신의 말이 아버지의 신경을 건드렸기를 바라며, 찌를 듯이 새파란 눈동자를 똑바로 바라보았다.

'아버지가 어떻게 이 정도로 어리석을 수 있지? 사냥에 대해서도 그렇지만 스타플라워에 대해서는 더 어리석잖아! 토끼 대가리처럼 어리석다고!'

클리어스카이는 차분하게 아들을 바라보았다.

"잎 없는 계절이 시작되는 첫 달에 먹잇감을 모조리 사냥해서 숲이 먹잇감 하나 없이 텅텅 비었으면 좋겠니?"

"아뇨!"

썬더는 화가 나서 쉭쉭거렸다.

"하지만 순찰대를 좀 더 적은 수로, 그리고 정기적으로 내보내면 영역 전체에서 사냥할 수 있을 거예요. 여러 곳에서 조금씩 사냥하면 더 많이 먹을 수 있어요. 그러면 진영에 갇혀 있는 고양이도 없고, 새잎 돋는 계절까지 먹잇감도 부족하지 않을 거예요."

"이 일에 대해 생각을 많이 한 것 같구나."

클리어스카이의 귀가 짜증스럽게 씰룩거렸다.

"그렇다면 네가 지도자를 하면 되겠구나."

비아냥대는 말투에 썬더는 아버지를 노려보았다.

"황무지에서는 톨새도와 그레이윙이 저도 지도자로 대우해 줬어요."

"여기는 황무지가 아니야."

클리어스카이가 쏘아붙였다.

"숲은 황무지와 달라. 우리 무리에는 지도자가 하나뿐이고, 그건 바로 나야. 황무지에서는 누가 책임을 지는지 아무도 몰라. 그래서 문제가 생길 때마다 찌르레기 떼처럼 시끄럽게 떠들기만 하다가 뒤늦게 해결하겠다고 허둥대잖아. 하지만 이곳에 사는 고양이들은 나를 믿고 모든 결정을 나한테 맡긴다. 그러니까 네 충고같은 건 필요 없어."

썬더의 마음속에서 분노가 끓어올랐다.

"아버지도 다른 고양이들의 충고에 귀를 기울여야 해요!"

갑자기 클리어스카이가 조심스러운 눈빛으로 아들을 바라보았다.

"네가 이렇게 화난 게 정말 사냥 순찰대 때문이냐?"

"제가 똑똑히 봤어요!"

썬더는 불쑥 외쳤다.

"아버지는 순찰하러 간 게 아니라…… 스타플라워를 만나러 간 거잖아요."

클리어스카이의 목털이 곤두섰다.

"내가 진영에서 나오지 말라고 했을 텐데."

"전 아울아이스처럼 아버지 멋대로 휘두를 수 있는 고양이가 아니라고요."

썬더는 아버지의 눈을 피하지 않고 똑바로 노려보았다.

"스타플라워랑 대체 뭘 하신 거예요?"

"그건 네가 상관할 일이 아니다."

클리어스카이가 버럭 화를 냈다.

"그 암고양이는 믿을 수 없다는 거 아시잖아요. 걔가 하는 약속은 다 거짓말이라고요. 걔는 자기 자신밖에 몰라요."

썬더는 아버지에게 몸을 기울였다.

"아버지가 그 애 아버지를 믿었다가 어떻게 됐는지 생각해 보세요."

마치 썬더가 주둥이를 할퀴기라도 한 것처럼 클리어스카이는 움찔했다.

썬더는 뒤로 물러섰다.

'말을 너무 심하게 했나?'

"저도 전에 걔가 하는 거짓말에 속은 적이 있기 때문에 지금 아버지한테 이런 말을 하는 거라고요."

썬더는 재빨리 말을 이었다.

"걔가 절 속인 것처럼 아버지를 속이는 건 보고 싶지 않아요. 저와 아버지를 위해서 이러는 거예요. 스타플라워를 믿으면 그 끝이 절대 좋을 리 없어요."

클리어스카이의 눈빛이 갑자기 부드러워졌다.

"스타플라워가 네 마음을 아프게 한 건 나도 안다, 썬더."

이해심이 깃든 아버지의 눈빛을 보자 썬더의 마음속에 희망이 싹텄다.

"그럼 이제 걔를 안 보실 거죠?"

클리어스카이는 썬더를 지나쳐 공터를 바라보았다.

"아울아이스를 데리고 사냥하러 가라."

"이젠 안 만나실 거죠?"

썬더는 다짐을 받기 위해 한 번 더 물었다.

"네가 한 말에 대해서는 생각해 보마."

클리어스카이가 아들의 눈을 피하며 말했다.

"사냥하러 가라. 네가 하고 싶은 게 그거잖아, 안 그래?"

좌절감에 빠진 썬더는 공터로 뛰어내려, 진영을 성큼성큼 가로질러 아울아이스에게로 갔다.

"썬더."

살짝 쉰 목소리가 불러서 돌아보니, 스타플라워가 몸을 숙이고 진영으로 들어오고 있었다. 암고양이가 다가오자 썬더는 걸음을 멈추고 눈을 가늘게 떴다.

"왜 불러?"

암고양이의 황금색 털가죽이 오후 햇살에 눈부시게 빛났다.

"오늘 아침 납작 바위에서 네 냄새를 맡았어."

"그래서?"

암고양이의 초록색 눈이 가늘어졌다.

"너 거기서 뭐 했어?"

"네가 무슨 상관인데?"

쓸쓸한 분노가 목구멍을 찔렀다.

"날 따라왔어?"

"아버지를 따라간 거야."

썬더는 으르렁거리며 대답했다.

"혼자 나무숲에 가는 게 걱정돼서 따라간 거라고."

스타플라워는 재미있다는 듯 가르랑거렸다.

"난 클리어스카이가 자기 몸 하나는 돌볼 수 있을 거라고 생각했는데 넌 그렇게 생각 안 하나 봐? 그리고 혼자가 아니었어. 내가 같이 있었거든."

썬더는 털가죽이 분노로 화르르 타들어 가는 것 같았다.

"내 아버지한테 접근하지 마."

썬더는 쉭쉭대며 경고했다.

스타플라워가 눈을 깜박거렸다.

"왜? 우린 아주 잘 맞는데. 그리고……."

암고양이의 눈빛이 갑자기 부드러워졌다.

"참, 썬더, 정말 미안해."

썬더는 발을 꼼지락거렸다. 털가죽에 불이 붙은 것처럼 온몸이 화끈거렸다. 썬더는 시선을 돌렸다.

"뭐가?"

"네가 아직도 날 좋아하는 줄 몰랐어."

스타플라워가 불쑥 말했다.

"우리 아버지가 누군지 알고 나서 더 이상 날 안 좋아한다고 생각했거든."

썬더는 가슴속에서 희망이 싹트는 걸 느끼고 놀라서 몸이 굳었다.

'얘가 지금 후회하는 건가? 설마 얘도 아직 날 좋아하고 있는 거야?'

"우린 함께할 운명이 아니었어, 썬더."

스타플라워가 슬픈 듯 고개를 저으며 말했다.

썬더는 발밑에서 땅이 흔들리는 것 같았다.

"난 네가 그걸 아는 줄 알았어."

암고양이는 계속 말을 이었다.

"너와 난 너무 달라. 그런데 클리어스카이와 난 같은 점이 훨씬 더 많아. 나는 그를 이해해. 왜 그렇게 엄격하고 야망이 큰지도 난 알아. 그리고 그런 점이 나쁘다고 생각하지도 않아. 오히려 존경해."

썬더는 입을 하악 벌렸다.

"네 아버지와 똑같아서 좋아하는 거야!"

썬더는 쉭쉭대며 말했다.

"그런데 그건 사실이 아니야. 내 아버지는 여우 심장을 가진 네 아버지보다 훨씬 더 좋은 분이거든. 너 참 한심하다, 넌 네가 잘 났다고 느끼게 만들어 줄 고양이만 찾아다니잖아. 대체 넌 언제쯤 혼자 힘으로 서는 법을 배울래?"

썬더는 꼬리를 휘두르며 큰 소리로 아울아이스를 불렀다.

"가자! 클리어스카이가 우리한테 사냥하러 가라고 했어."

리프가 고개를 번쩍 들었다.

"나도 같이 가도 돼?"

"왜 안 되겠어요?"

썬더는 입구를 향해 성큼성큼 걸어갔다. 가고 싶어 하는 고양이는 누구든 데리고 갈 작정이었다. 아버지의 허락 같은 건 필요 없었다. 그리고 리프는 이끼 대신 먹잇감을 발톱으로 움켜쥘 기회가 생긴다면 기분이 훨씬 좋아질 게 분명했다.

썬더가 몸을 숙이고 가시덤불 장벽으로 들어가자 리프가 바로 뒤쫓아 왔다.

아울아이스도 신이 나서 털을 삐죽삐죽 세우고 진영을 뛰쳐나왔다.

"어디로 사냥하러 갈 건데?"

어린 수고양이는 기쁜 얼굴로 나무숲을 둘러보았다. 해가 나무 뒤로 저물면서 머리 위로 구름이 뭉게뭉게 모여들었다.

"단풍나무 너머에 자그마한 너도밤나무 숲이 있어. 거기엔 열매가 많으니까 먹잇감이 모여들 거야."

리프가 의견을 냈다.

썬더는 고개를 끄덕였다.

"앞장서세요."

아버지처럼 모든 고양이가 자기 뒤만 졸졸 쫓아다니게 하진 않을 거라고 썬더는 다짐했다.

리프가 껑충껑충 달려가 도랑을 뛰어넘었다. 아울아이스도 꼬리를 번쩍 들고 그 뒤를 쫓아갔다. 썬더도 달리기 시작했다. 숲바닥을 쿵쿵 울리는 발소리를 듣자 마음이 편안해졌다. 진영 동료들을 쫓아 달려가면서, 털 밑에서 쿵쿵 울리던 분노도 어느새 스르르 녹아내렸다. 리프는 비탈을 달려 올라가 단풍나무를 빠르게 스쳐 지나갔다. 몸집이 더 작고 가벼운 아울아이스도 빠르게 숲을 통과했다. 그리고 덤불 사이를 요리조리 빠져나가 가시덤불을 빙 둘러 가더니, 불쑥 튀어나온 가지 아래로 몸을 숙이고 들어갔다. 꼬리 하나 거리를 유지한 채 뒤따라가던 썬더는 가시가 두툼한 털가죽을 뚫고 들어오자 나뭇가지 아래로 들어가는 대신 그 위로 뛰어넘었다. 땅을 구르는 발을 통해 힘이 흘러드는 걸 느낄 수 있었다. 수염 사이사이로 바람이 지나갔다. 앞쪽에 보이는 나무 사이로 너도밤나무 숲이 보였다. 가지에 매달린 짙은 주황색 나뭇잎 때문에 숲이 스타플라워의 털가죽처럼 빛났다.

썬더는 암고양이 생각을 머릿속에서 밀어내고, 리프와 아울아이스가 멈춰 선 고사리 덤불 옆에 미끄러지듯 멈췄다. 리프가 앞쪽에 보이는 숲을 향해 고개를 끄덕였다. 땅에 너도밤나무 열매가 여기저기 떨어져 있었다. 땅 위로 살짝 드러난 뿌리들이 서로 뒤엉켜 있어서 작은 먹잇감들이 몸을 숨길 수 있는 그늘을 만들어 주었다. 사냥을 하기에 완벽한 장소였다.

썬더는 아울아이스에게 고갯짓을 했다.

"너도밤나무 숲을 빙 둘러서 반대편 끝으로 가. 그럼 우리가 먹잇감을 네 쪽으로 몰고 갈게."

아울아이스는 고개를 끄덕이고 나무숲을 빙 둘러 조용히 걸어갔다.

썬더는 몸을 웅크리고, 구불구불 뒤엉킨 너도밤나무 뿌리 사이를 유심히 살펴보았다.

리프도 옆에 쪼그리고 앉아 입을 벌리고 냄새를 맛보았다. 수고양이의 주둥이가 씰룩거렸다.

"나도 데리고 와 줘서 고마워."

리프가 중얼거렸다.

"진영에 처박혀서 다른 고양이들이 가져다주는 먹이나 받아먹는 건 지긋지긋해."

리프는 곁눈질로 썬더를 힐끗 쳐다보았다.

"클리어스카이를 어떻게 설득했기에 마음을 바꾼 거야?"

"사냥 순찰대를 더 많이 내보내는 게 나을 거라고 제안했을 뿐이에요."

썬더는 별일 아니라는 듯 대답했다.

"그야 당연하지!"

리프가 콧방귀를 뀌었다.

"먹이 더미가 반도 안 찼는데 가만히 앉아서 멀뚱멀뚱 보고 있으면 안 되는 거 아니야?"

검은색과 흰색이 섞인 수고양이는 고개를 절레절레 저으며 말을 이었다.

"클리어스카이는 그 전투 이후로 너무 물렁해졌어."

썬더는 고개를 홱 들었다. 리프가 충성심을 잃은 걸까?

리프는 마음이 편치 않은 듯 귀를 씰룩거렸다.

"물론 클리어스카이는 여전히 대단해."

한발 물러선 듯한 목소리였다.

"하지만 아프거나 굶주린 고양이들까지 죄다 받아들여서 모두 하나가 돼야 한다는 건…… 예전 같았으면 하지 않았을 말이라는 거야."

리프는 발을 몸뚱이 밑으로 바짝 끌어당겼다.

썬더는 균형을 잡기 위해 몸을 꼼지락거렸다. 너도밤나무 뿌리 사이에 깔린 낙엽이 바스락대는 소리가 들렸다. 먹잇감이 돌아다닌다는 뜻이었다. 숲 너머의 그림자 속에서 아울아이스의 털가죽이 어렴풋이 보였다.

"아버지는 영혼 고양이들이 시키는 대로 하는 것뿐이에요."

썬더는 리프에게 속삭였다.

"우리가 하나가 되길 바라는 건 영혼 고양이들이라고요."

"영혼 고양이들은 굶주릴 일이 없잖아."

리프가 먹잇감을 찾아 이쪽저쪽으로 눈길을 돌리며 말했다.

"그들이 직접 아프고 약한 고양이들을 돌봐 주면 되잖아, 안 그래? 여기 진짜 세상에서 중요한 건 힘이야. 스스로 사냥을 할 수도 없는 고양이들을 위해 왜 우리가 대신 사냥을 해야 하는 건데? 그들은 무리의 힘을 약화시킬 뿐이야."

썬더는 동료를 힐끗 쳐다보았다.

'정말 저렇게 믿는 걸까?'

물론 힘도 중요하다. 하지만 힘이 있으면서 동시에 약한 고양이들을 보살피는 것도 가능하지 않을까?

"모두가 나름대로 장점을 가지고 있어요."

썬더는 힘주어 말했다.

"핑크아이스만큼 소리를 잘 듣는 고양이는 없어요. 재기드피크는 한 발, 한 발 내딛는 것이 곧 싸움이었기 때문에 강하고 현실적이고요."

"강할지는 몰라도 사냥은 못 하잖아, 안 그래?"

리프가 어두운 목소리로 말했다.

"잎 없는 계절이 얼마나 긴지 잊었나 보구나. 앞으로 여러 달을 힘겹게 살아야 해. 배 속이 텅 비었을 때는 자비심을 베풀기가 쉽지 않아."

썬더는 발톱을 세웠다. 리프는 마치 전투가 있기 전의 클리어

256

스카이처럼 말하고 있었다.

"우리는 사냥 순찰대를 내보내는 규칙을 바꾸자고 아버지를 설득해야 해요. 그러면 우리 모두 배불리 먹을 만큼 먹이를 충분히 잡을 수 있을 거라고요. 두고 봐요."

자그마한 생명체가 낙엽 사이로 쪼르르 기어가더니 뿌리를 타고 올라갔다.

'생쥐다!'

흥분이 근육을 타고 솟구쳐 올랐다. 리프가 미처 움직이기도 전에 썬더는 생쥐를 쫓아 달려갔다. 생쥐는 나무뿌리가 땅속으로 파고들며 생긴 틈새로 달려가고 있었다. 썬더는 펄쩍 뛰어올라 발톱으로 생쥐를 낚아챘지만, 다른 쪽 앞발이 구부러져 몸에 깔리면서 어설프게 착지했다. 나무뿌리에 부딪힌 옆구리에서 통증이 밀려와 숨이 턱 막혔다.

생쥐는 찍찍거리며 몸부림을 쳐서 발톱에서 벗어났다.

리프가 잽싸게 달려와 두 앞발로 땅바닥을 쾅 내리쳤다.

"잡았다!"

리프가 외치는 순간, 꼬리 하나 떨어진 곳에서 갑자기 낙엽이 휘날렸다. 썬더가 고개를 홱 들자 나무 사이로 잽싸게 달려가는 토끼가 보였다. 고양이들이 생쥐를 잡는 소리에 깜짝 놀란 것 같았다. 나무뿌리에 부딪힌 옆구리가 멍이 들고 아팠지만 썬더는 억지로 일어섰다. 그런데 다친 앞발이 맥없이 푹 꺾였다.

'쥐똥!'

"괜찮아! 내가 잡았어!"

나무 사이로 아울아이스의 의기양양한 목소리가 울려 퍼졌다.

아울아이스는 토끼 꼬리를 움켜쥐고 있었다.

썬더는 아픔이 잦아들 때까지 다친 발을 흔들었다. 갓 잡은 먹이 냄새가 코를 자극했다.

리프는 꼬리를 높이 쳐들고 주위를 서성거렸다. 입에는 생쥐가 대롱대롱 매달려 있었다. 아울아이스는 턱 밑에 토끼를 매달고 성큼성큼 걸어왔다.

"내가 뭐랬어요!"

썬더는 가르랑거렸다.

"사냥 순찰대를 충분히 내보내면 모두가 먹을 수 있을 만큼 충분한 먹이를 잡을 수 있다니까요."

썬더는 의기양양하게 털을 부풀리고 앞장서서 진영으로 들어섰다. 돌아오는 길에 단풍나무 아래로 쪼르르 달려가는 다람쥐 한 마리를 발견했다. 나무로 기어오르려는 다람쥐를 썬더가 잡았다. 성공적인 사냥을 마친 순찰대는 공터를 가로질러 가서 잡아온 먹이를 먹이 더미에 내려놓았다.

"오늘 밤은 아무도 배가 고프지 않을 거예요."

아버지를 찾아 진영을 둘러보며 썬더는 큰 소리로 말했다. 사냥 순찰대를 더 많이 내보내면 무리의 고양이들 모두 배불리 먹을 수 있다는 것을 아버지도 깨달아야 했다.

라이트닝테일이 썬더를 맞이하러 달려왔다. 그런데 친구의 얼굴빛이 어두웠다.

"아버지는?"

썬더가 묻자 라이트닝테일의 얼굴이 일그러졌다.

"진영을 나갔어."

검은색 수고양이가 나지막이 으르렁거렸다.

"스타플라워와 함께."

썬더는 발끈해서 털이 곤두섰다. 아버지가 스타플라워를 멀리하라는 경고를 무시한 것이다!

'내가 방해할까 봐 일부러 사냥을 내보낸 거였어!'

화가 나서 귓속이 쿵쿵 울렸다.

"언제 돌아온다는 말은 없었고?"

라이트닝테일은 가시덤불 입구를 힐끗 보며 속삭였다.

"나중에 돌아오겠다고만 했어."

'그렇다면 기다려야겠군.'

분노로 부들부들 떨면서 썬더는 으르렁거림을 삼켰다.

'아버지한테 꼭 말해야겠어. 절대 듣고 싶어 하지 않겠지만 꼭 해야 해.'

12

분열된 숲

클리어스카이는 비탈을 쿵쿵 달려 내려가 나무 사이로 방향을 틀었다. 아침에 비가 내렸지만 땅은 이미 다 말랐다. 그래도 낙엽은 아직 미끄러워서, 길을 막은 가시덤불을 빙 둘러 가다가 발이 쭉 미끄러지고 말았다.

스타플라워는 앞서가고 있었다. 환하게 빛나는 암고양이의 황금색 털가죽은 마치 나무 사이로 움직이는 한 줄기 햇살 같았다.

부드러운 흙을 발톱으로 찍어서 겨우 균형을 잡은 클리어스카이는 힘차게 발을 뻗으며 달렸고, 금세 스타플라워를 따라잡아 비탈길 바닥에 도착했다.

"아직도 나보다 숲을 더 잘 안다고 생각해요?"

암고양이가 숨을 고르느라 헐떡이며 물었다.

"아마 여긴 처음 와 봤을걸요."

"아니, 와 본 적 있어."

클리어스카이도 숨을 헐떡이며 대답했다.

호리호리한 마가목 사이로 시든 고사리 덤불이 옹기종기 모여 있고, 그 너머에는 텅 빈 풀밭이 펼쳐져 있었다.

'내가 정말 여기 와 본 적이 있나?'

클리어스카이는 눈을 가늘게 뜨고 살폈다.

'당연하지!'

공터 반대편에 있는 바위 벽이 눈에 익었다. 공터로 걸어 들어가자 젖은 풀이 발을 스쳤다. 저무는 햇빛에 이슬이 반짝거렸다. 하늘이 이대로 계속 맑다면 이슬은 서리로 변할 것이다.

바위 벽 너머로 저무는 해를 바라보고 있는데 스타플라워가 옆에 와서 멈춰 섰다. 주황색 햇빛이 바위 벽 위로 녹아드는 듯하더니 금세 사라졌다. 클리어스카이는 서늘한 그림자가 자신을 집어삼키는 것 같다고 느꼈다.

"가자."

저무는 해를 쫓아 불쑥 튀어나온 바위 위로 뛰어 올라갔다. 그리고 이 바위 저 바위로 빠르게 뛰어 꼭대기에 다다랐다.

스타플라워가 공터에서 올려다보았다.

"뱀 조심해요."

"뱀?"

클리어스카이는 털을 곤두세운 채 바위 벽 너머를 유심히 내려다보았다.

"바위틈에 뱀이 숨어 있거든요."

스타플라워가 잽싸게 뒤따라 올라오며 말했다. 클리어스카이는 바위틈 사이에서 뱀이 튀어나와 암고양이를 물까 봐 시선을 뗄 수가 없었다.

옆에 와서 멈춰 선 스타플라워가 클리어스카이의 걱정스러운 눈빛을 보면서 수염을 씰룩거렸다.

"걱정하지 말아요. 아버지가 뱀 죽이는 법을 가르쳐 줬으니까."

클리어스카이는 놀라서 눈을 깜박이며 암고양이를 바라보았다.

"뱀 죽여 본 적 있어요?"

스타플라워가 장난스럽게 눈을 반짝이며 물었다.

"아니, 없어."

"한번 해 봐요."

암고양이는 어깨를 으쓱하며 말을 이었다.

"맛도 나쁘지 않아요. 특히 잎 없는 계절이 한창일 때는요. 아버지는 숲에 먹잇감이 없으면 나를 여기 데려와서 사냥하게 했어요. 뱀은 추우면 느려져요. 그래서 찾아내기만 하면 잡기는 쉽죠."

클리어스카이는 꼬리를 씰룩거리며 암고양이를 유심히 바라보았다. 스타플라워는 또 숲의 어떤 비밀을 알고 있을까? 이 교활한 암고양이가 곁에 있다면 뭘 해낼 수 있을지 상상도 할 수 없었다. 모두를 하나로 뭉치게 할 방법을 찾아내는 데 도움이 될지도 모른다.

햇볕이 등을 따뜻하게 비춰 주었다. 둘은 공터 바닥에 드리워진 그림자에서 빠져나와 나무 사이로 빛나는 해를 쫓아 바위 위로 올라왔고, 이제 그 해는 저 멀리 지평선으로 미끄러져 들어가고 있었다.

스타플라워가 주위를 맴돌며 물었다.

"그래서요?"

"그래서라니?"

'내가 잊어버린 거라도 있나?'

암고양이가 걸음을 멈추고 주둥이를 가까이 들이밀었다.

"아직도 나를 믿을지 말지 결정 안 했어요?"

클리어스카이는 발을 꼼지락거렸다.

"썬더는 내가 널 믿어선 안 된다고 생각해."

스타플라워의 초록색 눈이 부드러워졌다.

"가엾은 썬더."

암고양이가 작은 소리로 중얼거렸다.

"걔 마음을 아프게 한 건 나도 미안하게 생각해요. 하지만 썬더는 어리잖아요. 이겨 낼 수 있을 거예요."

"그렇게 생각해?"

클리어스카이는 희망에 찬 눈으로 암고양이의 눈빛을 살폈다. 스타플라워 같은 고양이는 처음 봤다. 영리하고, 강하고, 자신감이 넘쳤다. 이 암고양이와 함께하고 싶다는 마음이 이상할 정도로 강렬하게 솟구쳤다.

'하지만 썬더는 어떻게 하지?'

'썬더는 어리잖아요. 이겨 낼 수 있을 거예요.'

스타플라워의 말이 머릿속에 맴돌며 따스한 숨결이 주둥이를 휘감았다. 클리어스카이는 코로 암고양이의 뺨을 살짝 눌렀다.

'아들을 기쁘게 하기 위해 스타플라워를 외면해야 하는 걸까? 썬더는 정말로 내가 홀로 외롭기를 바랄까?'

"이제 그만 진영으로 돌아가요."

스타플라워가 속삭였다.

"곧 어두워질 거예요. 그러면 다른 고양이들이 당신을 걱정할 거예요."

클리어스카이는 천천히 고개를 끄덕였다. 마지막 남은 따스한 햇볕을 두고 추운 공터로 돌아가고 싶지 않았다. 하지만 자신은 지도자였고, 해야 할 일이 있었다.

뱀이 숨어 있을지도 모르는 바위틈을 조심스럽게 살피며 클리어스카이는 바위 아래로 펄쩍 뛰어내렸다. 안도의 한숨을 내쉬며 풀로 덮인 공터에 내려서자, 함께 뛰어내린 스타플라워의 털가죽이 옆구리를 스쳤다.

스타플라워는 꼬리를 흔들며 앞장서서 그림자 속으로 걸어 들어갔다. 해가 저물면서 석양이 숲으로 빠르게 스며들었다. 진영에 가까워지자 동료들의 익숙한 냄새가 풍겼다. 클리어스카이는 코로 가시덤불을 밀치며 어두워진 공터로 걸어 들어갔다.

"물러나요, 리프!"

블로섬이 귀를 머리에 납작 붙인 채 검은색과 흰색이 섞인 수고양이를 마주 보고 서 있었다. 그 뒤에서는 밀크위드가 새끼들을 보호하고 있었고, 리프는 화난 얼굴로 그들을 노려보고 있었다.

"저 녀석들이 내 생쥐를 먹었단 말이야!"

리프가 으르렁거렸다.

"당신 생쥐가 아니잖아요."

블로섬도 지지 않고 맞섰다.

"내가 잡아 온 거라고!"

리프의 눈이 이글이글 타올랐다.

"그리고 아울아이스는 토끼를 잡아 왔어요!"

블로섬은 에이콘퍼와 쏜 사이에 놓인 토끼를 향해 고개를 홱 돌렸다.

"하지만 기꺼이 나눠 먹었죠."

"그거야 썬더가 개한테 다람쥐를 줬으니까 그렇지!"

리프의 등줄기를 따라 털이 바짝 곤두섰다.

"오늘 내가 먹은 거라고는 아침에 네틀이 잡아 온 뾰족뒤쥐 반 마리밖에 없다고."

클리어스카이는 멈칫했다.

'왜 먹이 때문에 싸우지?'

스타플라워가 코로 어깨를 슬쩍 밀었다.

"가서 말려요."

암고양이가 속삭였다.

클리어스카이는 경고의 눈빛으로 암고양이를 쏘아보았다. 자신의 고양이들을 어떻게 다뤄야 하는지 일일이 알려 줄 필요 없다는 걸 보여 주기 위해서였다.

"무슨 일이야?"

클리어스카이는 리프를 보며 물었다.

리프가 홱 돌아보았다.

"나는 굶고 있는데 저 녀석들이 내가 잡아 온 걸 먹잖아!"

리프는 잡아먹을 듯 무서운 얼굴로 밀크위드를 노려보았다.

"저 암고양이는 배고픈 새끼 둘이랑 밤새 우리를 잠 못 자게 만드는 기침 말곤 가져온 게 없잖아, 안 그래?"

밀크위드는 보일 듯 말 듯 가늘게 눈을 뜨고 리프를 노려보았다. 그 옆에서 시슬이 등을 둥글게 말고 쉭쉭거렸지만 클로버는 눈을 동그랗게 뜬 채 엄마 배 밑에 숨었다.

블로섬이 이빨을 드러냈다.

"이들은 당신보다 먹이가 더 필요해요! 모르겠어요? 얼마나 굶주려 있는지 안 보여요?"

"그렇다면 오늘 사냥하러 나갔어야지, 나처럼 말이야!"

리프가 쏘아붙였다.

클리어스카이는 귀를 쫑긋 세웠다. 리프는 오늘 사냥 순찰대로 나가지 않았다.

"누가 너한테 사냥하러 가도 된다고 했어?"

"썬더가."

클리어스카이는 아들을 휙 돌아보았다.

"난 너한테 아울아이스를 데리고 가라고 했을 텐데."

썬더의 눈빛이 사나워지자 클리어스카이는 등줄기가 서늘해졌다. 진영 분위기가 왜 이렇게 나빠진 걸까? 다시 리프를 돌아보았다.

"사냥 순찰대는 내가 결정해."

"지금은 잎 없는 계절이잖아!"

리프가 꼬리를 휘두르며 말했다.

"이미 눈도 내렸고 갈수록 낮이 점점 짧아질 거야. 병 때문에 먹잇감이 반이나 죽었는데, 우린 자기 먹을 것도 사냥 못 하는 고양이들까지 먹여야 한다고!"

리프는 버치와 올더를 휙 노려보았다.

버치가 발끈하며 가슴을 내밀었다.

"우리도 기회만 생기면 사냥할 수 있어요!"

"바로 그거야!"

리프가 클리어스카이를 다시 노려보았다.

"모두가 사냥하러 나가야 해. 아니면 적어도 사냥하는 법을 배우든지. 먹잇감이 숲을 뛰어다니는데 이렇게 진영에 처박혀 있기만 해서는 안 된다고."

클리어스카이는 입을 하악 벌렸다.

"우리 먹잇감은 낙엽 지는 계절의 열매를 먹고 이제야 겨우 통통하게 살이 찌고 있어. 그런데 아직 병에서 회복 중인 먹잇감을 죄다 사냥하면, 영원히 사라져 버릴지도 몰라."

클리어스카이는 진영 동료들을 둘러보았다.

블로섬은 불안한 얼굴로 시선을 맞췄다. 핑크아이스는 눈길을 떨궜다. 에이콘퍼와 라이트닝테일은 서로를 힐끗 쳐다보았다.

클리어스카이는 몸을 곧게 펴고 리프를 내려다보았다.

"머리로 생각해야지, 배로 생각하지 말고. 그래서 나는 지도자고 너는 아닌 거야. 여기 생활이 마음에 안 들면 떠나! 다시 떠돌이로 돌아가란 말이야. 나는 여기서 살고 싶은 고양이만 받아들인다!"

클리어스카이는 꼬리를 휘두르며 뒤로 물러났고, 침묵이 차가운 서리처럼 진영을 뒤덮었다.

그때 썬더가 침묵을 깼다.

"그 말이 맞아요."

썬더는 어깨를 펴고 앞으로 걸어 나왔다.

"여기서 살고 싶은 고양이만 여기 남아야 해요. 그러니 저는 떠나겠습니다."

번개 같은 충격이 클리어스카이의 몸을 꿰뚫었다.

'떠난다고?'

멍하니 아들을 바라보았다. 발부터 감각이 사라지면서, 진영에 내려앉은 밤의 추위마저 느껴지지 않을 정도로 감각이 무뎌졌다.

"대체 왜?"

거친 목소리가 튀어나왔다.

"아버지의 명령 때문에 진영에 갇혀서 제가 아끼는 고양이들이 굶주리는 걸 단 하루도 더 지켜볼 수 없어요."

여기저기서 중얼거리는 소리가 물결처럼 번졌다. 아울아이스는 발을 꼼지락거렸고 핑크아이스는 천천히 고개를 끄덕였다.

클리어스카이는 마음속에서 타오르는 분노를 느꼈다.

"숲의 먹잇감을 몽땅 다 먹어 치우게 놔두지 않는 데는 다 이유가 있어. 새잎 돋는 계절이 올 때까지 이 숲에 먹잇감이 남아 있어야 하기 때문이야. 그레이윙과 다른 고양이들이 우리 무리에 들어오기로 결심했을 때 그들에게 나눠 줄 먹이가 충분히 남아 있어야 한단 말이야. 지금 당장 너무 많이 사냥하면 아무것도 남아나지 않을 거야. 조금만 기다려 봐. 그러면 내가 옳다는 걸 알게 될 테니까."

썬더의 눈이 번뜩였다.

"아버지가 신경 쓰는 건 그것뿐이죠, 안 그래요?"

썬더는 으르렁거리며 말을 이었다.

"자기가 옳다는 걸 보여 주는 것! 그것 말고는 관심 없잖아요. 숲에서 가장 똑똑한 고양이라는 걸 증명할 수만 있다면 진영에 있는 고양이가 모두 죽어도 상관없잖아요."

"그건 사실이 아니야⋯⋯."

"맞잖아!"

씩씩대는 리프의 목소리에 클리어스카이는 깜짝 놀랐다.

"썬더 말이 맞아. 너는 먹잇감을 보호하는 게 목적이 아니야. 그저 네가 영리하다는 걸 보여 주고 싶은 거잖아."

클리어스카이는 차가운 흙바닥에 발톱을 쑤셔 박았다.

'내가 지금까지 저들을 위해 얼마나 애썼는데 저런 말도 안 되는 생각을 할 수 있지?'

썬더가 다시 말했다.

"아버지를 방해하진 않을게요. 아버지 진영 근처에서 사냥하지도 않을 거고요. 저는 숲의 다른 쪽에서 살 거예요. 하지만 이 무리에 남지 않겠습니다."

"나도 썬더랑 같이 갈 거야!"

리프가 꼬리를 흔들며 말했다.

"저도요!"

라이트닝테일도 앞으로 걸어 나왔다.

클리어스카이는 머릿속이 빙빙 도는 것 같았다.

'이게 지금 어떻게 된 거지? 내가 원하는 건 모두 하나가 되는 거야, 뿔뿔이 흩어지는 게 아니고!'

아울아이스가 썬더를 보며 고개를 끄덕였다.

"나도 같이 가도 돼?"

"나도."

클라우드스파츠가 걱정스러운 얼굴로 밀크위드를 힐끗 쳐다보며 나섰다.

"네 기침에 필요한 약초는 남겨 두고 갈게."

썬더는 자신의 주위로 모여드는 고양이들을 보며 놀라서 눈이 휘둥그레졌다.

"워…… 원한다면 같이 가도 좋아요."

썬더가 더듬거리며 말했다.

아울아이스가 희망에 부푼 얼굴로 스패로퍼를 바라보았다.

"너도 같이 갈래?"

혼란스러운 상황에 암고양이의 호박색 눈이 매서워졌다. 하지만 스패로퍼는 이내 고개를 숙였다.

"아니야, 아울아이스. 나는 클리어스카이와 함께하기로 결정했고, 그 결정을 지킬래."

"난 같이 갈 거야."

핑크아이스가 썬더에게로 걸어가며 말했다.

"당신까지?"

클리어스카이는 이게 꿈인가 싶었다.

"내가 당신을 이 무리에 받아 줬는데. 그리고 먹여 줬고. 난 당신이……."

클리어스카이는 말꼬리를 흐렸다.

'친구라고 생각했는데.'

슬픔이 가시처럼 가슴을 콕콕 찔렀다. 점점 가빠지는 숨을 진정시키려고 애썼다.

'대체 무슨 일이 벌어지고 있는 거지? 내가 이들을 통제할 수 없다니.'

귓속에서 심장 뛰는 소리가 쿵쿵 울려서, 거칠게 튀어나오는 자신의 목소리도 제대로 들리지 않았다.

"썬더, 우리 둘이서 얘기 좀 할까?"

썬더는 고개를 끄덕이고 동료들 옆을 지나쳐 걸어갔다. 그리고 자신 있게 가파른 둑 위로 뛰어올랐다. 클리어스카이도 서둘러 아들을 쫓아가, 오늘 아침 둘이서 이야기를 나눴던 고사리 덤불로 갔다. 그때 이후로 어떻게 모든 게 이렇게 변할 수 있을까?

"너 지금 뭐 하는 거야, 썬더?"

클리어스카이는 필사적으로 아들의 시선을 살폈다.

빠르게 사그라드는 햇빛 속에서 아들의 크고 새하얀 발이 빛났다.

"여기 왔을 때 전 아버지가 무리를 이끄는 걸 도울 수 있겠다고 생각했어요. 그런데 아버지는 제 의견에는 전혀 관심이 없었죠. 언제나 제 충고를 무시하잖아요. 그러니 제가 여기 있을 필요가 없죠."

클리어스카이의 귀가 씰룩거렸다. 지금 썬더는 버릇없는 새끼 고양이처럼 투정을 부리고 있었다.

'내가 무리를 이끄는 걸 도와준다고? 대체 왜 자기가 그렇게 대단한 존재라고 생각하는 거지?'

"네가 내 아들이라는 이유로 특별 대우라도 받을 줄 알았니?"

썬더의 눈이 휘둥그레졌다.

"아뇨! 황무지에서는 누구의 아들도 아니었지만 거기 고양이들은 모두 저를 존중해 줬어요."

"그러니까 지금 너는 원하는 만큼 존중받지 못해서 우리를 버리겠다는 거야?"

클리어스카이는 비아냥대는 속내를 숨기지 못했다.

썬더가 아버지에게 주둥이를 들이밀었다.

"제가 떠나려는 건 아버지가 어리석은 결정을 내리는 걸 더는

271

지켜보고 싶지 않아서예요."

"내 고양이들이 더 많은 먹잇감을 사냥하지 못하게 막는 이유는 이미 다 설명했잖아."

"제가 말하는 어리석은 결정은 그게 아니에요."

썬더의 눈이 분노로 이글거렸다.

클리어스카이는 급하게 숨을 들이마셨다.

"스타플라워 때문이구나."

"걔를 숲에서 쫓아내야 해요."

썬더가 으르렁거리며 말했다.

"걔는 문제만 일으킨다고요."

"먹이 더미에서 첫 번째로 먹이를 고르지 못했다고 떼쓰는 새끼 고양이처럼 굴지 마!"

"그런 게 아니라고요!"

클리어스카이는 콧방귀를 뀌었다.

"나는 네 아버지다. 내가 무리를 어떻게 이끌어야 하는지 네 멋대로 참견할 수 없는 것처럼, 내가 누구를 짝으로 맞이할지도 네가 참견할 일이 아니야."

"바로 그게 문제라고요, 아버지."

썬더는 화가 나서 꼬리를 휘두르며 말을 이었다.

"전 아버지한테 아무 말도 할 수가 없어요. 아버지는 혼자서 모든 걸 다 안다고 생각하죠. 하지만 그렇지 않아요! 아버지는 좋은 것과 나쁜 것도 구분 못 해요. 지금껏 한 번도 그런 적 없어요. 그러면서도 항상 자신이 '옳아야 한다'고 생각하기 때문에, 그걸 증명하기 위해 모든 걸 망쳐 버려요. 아마 여우를 토끼로 잘못 봤더라도 그 여우가 목을 물어뜯을 때까지 아버지는 토끼라고 우길걸요. 자신이 틀렸다고 인정하느니 차라리 죽는 게 낫다고 생각할 테니까요."

"그렇지 않아!"

클리어스카이는 으르렁거리며 내뱉었다.

"만약 스타플라워가 내가 아니라 너를 선택했다면 넌 이곳을 떠나지 않았겠지. 너는 지금 질투에 눈이 멀었어."

썬더가 목소리를 낮춰 쉭쉭거렸다.

"하지만 스타플라워는 절대 절 선택하지 않았을 거예요. 저는 원아이와는 다르니까요."

썬더는 클리어스카이의 주둥이를 스칠 듯 꼬리를 홱 휘두르며 돌아서서 공터로 다시 뛰어내렸다.

클리어스카이는 가슴이 답답해졌다.

'그럼 난 원아이와 같다는 거야?'

충격으로 몸이 뻣뻣해진 채, 아들 주위로 열심히 모여드는 고양이들을 지켜보았다. 리프, 핑크아이스, 클라우드스파츠, 아울아이스, 라이트닝테일까지……. 썬더는 꼬리를 홱 휘두르고는 그들을 이끌고 진영을 빠져나갔다.

슬픔이 물처럼 무겁게 뼈를 짓눌렀다.

'난 그저 혈육이 내 곁에 있길 바랐을 뿐인데.'

재기드피크와 그레이윙은 소나무 숲에 있다. 그런데 이제 썬더마저 떠났다. 눈앞이 뿌옇게 흐려지기 시작했다.

'미안해, 플러터링버드. 네가 원하는 대로 하지 못했어. 난 이제 다시 혼자야. 왠지 모르겠는데 결국에는 항상 혼자가 되네.'

익숙한 냄새가 코를 스쳤다.

"스타플라워?"

흙을 밟으며 걸어오는 소리가 들려 돌아보니, 어둠 속에서 암고양이의 초록색 눈이 반짝거렸다. 다정한 시선이 그의 시선과 마주쳤다.

"힘든 하루였어요."

스타플라워가 가까이 다가와 주둥이로 뺨을 문질렀다.

"하지만 슬퍼하지 말아요. 말썽꾸러기 몇이 떠난 것뿐이니까. 이제 당신이 늘 바라던 충성스럽고 강한 무리를 만들 수 있는 기회가 왔어요. 썬더는 떠나고 싶으면 떠나라고 해요. 걔가 가진 야망이라고는 자기 혼자 배불리 먹는 것뿐이에요. 그 애는 절대 당신 같은 지도자는 될 수 없어요."

클리어스카이는 암고양이의 달콤한 말로 마음을 달랬다. 스타플라워는 털가죽을 스치며 주위를 맴돌아 몸을 따뜻하게 덥혀 주었다. 얼음 같은 날씨가 다가오고 있었다. 클리어스카이는 바람에 실려 오는 냄새로 날씨를 짐작할 수 있었다.

'썬더는 잎 없는 계절이 혹독하게 찾아올 때 새 진영을 찾아 헤매라지. 나에겐 아직 충성스러운 고양이들이 많이 있으니까.'

클리어스카이는 스타플라워의 부드러운 목털에 주둥이를 문질렀다.

드디어 걸맞은 짝을 찾았다.

13

뜻밖의 만남

썬더는 뻣뻣하게 굳은 몸으로 진영을 빠져나왔다. 뒤를 바짝 쫓아오는 고양이들에게 너무 신경이 쓰였다. 이제는 이들 모두를 책임져야 한다. 그 생각을 하자 심장이 쿵쿵 뛰었다.

'내가 지금 옳은 일을 하고 있는 걸까?'

아버지가 한 말이 귓가에 울렸다.

"만약 스타플라워가 내가 아니라 너를 선택했다면 넌 이곳을 떠나지 않았겠지. 너는 지금 질투에 눈이 멀었어."

그 말이 사실일까?

'아니야!'

고작 그런 이유가 아니었다. 자신의 말에 귀 기울여 주지 않는 곳에서 살 수가 없어서 떠나는 것이다. 그리고 아버지가 말도 안 되는 이유로 고양이들을 굶기는 것도 더는 지켜볼 수 없었다.

클리어스카이는 정말로 잎 없는 계절 동안 먹잇감이 부족할 거라고 믿는 걸까, 아니면 그저 다른 고양이들한테 명령하고 지도자 노릇을 하는 걸 좋아해서 발톱을 세우고 큰소리친 걸까?

도랑을 향해 걷고 있는데 라이트닝테일이 옆으로 다가왔다.

"떠날 계획이라고 왜 나한테 미리 말 안 했어?"

썬더는 친구의 눈길을 피했다.

"갑작스럽게 결정한 거야."

무뚝뚝하게 대답하고는 도랑으로 미끄러지듯 내려갔다. 비가 휩쓸고 간 도랑 바닥은 물컹물컹했다. 진흙탕에 발이 푹푹 빠졌다.

라이트닝테일도 옆으로 내려왔다.

"우리 어디로 가는 거야?"

차가운 밤공기가 털 사이사이로 파고들었다.

"잘 모르겠어."

썬더는 어깨 너머를 힐끗 돌아보았다. 리프, 클라우드스파츠, 핑크아이스가 바짝 붙어 따라오고 있었고, 아울아이스가 조금 떨어져서 걸어왔다. 썬더는 심장이 더 세차게 뛰었다.

'그레이윙은 나를 믿어 줬어. 그러니까 난 해낼 수 있어.'

도랑은 단풍나무가 서 있는 비탈을 향해 구불구불 이어졌다. 썬더는 비탈로 뛰어 올라가 그날 먹이를 물고 진영으로 돌아갔던 길을 거슬러 갔다. 달이 구름 속에 가려져 숲은 캄캄했다. 비탈을 올라가면서 썬더는 눈을 크게 뜨고 그림자 속에서 움직이는 것이 없는지 살폈다. 멀리서 올빼미가 날카롭게 울부짖자 라이트닝테일이 귀를 쫑긋 세웠다.

"주위에 먹잇감이 있는 게 분명해."

검은 수고양이가 속삭였다.

"사냥은 아침에 하자."

썬더는 친구에게 말했다.

"지금은 우선 안전하게 잘 수 있는 곳을 찾아야 해."

만약 올빼미가 먹잇감을 찾고 있다면 여우도 돌아다닐 게 분명했다.

"썬더!"

뒤에서 아울아이스가 큰 소리로 불렀다.

겁먹은 어린 고양이의 목소리에 썬더는 걸음을 멈췄다.

"왜 그래?"

아울아이스는 털이 바짝 곤두선 채 비탈을 내려다보고 있었다.

"누가 우리를 쫓아오고 있어."

썬더는 몸이 굳었다.

'아버지가 우리를 뒤쫓으라고 순찰대를 보냈나?'

리프와 클라우드스파츠를 지나쳐 걸어가 회색 수고양이 옆에 멈춰 섰다.

"뭐가 보여?"

아울아이스는 고개를 저었다.

"아니. 근데 목소리가 들렸어."

썬더는 공기를 맛보았다. 낯선 냄새는 없었다. 축축한 숲을 떠다니는 진영 냄새밖에 나지 않았다.

"네가 잘못 들었을 거야."

썬더는 다시 라이트닝테일에게로 돌아갔다.

그런데 아래쪽 그림자 속에서 쉭쉭거리는 소리와 함께 잔가지가 바스락대는 소리가 들렸다.

"거기 누구야?"

썬더는 발톱을 세우며 물었다.

"내가 가서 보고 올게."

리프가 귀를 머리에 붙이고 썬더 옆으로 뛰쳐나갔다. 검은색과 흰색이 섞인 수고양이는 으르렁거리며 도랑을 향해 달려갔다.

썬더는 불안해서 귀를 씰룩거리며 리프를 지켜보았다.

클라우드스파츠의 털가죽이 몸을 스쳤다.

"클리어스카이가 우릴 따라온 걸까?"

"왜 그러겠어요?"

라이트닝테일이 둘의 주위를 서성거리며 말했다.

"우리가 원한다면 가도 좋다고 말했잖아요."

클라우드스파츠가 콧방귀를 뀌었다.

"클리어스카이야, 잊었어? 믿을 수 없는 고양이라고."

핑크아이스는 말없이 어둠 속을 노려보고 있었다. 앞이 잘 보이지 않는 이 고양이는 냄새를 맛보려고 입을 벌리고 있었다.

늙은 수고양이의 귀가 쫑긋 서는 것이 썬더의 눈에 보였다.

"무슨⋯⋯."

"쉿!"

핑크아이스가 털을 곤두세우며 앞으로 몸을 숙였다.

썬더는 배가 팽팽하게 조이는 것 같았다.

"멈추라고 해!"

핑크아이스가 매섭게 소리쳤다.

"누구 말이에요?"

"리프 말이야!"

핑크아이스가 앞으로 달려 나가 비탈길을 뛰어 내려갔다.

썬더의 온몸에 경고 신호가 번쩍였다. 썬더는 즉시 하얀 수고양이를 쫓아 달려갔다. 어둠을 가르는 비명이 터져 나왔다. 이어서 길고 낮게 울부짖는 소리가 대답처럼 들려왔다.

썬더는 핑크아이스를 앞질러 진흙투성이 도랑으로 뛰어내렸다. 리프의 검은색과 흰색이 섞인 털을 발견한 동시에 물씬 풍기는 두려움의 냄새를 맡을 수 있었다. 리프는 암고양이를 향해 쉭쉭거리고 있었고, 암고양이 곁에는 자그마한 몸뚱이 둘이 매달려 있었다.

'밀크위드!'

썬더가 리프를 밀치고 앞으로 나가자 어미 고양이가 이빨을 드러내고 으르렁거렸다.

"여기서 뭐 하는 거예요?"

썬더는 놀라서 털가죽을 꿈틀대며 물었다.

밀크위드는 도랑 안에 웅크리고 있었고 시슬과 클로버가 각각 양옆에 매달려 있었다. 어미 고양이는 욕을 하는 듯한 눈으로 리프를 노려보았다.

"우리도 너랑 같이 가고 싶은데 자꾸 돌아가라고 하잖아."

리프는 썬더 옆에서 털을 곤두세웠다.

"이 녀석들은 사냥도 못 하고, 게다가 이 암고양이는 아프잖아! 이 녀석들을 돌보는 건 클리어스카이한테 맡겨."

"어떻게 감히!"

밀크위드가 달려들어 발톱으로 리프의 주둥이를 할퀴었다.

수고양이는 쉭쉭거리며 어둠 속에서 분노로 눈을 번뜩였다.

썬더는 둘 사이로 비집고 들어갔다.

"밀크위드와 새끼들도 원하면 우리와 같이 가도 돼요."

"이 녀석들 때문에 우리가 약해질 거야."

리프가 진흙탕 위로 꼬리를 휙휙 휘저으며 말했다.

"나도 함께 가서 너희를 돕고 싶어!"

밀크위드가 쏘아붙였다.

"클리어스카이는 내가 사냥할 수 있게 해 준다고 약속했지만, 한 번도 나를 순찰대에 넣어 준 적이 없어."

썬더는 안타까운 눈빛으로 어미 고양이를 바라보았다.

"사냥할 힘은 있어요?"

"당연히 있지!"

밀크위드가 쏘아붙였다. 하지만 여전히 털가죽 밑으로 갈비뼈가 툭 튀어나와 있었다.

"나는 먹여야 할 새끼들이 있어. 내 아이들이 굶으면 내가 굶는 것보다 더 힘들어. 그러니 열심히 사냥할 거야."

암고양이는 리프를 휙 노려보았다.

"저 고양이는 자기 배를 채우는 것 말고는 관심도 없어. 무리에는 관심도 없다고!"

리프가 발끈했다.

"그렇지 않아!"

"넌 너밖에 모르잖아."

밀크위드가 쉭쉭거렸다.

"조용히 해요, 둘 다."

썬더는 둘을 번갈아 보다가 새끼 고양이들에게로 눈을 돌렸다. 시슬은 눈을 가늘게 뜨고 다툼을 지켜보고 있었고, 클로버는 이빨을 드러내고 으르렁거렸다.

"리프는 나와 함께 가겠다고 결정했을 때 이미 충성심을 증명했어요."

썬더는 밀크위드에게 말했다. 그런 다음 리프에게로 고개를 돌렸다.

"그리고 밀크위드 말이 맞아요. 밀크위드는 새끼들을 길러야 하고, 그건 새끼들을 지키기 위해서라면 누구보다도 열심히 싸울 마음가짐이 되어 있다는 뜻이에요."

리프는 발을 꼼지락거렸다.

"밀크위드는 동이 틀 때부터 기침을 계속했어. 그리고 잎 없는 계절의 토끼보다도 더 말랐잖아. 아마 뛰지도 못할걸."

그 말을 들은 밀크위드가 도랑에서 팔짝 뛰어나와, 그 안으로 몸을 숙여 시슬의 목덜미를 물어 올렸다.

어미 고양이에게 물려 올라오면서 시슬은 화가 나서 계속 바동거렸다. 클로버는 제힘으로 허둥지둥 기어 올라왔다.

"우리도 금방 사냥할 수 있어요!"

클로버가 리프를 향해 쉭쉭거렸다.

"언젠가 당신이 늙고 몸이 뻣뻣해져서 우리가 가져다주는 먹이를 고맙게 먹는 날이 반드시 올 거라고요."

썬더는 거침없이 쏘아붙이는 새끼 고양이를 보며 뿌듯한 마음이 들었다.

"가자."

비탈을 펄쩍 뛰어 올라간 썬더는 꼬리를 휘둘러 새끼 고양이들을 불렀다.

"잘 곳을 찾아야지."

리프가 도랑에서 기어 나와 비탈을 성큼성큼 올라갔다.

"그냥 계속 갔어야 하는데."

핑크아이스 옆을 지나치며 리프가 투덜거렸다.

하지만 하얀 수고양이는 그 말을 무시하고 새끼 고양이들을 바라보았다.

"서둘러라, 시슬."

핑크아이스가 격려하듯 꼬리를 흔들었다.

시슬은 늙은 수고양이를 향해 있는 힘껏 달려갔고, 클로버도 그 뒤를 바짝 쫓아갔다.

썬더는 일부러 뒤처져서 밀크위드와 걸음을 맞추며 새끼 고양이들을 뒤따라 비탈을 올라갔다.

"아버지의 생각을 따르는 줄 알았어요."

썬더는 암고양이를 힐끗 곁눈질하며 말했다.

"우리를 받아 준 건 물론 고마워. 하지만 내 새끼들이 먹을 걸 다른 고양이들한테 의지하는 건 싫었어. 나도 사냥하고 싶어."

밀크위드가 대꾸했다.

"그렇게 될 거예요."

썬더는 암고양이에게 약속하고, 추위에 맞서 털을 부풀렸다. 잎 없는 계절을 버틸 만큼 충분한 먹이를 찾는 것이 가장 큰 도전이 될 것이다. 하지만 지금 당장은 진영을 만들 곳부터 찾아야 했다.

둘은 아울아이스와 클라우드스파츠, 라이트닝테일을 따라잡았다. 리프는 이미 단풍나무를 지나쳤고 새끼 고양이들은 핑크아이스를 따라 빠르게 달려갔다.

새끼들을 쫓아 옆으로 빠르게 지나가는 밀크위드를 보고 라이트닝테일이 놀란 듯 눈을 깜박거렸다.

썬더는 친구와 눈을 맞췄다.

"난 오늘 밤 숲에서 혼자 자게 될 줄 알았는데."

"설마!"

라이트닝테일이 가르랑거렸다.

"넌 우릴 벗어날 수 없어."

썬더는 문득 친구에 대한 애정이 솟구치는 걸 느꼈다. 라이트닝테일이 함께 가겠다고 나섰을 때, 얼마나 마음이 놓였는지 모른다. 이제 둘은 나란히 걸으며 함께 비탈을 올라갔다.

밤이 깊어지자 공기가 더 차가워졌다.

"발 아파."

잇따라 또 다른 비탈을 오르기 시작하면서 아울아이스가 투덜거렸다.

머리 위 하늘에 구름이 걷히고 반짝이는 별들이 나타나자 서리 내린 나무가 반짝거렸다. 썬더는 자신들이 얼마나 멀리 왔는지 알 수가 없었다. 숲의 이 부분은 익숙하지 않았다. 풀도 없는 작은 공터 너머로는 길도 찾을 수 없을 만큼 가시덤불이 무성한 나무숲이 이어졌다.

'대체 잠을 어디서 자지?'

공터에는 숨을 곳이 전혀 없었고 가시덤불은 너무 뾰족하고 날카로워서 안으로 비집고 들어갈 수가 없었다.

"썬더!"

앞쪽에서 리프가 외쳤다.

썬더는 지친 새끼 고양이들을 살살 밀어 주는 클라우드스파츠와 밀크위드 옆을 지나쳐 달려갔다.

"조심해!"

가까이 다가온 썬더에게 리프가 경고했다.

"가파른 낭떠러지야."

썬더가 허둥지둥 걸음을 멈추자 발밑에서 모래와 작은 돌멩이가 소나기처럼 쏟아져 내렸다. 이어서 한참 밑에 있는 바위와 땅 위로 모래가 쏟아지는 소리가 들렸다. 리프는 낭떠러지 아래 어둠을 빤히 들여다보고 있었다. 썬더도 리프의 시선을 따라 아래를 내려다보았다. 낭떠러지는 작은 골짜기로 이어졌다. 골짜기 바닥에 웅덩이처럼 고인 달빛이 고사리와 나무로 둘러싸인 공터를 환하게 밝혀 주었다.

리프가 턱을 쳐들었다.

"저기로 내려갈 수 있을까?"

썬더는 낭떠러지를 살폈다. 높이 솟은 벽이지만 뛰어내릴 수 있을 정도로 넓은 바위가 여기저기 튀어나와 있었다.

"조금만 도와주면 새끼 고양이들도 내려갈 수 있을 것 같아요."

썬더가 말했다.

라이트닝테일도 가까이 다가와 골짜기를 내려다보았다.

"저기라면 숨을 곳이 많아 보이네."

썬더는 바로 옆에 넓게 튀어나온 바위로 뛰어내렸다. 다행히 발밑은 단단했다. 마음속에서 흥분이 샘솟았다.

"다른 고양이들한테 서두르라고 전해 줘요."

썬더는 위를 올려다보며 소리쳤다. 이곳에서 오늘 밤을 보내고, 내일 아침에 근처를 살펴봐도 좋을 것 같았다.

'그리고 사냥도 하고.'

사냥할 생각을 하자 배가 꼬르륵거렸다. 골짜기에 덤불이 무성해서 분명 먹잇감이 있을 것이다.

썬더는 앞장서서 넓게 튀어나온 바위 여기저기로 뛰어내리면서, 걸음을 멈출 때마다 다른 고양이들이 잘 따라오는지 확인했다. 얼마 지나지 않아 푹신한 흙바닥에 내려설 수 있었다. 뾰족뾰족한 가시금작화 덤불이 장벽처럼 앞을 가로막고 있었다. 라이트닝테일과 리프가 핑크아이스, 클라우드스파츠, 밀크위드, 그리고 새끼 고양이들을 낭떠러지에서 데리고 내려오는 동안 썬더는 가시금작화 덤불을 따라가며 냄새를 맡았다.

아울아이스가 서툴게 옆으로 뛰어내렸다.

"여기 끝내준다!"

아울아이스의 동그란 눈이 달빛을 받아 반짝거렸다.

"이 가시금작화를 뚫고 들어갈 방법만 찾아낸다면 말이지."

썬더는 중얼거렸다.

"여기야!"

썬더는 고개를 들었다. 아울아이스가 이미 가시덤불 틈새로 비집고 들어가고 있었다. 썬더도 그 뒤를 따라갔다. 날카로운 가시가 등줄기를 마구 긁었지만 꿈틀대며 반대쪽으로 빠져나가 고개를 들었다. 흙이 드러난 공터에는 서리가 내려 반짝거리는 거대한 바위가 우뚝 서 있었고, 그 주위를 빙 둘러 풀이 돋아 있었다. 가시덤불과 고사리 덤불이 공터 가장자리를 에워싸고 있었고, 마치 그 너머에 있는 숲으로부터 공터를 지켜 주듯 나무들이 우뚝 서 있었다.

썬더의 마음속에서 희망이 불타올랐다.

'이곳을 우리의 새로운 보금자리로 삼아도 될까?'

라이트닝테일이 가시금작화 덤불 아래로 비집고 나왔다.

"오늘 밤은 저기서 자면 되겠다!"

라이트닝테일은 무성한 고사리 덤불을 향해 고갯짓을 했다. 그러고는 재빨리 공터를 가로질러 달려가 고사리 줄기를 꾹꾹 밟아 푹 꺼지게 만들었다.

가시금작화 밑을 빠져나온 시슬과 클로버도 라이트닝테일을 향해 달려갔다.

"우리 여기서 자는 거예요?"

클로버가 눈을 동그랗게 뜨고 물었다.

"난 여우가 오는지 아닌지 소리를 들을 수 있게 공터 가장자리에서 잘래요."

시슬이 소리쳤다.

밀크위드도 공터로 들어오고, 클라우드스파츠와 리프, 핑크아이스가 그 뒤를 따랐다.

핑크아이스가 코를 킁킁거리며 공기를 맛보았다.

"다른 고양이 냄새는 안 나네."

늙은 수고양이는 중얼거리듯 덧붙였다.

"클리어스카이가 여길 알까?"

"그러지 않기를 바라야죠."

썬더는 걱정이 되어 몸이 따끔거렸다.

'내일 아침에는 경계 표시를 새로 남기고 사냥 순찰대도 내보내야지.'

축축한 고사리 냄새가 코를 가득 메우자 갑자기 피곤이 몰려오면서 발이 돌덩이처럼 무겁게 느껴졌다.

리프가 공터 안을 빙 둘러보고 나서 지친 듯 털썩 주저앉자, 시슬과 클로버가 반대편에 옹기종기 모여 앉으며 의심스러운 눈길을 보냈다.

밀크위드는 새끼들 옆으로 조용히 걸어가 꼬리로 새끼들을 감싸고 몸을 웅크렸다.

핑크아이스는 공터 가장자리를 킁킁거리며 자리 잡을 곳을 찾았고, 클라우드스파츠는 밀크위드 옆에 웅크리고 앉아 입을 벌려 새 보금자리의 냄새를 맡았다.

"이리 와!"

라이트닝테일이 썬더를 불렀다.

"너 많이 피곤하잖아."

썬더는 고개를 끄덕이고 핑크아이스가 있는 곳으로 갔다. 그리고 하얀 수고양이가 고사리 덤불로 걸어 들어가기를 기다렸다가 라이트닝테일 옆에 자리를 잡았다. 먼 길을 걸은 탓에 발바닥이 아프고 굶어서 배가 홀쭉해졌다. 피곤해서 눈도 따끔거렸다.

"누가 보초를 서야 하는 거 아니야?"

라이트닝테일이 물었다.

"내가 할게."

아울아이스가 나섰다.

"낭떠러지 꼭대기에 앉아서 침입자가 있는지 살펴볼게."

리프가 코를 씰룩거렸다.

"우리 자기 전에 사냥 좀 해야 할 것 같은데."

썬더는 고사리 덤불에 몸을 숨기고 옹기종기 모여 있는 고양이들을 둘러보았다.

"오늘은 사냥도, 보초 서는 것도 안 할 거예요."

썬더는 고양이들에게 말했다.

"여우나 다른 고양이 냄새가 전혀 안 나요. 그러니까 내일 아침까지 푹 자고, 그다음에 사냥을 해요."

어둠 속에서 좋은 생각이라고 중얼거리는 소리가 들려왔다.

동료들은 하나둘 눈을 감았다.

썬더는 밤을 보낼 곳을 찾은 걸 감사하며 공터 너머로 눈길을 던졌다. 옆에서 라이트닝테일은 잠이 들었는지 숨소리가 부드러워졌다. 밀크위드의 품에서 시슬과 클로버도 꼼지락대는 걸 멈췄다. 리프도 눈을 감았고, 클라우드스파츠는 조용히 코를 골기 시작했다.

'이들은 이제 내 고양이들이야.'

그런 생각을 하자 걱정이 배를 쿡쿡 찔렀다.

'내가 이들을 다 보호할 수 있을까?'

썬더는 나뭇가지 사이로 스며드는 햇빛에 눈을 가늘게 뜬 채로 키 큰 떡갈나무를 쳐다보았다. 나무줄기 높은 곳에 넓은 틈이 벌어져 있었다.

'올빼미 둥지인가?'

뿌리 위로 기어 올라간 썬더는 뿌리 사이에 뼛조각과 털이 소복이 쌓여 있는 것을 발견하고 마음이 놓였다. 이 나무에 올빼미가 사는 게 분명했다. 그렇다면 이 숲에는 먹잇감이 풍부할 것이다. 썬더는 그늘진 땅을 걸어가 비탈길을 내려갔다. 책임감에서 벗어나 혼자서 홀가분하게 사냥하려니 기분이 좋았다.

"함께 사냥을 해야 자기가 잡은 먹이를 독차지하고 싶다는 유혹을 떨칠 수 있을 테니까."

클리어스카이의 말이 귓가에 맴돌았다.

'어떻게 아버지는 내가 동료들을 배불리 먹이기 전에 내 배를 먼저 채울 거라고 의심할 수 있지?'

이 골짜기를 발견하고 며칠이 지나는 동안 썬더와 고양이들은 고사리 덤불 사이에 잠자리를 더 많이 만들었다. 이곳에 온 첫날 밤 서리가 내렸고, 그 뒤로도 몇 번이고 서리가 내렸다. 하지만 낮이 되면 바람이 막힌 좁은 공터를 햇볕이 따뜻하게 덥혀 주었다. 다른 집을 찾아 헤매는 건 어리석은 일처럼 보였다. 밀크위드는 눈이 올 때를 대비해 거처에 가시덤불을 엮기 시작했다. 그리고 사냥도 곧잘 해서 리프만큼 많은 먹이를 잡아 왔다. 잡아 온 먹이를 먹이 더미에 내려놓을 때마다 암고양이는 만족스럽게 눈을 빛냈다.

밀크위드가 진영을 나가면 핑크아이스가 새끼들을 돌봤다. 썬더는 이 늙은 수고양이가 새 보금자리에서 편하게 지내는 걸 보면 흐뭇했다. 버치와 올더가 자기 꼬리를 가지고 논다고 화내고 짜증 부리던 핑크아이스가 이렇게 변했다는 게 믿기지 않을 정도였다. 이제 이 늙은 수고양이는 시슬과 클로버가 자기 몸 위로 넘어 다니거나 가까이에서 이끼 공을 가지고 놀아도 전혀 신경 쓰지 않고, 햇볕이 따뜻하게 내리쬐는 공터에 누워 있곤 했다. 그러다 종종 골짜기를 돌아다니기도 하고, 아울아이스와 함께 사냥을 하거나 클라우드스파츠를 도와 약초를 모으기도 했다. 냄새를 잘 맡기 때문에 서리를 피해 숨어 있는 약초도 잘 찾아냈다.

그렇지만 사냥은 여전히 쉽지 않았다. 그 무시무시한 병이 숲 깊숙한 곳까지 휩쓸고 간 게 분명했다. 클리어스카이의 영역에서와 마찬가지로 먹잇감이 눈에 잘 띄지 않는 데다 새끼 고양이들도 있어서 매일 충분한 먹이를 구하기가 힘들었다.

비탈길을 내려가면서 썬더는 걱정으로 털가죽이 따끔거렸다.

'새잎 돋는 계절이 되기 전에 사냥을 많이 하면 숲의 먹잇감이 모조리 사라질 수도 있다는 아버지의 말이 맞는 걸까? 먹잇감이 다 사라져 버리면 어떡하지?'

썬더는 귀를 쫑긋 세웠다. 저 앞에서 물이 졸졸 흐르는 소리가 들렸다. 나무 사이로 반짝이는 강물도 보였다. 문득 목이 마르다는 걸 깨닫고, 혀로 입을 핥다가 둑으로 향했다. 리버리플이 사는 습지와 경계를 이루고 있는 이곳은 강물이 느릿느릿 흘렀다.

둑에 가까이 다가가는데 뭔가가 움직이는 것이 보였다. 썬더는 걸음을 멈췄다. 참새 한 마리가 마가목 뿌리 사이에서 폴짝폴짝 뛰어다니며 낙엽을 부리로 콕콕 찍어 벌레를 찾고 있었다.

썬더는 사냥 자세로 몸을 웅크리고 한 발, 한 발 조심스럽게 앞으로 나아갔다. 낙엽 위로 끌리지 않게 꼬리도 바짝 쳐들었다.

참새가 고개를 들고 벌레를 꿀꺽 삼켰다.

썬더는 꼼짝하지 않고 참새가 다시 부리를 낙엽에 처박을 때까지 기다렸다. 눈을 가늘게 뜨고 앞을 노려보았다. 참새는 고작 꼬리 서너 개 앞에 있었다. 여기서 뛰어들어 덮쳐야 할까?

'그럴 필요 없어.'

참새는 먹이를 찾는 데 정신이 팔려 있었다. 썬더는 서너 걸음

더 앞으로 다가갔다. 참새가 고개를 들고 깃털을 부르르 떨자 썬더는 심장이 빨리 뛰었다. 참새가 뿌리 위에서 폴짝폴짝 뛰더니 위쪽 나뭇가지를 힐끗 쳐다보았다.

'날아가려는구나!'

참새가 작은 날개를 활짝 펴는 순간, 썬더는 높이 뛰어올라 갈색 새가 미처 공중으로 날아오르기 전에 앞발로 탁 내려쳤다.

참새는 땅바닥으로 떨어졌다. 썬더는 재빨리 목을 물어 숨통을 끊었다. 비쩍 말랐지만 이 정도면 새끼 고양이들은 먹일 수 있었다. 썬더는 잡은 먹잇감을 강으로 가져가 강둑 위에 내려놓고 허리를 숙여 물을 마셨다.

그때 뒤에서 낙엽이 바스락대는 소리가 들렸다.

'먹잇감이 또 있나?'

턱에서 물을 뚝뚝 흘리며 뒤로 돌아섰다.

나무숲에서 호박색 눈 두 개가 지켜보고 있었다.

햇빛 때문에 눈을 깜박이면서 썬더는 발톱을 세웠다. 수고양이 냄새가 풍겼다. 공기를 맛보자 서리와 바위 냄새가 났다. 이 고양이는 근처에 사는 고양이가 아니었다. 썬더는 눈을 가늘게 뜨고 검은 고양이의 어두운 형체를 힐끗 보다가, 낯선 고양이의 시선이 참새로 향하자 으르렁거렸다.

"네 먹이는 네가 직접 잡아."

썬더는 경고했다.

"그건 내 먹이였어."

수고양이가 나무 사이에서 걸어 나와 모래 위로 발을 질질 끌며 다가왔다.

썬더는 털이 곤두섰다.

"그게 무슨 뜻이야?"

"내가 뒤쫓고 있던 걸 네가 잡은 거라고."

썬더는 마음이 불편해졌다. 누가 자신을 지켜보고 있다는 것도 알아차리지 못했다. 새로운 영역에서는 좀 더 조심해야겠다는 생각이 들었다.

그런데 이 수고양이는 화가 난 것 같진 않았다. 그때 문득 낯선 고양이의 비쩍 마른 몸에 축 늘어진 털가죽이 눈에 띄었다. 털가죽 밑에 잔가지처럼 삐죽 튀어나온 어깨도 보였다. 수고양이의 눈에 가득한 굶주림을 알아차린 썬더는 죄책감 어린 눈길로 자신이 잡은 참새를 내려다보았다.

"그런 줄 몰랐어."

'내가 잡은 참새를 포기해야 하나? 그러면 시슬과 클로버는 어떡하지? 그 애들도 배가 고플 텐데.'

"넌 어디서 왔어?"

썬더는 고개를 갸웃하며 물었다. 두발쟁이 마을에서 온 고양이인지 궁금했다.

"우린 아주 멀리서 왔어."

수고양이는 이제 둑 위에 놓인 참새를 뻔뻔할 정도로 빤히 보고 있었다. 흐리멍덩한 눈에 희망이 반짝거리는 것 같았다.

'우리?'

썬더는 불편한 마음으로 발을 꼼지락대며 강 옆으로 이어진 숲을 유심히 살폈다.

'날 지켜보던 고양이가 더 있단 말이야?'

"우리는 산에서 왔어."

수고양이가 말했다.

썬더는 호기심이 일었다. 새끼 고양이 시절, 그레이윙이 자신과 다른 몇몇 고양이들이 산에서 이곳까지 여행했다고 말해 준 적이 있었다. 지금 기억나는 대로라면 그건 아주 길고 위험한 여행이었다. 그러니 이 고양이가 이렇게 지쳐 보이는 게 당연했다.

"같이 있는 고양이가 몇이나 되는데?"

"보여 줄게."

수고양이는 다시 나무 그늘로 향했다.

썬더는 머뭇거렸다.

'함정 아니야?'

나무 사이로 수고양이의 털가죽이 그림자처럼 움직였다.

'아닐 거야.'

그들이 공격할 작정이었다면, 강둑에서 공격해서 참새를 빼앗아 갔을 것이다.

썬더는 참새를 입에 물고 수고양이를 뒤따라갔다.

나무 밑으로 다시 들어오자 눈이 어둠에 익숙해지기까지 잠시 시간이 걸렸다. 썬더는 걸음을 멈추고 숲을 찬찬히 둘러보았다. 검은 수고양이는 쓰러진 나무둥치를 뛰어넘어 올빼미가 있는 나무 근처 공터로 가고 있었다.

썬더도 서둘러 수고양이를 쫓아 나무둥치를 뛰어넘어 쪼글쪼글 시든 고사리 덤불 사이로 요리조리 빠져나갔다. 수고양이는 벌써 공터 반대편을 오르고 있었다. 그러다 죽은 지 오래된 너도밤나무 옆에 멈춰 섰다. 나무둥치의 갈라진 틈새로 텅 빈 속이 보였다. 수고양이가 어둠 속에 대고 뭔가를 속삭였다. 썬더가 다가가 보니 어둠 속에서 파란 눈 두 개가 반짝거리며 암고양이 냄새가 풍겼다. 수고양이와 마찬가지로 서리와 돌 냄새가 섞여 있었다.

"누구니?"

암고양이가 속이 빈 나무둥치 속 잠자리에서 밖을 내다보며 물었다.

수고양이는 고개를 숙였다.

"저도 몰라요. 강에서 물을 마시고 있는 걸 발견했어요."

"저 고양이가 그 애들을 안대? 어디 있는지 봤……."

암고양이는 기침을 하기 시작했고, 힘들게 기침을 할 때마다 비쩍 마른 몸이 심하게 흔들렸다.

수고양이가 몸을 숙여 암고양이의 옆구리를 핥아 주며 진정시키려고 애썼다.

고약한 염증 냄새를 맡고 썬더는 조심스럽게 다가갔다.

얼룩덜룩한 점무늬가 있는 회색 암고양이의 털은 지저분하게 엉켜 있었고 수고양이보다도 더 뾰족하게 뼈마디가 튀어나와 있었다. 기침이 잦아들자 바들바들 떨면서 몸을 웅크린 암고양이의 뒷다리에는 시커멓게 변한 상처도 있었다.

썬더는 참새를 내려놓았다.

"다쳤군요."

"별거 아니야."

암고양이가 쉰 목소리로 말했다.

"상처를 치료할 수 있는 고양이를 알아요."

썬더는 말을 하면서 클라우드스파츠를 여기로 데려와야 할지

고민했다.

"저절로 나을 거야."

암고양이가 중얼거렸다.

썬더는 참새를 암고양이에게 밀어 주었다.

"얼마 안 되는 먹이지만 이거라도 먹으면 좀 더 빨리 회복될 거예요."

이 암고양이는 나이가 많았다. 함께 여행한 수고양이보다 훨씬 늙어 보였다. 입가는 희끗희끗하게 세어 있었다.

암고양이가 못 믿겠다는 듯 썬더를 보며 눈을 깜박거렸다.

"네 먹이를 나한테 주겠다는 거야?"

"정확히 말하자면 당신 친구의 먹이예요."

썬더는 암고양이에게 말했다.

"얘가 먼저 발견했거든요."

검은 수고양이는 고맙다는 듯 썬더를 보며 눈을 깜박거렸다.

"어서 드세요, 콰이어트레인."

수고양이가 참새를 암고양이에게 더 가까이 밀어 주었다.

"우리가 여행을 시작한 뒤로 처음 받아 보는 친절이구나."

콰이어트레인이 속삭였다.

썬더는 고개를 숙였다.

"병이 퍼진 뒤로 먹잇감이 부족해졌어요."

"무슨 병?"

콰이어트레인이 파란 눈에 걱정을 가득 담고 고개를 들었다.

"지금은 다 지나갔어요."

썬더는 늙은 암고양이를 안심시켰다.

"하지만 그 병 때문에 잎 없는 계절이 오기 전에 먹잇감이 많이 죽었어요."

콰이어트레인은 동료를 힐끗 쳐다보며 씁쓸하게 말했다.

"선새도와 난 먹잇감이 많은 땅에 왔다고 생각했는데."

"곧 그렇게 될 거예요. 새잎 돋는 계절이 오면 나무숲과 황무지가 다시 살아날 테니까요."

썬더는 장담했다.

수고양이는 굶주린 눈으로 참새를 바라보았다.

"그 '새잎 돋는 계절'이 오려면 얼마나 남았는데?"

비쩍 마른 수고양이를 보자 썬더는 가슴이 아팠다. 그러다 갑자기 호기심이 생겼다.

'늙은 암고양이가 얘를 선새도라고 불렀는데.'

톨새도한테 한때 문새도라는 형제가 있었다. 문새도는 숲에 불이 났을 때 크게 다쳐서 죽었다.

'혹시 이 선새도라는 고양이가 톨새도의 또 다른 형제일 수도 있을까?'

콰이어트레인이 참새의 살점을 한 입 물어뜯었다.

"넌 이름이 뭐니?"

쩝쩝거리며 참새를 먹던 암고양이가 물었다.

"썬더예요."

늙은 암고양이가 자신의 생각을 읽었나, 궁금해하며 썬더는 대답했다.

콰이어트레인은 눈을 가늘게 뜨고 선새도와 눈길을 주고받았다. 그러고는 입에 든 것을 꿀꺽 삼키고 수염에 참새 깃털 하나를 매단 채로 다시 썬더를 돌아보았다.

"혹시 그레이윙이라는 고양이를 만난 적 있니?"

괴로운 듯 꽉 잠긴 목소리로 암고양이가 물었다.

"아니면 재기드피크나 클리어스카이는?"

선새도가 앞으로 몸을 숙였다.

"문새도라는 고양이는 만난 적 없어? 내 아버지야."

썬더는 배가 단단히 뭉쳤다. 이 고양이들은 부족 고양이들이었다! 이들에게 뭐라고 말해야 할까? 이들은 부족 동료들을 만나기 위해 그 먼 길을 온 것이다.

"톨새도는 알아."

썬더는 조심스럽게 말했다.

선새도의 눈이 빛났다.

"톨새도는 내 아버지의 한배 형제야!"

"그럼 그레이윙은?"

콰이어트레인의 눈이 커졌다.

"클리어스카이는? 재기드피크는?"

썬더는 꼬리가 떨렸다.

"그 고양이들을 어떻게 아는데요?"

"내가 걔들 엄마야."

썬더는 어떻게 말을 해야 할지 막막했다. 이 늙은 암고양이에게 아들들이 이젠 형제가 아니라 적이나 다름없이 산다고 어떻게 말해야 할까? 대전투의 기억이 머릿속을 가득 채웠다.

"응?"

콰이어트레인이 기대에 찬 눈으로 썬더를 바라보았다.

"그레이윙과 재기드피크는 이 숲 반대편에서 톨섀도와 함께 살고 있어요."

이들을 소나무 숲으로 데려가면 되겠다고 생각하면서 썬더는 대답했다. 아버지의 진영으로 돌아가고 싶은 마음은 없었기 때문에 클리어스카이에 대해서는 말하지 않았다.

"제가 데려다줄 수 있어요."

콰이어트레인이 눈을 반짝이며 힘겹게 일어섰다.

"그 애들은 잘 있니?"

"네."

"우리 아버지는?"

선섀도가 앞으로 몸을 기울이며 들뜬 목소리로 물었다.

썬더는 수고양이의 눈을 피했다.

"나보다는 톨섀도가 더 많이 알 거야."

썬더는 중얼거리듯 말했다.

"톨섀도의 진영에 가면 모든 걸 알 수 있어."

"당장 가자꾸나!"

콰이어트레인은 비틀거리는 발로 반쯤 먹은 참새를 밟고 일어섰다.

선섀도가 걱정스러운 얼굴로 늙은 암고양이를 바라보았다.

"먼저 좀 쉬셔야 해요."

썬더도 고개를 끄덕였다.

"갈 길이 멀어요. 먼저 이걸 다 드세요. 기운을 차리면 그때 가도 돼요."

298

14
소나무 숲으로

썬더는 다시 먹이를 먹기 시작한 콰이어트레인을 지켜보았다. 걱정이 가슴을 콕콕 찌르는 것 같았다. 한 입, 한 입 먹을 때마다 암고양이는 고통스러워하는 것 같았다. 씹을 때는 귀를 머리에 납작 붙였고, 삼킬 땐 얼굴을 찡그렸다.

'톨새도의 진영까지 갈 수는 있을까?'

소나무 숲은 천둥길 너머에 있었다.

걱정이 마음을 갉아먹는 것 같았다.

'차라리 우리 진영으로 데리고 가는 게 나을까?'

썬더는 선새도의 옆구리를 슬쩍 찔렀다.

"내가 보기엔 가기 전에 먼저 콰이어트레인의 상처를 치료해야 할 것 같아."

썬더는 작은 소리로 말했다. 클라우드스파츠라면 상처를 어떻게 치료해야 하는지 알 것이다.

"하지만 우리 말을 듣지 않을 거야. 아들들이 가까이 있다는 걸 알았으니 말이야."

선새도도 작은 소리로 대답했다.

"하지만 몸이 너무 약하잖아."

"산에서 여기까지 여행도 했거든? 네가 말한 소나무 숲이 그것보다는 멀지 않잖아."

콰이어트레인이 주둥이를 홱 쳐들었다.

"너희 둘, 뭘 그렇게 속닥거리니?"

썬더는 암고양이의 눈을 마주 보았다.

"우선 저희 진영에 가서 쉬면서 클라우드스파츠한테 치료를 받으세요."

산에서 같이 살던 옛 친구의 이름을 들으면 늙은 암고양이가 말을 들을지도 모른다고 생각했지만, 콰이어트레인은 잠시 멈칫하다가 다시 먹이를 먹었다.

"더는 시간을 낭비하고 싶지 않아."

늙은 암고양이는 이 문제에 대해 자신의 생각을 분명히 밝혔다.

썬더는 선셰도와 눈길을 주고받았다.

"말다툼해 봤자 소용없어. 콰이어트레인은 일단 마음을 정하면 절대 안 바꿔."

선셰도가 속삭였다.

썬더는 나무 사이를 바라보았다. 골짜기까지는 그리 멀지 않았다. 진영으로 돌아가 동료들한테 톨셰도의 영역에 다녀오겠다고 알리기라도 해야 할 것 같았다. 이대로 늦게까지 진영에 돌아가지 않으면 동료들이 걱정할 것이다. 썬더는 선셰도에게 고개를 숙이며 말했다.

"내가 잠시 떠날 거라고 동료들한테 알리고 와야 할 것 같아."

수고양이의 눈빛이 의심으로 날카로워졌다.

"걱정하지 마, 꼭 돌아올게."

"혼자서?"

선새도가 눈을 가늘게 뜨고 물었다.

"혼자서."

썬더는 약속했다. 이 고양이들은 긴 여행 때문에 경계심이 커진 것 같았다. 이들이 어떤 끔찍한 일을 겪었는지 누가 알겠는가.

"내 동료들은 지금 사냥하느라 바빠."

썬더는 둘을 안심시키려고 가벼운 투로 말했다.

"금방 돌아올게."

산에서 온 고양이들을 너도밤나무 아래에 남겨 두고서 썬더는 나무 사이로 뛰어들었다. 언 땅을 쿵쿵 밟으며 골짜기로 달려가, 가시덤불을 뚫고 쓰러진 나무를 뛰어넘어 가슴이 아플 때까지 계속 달렸다. 그러다 진영을 향해 가파르게 솟은 바위 비탈에 이르러서야 속도를 늦췄다.

"썬더?"

비탈 꼭대기에 채 다다르기 전에 밀크위드가 부르는 소리에 썬더는 깜짝 놀랐다.

천천히 걸음을 멈추며 무성한 덤불 아래를 살펴보니, 암고양이의 얼룩덜룩한 털가죽이 보였다. 밀크위드는 넓게 자란 괭이밥 덤불 속에서 그를 바라보고 있었다. 추운 날씨에 잎은 모두 오그라들어 있었다.

"사냥하는 중이에요?"

썬더가 묻자 밀크위드는 눈을 굴렸다.

"아니, 그냥 산책 나온 거나 다름없어."

썬더는 수염을 씰룩거렸다. 이제 새끼들한테 안전한 거처도 생기고 자신도 사냥을 할 수 있게 되자, 밀크위드는 다른 고양이들처럼 기운이 넘쳤다. 그동안 굶주림에 시달린 탓에 몸은 여전히 비쩍 말라 있었지만, 눈은 초롱초롱하고 더 이상 기침도 하지 않았다.

"뭐 좀 잡았어요?"

"가시덤불 근처에 생쥐 한 마리 묻어 뒀어."

암고양이는 어깨 너머를 향해 고갯짓을 했다.

"진영으로 돌아가는 길에 파내서 가져가려고. 넌?"

호기심 어린 얼굴로 코를 찡긋거리던 암고양이의 몸이 굳었다.

"너한테서 이상한 냄새가 나."

썬더는 꼬리를 휘저었다.

"산에서 온 고양이 둘을 만났어요. 혈육을 찾고 있대요."

밀크위드가 고개를 갸웃했다.

"혈육이라고?"

"그레이윙, 재기드피크, 톨섀도요."

썬더는 자기 아버지 이름은 입에 올리지 않았다. 왜 그들을 소나무 숲으로 데리고 가는지 설명하고 싶지 않았다.

"그들에게 길을 안내해 주기로 약속했어요."

"네가 왜?"

밀크위드가 눈을 깜박이며 말했다.

"이제 너한테는 돌봐야 할 고양이들이 있잖아."

"이 고양이들은 굶주렸고 그중 하나는 아파요. 그래서 제가 도와줘야 해요."

밀크위드는 부드러운 눈빛으로 바라보다가 고개를 끄덕였다.

"그래야겠네."

"제가 없어도 다들 괜찮겠죠?"

썬더는 하늘을 힐끗 올려다봤다. 해가 떠오르고 있었다. 해 질 녘이 되어서야 돌아올 수 있을 것 같았다.

"얼마나 오래 걸릴 것 같아?"

"오늘 밤까지는 돌아올게요."

썬더는 약속했다.

"너 없이도 사냥은 할 수 있을 거야."

밀크위드가 말했다.

썬더는 미안한 마음에 발을 꼼지락거렸다.

"제가 가야만 해요."

"괜찮아."

밀크위드가 덤불 밖으로 나왔다.

"우리가 널 따라온 건 네가 옳은 일을 한다고 믿었기 때문이야. 그리고 네가 그 고양이들을 돕는다면, 그건 틀림없이 옳은 일일 거야."

썬더는 고마운 마음에 얼룩덜룩한 어미 고양이를 따뜻한 눈길로 바라보았다.

"고마워요."

"얼른 가 봐. 들어 보니 네 도움이 꼭 필요한 것 같은데."

밀크위드가 재촉했다.

썬더가 돌아서는데 뒤에서 암고양이가 소리쳤다.

"오는 길에 먹이를 찾으면 진영으로 가지고 와."

"그럴게요!"

썬더는 꼬리를 흔들며 선새도와 콰이어트레인이 기다리는 곳으로 향했다.

산에서 온 고양이들은 희망으로 눈을 반짝거리며 기다리고 있었다. 선새도는 너도밤나무 앞을 서성거렸고, 콰이어트레인은 속 빈 나무둥치 안에서 밖을 내다보고 있었다.

가까이 다가가자 늙은 암고양이의 거친 숨소리가 들렸다.

"숲을 빙 둘러서 황무지를 가로질러 갈 거야."

썬더는 선새도 옆에 멈춰 서서 말했다. 이렇게 약해진 고양이들이 도랑과 쓰러진 나무를 뛰어넘으며 숲을 통과하는 건 너무 고될 것 같았다.

'그리고 잘못하면 아버지를 만날지도 몰라.'

썬더는 그 생각을 얼른 떨쳐 버렸다.

"따라와요."

산 고양이들을 숨어 있던 나무숲에서 데리고 나와 모래가 깔린 강가로 이끌었다.

얼어붙을 듯 차가운 바람이 강을 휩쓸고 지나가면서 반짝이는 잔물결이 일었다. 썬더의 두툼한 털 속으로 바람이 파고들었다. 콰이어트레인과 선새도를 힐끗 쳐다보자, 발이 물에 닿지 않도록 강에서 떨어져 나란히 걸어오고 있었다.

"추워요?"

콰이어트레인이 썬더를 힐끗 쳐다보았다.

"춥냐고? 겨우 이런 바람에?"

늙은 암고양이가 콧방귀를 뀌었다.

"우리는 산에서 왔어, 잊었니?"

"잊을 리가요."

썬더는 수염을 씰룩거렸다. 콰이어트레인은 다리를 절뚝거리고 이따금 기침이 터져서 멈춰야 했지만, 혀에는 아무 이상 없었다.

말없이 걷는 사이 해는 하늘을 가로지르고 발밑의 모래밭은 자갈밭으로 바뀌었다. 문득 바람을 타고 클리어스카이의 경계 냄새가 풍기자 썬더는 긴장했다. 아버지의 영역을 지나가고 있던 것이다. 불안한 마음으로 숲을 힐끔거리며 나무 사이로 혹시 움직이는 것은 없는지 살폈다. 나뭇가지에서 새까만 찌르레기 한 마리가 지저귀고 있었지만 순찰대는 보이지 않았다. 썬더는 아버지가 고양이들을 진영에 붙잡아 두는 게 다행이라고 생각하며 걸음을 재촉했다.

마침내 숲이 끝나고 골짜기를 향해 굽이진 강이 보였다. 이제 강가와 숲을 뒤로하고 곧장 황무지로 갈 수 있었다.

"너무 빨라!"

콰이어트레인이 쉰 목소리로 껙껙대며 말했다. 뒤를 돌아본 썬더는 그제야 산 고양이들이 한참 뒤처졌다는 것을 깨달았다.

서둘러 뒤로 돌아가 콰이어트레인 옆에 서서 숲으로부터 보호하듯 걸었다. 선새도는 그 반대편에 자리를 잡았다. 클리어스카이의 영역은 빨리 빠져나갈수록 좋았다.

"산에 대해 이야기해 주세요."

썬더는 한쪽 귀를 숲 쪽으로 기울이고서 다정하게 말했다.

"그레이윙과 톨새도를 안다면 이미 많이 들었을 텐데."

콰이어트레인이 대답했다.

"그 애들이 옛날 집에 대해서 말해 주지 않았니?"

"말해 주긴 했죠. 하지만 어떤 게 진짜고 어떤 게 지어낸 얘기인지 모르겠어요."

"그 애들이 뭐라고 했는데?"

콰이어트레인이 물었다.

"눈이 너무 많이 내리고 빠르게 내려서 눈보라에 갇히면 빠져 죽는다고요."

썬더가 대답했다.

"그건 거의 사실이야."

콰이어트레인이 가느다란 꼬리를 홱 튕겼다.

"다 자란 수고양이를 낚아채 가는 독수리 얘기는 들어 봤니? 골짜기가 너무 깊어서 돌이 떨어지면 땅바닥에 닿는 소리도 안 들린다는 얘기는?"

"거기선 뭘 사냥했어요?"

썬더는 그레이윙과 다른 고양이들이 굶주림에 지쳐 황무지로 왔다는 것만 알고 있었다.

"산에도 생쥐와 들쥐가 있어요?"

선새도가 가르랑거렸다.

"생쥐는 어디에나 있어. 그리고 따뜻한 계절에는 좀 낮은 비탈로 내려가서 토끼와 작은 새를 사냥하기도 해."

"그럼 눈이 올 때는 뭘 사냥해?"

산 고양이들이 바위투성이 산에서 어떻게 살아남았는지 썬더는 궁금했다.

"사냥할 수 있는 건 뭐든 다."

선새도가 대답했다.

"샤프투스가 먹다 남긴 사슴 찌꺼기를 발견할 때도 있어."

"샤프투스?"

"아주아주 커다란 고양이야."

선새도가 말했다.

"아주 가끔 나타나지만 독수리보다 훨씬 더 무시무시해."

"왜 그런 곳에서 사는데?"

선새도는 어깨를 으쓱했다.

"우리 집이니까."

썬더는 이해할 수가 없었다.

"하지만 얘길 들어 보면 너무 춥고 먹이도 없는 것 같은데."

"스톤텔러가 그곳을 찾아냈어."

선새도가 설명했다.

썬더는 그레이윙과 클리어스카이가 스톤텔러에 대해 이야기하던 걸 기억해 냈다.

"스톤텔러가 너희 지도자야?"

"지도자보다 더 큰 의미란다."

콰이어트레인이 쉰 목소리로 끼어들었다.

"그분은 나이가 아주 많고, 먼저 죽은 선조 고양이들과 대화를 나눌 수 있어. 그리고 지금 무슨 일이 일어나는지, 앞으로 어떤 일이 일어날지도 우리에게 말해 준단다."

썬더는 그저 눈만 깜박거렸다. 아무래도 이들은 정말 이상한 고양이들 같았다.

선새도가 다시 말을 이었다.

"아주 옛날 스톤텔러는 먼 곳에서 왔는데, 가장 먼저 반겨 준 곳이 바로 산이었대."

'반겨 줬다고?'

이해할 수 없었지만 썬더는 아무 말도 하지 않았다. 만약 이 고양이들이 독수리와 샤프투스가 득실대는 눈 덮인 산이 자신들을 반겼다고 여긴다면, 생각보다 훨씬 더 이상한 고양이들일 것이다.

발밑에서 조약돌이 달그락거렸다. 강이 골짜기 쪽으로 굽이쳐 흐르면서, 강변이 넓어지고 숲이 줄어들었다. 낭떠러지 사이로 쏟아져 내리는 희미한 물소리를 들을 수 있었다. 황무지에서 리버리플의 습지로 건너가는 징검다리도 보였다.

황무지를 향해 올라가다 보니 자갈밭은 어느새 풀밭으로 변했다. 수염 사이로 불어오는 바람에 헤더 냄새가 섞여 있었다. 잠깐이지만 추억이 밀려왔다. 여기서 라이트닝테일과 사냥을 하면서, 친구가 몰고 오는 토끼를 잡으려고 바람에 흔들리는 풀 사이로 잽싸게 방향을 바꾸곤 했다. 그러다 보면 호크스웝이 진영으로 돌아오라고 불렀다. 에이콘퍼는 자기만 두고 갔다고 투덜거리며 분지 입구에서 서성거렸다…….

"썬더!"

익숙한 목소리에 썬더는 화들짝 놀라며 현실로 돌아왔다.

고개를 돌리자 리버리플의 은색 털가죽이 뒤쪽 강가에서 나타났다.

"누구야?"

선새도의 등줄기를 따라 털이 곤두섰다. 콰이어트레인은 귀를 머리에 납작 붙였다.

308

"걱정하지 마. 친구야."

썬더는 꼬리를 휘둘러 강 고양이를 불렀다.

리버리플은 강가를 벗어나 비탈진 풀밭을 서둘러 올라왔다. 그리고 서서히 걸음을 늦추다가 서너 걸음 떨어진 곳에 멈춰 서며 콰이어트레인과 선새도를 차례로 보았다.

콰이어트레인의 눈이 가늘어졌다.

"물 냄새가 나는데."

늙은 암고양이가 쉭쉭거렸다.

리버리플이 고개를 꾸벅 숙여 인사했다.

"저는 강가에 살아요."

콰이어트레인이 코를 찡그렸다.

"세상에, 고양이가 물가에 산다고?"

"물고기가 아주 잘 잡혀요."

리버리플이 늙은 암고양이에게 말했다.

콰이어트레인은 리버리플의 매끈하고 통통한 옆구리로 시선을 옮겼다.

"물고기를 잡는단 말이야?"

늙은 암고양이는 숨을 헐떡였다.

"어떻게?"

"전 헤엄칠 줄 알거든요."

콰이어트레인은 눈이 휘둥그레져서 선새도를 돌아보았다.

"대체 우리가 어디에 온 거니?"

"다른 곳과 똑같은 곳이에요."

리버리플이 예의 바르게 말했다. 그리고 썬더를 돌아보며 물

309

었다.

"어디 가는 거야?"

"소나무 숲으로 가요."

썬더는 저 멀리 지평선을 향해 고갯짓을 했다.

"왜 황무지를 가로질러 가는데? 곧장 숲을 통과해서 갈 수도 있었잖아."

리버리플이 옆으로 다가오며 물었다.

콰이어트레인이 눈을 가늘게 뜨고 썬더를 바라보았다.

"그게 사실이야?"

썬더는 몸이 굳었다. 리버리플은 자신이 클리어스카이를 떠나 새 진영을 만들었다는 걸 모른다. 그리고 지금은 그 이유를 설명하고 싶지도 않았다. 이런 사실이 밝혀지면 콰이어트레인은 클리어스카이에게 데려다 달라고 요구할지도 모른다.

"선새도와 콰이어트레인은 산에서 여기까지 여행하느라 많이 지쳤어요. 그래서 황무지를 건너는 게 더 안전하고 편할 거라고 생각했어요."

리버리플이 흥미롭다는 듯 눈을 반짝거렸다.

"산에서 왔어요?"

"우린 혈육을 찾으러 왔어요."

선새도가 대답했다.

"그래서 지금 톨새도의 진영으로 데려가는 중이에요."

썬더는 재빨리 끼어들었다. 그러고 나서 선새도를 향해 고개를 끄덕이며 덧붙였다.

"이쪽은 문새도의 아들이에요."

리버리플이 고개를 숙였다.

"문새도는 아주 훌륭한 고양이였어."

그 말을 들은 선새도의 몸이 굳었다.

"훌륭한 고양이……였다고요?"

리버리플이 썬더를 바라보았다.

"아직 말 안 해 줬구나."

썬더는 턱을 쳐들고 엄숙한 얼굴로 선새도를 바라보았다.

"문새도는 죽었어. 숲에 불이 났을 때 친구들을 구하다가 용감하게 죽었어."

선새도가 비틀거렸다.

"아버지!"

콰이어트레인이 얼른 몸을 숙여 앙상한 어깨로 선새도의 어깨를 받쳤다.

"그들이 위험을 무릅쓰고 산을 떠났다는 건 우리 모두 알고 있었잖니."

"하지만 난 아버지를 만나고 싶었단 말이에요."

선새도의 목소리엔 슬픔이 가득했다.

썬더는 털가죽이 화끈거리는 걸 느끼며 땅을 내려다보았다.

"진작 말했어야 하는데, 미안해."

"다른 고양이들은 어떻게 됐니?"

콰이어트레인이 긴장한 목소리로 물었다.

썬더는 애써 풀밭에서 시선을 들었다. 심장이 쿵쾅거렸다.

'어떻게 말을 해야 하지?'

너무 많은 고양이들이 죽었다. 지금은 그런 슬픔을 알릴 때가 아니었다. 아직 황무지를 한참 더 가로질러 가야 했다.

"그레이윙과 재기드피크는 잘 있어요."

늙은 암고양이에게 다정하게 말했다. 그러고는 작은 소리로 덧붙였다.

"클리어스카이도요."

리버리플이 썬더를 스쳐 지나가 콰이어트레인을 마주 보았다.

"할 얘기가 아주 많아요. 하지만 여기서 할 얘기는 아닌 것 같아요. 저희가 톨섀도의 진영으로 안내할 테니까, 거기서 좀 쉬세요."

리버리플은 썬더와 눈을 맞췄다.

"나도 같이 갈게."

썬더는 마음이 놓였다. 리버리플은 이 고양이들이 진실을 듣는 것보다 쉬는 게 더 필요하다는 것을 이해해 주었다. 은색 수고양이가 앞으로 걸어가자 산 고양이들도 말없이 뒤따라갔다. 선섀도는 꼬리를 질질 끌고 있었고, 콰이어트레인은 비탈이 가팔라지자 쌕쌕거리며 숨을 내쉬었다.

리버리플이 걸음을 늦추며 어깨로 늙은 암고양이의 어깨를 부축했다.

"꼭대기에 거의 다 왔어요."

선섀도가 썬더 옆으로 다가왔다.

"우리 아버지는 언제 돌아가셨어?"

"여러 달 전에."

썬더는 앞만 바라보며 대답했다. 수고양이의 슬픔을 위로해 주고 싶었지만, 어떻게 해야 좋을지 알 수가 없었다.

"넌 우리 아버지를 잘 알아?"

"그때 난 너무 어렸어."

"그래도 톨섀도와 그레이윙은 알잖아."

썬더는 마음이 불편해서 털가죽이 따끔거렸다.

"그건 그래."

콰이어트레인이 힐끗 돌아보았다.

"재기드피크와 클리어스카이는 어때? 그 애들에 대해서도 잘 아니?"

"그런 편이에요."

썬더는 목이 콱 막혔다.

"제가 클리어스카이의 아들이거든요."

콰이어트레인이 걸음을 멈추고 썬더를 바라보았다.

"클리어스카이의 아들이라니!"

늙은 암고양이의 눈에 기쁨이 가득 차올랐다.

"그 애는 어디 있니? 브라이트스트림은?"

썬더는 어리둥절한 얼굴로 늙은 암고양이를 바라보았다.

"브라이트스트림이 누군데요?"

"네 어머니 말이야!"

콰이어트레인이 소리쳤다.

"클리어스카이와 브라이트스트림은 서로 짝이 될 운명이었어."

"브라이트스트림은 산에서 내려오는 길에 죽었어요."

썬더의 입에서 그 말이 불쑥 튀어나왔다.

콰이어트레인의 눈빛이 어두워졌다.

"그 애도 죽었다고?"

"독수리한테 잡혀갔다고 들었어요."

썬더는 중얼중얼 대답했다. 발톱이 심장을 꽉 움켜쥐는 것처럼 가슴이 아팠다.

"산을 떠나서도 산 고양이의 운명을 피하지 못했다니!"

콰이어트레인의 목소리에서 분노가 느껴졌다.

"그러면 네 엄마는 누구니?"

늙은 암고양이가 뜨거운 시선으로 썬더를 바라보았다.

"스톰이에요."

썬더는 조용히 대답했다.

"그 아이가 클리어스카이의 짝이니?"

"그랬었죠."

"그랬었다고?"

콰이어트레인은 믿을 수 없다는 표정을 지었다.

"그 애도 죽은 거야?"

썬더는 고개만 끄덕거렸다.

"우리가 대체 여길 왜 온 거지?"

콰이어트레인은 리버리플에게서 물러나 선새도 옆으로 절뚝거리며 다가갔다.

"여긴 고양이들이 죽으러 오는 곳이야!"

"모든 고양이가 죽은 건 아니에요."

털을 잡아당기는 황무지의 거센 바람에 실려 리버리플의 온화한 목소리가 흘러왔다.

"여긴 먹이도 풍부하고, 초록잎 우거진 계절은 길고 따뜻해요."

썬더는 가르랑거리며 그 말에 동의했다.

"그레이윙과 재기드피크는 이곳을 정말 좋아해요. 그리고 재기드피크한테도 아이들이 있어요."

콰이어트레인이 고개를 번쩍 들었다.

"아이들이라고?"

"스톰펠트, 듀노즈, 이글페더예요."

썬더는 늙은 암고양이에게 좋은 소식을 전해 줄 수 있어서 마음이 놓였다.

콰이어트레인이 만족스럽게 가르랑거렸다.

"좋아, 아주 튼튼한 이름들이구나."

"호크스웁도 새끼를 낳았어요."

리버리플이 늙은 암고양이를 살며시 앞으로 밀며 말했다.

"그 애들에 대해 이야기해 드릴게요."

썬더는 편안하게 수다를 떨며 늙은 암고양이를 데리고 황무지를 건너는 강 고양이가 무척 고마웠다.

그들은 이제 나무 네 그루가 있는 분지를 지나쳐 천둥길로 이어지는 비탈길을 걷고 있었다. 그 너머에는 소나무들이 마치 창백한 하늘을 찌르는 거대한 검은 벽처럼 서 있었다.

썬더는 천둥길 옆 풀밭에 멈춰 서서 곧게 뻗은 검은 길을 바라보았다. 괴물 소리는 들리지 않았지만 공기 중에 떠도는 고약한 악취가 방금 괴물이 지나갔다는 걸 알려 주었다.

"여긴 아주 조심해서 건너야 해."

썬더는 선새도에게 말했다.

리버리플 옆에 서 있던 콰이어트레인이 콧방귀를 뀌었다.

"넌 우리가 여기까지 여행하면서 이 냄새나는 길을 하나도 못 봤을 거라고 생각하니?"

썬더는 늙은 암고양이가 선새도와 함께 천둥길 옆으로 다가갈 수 있도록 자리를 내주었다. 암고양이는 길 양쪽을 번갈아 힐끗 쳐다보더니 생쥐처럼 쪼르르 가로질러 건넜다. 선새도도 곧바로 뒤를 쫓아 성큼성큼 달려갔다.

썬더는 리버리플 옆으로 다가갔다.

"산 고양이들은 모두 저 둘처럼 까칠할까요?"

리버리플이 가르랑거렸다.

"아마 긴 여행 때문에 지쳐서 그럴 거야."

리버리플도 천둥길 양쪽을 힐끗 살피고는 앞으로 쏜살같이 달려갔다. 괴물이 없다는 사실에 기뻐하며 썬더도 그 뒤를 쫓아갔다.

선새도와 콰이어트레인은 소나무 옆에서 그 너머에 드리워진 그림자를 보며 기다리고 있었다.

"어느 쪽이야?"

선새도가 물었다.

"나도 잘 몰라."

썬더는 기대에 찬 눈빛으로 리버리플을 바라보았다.

"여기 와 본 적 있죠?"

리버리플이 고개를 저었다.

"슬레이트만 와 봤어. 슬레이트 말로는 톨새도가 소나무 숲 아주 깊은 곳에 진영을 만들었다던데."

썬더는 곧게 뻗은 거무스름한 나무 사이로 빽빽이 들어찬 가시덤불을 바라보았다.

"찾기 힘들겠는데."

리버리플이 그림자 속으로 걸어 들어갔다.

316

"그래도 찾을 수 있을 거야."

강 고양이가 장담했다.

"그들 냄새를 알 거 아니야."

콰이어트레인이 코를 킁킁대며 말했다.

"냄새를 맡아 봐! 산에서는 새끼 고양이들도 눈 속에서 생쥐를 찾아낼 줄 알아!"

"소나무 숲에서 냄새를 찾는 건 눈 속에서 냄새 찾는 것보다 훨씬 힘들거든요."

썬더는 투덜거리듯 말했다. 톡 쏘는 소나무 수액 냄새가 주위를 가득 메우고 있었다. 썬더는 옛 진영 동료들의 익숙한 냄새를 찾으려고 입을 벌렸다.

'제발 진영을 빨리 찾을 수 있게 해 주세요.'

콰이어트레인은 지쳐서 눈에 생기를 잃었고, 점점 더 심하게 절뚝거렸다. 얼른 쉬어야 할 것 같았다.

"가요."

리버리플이 산 고양이들을 부르며 썩은 통나무 사이로 이끌었다. 썬더는 털가죽을 찌르는 불안감을 느끼며 소나무 숲 안쪽으로 걸어 들어갔다. 산에서 온 옛 친구들을 만나면 톨새도는 뭐라고 할까? 또 콰이어트레인의 아들들 사이에 벌어진 갈등에 대해서는 어떻게 설명할까? 한때 부족 동료였던 많은 고양이들의 죽음에 대해서는?

15

기쁘지만은 않은 재회

썬더는 콰이어트레인이 숨을 고를 수 있도록 공터 가장자리에서 걸음을 멈췄다. 그리고 가시덤불 사이를 들여다보다가 안도의 한숨을 내쉬었다. 덤불 속에서 톨섀도가 홀리에게 뭐라고 말하는 소리가 들렸기 때문이다.

'드디어 진영을 찾았어!'

검은 암고양이는 꼬리로 먹이 더미를 가리켰다. 생쥐 두 마리와 비쩍 마른 찌르레기만으로는 무리의 고양이들 모두를 먹일 수 없을 게 분명했다. 썬더는 안타까운 마음이 들었다. 모든 무리가 배불리 먹지 못하고 있었다.

그때 홀리 옆에 있는 거처로 눈길이 갔다. 가시나무 줄기를 엮어 만든 넓고 커다란 굴에는 높고 둥근 지붕이 있었다.

'정말 기발하게 만들었네.'

썬더는 감탄했다.

'우리 진영에도 이것과 비슷한 거처를 만들 수 있을까?'

가만히 지켜보고 있자니 털가죽에 온기가 퍼지는 느낌이었다. 톨섀도가 이끄는 고양이들은 새로운 진영을 진짜 '집'으로 만들었다. 머리 위가 뻥 뚫린 황무지 분지보다는 소나무가 하늘을 가려 주는 이곳이 훨씬 더 안전하고 아늑해 보였다.

'이들이 할 수 있다면 나도 할 수 있어.'

썬더는 콰이어트레인을 향해 돌아서며 속삭이듯 물었다.

"계속 갈 수 있겠어요?"

"당연히 갈 수 있지."

늙은 암고양이가 쉭쉭거리며 대답했다.

썬더가 다른 고양이들을 이끌고 진영으로 들어서자 가시덤불이 바스락거리는 소리를 냈다.

"썬더!"

서둘러 달려와 맞이하던 톨섀도가 콰이어트레인과 선섀도의 낯선 냄새에 코를 씰룩거렸다. 톨섀도가 어리둥절한 얼굴로 낯선 고양이들을 바라보는 사이 머드포스와 마우스이어가 불안한 듯 털을 곤두세운 채 뒤에서 나타났다.

홀리도 지도자 옆으로 다가갔다.

"이 고양이들은 누구지?"

썬더가 미처 대답하기도 전에 콰이어트레인이 앞으로 걸어가 톨섀도와 시선을 맞췄다. 뼈가 앙상한 몸에 얼룩덜룩한 털가죽이 축 늘어져 있었지만, 늙은 암고양이는 당당한 태도로 검은 암고양이 앞에 섰다. 톨섀도도 그 당당함을 알아차리고 불안한 듯 눈을 가늘게 떴다. 톨섀도를 바라보는 콰이어트레인의 시선은…… 친근했다.

갑자기 톨섀도의 눈이 휘둥그레졌다.

"날 못 알아보겠니?"

콰이어트레인이 감정에 북받친 목소리로 물었다.

몸을 앞으로 기울여 냄새를 맡던 톨새도가 흥분한 듯 털을 바짝 곤두세웠다.

"콰이어트레인? 맞아요?"

홀리가 옆에서 몸을 들썩였다.

"이 고양이를 알아?"

콰이어트레인의 가슴 깊숙한 곳에서 그르렁거리는 소리가 흘러나왔다.

"아주 잘 알지."

늙은 암고양이가 주둥이를 들어 올리자, 톨새도가 달려가 몸을 스치며 주위를 맴돌았다. 톨새도의 눈길이 또 다른 고양이에게로 향하면서 썬더는 온몸을 휘감는 안도감을 느꼈다.

"넌 문새도의 아이구나! 너무 많이 닮았어. 넌⋯⋯."

톨새도는 고통스러운 마음을 참아 내려는 듯 눈을 질끈 감았다. 한배 형제를 잃은 슬픔이 아직 남아 있는 게 분명했지만, 슬픔을 떨쳐 내려는 듯 고개를 흔들었다. 톨새도의 얼굴에는 형제의 아들을 만난 기쁨이 가득했다.

선새도는 진지한 표정으로 고개를 끄덕였다.

톨새도는 얼어붙은 듯 꼼짝도 하지 못했다. 썬더는 몸을 숙여 귓속말을 했다.

"이들도 문새도와 브라이트스트림의 일은 알고 있어요. 하지만 옛 부족 동료들에 대해 다른 건 말 못 했어요."

콰이어트레인이 희망이 가득 담긴 눈으로 진영을 둘러보았다.

"그레이윙은 어디 있니?"

톨새도는 대답을 못 하고 머뭇거렸다.

"뭐가 잘못된 거야?"

콰이어트레인이 고개를 홱 돌려 비난하는 눈빛으로 리버리플을 바라보았다.

"그래서 여기 오는 내내 까치처럼 조잘조잘 떠들어 댄 거야? 우리한테 더 많은 슬픔을 숨기고 있는 거니?"

리버리플은 차분하게 늙은 암고양이를 마주 보았지만 아무 말도 하지 않았다.

톨새도가 발톱으로 땅을 움켜잡았다.

"그레이윙은 지금 여기 없어요."

암고양이는 썬더에게로 눈길을 돌렸다.

"그레이윙 못 봤니?"

썬더는 톨새도를 보며 얼굴을 찡그렸다.

"제가 어떻게 봐요? 그레이윙은 이제 여기 살잖아요."

홀리가 귀를 움찔거렸다.

"며칠 전에 진영을 떠났어."

"그 아이가 사라진 거야?"

콰이어트레인이 썬더를 보며 눈을 깜박거렸다.

"여기 있을 거라고 했잖아!"

늙은 암고양이는 다시 공터를 샅샅이 훑어보았다.

"클리어스카이와 재기드피크도 없어진 거야?"

선새도의 등줄기를 따라 털이 곤두섰다.

"우리한테 또 뭘 숨기고 있는 거예요?"

톨새도는 절박한 얼굴로 썬더를 바라보았다. 선새도의 앙상한 옆구리가 파르르 떨렸고, 콰이어트레인은 늙고 연약한 다리로 비틀거렸다.

썬더는 꼬리를 축 늘어뜨렸다.

'난 이들에게 더 큰 슬픔만 안겨 준 셈이 돼 버렸어.'

그때 누군가가 다가오는 소리가 들렸다.

"염증 냄새가 나요."

페블하트가 공터를 가로질러 달려오더니 콰이어트레인 옆에 멈춰 서서 털가죽에 코를 대고 킁킁거리기 시작했다.

늙은 암고양이는 움찔하며 뒤로 물러섰다.

"얘는 누구니?"

"페블하트예요. 상처를 치료할 수 있어요."

톨새도가 대답했다.

"전 도움이 될 만한 약초를 알고 있어요."

페블하트가 차분하게 말했다. 다시 한 번 콰이어트레인의 냄새를 맡던 어린 수고양이는 시커멓게 변한 늙은 암고양이의 뒷다리 상처에서 동작을 멈췄다.

"상처는 이거 하나뿐이에요?"

콰이어트레인은 콧방귀를 뀌었다.

"상처라고 부를 만한 건 이거 하나뿐이지."

"이 상처는 찜질약이 필요해요."

페블하트가 말했다.

"제가 만들어 드릴게요. 그동안 좀 쉬세요. 먹이도 좀 드시고요. 염증을 이겨 내려면 힘이 필요해요. 아주 깊이 파고들었단 말이에요."

322

페블하트는 먹이 더미를 향해 고개를 끄덕이고는 서둘러 자기 거처로 향했다.

콰이어트레인은 떠나는 어린 고양이를 지켜보았다.

"적어도 정직한 고양이가 하나는 있네."

"우리 모두 정직해요!"

톨섀도가 발끈하며 콰이어트레인의 눈을 마주 보았다.

"페블하트 말이 맞아요. 일단 좀 쉬어야 해요. 알아야 할 게 많지만, 지금은 당장이라도 쓰러질 것 같은 얼굴을 하고 있으니 아무 말도 해 줄 수가 없어요."

썬더는 늙은 암고양이가 톨섀도의 무뚝뚝한 태도에 어떤 반응을 보일지 걱정이 됐다. 그런데 예상 외로 콰이어트레인의 목에서는 가르랑거리는 소리가 흘러나왔다.

"넌 네 아버지와 성질이 똑같구나."

"저도 클리어스카이가 누굴 닮았는지 이제 알겠네요."

그렇게 말하고서 톨섀도는 페블하트의 거처로 향했다.

"저를 따라오세요."

썬더는 혹시라도 늙은 암고양이가 지쳐 쓰러질까 봐 걱정이 돼서 콰이어트레인 옆에 바싹 붙어 걸어갔다.

콰이어트레인이 코를 킁킁거렸다.

"수액 냄새가 나는데!"

톨섀도가 거처 입구에서 걸음을 멈췄다.

"페블하트가 상처를 치료할 약초를 섞고 있어요."

말을 하는 사이 페블하트가 반으로 접힌 잎사귀를 입에 물고 거처 밖으로 미끄러져 나왔다. 그리고 그걸 콰이어트레인 옆에 내려놓았다.

"누워 보세요."

콰이어트레인은 경계하는 눈빛으로 힐끗 쳐다봤지만 곧 지시에 따라 조심스럽게 땅바닥에 몸을 눕혔다. 늙은 암고양이는 그제야 마음이 놓이는지 표정이 부드러워졌다.

페블하트는 발로 잎사귀를 펼쳐 그 안에 든 걸쭉한 녹색 즙을 혀에 묻혀 콰이어트레인의 상처를 핥기 시작했다.

늙은 암고양이는 얼굴을 찡그렸지만 아무 소리도 내지 않았다.

"나을까?"

선새도가 몸을 앞으로 숙이고 물었다.

"시간이 걸릴 거야."

페블하트가 상처를 핥는 사이사이에 대답했다.

톨새도가 꼬리를 휙 튕겨서 머드포스와 마우스이어를 불렀다.

"먹이가 더 필요해."

마우스이어가 고개를 끄덕였다.

"우리가 사냥할게."

"오늘 아침에 우리 둘이 나갔을 때 너도밤나무 열매가 잔뜩 쌓여 있는 걸 봤어. 열매가 있는 곳에는 다람쥐가 있기 마련이지."

머드포스가 말했다.

두 수고양이는 공터를 가로질러 리버리플을 스치듯 지나 진영을 나갔다.

톨새도는 콰이어트레인과 페블하트에게서 한 걸음 물러나 썬더 옆으로 다가왔다.

"여기로 데려와 줘서 고마워."

썬더는 어깨를 으쓱했다.

"콰이어트레인이 톨새도와 그레이윙을 보고 싶어 했어요."

톨새도의 수염이 걱정으로 씰룩거렸다.

"그레이윙을 만나거든 제발 집으로 돌아가라고 전해 줘."

"그럴게요."

썬더는 고개를 꾸벅 숙여 인사했다.

리버리플이 초조하게 발을 꼼지락거리는 모습이 눈가에 얼핏 보였다.

"난 얼른 섬으로 돌아가야 해. 다른 고양이들이 내가 어디 있는지 걱정할 거야."

톨새도의 초록색 눈이 희망으로 밝게 빛났다.

"대플드펠트와 섀터드아이스를 네 무리에 받아들였어?"

"당연하지."

은색 수고양이가 가르랑거리며 대답했다.

"그들은 환영받았고 이제 잘 적응했어. 나이트와 듀가 대플드펠트한테 헤엄치는 법도 가르쳐 줬어."

썬더는 생각만 해도 몸이 부르르 떨렸다.

"대플드펠트는 어제 처음으로 물고기를 잡았어. 산에서 태어나긴 했지만 물속에서는 수달처럼 움직인다니까."

"방금 대플드펠트라고 했니?"

콰이어트레인의 쉰 목소리가 공터를 가로질러 날아왔다.

"대플드펠트와 섀터드아이스는 이제 리버리플과 같이 살아요."

톨새도가 큰 소리로 대답했다.

"산 고양이들이 물가에 산다고?"

콰이어트레인은 눈을 깜박거렸다. 그러는 동안에도 페블하트는 늙은 암고양이의 상처를 계속 핥아 주고 있었다.

"잊었나 본데, 우린 폭포 뒤에서 자랐거든요."

톨섀도가 아련한 눈빛을 하고 옛 추억을 떠올리는 모습을 썬더는 지켜보았다.

"아마 대플드펠트는 잠들 때마다 들리던 폭포 소리가 그리웠나 봐요."

썬더는 갑자기 마음이 무거워졌다. 수많은 고양이들이 자신이 태어나기 훨씬 전부터 수많은 선택을 해 왔다. 그리고 그들이 새로운 선택을 할 때마다, 무리와 진영에 변화가 생겼다. 그것도 아주 큰 변화가. 그래서 경계가 바뀌기도 하고, 누군가는 죽기도 했다. 모든 선택이 옳은 것은 아니었다. 콰이어트레인은 이곳에서 벌어진 싸움들을 다 이해할 수 있을까? 수많은 부족 동료들이 묻혀 있는 나무 네 그루 옆 무덤을 본다면 어떤 기분이 들까?

리버리플이 돌아섰다.

"난 가야 해."

"저도 가야 해요."

썬더는 톨섀도를 힐끗 쳐다보았다.

"저들을 돌볼 수 있겠어요? 먹이는 충분해요?"

"먹이는 얼마든지 찾을 수 있어."

톨섀도가 약속했다.

"우리는 소나무 숲에서 사냥하기 좋은 장소를 빠르게 찾아내고 있어. 그리고 조용한 숲에서는 먹잇감이 내는 소리를 쉽게 들을 수 있지. 먹잇감의 수가 적을지는 모르지만, 우리는 솜씨 좋은 사낭꾼들이니까 괜찮아."

리버리플은 정중하게 고개를 끄덕인 뒤 입구를 향해 걸어갔다.

썬더도 따라가려고 돌아서는데, 콰이어트레인이 공터 건너편에서 부르는 소리가 들렸다. 썬더는 걸음을 멈췄다.

"가지 마, 썬더! 클리어스카이에 대해 좀 더 이야기해 줘. 새 짝은 만났니?"

썬더는 멈칫했다. 갑자기 발이 진흙탕에 빠진 것 같은 느낌이 들었다.

"가지 마."

톨새도가 속삭였다.

"클리어스카이가 잘 있다고 콰이어트레인이 안심할 때까지만이라도 여기 있어 줘."

썬더는 뭐라고 대답해야 좋을지 몰라서 톨새도를 바라보았다. 그런데 미처 말을 꺼내기도 전에 가시덤불 장벽이 흔들리더니 재기드피크가 진영으로 들어왔다.

홀리가 서둘러 다가가 짝을 맞이했다.

"어서 와!"

콰이어트레인이 페블하트를 밀어내고 힘겹게 몸을 일으켰다.

"내 아들!"

재기드피크는 눈이 휘둥그레지면서 그 자리에 멈춰 섰다.

"어머니?"

기뻐서 눈이 환해진 재기드피크가 서둘러 어머니 곁으로 달려왔다.

콰이어트레인의 시선이 땅에 질질 끌리는 아들의 다친 다리로

327

향했다.

"어떻게 된 거니?"

늙은 암고양이가 숨을 헐떡이며 물었다.

"오래전에 다쳤어요."

재기드피크는 걸음을 멈췄다.

"나무에서 떨어졌어요. 별일 아니에요."

콰이어트레인은 실망해서 뿌옇게 흐려진 눈으로 아들을 바라보았다.

"다리를 절잖아!"

재기드피크의 몸이 뻣뻣해지면서 등줄기를 따라 털이 물결치듯 꿈틀거렸다. 썬더는 두려워서 발이 얼어붙었다. 재기드피크는 다른 고양이들이 자신을 약한 존재로 취급하는 것을 끔찍하게 싫어했다. 그레이윙한테 했던 것처럼 자기 어머니한테도 화를 낼까?

홀리가 으르렁거렸다.

"약간 절뚝거리는 것뿐이에요."

홀리가 콰이어트레인을 향해 매섭게 말했다.

"그게 다예요. 다른 고양이들처럼 사냥도 할 줄 알고, 생각도 할 줄 알고……."

흥분해서 야옹거리는 소리가 암고양이의 말을 끊었다. 듀노즈가 들쥐 한 마리를 질질 끌고 진영으로 달려 들어오고, 스톰펠트와 이글페더가 그 옆에 바짝 붙어 따라왔다.

"이번엔 내 차례란 말이야!"

이글페더가 투덜거렸다.

재기드피크가 엄한 눈으로 어린 고양이들을 돌아보았다.

"얌전히 굴어! 아빠의 어머니가 산에서 오셨어."

듀노즈가 들쥐를 내려놓고 후줄근한 꼴을 한 늙은 암고양이를 바라보았다.

"저 고양이가 아빠의 엄마라고요?"

스톰펠트는 곧장 홀리에게 달려가 배 밑으로 숨었다.

"저 고양이한테서 이상한 냄새 나요."

이글페더가 코를 씰룩거리며 콰이어트레인에게 다가갔다.

"여긴 왜 온 거예요?"

콰이어트레인이 털을 곤두세우며 재기드피크를 노려보았다.

"이 부드러운 땅에서는 새끼들을 이렇게 가르치니? 나라면 이렇게 버릇없이 굴게 놔두진 않았어."

홀리의 눈이 분노로 번뜩였다.

"그래서 아들들이 다 떠났나 보네요."

콰이어트레인이 홀리를 노려보았다.

"감히 그런 말을 해?"

재기드피크가 둘 사이로 황급히 끼어들었다.

"이 애들이 좀 까불기는 해요. 그렇지만 착한 애들이고, 언젠가는 훌륭한 사냥꾼이 될 거예요."

콰이어트레인은 아들의 말을 무시하고 썬더에게로 돌아섰다.

"내 다른 아들들을 보고 싶구나. 클리어스카이는 어디 있니?"

썬더는 시선을 떨궜다.

"숲에 있어요."

콰이어트레인의 눈이 휘둥그레졌다.

"우리가 널 만난 게 숲이었잖아. 그런데 왜 우리를 여기로 데리고 온 거니?"

"기운을 좀 차리면 데려갈 생각이었어요."

썬더는 웅얼웅얼 말했다.

콰이어트레인은 톨섀도에게로 눈길을 홱 돌렸다.

"그레이윙은 어떻게 된 거니?"

"말씀드렸잖아요, 벌써 며칠째 못 봤다고요."

톨섀도가 짜증스럽게 대꾸했다.

"그레이윙이 사라졌으면 당장 찾아야지. 난 내 아들을 만나기 위해 여기까지 온 거야."

콰이어트레인이 으르렁거리며 말했다.

썬더는 톨섀도가 늙은 암고양이를 노려보는 것을 알아차렸다.

'제발 싸우지 말아요.'

썬더는 속으로 빌었다.

'콰이어트레인은 그저 자식 걱정을 하는 어미 고양이일 뿐이라고요.'

산에서 온 고양이들은 지금 지치고 굶주린 데다 한눈에 보기에도 심각한 상처까지 입었다. 게다가 이 늙은 암고양이는 앞으로 더 큰 슬픔을 겪게 될 것이다.

톨섀도도 똑같은 생각을 했는지 몸을 돌려 썬더를 바라보았다.

"그레이윙을 찾아 줘, 부탁이야."

16
두발쟁이의 덫

 세찬 바람이 불어와 그레이윙의 털을 잡아당겼다. 눈을 잔뜩 머금은 구름이 높은 돌산 위로 몰려가며, 창백한 푸른 하늘을 누렇게 물들였다. 어둠이 내릴 때쯤 그들은 진영으로 돌아왔다.

 그레이윙은 뾰족뒤쥐의 가느다란 꼬리를 입에 물고 있었다. 앞서가던 고스퍼가 헤더 덤불로 뛰어들고 미노가 바로 뒤쫓아 갔다. 고스퍼는 들쥐 한 마리밖에 못 잡았고, 미노가 잡은 물떼새는 굶주림으로 이미 반쯤 죽은 상태라 살은 거의 없고 뼈만 앙상했다.

 '사냥을 좀 더 해야 하나?'

 그레이윙은 고민했다. 만약 눈이 온다면 먹이 더미를 더 채워 놔야 했다. 하지만 사냥을 더 해 봤자 소용이 있을까? 반나절을 사냥했지만 잡은 건 보잘것없었다.

 그레이윙은 다른 고양이들을 따라 윈드러너의 진영으로 이어지는 한적한 오솔길로 들어섰다. 토끼 한 마리 정도는 잡아가고 싶었는데 전부 굴속에 숨어 있어서 보이지 않았다. 토끼들이 그레이윙보다 먼저 눈 냄새를 맡은 게 틀림없었다.

헤더 굴길을 따라 야옹거리는 소리가 들렸다.

"아빠!"

"미노!"

그레이윙이 힐끗 보니 더스트머즐이 고스퍼 옆으로 비집고 나오고 있었다.

"그 들쥐 내가 가지고 가면 안 돼요?"

어린 수고양이가 애원했다.

"뭐 잡았어요?"

모스플라이트가 그레이윙 앞으로 다가오며 물었다. 두 눈 가득 담겨 있던 흥분은 뾰족뒤쥐를 보자 사라졌다.

"토끼는 못 잡았어요?"

그레이윙은 아쉬운 얼굴로 고개를 젓고는 어린 암고양이를 툭 밀어 바람을 막아 주는 공터로 함께 들어갔다.

윈드러너는 공터 반대편을 서성거리며 점점 짙어지는 먹구름을 힐끔거리고 있었다.

그 옆에서 리드는 슬레이트의 다친 귀에 코를 대고 킁킁거리고 있었다. 여우에게 물린 상처는 며칠 지나지 않아 빠르게 아물었지만, 리드는 상처에서 시큼한 냄새가 나지는 않는지 계속 확인했다.

"슬레이트는 괜찮아?"

그레이윙은 물고 있던 뾰족뒤쥐를 내려놓고 은색 얼룩무늬 고양이에게 소리쳐 물었다.

"반의반 달만 더 지나면 귀는 완전히 나을 거야."

리드가 대답했다.

슬레이트가 몸을 숙여 리드에게서 물러났다.

"차라리 여우한테 털을 왕창 뜯기는 게 나을 뻔했어."

슬레이트는 짜증을 내며 몸을 힘껏 털었다.

"털은 다시 자라기라도 하지."

"그레이윙, 뾰족뒤쥐를 먹이 더미에 가져다 놓을까요?"

딴생각에 빠져 있던 그레이윙은 모스플라이트의 목소리에 정신을 차렸다.

"그래."

대답을 하며 텅 빈 풀밭을 힐끗 쳐다보았다. 더스트머즐은 벌써 고스퍼가 잡아 온 들쥐를 먹이 더미로 끌고 가고 있었다. 미노는 그레이윙을 지나쳐 걸어가 물고 있던 물떼새를 그곳에 내려놓았다. 모스플라이트도 그레이윙이 잡아 온 뾰족뒤쥐를 덥석 물고 달려가 먹이 더미 맨 위에 내려놓았다.

그레이윙은 황무지 고양이들의 사냥을 도와줄 수 있어서 기뻤다. 하지만 동시에 죄책감이 배를 찌르는 것 같았다. 소나무 숲 진영의 동료들도 분명 도움이 필요할 것이다.

'그레이윙은 이제 예전만큼 빠르지 않아.'

재기드피크의 말이 귓가를 맴돌면서, 동생과 톨섀도와 말다툼한 기억이 다시 떠올랐다.

'넌 진영으로 돌아온 뒤부터 계속 명령을 내리고 있잖아.'

톨섀도가 정말로 그렇게 생각하는 걸까? 어쩌면 진영으로 돌아가 화해하는 게 좋을지도 모른다. 하지만 지도자 자리를 빼앗으려 한다고 비난받았던 일이 계속 마음에 걸렸다.

'마음을 정해야 해!'

톨새도와 재기드피크는 그가 뭘 하든 비난할 준비가 된 것 같았다.

하지만 이곳 황무지에서는 모두들 그레이윙을 있는 그대로 받아 주었다. 윈드러너는 그레이윙이 먹이를 잡아 오면 고마워했다. 슬레이트는 그레이윙과 함께 있는 걸 즐기는 것 같았고, 매일 밤 옆에 자리 잡고 앉아 잠들기 전까지 서로 이야기하며 온기를 나눴다. 게다가 축축한 소나무 숲을 떠나자 숨 쉬는 게 훨씬 편해졌다. 황무지의 바람이 온몸 구석구석 스며드는 느낌이 들었다. 그 덕분에 더 빨리 달릴 수 있고, 더 깊게 숨을 쉴 수 있고, 잠도 푹 잘 수 있었다.

'하지만 페블하트는 내 걱정을 할 거야.'

스패로퍼와 아울아이스가 클리어스카이의 진영으로 갔으니, 어린 페블하트는 분명히 외로울 것이다.

'나도 그 아이가 그리워.'

페블하트의 부드럽고 진지한 눈빛을 떠올리자 그레이윙은 가슴이 조여 왔다.

'아무래도 집으로 돌아가야겠어.'

슬레이트가 공터를 가로질러 다가왔다. 걸음을 옮길 때마다 암고양이의 숱 많은 회색 털이 물결치듯 움직였다.

'내일 가지, 뭐.'

"저게 다야?"

슬레이트가 먹이 더미를 향해 고갯짓을 하며 물었다.

그레이윙은 미안한 얼굴로 암고양이와 눈을 맞췄다.

"그나마 운이 좋아서 저거라도 잡은 거야. 눈이 올 것 같으니까 먹잇감들이 전부 둥지로 숨어 버렸어."

슬레이트는 한숨을 쉬었다.

"하필 먹이가 가장 필요한 이때 눈이 올 게 뭐야."

"나중에 내가 다시 나가 볼게."

그레이윙은 약속했다.

"나도 같이 가."

"땅속 굴길에 들어가 볼 수도 있을 거야."

그레이윙은 아직 땅속으로 들어가 보지 않았다. 깜깜한 땅속에서 사냥하는 걸 좋아하는 에이콘퍼의 마음을 그레이윙은 전혀 이해할 수 없었다. 하지만 땅속으로 들어가면 토끼 굴을 발견할 수 있을지도 모른다.

슬레이트의 눈이 불안으로 반짝였다.

"난 한 번도 땅속에서 사냥해 본 적 없어."

"깊이 들어가진 않을 거야."

그레이윙은 약속했다. 여우한테 물어뜯긴 슬레이트의 귀 끝에 시선이 걸렸다. 가장자리에 아직 시커멓게 딱지가 앉아 있었다.

슬레이트가 시선을 떨궜다.

"보기 싫지?"

"꼭 올빼미 같아."

그레이윙은 약 올리듯 말했다.

슬레이트가 주둥이를 홱 쳐들었다.

"그래도 아직 잘 들리거든!"

암고양이는 그레이윙의 귀를 똑바로 바라보며 말을 이었다.

"난 네가 소리를 듣는 게 신기해. 귓속에 털이 그렇게 많은데 말이야. 그러다 생쥐가 네 귓속에 둥지를 트는 거 아닌지 몰라."

그레이윙이 장난스럽게 쿡 찌르자 슬레이트가 가르랑거렸다.

"엄마! 발소리가 들려요."

공터 너머에서 더스트머즐의 불안한 목소리가 들렸다.

리드가 주둥이를 높이 쳐들고 공기를 맛보았다.

"숲 고양이 하나가 이쪽으로 오고 있어."

고스퍼의 등줄기를 따라 털이 곤두섰다. 윈드러너는 조심스럽게 진영 입구로 걸어갔다.

미노는 방어 자세로 몸을 웅크렸다.

"누구인지 알겠어?"

그레이윙은 입을 열고 혀를 바람에 적셨다. 그 즉시 누구의 냄새인지 알 수 있었다.

"썬더야."

윈드러너가 귀를 쫑긋 세웠다.

"썬더가 황무지에는 왜 온 거야?"

고스퍼가 눈을 가늘게 떴다.

"사냥하러 나갔을 때도 개 냄새를 맡은 것 같아."

미노가 고개를 끄덕였다.

"나도 그래. 나무 네 그루 근처였어. 게다가 다른 고양이들 냄새도 나는 것 같았어."

윈드러너가 회색과 흰색이 섞인 암고양이를 보며 눈을 깜박거렸다.

"떠돌이들이야?"

미노는 어깨를 으쓱했다.

"낯선 냄새인 건 확실했어."

헤더를 부스럭거리며 굴길을 따라 걸어오는 발소리가 들리더니, 잠시 후 썬더가 진영 안으로 고개를 들이밀었다.

"들어가도 돼요?"

썬더는 윈드러너를 힐끗 쳐다보았다.

윈드러너가 고개를 끄덕였다.

"어서 와."

썬더는 헤더 굴길을 미끄러져 나왔다. 주황색과 흰색이 섞인 털가죽이 잎 없는 계절의 칙칙한 나뭇가지에 대비되어 밝게 빛났다.

"그레이윙! 여기 있었군요!"

썬더의 눈이 반짝반짝 빛났다.

"냄새를 쫓아왔어요."

그레이윙은 고개를 갸웃했다.

"왜?"

자신의 진영 동료들이 찾아다녔다면 이해할 수 있지만, 썬더가 자신을 찾아다녔다는 건 뜻밖이었다.

"톨섀도가 그레이윙을 찾아오라고 절 보냈어요."

그레이윙은 갑자기 죄책감이 들어서 발을 꼼지락거렸다.

"톨섀도는 별일 없지?"

썬더의 눈에 걱정이 어렸다.

'슬래시가 나타났구나!'

그레이윙은 등골이 오싹해졌다.

'진영을 습격했나? 그 사악한 떠돌이의 관심을 다른 곳으로 돌

337

리려던 편의 계획이 성공한 줄 알았는데!'

"톨새도는 잘 있어요."

썬더가 꼬리를 움찔거리며 말했다.

"다들 무사해요."

"그럼 톨새도가 왜 너한테 날 찾아오라고 한 건데?"

그레이윙은 이해할 수 없어서 얼굴을 찡그렸다.

"제가 숲에서 낯선 고양이들을 만났어요."

썬더가 머뭇거리며 설명했다.

"그 고양이들이 톨새도를 찾길래 제가 소나무 숲 진영으로 데려갔어요."

그레이윙은 몸을 앞으로 기울였다. 호기심에 털가죽이 따끔거렸다. 썬더가 왜 이렇게 조심스럽게 말하는지 알 수 없었다.

"낯선 고양이라고?"

"그들이 그레이윙을 만나고 싶어 해요."

슬레이트가 털을 곤두세우며 그레이윙 옆으로 다가왔다.

"낯선 고양이들이라는 게 누군데?"

윈드러너도 고개를 갸웃했다.

"어디서 온 고양이들이야?"

썬더가 그레이윙을 빤히 바라보았다.

"산에서 왔대요."

"산에서 왔다고?"

그레이윙의 머릿속에서 생각이 소용돌이쳤다.

'부족 고양이들이 태양의 흔적을 따라 산을 내려온 걸까?'

꿈에서 본 텅 비어 있던 폭포 뒤 동굴이 기억났다.

'하지만 그들은 산에 남기를 원했잖아. 혹시 끔찍한 일이 벌어져서 어쩔 수 없이 집을 떠나게 된 걸까?'

썬더가 목소리를 낮춰 말했다.

"콰이어트레인이에요."

'어머니!'

그레이윙의 심장이 빠르게 뛰었다. 자신이 지금보다 젊고 건강했을 때도 산에서부터 여기까지 오는 여행은 너무 힘들었다. 어머니는 분명 훨씬 더 힘들었을 것이다.

"어떠셔?"

"몸이 많이 약해지고 굶주린 데다 상처도 입었지만 페블하트가 돌봐 드리고 있어요."

썬더가 대답했다.

"그리고 선새도라는 고양이도 같이 왔어요."

"문새도의 아들이구나……."

그레이윙은 걱정으로 배가 조여 왔다.

'어머니가 대체 왜 여기까지 온 거지?'

"당장 가 봐야겠어."

그레이윙은 헤더 굴길로 향했다.

"기다려!"

슬레이트가 소리쳤다.

"콰이어트레인이 누군데?"

그레이윙은 암고양이를 힐끗 돌아보았다.

"내 어머니야!"

'소나무 숲에 있었다면 어머니를 벌써 만났을 텐데. 내가 왜 숲

으로 돌아가지 않았을까? 황무지에 오는 게 아니었어. 난 숲에서 내 의무와 책임을 다해야 해!'

헤더 굴길을 비집고 나가 풀밭으로 뛰쳐나가자 숨이 가빠지는 게 느껴졌다. 귓속에서 심장 뛰는 소리가 쿵쿵 울렸다.

"같이 가요!"

황무지를 가로질러 달려가는데 뒤에서 달려오는 발소리가 들렸다.

썬더가 곧 숨을 헐떡이며 따라잡았다.

"천천히 가요!"

썬더는 숨을 몰아쉬며 말했다.

"콰이어트레인은 어디 안 가요."

"내가 거기 있었어야 했어."

그레이윙은 숨을 몰아쉬며 힘겹게 말했다.

썬더가 방향을 틀어 앞을 가로막았다.

"그렇게 숨이 차서 말도 못 하는 채로 어머니를 만날 거예요?"

그레이윙은 걸음을 멈췄다.

"네 말이 맞아."

그렇게 말하는 중에도 가슴에서 쌕쌕 소리가 났다.

"천천히 걸어가요."

썬더가 다시 옆으로 물러났다.

어둠이 내리면서 작은 눈송이가 빙글빙글 돌며 떨어졌다. 아침까지 눈이 제법 올 것 같았다.

다시 숨 쉬는 게 편해지자 마음이 놓인 그레이윙은 털을 차분히 눕히고 천천히 걸음을 옮겼다.

"상처는 심각해 보였어?"

"잘 모르겠어요."

썬더가 대답했다.

"페블하트 말로는 치료하려면 시간이 좀 걸릴 거라고 했어요."

"클리어스카이도 같이 있어?"

썬더가 숲에서 어머니와 선새도를 만났다면 먼저 클리어스카이의 진영으로 데려갔을 것이다.

썬더는 앞만 빤히 바라보았다.

"아뇨."

"톨새도의 진영으로 같이 안 갔어?"

"아버지는 산에 사는 고양이들이 여기 온 것도 몰라요."

그레이윙은 이해가 가지 않아서 얼굴을 찡그렸다.

"하지만 넌 알잖아."

"제가 곧장 톨새도에게 데려갔어요."

그레이윙은 썬더의 목소리가 긴장한 걸 눈치챘다. 아무래도 뭔가 수상했다.

"왜 클리어스카이에게 데려가지 않았는데?"

"말다툼이 있었어요."

썬더가 나지막이 중얼거렸다.

"전 며칠 전에 아버지 진영을 떠났어요. 그래서 제 진영을 따로 만들었고요."

그레이윙은 가슴이 철렁 내려앉았다. 클리어스카이와 썬더는 대체 언제쯤 서로 화해할 수 있을까? 그런데 자세히 묻기도 전에 썬더가 화제를 돌렸다.

"톨새도는 선새도가 아버지를 꼭 닮았대요."

썬더는 목소리를 낮추고 덧붙였다.

"제가 개한테 문새도가 죽었다고 말해 줬어요."

그레이윙은 썬더를 힐끗 쳐다보았다.

"너한테도, 그 아이한테도 힘든 시간이었겠구나."

"개는 자기 아버지를 만나길 간절히 바라고 있었어요."

그렇게 말하는 썬더의 목소리가 어쩐지 씁쓸하게 들린다고 그레이윙은 생각했다.

"브라이트스트림에 대해서도 말해 줬어요. 하지만 톨새도가 더 이상은 말하려고 하지 않았어요. 콰이어트레인이 건강을 되찾기 전까지는 이야기하지 않겠대요."

그레이윙은 황무지를 가로질러 나무 네 그루가 있는 분지 쪽을 힐끗 쳐다보았다. 그곳에는 많은 친구들이 묻혀 있었다.

'그 사실을 알게 되면 어머니는 뭐라고 할까?'

문득 어머니에게 전할 소식이 너무도 많은데 그중 대부분이 안 좋은 소식이라는 걸 깨닫고 그레이윙은 걸음이 느려졌다.

'우리끼리 싸웠다는 걸 어머니가 알면 뭐라고 하실까?'

털가죽 밑에서 애벌레가 기어 다니기라도 하는 것처럼 걱정이 꿈틀거렸다. 그레이윙은 풀밭에 있는 단단한 덩굴을 앞발로 확 잡아당겼다. 그런데 덩굴이 발에 감기면서 찌릿한 통증이 퍼졌다. 본능적으로 발을 당겨 벗어나려고 했지만, 그럴수록 덩굴은 다리에 더 단단히 감기며 살을 파고들었다.

썬더가 털을 곤두세우고 껑충 뛰어 물러났다.

"무슨 일이에요?"

"뭔가에 걸렸어!"

당황한 그레이윙은 발을 빼내려고 애쓰며 빙빙 돌았다. 그러자 덩굴이 점점 조여 오면서 통증이 다리를 타고 올라왔다.

"가만히 있어요!"

썬더가 앞으로 다가와 발을 살폈다.

"이거 두발쟁이의 울타리에 있던 덩굴하고 똑같이 생겼어요."

피 냄새를 맡은 그레이윙은 아래를 내려다보았다. 발 주위의 털이 거무스름하게 물들어 있었다.

썬더가 가느다란 줄기를 따라 냄새를 맡았다.

"이게 막대기에 묶여 있어요."

그레이윙이 극심한 고통과 싸우는 동안 썬더는 줄기가 묶인 막대기를 이빨로 물어 땅에서 뽑아내려고 힘껏 당겼다.

끙끙대며 힘을 쓰던 썬더는 으르렁거리며 뒤로 물러났다.

"너무 단단히 박혔어요. 꼼짝도 안 해요."

그레이윙은 썬더가 경계의 눈초리로 황무지 너머를 살피는 걸 느꼈다. 썬더가 무슨 생각을 하고 있는지 알 것 같았다.

"여우가 내 피 냄새를 맡을 거야."

'그리고 잡기 쉬운 먹잇감을 찾으러 오겠지.'

겁이 나서 배에 구멍이 뻥 뚫리는 것 같았다.

'난 이제 꼼짝없이 그놈들 먹이가 되겠구나.'

"침착해요."

썬더가 그레이윙의 주위를 맴돌며 말했다.

"빠져나올 방법을 찾을 수 있을 거예요."

"어떻게?"

그레이윙은 다시 다리를 잡아당기다가, 덩굴이 살을 더 깊이 파고들자 헉 소리를 냈다.

"내가 알아."

뒤쪽 헤더 덤불에서 목소리가 들렸다.

그레이윙이 주둥이를 홱 돌리자 그들을 향해 다가오는 펀이 보였다.

썬더가 이빨을 드러냈다.

"넌 누구야?"

펀이 걸음을 멈추고 고개를 숙였다.

"그레이윙이 나를 알아."

"저 고양이는 펀이야."

그레이윙은 거칠어진 목소리로 말했다.

펀은 썬더에게서 멀리 떨어진 채 둘의 주위를 빙빙 돌았다.

썬더는 주황색 털을 바짝 곤두세운 채 여전히 의심스러운 눈초리로 암고양이를 노려보았다.

"그레이윙을 빠져나오게 할 방법을 네가 안단 말이야?"

썬더가 으르렁거리며 물었다.

"어떻게? 네가 이 덫을 놓은 거야?"

펀이 재미있다는 듯 가르랑거렸다.

"바보 같은 소리 하지 마! 이건 두발쟁이들이 토끼를 잡으려고 만든 덫이야. 내가 이런 걸 만들 줄 알면 평생 굶는 일은 없겠지."

펀은 그레이윙을 보며 눈을 굴렸다.

"그 속으로 걸어 들어가다니, 이런 쥐 대가리인 줄은 몰랐네."

그레이윙은 이를 뿌드득 갈았다.

"얼른 여기서 빼 주기나 해!"

"일단 몸부림 좀 그만 쳐."

펀이 말했다. 그러고는 썬더에게 경고의 눈빛을 보내면서 그레이윙의 발 옆으로 고개를 숙였다.

"가만히 있어."

그레이윙은 고통에 맞서 가쁜 숨을 몰아쉬면서도 움직이지 않으려고 애썼다.

"조금 아플 거야."

펀이 경고했다.

"이 덩굴을 풀려면 이빨로 물어야 해."

그레이윙은 고개를 끄덕이고 마음을 다잡았다.

펀의 작은 이빨이 덩굴과 다리에 난 상처 사이로 미끄러져 들어오자 몸이 부르르 떨렸다. 암고양이가 머리를 움직였고, 극심한 고통이 번개처럼 온몸을 꿰뚫자 그레이윙은 숨이 턱 막혔다. 갑자기 덩굴이 헐거워졌다. 펀이 고개를 뒤로 홱 젖히면서 그레이윙의 발은 덫에서 쓱 빠져나왔다.

최악의 통증이 사라지면서 그레이윙은 마음이 놓였다. 하지만 상처는 여전히 불에 덴 것처럼 아팠고, 피가 털을 적시는 느낌이 들었다. 다친 다리를 땅에 딛고 서자, 다행히 다리는 단단히 몸을 받쳐 주었다.

"부러지진 않았어."

살갗만 다친 것뿐이었다. 이런 상처는 치료할 수 있었다.

썬더는 흉터가 있는 암고양이를 노려보았다.

"넌 누군데?"

펀이 그레이윙을 바라보았다.

그레이윙은 별일 아니라는 듯 어깨를 으쓱했다.

"그냥 떠돌이야."

그 말을 들은 펀의 눈이 번뜩였다.

"그냥 떠돌이라고?"

암고양이는 콧방귀를 뀌었다.

"난 그냥 떠돌이가 아니라, 네 친구들을 죽이려던 수고양이한
테 거짓말을 한 떠돌이라고. 네 친구들을 구하기 위해서 말이야."

그레이윙의 귀가 쫑긋 섰다.

"슬래시한테 말했어?"

그레이윙은 간절히 물었다.

"내가 그렇게 하겠다고 약속했잖아, 잊었어?"

펀이 당당하게 턱을 쳐들고 말했다.

"슬래시한테 먹이 얘기를 했더니, 정말로 그걸 찾으러 갔어. 내
가 말한 대로 말이야. 여우처럼 욕심이 많다니까!"

썬더의 눈이 휘둥그레졌다.

"슬래시가 누군데?"

"또 다른 떠돌이야."

그레이윙이 대답했다.

"슬래시가 우리를 염탐하라고 펀을 보냈어."

썬더가 눈을 가늘게 뜨고 펀을 노려보았다.

"그럼 너 첩자야?"

"이 암고양이는 괜찮아."

그레이윙은 날카롭게 말했다.

"슬래시는 원아이만큼 잔인한 녀석이야. 그에게 거짓말을 하려면 큰 용기가 필요했을 거야."

펀은 으스대듯 가슴을 내밀었다. 그 모습이 마치 비쩍 마른 비둘기 같았다. 그레이윙은 펀이 전에 만났을 때보다 더 말랐다는 것을 깨달았다.

"분지에서 사냥은 좀 했어?"

그레이윙이 물었다.

펀은 지친 듯 어깨를 으쓱했다.

"응, 그런데 먹잇감이 별로 없었어."

"우리 진영에 같이 가자."

그레이윙은 제안했다.

"네가 말한 곳에 먹이가 없다는 걸 알고 나면 슬래시가 좋아하지 않을 거야. 그러니까 넌 우리와 같이 있는 게 안전해. 우리가 먹이도 나눠 줄 수 있고."

썬더가 그레이윙을 바라보았다.

"톨섀도가 반기지 않을지도 몰라요."

"펀이 우리를 위해 어떤 일을 했는지 설명해 주면 돼."

그레이윙은 소나무 숲을 향해 걸어가기 시작했다. 점점 어두워져 가는 하늘을 등지고 우뚝 선 소나무 위로 눈발이 점점 굵어졌다. 걸음을 내디딜 때마다 고통이 밀려왔지만, 그레이윙은 애써 참았다.

어머니가 기다리고 있었다.

펀이 빠른 걸음으로 뒤쫓아 왔다.

"정말 같이 가도 돼?"

347

암고양이가 겁먹은 새끼 고양이처럼 물었다.

"물론이지."

썬더가 암고양이 옆으로 다가가 물었다.

"슬래시가 왜 그레이윙의 진영을 염탐하라고 시켰는데?"

펀이 어깨를 으쓱했다.

"자기 땅을 다른 고양이들과 나누는 걸 싫어하거든."

"여긴 그 녀석 땅이 아니야."

썬더가 으르렁거렸다.

"만약 그랬다면, 우리가 진작 그 녀석을 봤을 거야. 어디서 왔는데?"

"우린 두발쟁이 마을을 떠돌아다녔어. 그런데 슬래시가 두발쟁이의 음식 찌꺼기를 먹는 게 지겹다면서 여기 오면 먹이가 더 많을 거라고 했어."

펀은 눈에 하얗게 덮인 황무지를 바라보며 말을 이었다.

"슬래시는 자기가 틀렸다는 걸 인정하기 싫어해."

"그런데 넌 왜 그 녀석이랑 같이 다니는데?"

썬더의 눈길이 암고양이의 지저분하게 엉킨 털과 상처들을 빠르게 훑었다.

펀은 앞을 바라보았다.

"같이 지낼 다른 고양이가 없으니까."

"혈육도 없어? 설마……."

"그만 귀찮게 해, 썬더."

그레이윙이 끼어들었다.

썬더는 어깨를 으쓱했다.

"알았어요."

썬더가 그레이윙의 발을 향해 고갯짓을 했다.

"발은 좀 어때요?"

"아파."

그레이윙은 짧게 대답했다. 덩굴이 옭아맸던 자리가 여전히 욱신거렸다.

"페블하트가 고통을 덜어 줄 약초를 알고 있을 거야."

고양이들은 천둥길로 이어지는 비탈길을 내려갔다. 매끈한 검은 돌을 뒤덮은 질척질척한 눈 위로 괴물들이 지나간 자국이 길게 나 있었다. 그레이윙은 괴물이 으르렁대는 소리가 들리는지 확인하려고 귀를 쫑긋 세웠다. 모든 소리를 집어삼킬 듯 내리는 눈 속에서는 아무 소리도 들리지 않았고, 먼 곳을 확인해 봐도 괴물들의 번쩍이는 눈은 보이지 않았다.

"가자."

그레이윙은 절뚝거리며 천둥길을 건넜다. 반대편에 도착해 송진 냄새를 맡자 그제야 마음이 놓였다.

펀의 검은 털가죽은 눈이 내려 얼룩덜룩해졌다. 썬더의 수염에도 눈이 묻었다. 휘몰아치는 눈보라에 맞서 몸을 숙이고 그레이윙은 곧게 뻗은 거무스름한 나무 사이로 뛰어들었다.

썬더가 앞장서서 가시덤불에 둘러싸인 진영으로 향했다. 펀은 그레이윙 옆에 바짝 붙어서 가다가, 진영에 거의 도착하자 더 바짝 다가왔다.

"나 정말 같이 가도 돼?"

둥근 가시덤불들이 눈앞에 어렴풋이 보이자 암고양이가 속삭

349

여 물었다.

익숙한 냄새가 공기를 가득 메우고 있었다.

"별일 없을 거야."

그레이윙은 암고양이에게 약속했다. 가시덤불 장벽을 빙 둘러 걸어간 그레이윙은 썬더를 따라 입구를 통과했다. 그리고 넓은 공터를 살살이 살폈다.

"어머니?"

흥분해서 가슴이 벅차올랐다.

머드포스가 먹이 더미에서 고개를 들었다. 그 옆에선 마우스이어가 그날 잡은 먹잇감들을 살살이 뒤지고 있었다. 톨섀도와 재기드피크는 눈과 바람을 막아 주는 가시덤불 장벽 앞에서 머리를 맞대고 이야기를 나누고 있었다.

톨섀도가 그레이윙을 발견했다.

"돌아왔구나!"

암고양이가 안심한 목소리로 말했다.

"너무 오래 떠나 있어서 미안해."

그레이윙은 고개를 숙였다. 그때 공터 반대편에 있는 커다란 굴에서 듀노즈의 목소리가 들렸다.

"엄마, 우리 눈 맞고 놀아도 돼요?"

"내일. 이제 잘 시간이야."

홀리가 대답했다.

그레이윙은 자신이 떠나 있는 사이에 홀리가 완성한 거처를 보고 감탄하며 눈을 깜박거렸다.

진영 벽 옆으로 또 다른 거처가 비죽 튀어나와 있었다. 입을 벌리자 그곳에서 톡 쏘는 약초 냄새가 풍겼다.

"그레이윙?"

거처 옆에서 늙고 쉰 목소리가 들렸다. 눈 쌓인 솔잎에 얼룩덜룩한 회색 털가죽이 가려진 채로 땅바닥에 누워 있는 건 어머니였다.

그레이윙은 고통에 얼굴을 찡그리면서도 서둘러 어머니에게 달려갔다. 기뻐서 가슴이 터질 것 같았다. 다시는 못 만날 줄 알았던 어머니가 이렇게 새집에 와 있었다! 아들이 다가오자 콰이어트레인은 일어나려고 안간힘을 썼지만 힘없이 털썩 주저앉았다. 늙은 암고양이는 너무 말랐고, 뒷다리는 초록색 찜질약으로 덮여 있었다. 아들을 마주 보는 눈은 반짝반짝 빛났지만 파란 눈동자에는 피로가 가득했다.

"선새도는 어디 있어요?"

그레이윙은 어린 수고양이를 찾아 주위를 둘러보았다.

"걔는 자고 있어."

콰이어트레인이 대답했다.

"배불리 먹고 안전한 잠자리에서 자는 게 정말 오랜만이거든."

그레이윙은 걱정스러운 눈으로 어머니를 바라보았다.

"어머니는 괜찮으세요?"

톡 쏘는 약초 냄새가 코를 가득 메웠다.

"내가 여기 왔잖니. 더 바랄 게 없어."

늙은 암고양이가 속삭이듯 말했다.

감격해서 목이 멘 그레이윙은 주둥이를 뻗어 어머니의 뺨을 꾹 눌렀다.

351

아들과 몸이 닿자 늙은 암고양이는 긴장을 풀었다. 어머니의 냄새를 들이마신 그레이윙의 털가죽은 기쁨으로 물결쳤다. 잠시나마 산속 동굴의 따뜻한 잠자리에서 어머니의 배에 주둥이를 묻고 잠들던 새끼 고양이 시절로 돌아간 것만 같았다.

갑자기 콰이어트레인이 뒤로 물러났다.

"피 냄새가 나잖아!"

그레이윙의 다친 발을 본 늙은 암고양이가 깜짝 놀라 눈을 번뜩였다.

"대체 무슨 일이 있었던 거야?"

"두발쟁이가 놓은 덫에 걸렸어요."

늙은 암고양이의 파란 눈이 어두워졌다.

"왜 이런 곳에 온 거니?"

콰이어트레인이 새끼 고양이처럼 가냘픈 소리로 울부짖었다.

"여긴 죽음과 위험뿐이야! 산을 떠나지 말았어야 해!"

17

다시 모인 가족

썬더는 콰이어트레인에게 몸을 바짝 기대고 부드럽게 가르랑
거리며 안심시키는 그레이윙을 지켜보았다. 두껍게 겹쳐진 소나
무 지붕 사이로 눈송이가 하나씩 떨어져 그들의 털가죽에 내려앉
았다. 늙은 암고양이가 새끼 고양이처럼 작은 소리로 뭐라고 칭
얼댔지만 썬더는 무슨 말인지 알아들을 수 없었다. 어쩌면 푹 자
고 먹이를 배불리 먹고 나면 늙은 암고양이의 불안감이 좀 가실
지도 모르겠다는 생각이 들었다.

썬더는 시선을 돌려 진영을 살폈다.

'난 이제 떠나야 하나?'

불편한 마음에 털가죽이 따끔거렸다. 머드포스와 마우스이어는
의심스러운 눈으로 펀을 바라보고 있었다. 톨섀도의 시선이 흐릿
한 빛 속에서 번뜩였다. 재기드피크는 어깨 털을 곤두세우고 있
었다. 아무래도 펀이 이곳에서 환영받을 수 있다는 걸 확인하기
전까지는 떠날 수 없을 것 같았다.

옆에 있던 펀이 몸을 꼼지락거렸다.

"아무래도 난 여기 있으면 안 될 것 같아."

"그냥 털을 가지런히 눕히고 친근한 표정을 짓고 있어."

썬더가 속삭였다.

"너야 그게 쉽겠지. 여기 있는 고양이들은 다 너를 아니까."

암고양이가 쉭쉭거리며 대답했다.

톨새도가 가장 먼저 다가왔다. 암고양이는 턱을 높이 쳐들고 공터를 가로질러 왔다.

"이 고양이는 누구야?"

"나는 펀이야."

암고양이가 고개를 숙이고 공손하게 말했다.

"그레이윙이 내가 여기 와도 괜찮다고 했어."

톨새도의 귀가 씰룩거렸다.

"그랬어?"

펀은 입구를 힐끗 쳐다보았다.

"네가 가라고 하면 갈게."

"아니야."

톨새도의 눈길이 천천히 검은 암고양이를 훑었다.

"그레이윙이 너한테 여기 와도 괜찮다고 했다면 그럴 만한 이유가 있겠지."

재기드피크가 절뚝거리며 다가왔다.

"그레이윙 형이 떠돌이들을 끌어모으기로 했나 보지?"

"난 친구야."

펀의 눈에서 분노의 불꽃이 튀었다.

'슬래시에 대해서 설명해야 할까?'

썬더는 그레이윙을 힐끗 쳐다보았다.

'아니야, 펀이 말하고 싶을 때 말하는 게 나을 거야. 아니면 그레이윙이 설명하든지. 이건 내가 나설 문제가 아니야.'

홀리가 머드포스, 마우스이어와 눈길을 주고받으며 거처에서 걸어 나왔다. 그러자 스톰펠트와 듀노즈, 이글페더도 엄마를 따라 달려왔다.

펀은 자기 앞에 멈춰 선 홀리의 호기심 어린 눈길을 조용히 마주 보았다. 썬더는 펀이 떨고 있다는 걸 느낄 수 있었다.

"이 암고양이는 털이 다 엉켰어!"

듀노즈가 허둥지둥 멈춰 서며 말했다.

"이 고양이도 산에서 왔어요?"

스톰펠트가 물었다.

"이 흉터는 왜 생긴 거예요?"

이글페더가 펀의 주위를 맴돌며 냄새를 쿵쿵 맡았다.

홀리가 화난 듯 꼬리를 휙 튕겼다.

"예의 바르게 행동해! 이 고양이는 손님이고, 너희보다 나이도 많아."

홀리는 펀에게 고개를 숙였다.

"애들이 버릇없이 굴어서 미안해. 생각보다 말이 앞서서 이래."

"씩씩한 아이들이네. 나중에 훌륭한 사냥꾼이 되겠어."

펀이 뻣뻣하게 말했다.

홀리는 자랑스러운 듯 가슴을 내밀었다.

재기드피크가 눈을 가늘게 떴다.

"네가 친구라고 했는데, 그걸 증명할 수 있어?"

그 말을 들은 홀리가 짝을 노려보았다.

"이 가엾은 고양이는 굶주렸어! 친구라는 걸 증명하는 건 푹 쉬고 먹이를 먹은 다음에 해도 돼."

홀리는 먹이 더미를 향해 꼬리를 홱 튕겼다.

"머드포스가 오늘 생쥐 둥지를 파냈어. 그래서 우리 모두 먹을 수 있을 만큼 넉넉히 잡아 왔어. 가서 한 마리 골라."

"그래, 우선 먹고 쉬도록 해. 이야기는 아침에 하자."

톨새도도 거들었다.

재기드피크가 눈을 굴렸다.

"진영으로 걸어 들어오는 떠돌이란 떠돌이는 다 받아들일 셈이야?"

썬더는 발톱을 세워 눈을 움켜잡았다.

"그러면 왜 안 되는데요? 떠돌이도 산 고양이 못지않게 충성스럽다고요."

썬더는 밀크위드와 핑크아이스를 떠올렸다. 그들은 틈만 나면 먹이를 잡아 왔다. 심지어 성질 나쁜 리프도 자신보다는 동료들을 위해 사냥을 한다.

홀리가 펀을 데리고 먹이 더미로 가자 재기드피크는 콧방귀를 뀌고 돌아섰다.

듀노즈, 이글페더, 스톰펠트가 그들을 쫓아 팔짝팔짝 뛰어갔다.

"내가 몸단장하는 거 도와줄게요, 펀."

듀노즈가 꺅꺅거리며 말했다.

"난 벼룩을 아주 잘 잡아요. 몸에 있는 벼룩 좀 잡아 줄까요?"

스톰펠트가 으스대며 말했다.

펀은 어린 고양이를 힐끗 내려다보았다.

"내 몸에 벼룩이 있는지 잘 모르겠는데."

"어쨌든 벼룩이 있으면 내가 잡아 줄게요."

스톰펠트가 자신 있게 말했다.

홀리가 먹이 더미 앞에서 걸음을 멈추고, 맨 위에 놓여 있는 생쥐 한 마리를 대롱대롱 흔들어 펀의 발치로 던졌다.

"이걸 먹고 쉴 만한 자리를 골라 봐. 넌 며칠 동안 쫄쫄 굶은 얼굴이야."

고마운 눈으로 홀리를 바라보던 펀은 생쥐를 낚아채 진영 벽으로 가지고 가서 눈 덮인 땅에 자리 잡고 앉았다.

듀노즈가 허둥지둥 쫓아가자 홀리가 큰 소리로 외쳤다.

"혼자 조용히 먹을 수 있게 내버려둬!"

"그럴게요! 약속해요!"

듀노즈는 펀 옆에 털썩 주저앉아 먹이를 먹는 암고양이를 물끄러미 바라보았다.

썬더는 눈으로 덮인 먹이 더미를 힐끗 쳐다보고, 혀로 입을 핥으며 기대에 찬 얼굴로 톨새도를 바라보았다.

"저도 좀 먹어도 돼요? 오늘은 사냥할 틈이 없었어요."

'겨우 사냥한 건 콰이어트레인한테 줬거든요.'

"당연하지."

톨새도가 썬더를 보며 다정하게 눈을 깜박였다.

"그레이윙을 데리고 온 데 대해 감사의 표시도 못 했는데."

"괜찮아요. 찾기 어렵지 않았거든요."

썬더는 배에서 꼬르륵거리는 소리를 들으며 서둘러 공터를 가로질렀다.

먹이 더미에서 생쥐 한 마리를 낚아챈 썬더는 몸을 웅크리고 몇 입 만에 허겁지겁 먹어 치웠다. 먹이를 꿀꺽 삼키면서 콰이어트레인 옆에 앉아 있는 그레이윙을 지켜보았다.

'정말 오랜만에 어머니를 만나면 기분이 어떨까?'

나무 사이로 갑자기 어머니가 튀어나온다면 어떤 기분이 들까, 궁금해지면서 마음이 너무 아팠다.

"난 클리어스카이를 만나고 싶단 말이야!"

콰이어트레인의 짜증 섞인 목소리가 공터에 울려 퍼졌다.

그레이윙의 눈길이 이리저리 맴돌다가 썬더에게서 멈췄다.

"네 아버지를 데리고 와 줄래?"

썬더는 몸이 굳었다. 조금 전에 먹은 생쥐가 배 속에 무겁게 가라앉는 것 같았다.

"지금요?"

땅거미가 지고 이미 밤이 찾아왔다. 숲 밖에는 눈이 펑펑 내리고 있을 것이다.

"천둥길만 건너가면 되잖아."

그레이윙이 다그치듯 말했다.

'하지만 난 아직 아버지를 보고 싶지 않단 말이야!'

등줄기를 따라 털이 곤두섰다. 썬더는 억지로 일어나서 그레이윙을 바라보았다.

"둘이서만 얘기 좀 할 수 있을까요?"

그레이윙이 몸을 일으켜 썬더에게 다가왔다.

"무슨 일인데?"

썬더는 목소리를 낮추고 대답했다.

"아버지 진영을 떠났다고 말했잖아요."

썬더는 쉭쉭거리며 말을 이었다.

"그건 쉬운 일이 아니었어요. 그러니 이렇게 빨리 돌아갈 수는 없어요."

"다시 가서 살라는 게 아니잖아."

그레이윙의 눈빛이 단호해졌다.

"그냥 가서 네 아버지를 데려오라는 거야."

"다른 고양이를 보내면 되잖아요!"

썬더는 진영을 둘러보았다. 머드포스와 마우스이어는 혀를 나누고 있었다. 톨섀도는 공터에 앉아서 홀리와 새끼 고양이들 옆에서 먹이를 먹는 펀을 지켜보고 있었다. 페블하트는 콰이어트레인의 상처를 살피고 있었고, 재기드피크는 거처 밖을 서성이고 있었다.

그레이윙이 귀를 머리에 납작 붙였다.

"콰이어트레인은 네 혈육이야……. 우리 모두의 혈육이란 말이야. 그리고 클리어스카이는 네 아버지야. 당연히 네가 가서 알려야지."

"싫어요!"

썬더는 으르렁거리며 대답했다.

"난 하루 종일 저 고양이들을 데리고 다녔다고요. 여기까지 데려온 것도 저예요. 지금은 너무 피곤해요."

"새끼 고양이처럼 징징대지 마!"

그레이윙이 소리쳤다.

"클리어스카이는 어머니가 여기 와 계신 걸 알면 기뻐할 거고,

당연히 그 소식을 전해 준 네게 고마워할 거야. 그러면 너와 네 아버지의 갈등도 끝이 날 거야."

썬더는 그레이윙을 노려보았다.

"만약에 제가 갈등을 끝내고 싶지 않다면요?"

"심술부릴 시간 없어!"

그레이윙이 꼬리를 휙 휘둘렀다.

"어머니는 지금 아프셔. 상처가 심각해. 네가 네 아버지와 말싸움하는 건 나중에도 얼마든지 할 수 있어. 내 어머니가 말할 기운이 남아 있을 때 얼른 가서 클리어스카이를 데려와."

썬더는 그레이윙을 노려보았다.

'콰이어트레인이 그렇게 아픈가?'

"알았어요. 다녀올게요."

썬더는 으르렁거리며 대답했다. 그리고 마음속에서 점점 커지는 짜증을 꾹 누르며 진영 입구로 향했다. 뭔가를 먹긴 했으니 그나마 다행이었다.

진영을 빠져나온 썬더는 눈 무게를 이기지 못하고 삐걱대는 소나무 사이로 서둘러 달려갔다. 그림자 속을 살피며 가다 보니 어느새 천둥길에 다다랐다. 길은 깔끔하게 쭉 늘어선 소나무와 제멋대로 여기저기 서 있는 떡갈나무 사이 컴컴한 골짜기를 가로질러 길게 뻗어 있었다. 깊이 쌓인 눈 위에 괴물이 지나간 자국은 보이지 않았다. 썬더는 쉽게 천둥길을 건너 그 너머 숲으로 미끄러져 들어갔다.

여전히 짜증이 가시지 않았다.

'그레이윙은 나 말고 다른 고양이를 보낼 수도 있었어.'

클리어스카이의 진영으로 이어지는 길에서 방향을 틀어 골짜기로 향했다. 썬더에게는 돌봐야 할 고양이들이 있었다. 그리고 밀크위드에게 밤이 될 때까지는 돌아가겠다는 약속도 했다. 그러니까 그들이 잘 있는지 먼저 확인해야 했다. 그런 다음 아버지한테 갈 작정이었다.

골짜기 꼭대기에 다다르자 발이 아팠다. 눈이 소용돌이치며 작은 골짜기로 떨어져 내려, 그 속에 있는 가시나무와 가시금작화에 쌓였다. 미끄러운 바위를 조심조심 기어 내려가 눈 덮인 골짜기 바닥으로 조용히 뛰어내렸다.

"썬더!"

라이트닝테일의 기쁜 목소리가 가시금작화 덤불을 비집고 들어가는 썬더를 반겼다.

"어디 갔다 오는 거야?"

"밀크위드가 말 안 했어?"

썬더는 공터를 가로지르며 물었다.

"했어. 하지만 우린 네가 더 빨리 돌아올 줄 알았지."

"생각보다 더 오래 걸렸어."

썬더는 눈 덮인 공터를 둘러보았다. 밀크위드는 새끼들을 위해 직접 엮어 만든 거처에서 밖을 내다보고 있었다. 엄마 곁에 웅크리고 있는 클로버와 시슬의 눈이 어둠 속에서 반짝반짝 빛났다. 핑크아이스는 공터 가장자리에 웅크리고 앉아 비쩍 마른 찌르레기를 씹어 먹고 있었다.

다람쥐 한 마리를 입에 물고 진영을 가로질러 달려오던 리프가 썬더 옆을 지나치면서 고개를 끄덕였다.

"오늘 사냥은 성공적이네요."

썬더는 리프의 뒤통수에 대고 소리쳤다.

라이트닝테일이 코에 내려앉은 눈송이를 털어 내려고 콧김을 흥 내뿜었다.

"핑크아이스가 눈이 오기 전에 냄새를 맡아서, 우린 하루 종일 사냥을 했어. 한동안은 사냥하기가 힘들 것 같아서."

라이트닝테일은 톨섀도의 진영만큼 잔뜩 쌓인 먹이 더미를 향해 꼬리를 홱 튕겼다.

리프는 물고 온 다람쥐를 밀크위드의 거처 입구에 내려놓았다.

썬더는 놀라서 눈을 깜박거렸다.

'리프가 정말로 어미 고양이와 새끼들에게 먹이를 가져다준 거야?'

"고마워, 리프."

밀크위드가 그림자 속에서 눈을 깜박이고는 다람쥐를 가시덤불 속으로 끌고 들어갔다.

"들어와서 같이 먹을래?"

"자리가 있으면 그러지 뭐."

리프가 대답했다.

밀크위드와 새끼들이 나뭇잎을 바스락거리며 몸을 바짝 붙여 자리를 만들어 주자, 리프는 조용히 안으로 들어갔다.

썬더는 놀란 눈으로 라이트닝테일을 쳐다보았다.

라이트닝테일이 어깨를 으쓱했다.

"내가 보기에 리프는 밀크위드가 사냥을 못 한다고 말한 걸 미안하게 생각하는 것 같아. 밀크위드는 오늘 리프만큼 먹이를 많이 잡았거든."

라이트닝테일은 먹이 더미를 향해 꼬리를 튕겼다.

"배고프겠다. 가서 좀 먹어."

"톨섀도의 진영에서 먹고 왔어."

그때 먹이 더미 너머에 있는 고사리 덤불이 부스럭거리더니 아울아이스가 덤불을 비집고 나와 주둥이에서 눈을 털어 냈다.

"썬더! 돌아왔네!"

아울아이스는 서둘러 진영을 가로질러 왔다.

"하지만 다시 가야 해."

썬더가 설명했다.

"아버지를 톨섀도의 진영으로 데려가야 하거든. 산에서 온 고양이들 중 하나가 아버지의 어머니인데, 아들을 만나고 싶어 해."

클라우드스파츠가 고사리 덤불 밖으로 나왔다. 검은 수고양이는 놀라서 눈을 깜박이며 썬더를 바라보았다.

"콰이어트레인이 클리어스카이를 보러 산에서 여기까지 왔단 말이야?"

썬더는 어깨를 으쓱했다.

"그레이윙과 재기드피크도 보고 싶어 했어요."

라이트닝테일이 눈 위로 꼬리를 휘저었다.

"클리어스카이의 진영까지 내가 같이 가 줄게."

썬더는 고개를 저었다.

"넌 진영을 지켜 줘. 굶주린 여우가 주변을 돌아다닐지도 모르니까."

"그렇다면 더욱더 같이 가야지."

아울아이스가 다그치듯 말했다.

"우린 괜찮을 거야. 핑크아이스는 먼 황무지에 있는 여우 냄새도 맡을 수 있고, 만약에 문제가 생기더라도 리프와 밀크위드와 내가 새끼들을 지킬 수 있어."

썬더는 열의에 찬 어린 수고양이의 눈을 바라보았다.

"알았어."

"진영은 내가 안전하게 지킬게. 나만 믿어."

아울아이스는 자신만만하게 가슴을 내밀고는 핑크아이스 옆으로 성큼성큼 걸어가 앉았다.

"당장 떠나야 해."

썬더는 라이트닝테일에게 말했다.

"콰이어트레인의 몸이 안 좋아. 낭비하고 있을 시간이 없어."

라이트닝테일이 썬더를 물끄러미 바라보았다.

"그럼 왜 여기로 먼저 온 거야?"

"밀크위드한테 그렇게 하겠다고 약속했거든."

썬더는 친구의 눈길을 피하며 대답했다.

하지만 라이트닝테일은 썬더가 아버지 진영으로 돌아가는 걸 꺼리고 있다는 것을 눈치챈 게 분명했다.

"걱정하지 마."

라이트닝테일이 코로 썬더의 어깨를 가볍게 찌르며 말했다.

"우린 그냥 클리어스카이에게 가서 콰이어트레인 이야기를 하고, 톨새도의 진영까지 데려가기만 하면 돼. 이건 반드시 해야 할 일이야."

"나도 알아. 하지만 다른 고양이도 할 수 있는 일이잖아."

썬더는 힘없이 중얼거렸다.

가시금작화 덤불로 걸어간 썬더는 꿈틀대며 그 밑으로 빠져나갔다. 가시에 털가죽을 긁히며 밖으로 나오니 눈이 주둥이로 쏟아져 내렸다. 바위 벽을 기어올라 골짜기 꼭대기에 다다른 썬더는 잠시 멈춰 서서 라이트닝테일을 기다렸다가 함께 숲으로 향했다.

클리어스카이의 진영에 다다를 때까지 둘은 아무 말 없이 조용히 걸어갔다. 썬더는 여우가 있는지 살피려고 귀를 쫑긋 세우고 걸었다. 라이트닝테일은 눈에 가려진 나무뿌리와 땅에 떨어진 잔가지를 피하기 위해 땅바닥에서 시선을 떼지 않았다. 클리어스카이의 진영을 가려 주는 가시덤불 장벽에 다다랐을 무렵 추위가 뼛속까지 파고들었다. 썬더는 입구에서 걸음을 멈추고 라이트닝테일을 향해 돌아섰다.

"최대한 빨리 끝내자."

라이트닝테일이 고개를 끄덕였다. 썬더는 가시덤불을 비집고 진영 안으로 들어갔다.

공터는 텅 비어 있었고, 공터 가장자리에서 나지막이 코 고는 소리만 들렸다.

"썬더?"

에이콘퍼가 잠자리에서 부스스 일어났다.

"여긴 무슨 일로……."

라이트닝테일을 발견하고 어린 암고양이는 말꼬리를 흐렸다.

"돌아온 거야?"

에이콘퍼의 눈에 희망이 반짝였다.

"아니야."

라이트닝테일이 나지막이 말했다.

화가 난 듯 에이콘퍼의 귀가 움찔거렸다.

"그러면 여긴 왜 온 건데?"

"아버지한테 전할 말이 있어."

썬더가 말했다.

공터 가장자리의 잠자리들이 부스럭대더니 어둠 속에서 눈들이 반짝거렸다.

"썬더가 왔어?"

블로섬이 호랑가시나무 아래에서 잠에 취한 목소리로 말하며 코를 쿵쿵거렸다.

올더와 버치도 가시덤불 밑에 있는 잠자리에서 폴짝 뛰어나왔다. 네틀과 퀵워터, 스패로퍼는 그림자 속에서 눈 덮인 공터로 걸어 나왔다.

"왜 왔어?"

버치가 미심쩍은 눈으로 썬더를 바라보았다.

"네 무리로 데려갈 고양이를 찾으러 온 건 아니겠지."

네틀이 으르렁거리며 말했다.

"우리 중 누구도 너한테 가지 않을 거야."

썬더는 눈을 가늘게 뜨고 턱을 쳐들었다.

"난 아버지를 만나러 왔어."

아버지가 자신에게 화를 내리라는 건 예상했지만, 옛 동료들까지 자신을 이렇게 미워할 줄은 몰랐다.

스패로퍼가 앞으로 걸어 나왔다.

"아울아이스는 잘 지내?"

"잘 지내."

썬더는 어린 암고양이에게 말했다.

"아울아이스한테 우리 진영을 맡기고 왔어."

"핑크아이스는?"

블로섬의 삼색얼룩 털가죽이 눈 위에서 또렷이 보였다.

라이트닝테일이 썬더 옆으로 다가오며 대답했다.

"새로운 보금자리를 아주 마음에 들어 해. 행복하게 잘 지내고 있어."

"핑크아이스는 여기서도 행복했어."

올더가 중얼거렸다.

썬더는 어린 암고양이를 돌아보았다.

"그렇다면 여길 왜 떠났겠어?"

라이트닝테일이 둘 사이에 끼어들었다.

"우린 수다나 떨자고 너희를 깨운 게 아니야."

"우리는 클리어스카이를 데리러 왔어."

썬더는 아버지의 잠자리가 있는 떡갈나무 뿌리 쪽을 힐끗 쳐다보았다. 잠자리는 텅 비어 있었다.

"클리어스카이는 스타플라워와 함께 저기 고사리 덤불 속에 잠자리를 새로 만들었어."

에이콘퍼가 가파른 진흙 둑과 그 너머의 어둠을 향해 고갯짓을 했다.

"아버지!"

썬더는 목소리를 높여 불렀다. 고사리 덤불이 부스럭대면서 클리어스카이의 회색 털가죽이 그림자 속에 나타나자 썬더는 몸이 굳었다.

"여긴 왜 온 거냐, 썬더?"

클리어스카이가 둑 꼭대기에 서서 물었다.

썬더는 아버지를 노려보았다.

"콰이어트레인이 산에서 왔어요. 지금 톨새도의 진영에 있어
요. 아버지를 만나고 싶어 해요."

클리어스카이의 눈이 휘둥그레지며 놀란 듯 털가죽이 일렁이
다가, 차츰 얼굴에 기쁨이 번졌다.

"그레이윙한테 아버지를 데려오겠다고 약속했어요. 서둘러야
해요. 콰이어트레인은 지금 아파요."

말을 전하고 돌아서서 입구로 향하는데, 클리어스카이의 옆에
서 부드러운 목소리가 들렸다.

"기다려, 썬더."

스타플라워가 부르고 있었다.

썬더는 걸음을 멈췄다.

"왜?"

"네 아버지가 얼마나 놀랐겠어. 조금은 친절을 베풀어도 되는
거 아니야?"

'아버지가 항상 나한테 보여 준 것 같은 친절을 말하는 거야?'

썬더는 목구멍으로 씁쓸함이 차올랐지만, 다른 고양이들의 시
선을 의식했다.

"알았어."

썬더는 클리어스카이가 둑을 허둥지둥 내려올 때까지 기다렸다.

"어머니는 얼마나 아프시니?"

클리어스카이가 썬더 옆으로 다가와 물었다.

썬더는 시선을 피했다. 아버지를 안타깝게 여기긴 싫었다.

"굶다시피 했고 뒷다리를 다쳤어요. 페블하트가 치료하고는 있지만 염증이 깊이 파고들었대요."

스타플라워도 둑에서 뛰어내렸다.

"나도 같이 가요."

썬더는 몸이 굳었다. 이 암고양이의 냄새가 달라졌다. 그리고 눈이 예전과 달리 부드럽게 빛났다.

"당신은 여기 있어."

클리어스카이가 부드럽게 말했다.

"날이 춥잖아. 당신은 쉬어야 해. 곧 새끼들이 태어날 텐데."

충격이 고드름처럼 썬더의 가슴을 찔렀다.

'새끼를 가졌구나!'

썬더는 충격을 감추려고 발톱을 눈에 깊이 박아 넣었다.

"아버지 말이 맞아."

썬더는 으르렁거리듯 말했다.

"넌 여기 있어. 그리고 이건 네가 끼어들 일이 아니야. 콰이어트레인은 우리 혈육이지, 네 혈육이 아니잖아."

에이콘퍼가 앞으로 나섰다. 어둠 속에서 암고양이의 눈이 번쩍거렸다.

"다 지난 일이야, 썬더. 잔인하게 굴지 마."

썬더는 에이콘퍼를 힐끗 쳐다보았다.

'진짜 잔인한 게 어떤 건지 알기나 해? 너는 태어나자마자 어머니를 잃지 않았잖아. 그리고 아버지한테 버림받은 적도 없잖아.'

"가자, 우린 지금 시간을 낭비하고 있어."

라이트닝테일이 귓가에 속삭였다.

썬더는 클리어스카이를 바라보았다.

"갈 준비 됐어요?"

클리어스카이의 꼬리가 파르르 떨렸다.

"그래."

톨새도의 진영에 도착했을 때, 눈은 머리 위로 겹쳐진 소나무의 가지와 잎을 뚫고 숲 바닥에 펑펑 쏟아지고 있었다. 얼음처럼 차가운 바람이 시커먼 나무줄기 사이로 불어왔다. 몸을 숙이고 가시덤불 입구로 들어간 썬더는 진영의 높은 벽이 바람을 막아 주자 그제야 마음이 놓였다.

썬더는 잠시 그 자리에 서서 클리어스카이와 라이트닝테일이 뒤따라 들어오길 기다렸다.

공터는 텅 비어 있었다. 다들 추위를 피해 잠자리로 들어간 것 같았다. 그레이윙만 페블하트의 거처 밖에 몸을 둥글게 말고 눈에 반쯤 덮인 채 누워 있었다. 클리어스카이를 보자마자 그레이윙은 벌떡 일어나 형제를 맞이하러 달려왔다.

클리어스카이가 먼저 입을 열었다.

"어머니는 왜 오신 거야? 산에 무슨 일이라도 생겼대?"

그레이윙이 고개를 저었다.

"어머니는 우리를 보러 오신 거야. 여행을 하느라 몸이 많이 아프셔."

그레이윙은 페블하트의 거처를 향해 고갯짓을 했다.

370

"어머니가 널 기다리고 있어."

썬더는 아버지가 서둘러 공터를 가로질러 가시나무 거처로 들어가는 모습을 지켜보았다.

"고맙다, 썬더."

그레이윙의 입김이 썬더의 귀 털을 스쳤다.

썬더는 회색 고양이에게서 물러났다. 이곳을 떠나기 전에 그레이윙이 했던 매몰찬 말이 아직도 머릿속을 맴돌았다.

'떼쓰는 새끼 고양이처럼 굴지 마!'

분노가 털가죽을 쿡쿡 찔렀다.

"아버지를 데리고 오라고 해서 그 말대로 했어요."

썬더는 쏘아붙이듯 말했다. 하루 종일 다른 고양이들이 해 달라는 대로 다 해 주고 나니 너무 피곤했다. 이제는 집으로 돌아가 자신을 진심으로 아끼는 고양이들 사이에서 푹 자고 싶은 마음뿐이었다.

"미안해."

그레이윙의 목소리는 부드러웠다.

썬더는 깜짝 놀라 그레이윙을 바라보았다.

"아까는 내가 너무 매몰차게 말했어."

그레이윙이 솔직하게 인정했다.

"하지만 걱정이 돼서 참을 수가 없었어. 어머니와 클리어스카이를 만나게 해야 하는데, 혹시라도 그 전에……."

두려움에 눈을 번쩍이며 그레이윙은 말꼬리를 흐렸다.

'그레이윙은 자기 어머니가 죽어 가고 있다고 생각하는 걸까?'

그레이윙의 뒤에서 질질 끌리는 발소리가 들렸다. 재기드피크가 다가오는 소리였다.

"먹이는 많으니까 필요하면 먹어."

재기드피크가 눈으로 덮인 먹이 더미를 향해 고개를 끄덕이며 라이트닝테일에게 말했다.

"우린 숲의 떠돌이란 떠돌이는 모두 모아 먹이고 있어. 그러니 너희도 우리 먹이를 먹어도 돼. 마음껏 먹어."

라이트닝테일이 썬더를 바라보았다.

"그래도 돼?"

"당연하지."

썬더는 꼬리를 튕겼다.

"가서 먹어. 네가 잡지 않은 먹이를 먹어도 되는 기회는 흔치 않잖아."

공터를 가로질러 가는 친구를 잠시 지켜보다가, 썬더는 재기드피크에게로 고개를 돌렸다.

"펀은 괜찮아요?"

"우리와 거처를 함께 쓰고 있어."

"선새도는요?"

재기드피크는 진영 벽을 향해 고갯짓을 했다. 소나무 가지로 만든 잠자리에서 머드포스와 마우스이어 옆에 옹송그리고 있는 검은 형체가 눈에 띄었다.

"생쥐 두 마리를 먹고 잠들었어. 해가 지고부터 수염 하나 안 움직여."

썬더는 만족스럽게 고개를 끄덕였다.

"콰이어트레인의 아들들이 이제 모두 왔네요. 라이트닝테일이

372

먹이를 먹고 나면 우린 돌아갈게요."

"좀 기다렸다가 너도 같이 보고 가지 않을래?"

재기드피크가 물었다.

"네 혈육이기도 하잖아."

썬더는 콧방귀를 뀌었다.

"클리어스카이는 내 아버지가 아닌 거나 다름없어요. 그러니 콰이어트레인이라고 다를 게 뭐 있어요?"

어둠 속에서 재기드피크의 눈이 반짝거렸다.

"썬더, 화를 내기는 쉬워. 하지만 화내 봤자 마음이 아픈 것 말고는 얻을 게 없어. 아버지를 가엾게 여기렴. 아마 네 아버지도 지금 힘들 거야."

'자기가 얼마나 많은 문제를 일으켰는지 어머니에게 털어놔야 하니까 힘들긴 하겠지.'

썬더는 속으로 생각했다.

그레이윙이 옆으로 다가왔다.

"힘든 건 우리 모두 마찬가지야."

재기드피크가 엄숙한 얼굴로 고개를 끄덕였다.

"우리는 안전하고 편안한 집을 찾아 산에서 여기까지 왔어. 어머니는 우리가 그 목표를 이뤘을 거라고 기대하고 오셨을 거야. 그런데 우리가 어머니한테 들려줄 수 있는 얘기라고는 싸우고, 아프고, 죽었다는 것뿐이야. 어떤 고양이가 그런 이야기를 듣고 싶겠어?"

썬더는 페블하트의 거처를 힐끗 쳐다보았다.

'아버지는 자신의 어머니에게 무슨 이야기를 하고 있을까?'

갑자기 진영 벽이 부르르 떨렸다. 썬더가 놀라서 눈을 깜박거리는데, 스타플라워가 가시덤불 입구를 뚫고 들어왔다.

그레이윙은 암고양이를 보자마자 나지막이 으르렁거렸고, 재기드피크는 등을 둥글게 말고 쉭쉭 소리를 냈다.

썬더는 재빨리 앞으로 나섰다.

"여긴 왜 왔어?"

스타플라워는 적대적으로 노려보는 그레이윙을 본체만체하고 그대로 지나쳐, 공터 끄트머리에 멈춰 섰다.

"클리어스카이가 걱정돼서 왔어."

"넌 진영에 남아 있으라고 했잖아."

썬더는 작은 소리로 말했다.

스타플라워가 눈을 가늘게 떴다.

"나는 누가 시키는 대로 하지 않아. 내가 하고 싶은 대로 하지."

화가 나서 털가죽을 꿈틀거리던 썬더는 재기드피크 역시 어깨 털을 곤두세우고 있는 것을 알아차렸다. 스타플라워는 위험을 무릅쓰고 이곳에 왔다. 원아이를 위해 여기 있는 고양이들을 배신하고 쫓겨난 게 스타플라워의 마지막 모습이었다.

재기드피크가 암고양이에게 다가갔다.

"당장 꺼져."

재기드피크가 암고양이의 귀에 대고 쉭쉭거렸다.

"난 여기 있을 거야."

스타플라워가 쏘아붙였다.

재기드피크는 암고양이를 노려보았다.

"네가 왜 클리어스카이 형을 걱정하는데?"

"내가 그의 짝이니까."

스타플라워가 당당히 말했다.

"그리고 난 클리어스카이의 새끼를 가졌어. 그러니까 클리어스카이가 나를 필요로 할 때 곁에 있을 자격이 있어."

서로를 노려보는 둘의 시선에 마치 불꽃이 튀는 것처럼 긴장감이 감돌았다.

"그레이윙! 재기드피크!"

클리어스카이가 페블하트의 거처 밖으로 머리를 내밀었다.

"어머니가……."

스타플라워를 발견하고 클리어스카이는 말을 멈췄다.

암고양이는 어둠 속 별처럼 눈을 반짝이며 클리어스카이를 바라보았다.

하지만 클리어스카이는 암고양이에게서 눈을 돌렸다.

"어머니가 우리 모두에게 할 말이 있대."

클리어스카이는 재기드피크와 그레이윙에게 고개를 끄덕이고는 다시 안으로 들어갔다.

두 수고양이가 서둘러 페블하트의 거처로 달려가는 동안 톨새도가 잠자리에서 일어나 앉았다.

"콰이어트레인은 괜찮아?"

스타플라워가 공터를 가로질러 톨새도에게 다가갔다.

"아들들과 이야기를 하고 싶대요."

톨새도가 놀란 눈으로 스타플라워를 바라보았다.

하지만 미처 입을 열기도 전에 스타플라워가 먼저 꼬리를 휙 휘둘렀다.

"난 클리어스카이를 도와주러 왔어요. 이제 내가 그의 짝이거든요."

"새끼도 가졌네."

페블하트가 눈밭으로 걸어 나와 황금색 암고양이를 바라보며 말했다.

스타플라워는 페블하트를 보며 눈을 깜박거렸다.

"그걸 어떻게 알았어?"

"어미 고양이의 냄새를 알거든."

페블하트가 대답했다. 그리고 옆으로 지나가는 그레이윙과 재기드피크에게 고개를 끄덕였다.

"콰이어트레인을 너무 피곤하게 하면 안 돼요."

거처로 들어가는 둘을 지켜보면서, 썬더는 배가 단단히 뭉치는 느낌이 들었다. 저들이 뿔뿔이 흩어진 무리에 대해 뭐라고 설명할지 궁금했다.

썬더는 눈을 피해 진영 벽으로 가까이 다가갔다. 점점 두껍게 쌓이는 눈이 진영 반대쪽 끝을 삼키고 있었다. 콰이어트레인은 아들들이 먹이가 풍부하고 평화로운 땅에서 다 함께 모여 살기를 기대하지 않았을까? 썬더는 갑자기 늙은 암고양이가 가엾다는 생각이 들었다. 진실을 알고 나면 어떤 기분이 들까?

18
전하기 힘든 진실

"말해 봐!"

콰이어트레인이 거처 안쪽 그림자 속에서 무섭게 노려보았다.

"대체 내 친구들은 어떻게 된 거야?"

클리어스카이는 두려움이 배를 가르고 튀어나오는 것 같았다.

'어머니한테 뭐라고 설명하지?'

입이 바싹 말라 침을 꿀꺽 삼켰다. 그레이윙과 재기드피크도 불안한지, 옆에서 발을 꼼지락거렸다.

"너희는 마치 내가 부족 동료들을 땅에 묻는 일을 방해한 것처럼 굴고 있잖아!"

늙은 암고양이의 눈이 이글이글 타올랐다.

"너희는 내 아들들이야. 우린 서로에게 아무것도 숨겨서는 안 돼! 너희와 함께 산을 떠난 다른 고양이들은 다 어디 있니?"

재기드피크가 고개를 푹 숙였다.

"대플드펠트와 섀터드아이스는 지금 강가에서 살아요."

"그건 나도 알아!"

콰이어트레인이 부들부들 떨리는 앞발로 몸을 일으켰다.

"퀵워터는 저와 함께 숲에서 살아요. 에이콘퍼도요."

클리어스카이가 말했다.

콰이어트레인은 몸을 움직이느라 힘들었는지 가쁜 숨을 몰아 쉬며 다시 배를 깔고 엎드렸다.

"에이콘퍼가 누군데?"

"호크스웁의 새끼들 중 하나예요."

클리어스카이는 어머니 입에서 나올 다음 질문을 예상하고 목이 조여 왔다.

"호크스웁?"

콰이어트레인의 눈에 희망이 반짝였다.

"걔는 어디 있는데?"

클리어스카이는 눈길을 떨궜다.

"죽었어요."

콰이어트레인은 움찔했다.

"어…… 어쩌다가?"

그레이윙과 재기드피크가 시선을 교환했다.

콰이어트레인이 으르렁거렸다.

"비둘기 깃털 뽑듯 하나하나 물어야겠니? 호크스웁은 어쩌다 죽었냐니까?"

클리어스카이는 형제들을 힐끗 쳐다보았다. 그들은 발만 빤히 내려다보고 있었다.

"싸움이 벌어졌어요."

클리어스카이는 잠긴 목소리로 대답했다.

"누구와 싸웠는데?"

콰이어트레인이 따지듯 물었다.

재기드피크가 턱을 처들었다.

"클리어스카이 형이랑요."

콰이어트레인은 혼란스러운 듯 눈빛이 어두워졌다.

"누가 클리어스카이와 싸웠는데?"

그레이윙이 귀를 머리에 납작 붙였다.

"제가요."

"우리 모두 싸웠어요."

재기드피크가 덧붙였다.

"무슨 말인지 못 알아듣겠구나."

콰이어트레인의 눈이 고통스럽게 반짝였다.

"너희끼리 싸웠다는 거니?"

재기드피크가 천천히 눈을 깜박였다.

"우리가 처음 산에서 내려와 여기 도착했을 때는 하나의 무리로 살았어요. 그런데 그중 황무지에서 살고 싶어 하는 고양이가 생기고, 또 누군가는 숲에서 살고 싶어 했어요. 그래서 클리어스카이 형이 몇몇 고양이들을 데리고 숲으로 갔고, 우리는 황무지에 남았어요. 그렇게 평화롭게 살았는데……."

클리어스카이는 심장이 빨리 뛰기 시작했다.

'저 녀석은 그 전투를 다 내 탓이라고 말하려는 걸까?'

클리어스카이는 재빨리 끼어들었다.

"전 우리가 영역을 나누어 각각의 무리가 서로 다른 장소에서 사냥을 하는 게 최선의 방법이라고 생각했어요."

"형이 경계를 만들었어요!"

379

재기드피크가 비난하는 눈으로 클리어스카이를 노려보았다.

그레이윙이 고개를 들었다.

"처음에는 그게 좋은 생각인 것 같았어요."

콰이어트레인의 눈이 가늘어졌다.

"처음에는?"

"근데 클리어스카이 형이 계속해서 경계를 넓혔어요."

재기드피크가 말했다.

그레이윙의 귀가 움찔거렸다.

"우리는 우리가 가진 걸 지켜야만 했고요."

"그래서 서로 싸웠다는 거야?"

콰이어트레인은 믿을 수 없다는 듯 눈을 깜박거렸다.

"말로 해결할 수는 없었니?"

"우리도 말로 해결하려고 애썼어요."

그레이윙이 설명했다.

재기드피크가 콧방귀를 뀌었다.

"영역 문제를 의논하려고 만났는데, 그때 클리어스카이 형이 자기 무리를 이끌고 우리를 공격했어요."

콰이어트레인의 눈길이 클리어스카이에게로 향했다. 불길처럼 뜨거운 시선에 클리어스카이는 움찔했다.

"그게 사실이냐?"

"그…… 그건 실수였어요."

클리어스카이는 중얼거렸다.

"전 그저 제가 이끄는 고양이들에게 충분한 사냥터를 주고 싶다는 생각밖에 없었어요."

콰이어트레인의 시선은 조금도 흔들리지 않았다.

"그래서 네 형제들의 땅을 빼앗으려고 했구나. 그리고 그들이 땅을 포기하지 않자 그들을 공격했다는 거니?"

"우리는 서로를 공격했어요."

그레이윙이 앞으로 나서며 형제를 두둔하듯 말했다.

"우린 선택의 여지가 없었잖아."

재기드피크가 으르렁거렸다.

콰이어트레인의 등줄기를 따라 털이 곤두섰다.

"그 전투에서 또 누가 죽었니?"

"잭도스크라이요."

그레이윙이 나지막이 말했다.

"그리고 폴링페더도요."

클리어스카이는 몸이 뻣뻣하게 굳었다.

'그 남매가 서로를 죽였다는 걸 어머니에게 말할 셈인가?'

그레이윙이 다시 입을 열자 클리어스카이는 숨이 콱 막히는 것 같았다.

"떠돌이들까지 끼어들어 싸우면서 우리가 생각한 것보다 전투가 더 치열해졌어요. 그들은 상대를 죽일 작정으로 싸웠어요."

클리어스카이의 온몸으로 안도감이 밀려왔다.

'고맙다, 그레이윙.'

"그래서 그 떠돌이들이 터틀테일도 죽였니?"

콰이어트레인이 물었다.

그레이윙의 눈빛이 흐려졌다.

"아뇨, 터틀테일은 전투가 일어나기 전에 괴물한테 죽었어요."

그레이윙의 어깨가 축 처졌다.

"그건 사고였어요."

"그러면 셰이디드모스는?"

콰이어트레인이 기운 빠진 목소리로 물었다.

"또 다른 괴물한테 당했어요."

이번에는 재기드피크가 대답했다.

"레인스웹트플라워는?"

어머니의 물음에 클리어스카이는 몸이 굳었다.

'레인스웹트플라워!'

자신이 휘두른 발톱에 죽은 암고양이가 떠오르자, 배에 구멍이 뻥 뚫린 것 같았다. 클리어스카이는 애원하는 눈빛으로 그레이윙과 재기드피크를 바라보았다.

'제발, 어머니한테 사실대로 말하지 말아 줘…….'

그림자 속에서 재기드피크의 눈이 번쩍거렸다. 동생이 주둥이를 들어 올리자 클리어스카이는 두려움에 사로잡혔다.

"전투 중에 죽었어요."

그레이윙이 경고하듯 재기드피크를 노려보며 말했다.

콰이어트레인의 눈빛이 매서워졌다.

"너희는 왜 서로를 그런 눈빛으로 바라보니?"

늙은 암고양이가 눈을 가늘게 떴다.

"대체 지금 나한테 뭘 숨기는 거야?"

클리어스카이는 부들부들 떨면서 앞으로 걸어 나가 턱을 쳐들었다. 어머니한테 직접 말하는 게 낫겠다는 생각이 들었다.

"제가 레인스웹트플라워를 죽였어요."

클리어스카이는 사실대로 털어놓았다.

"네가 죽였다고?"

콰이어트레인이 아들을 멍하니 바라보았다.

클리어스카이는 억지로 말을 이었다.

"그때는 화가 나서 제정신이 아니었어요. 제대로 생각을 하질 못했어요."

"네가 네 부족 동료를 죽였다고?"

콰이어트레인은 매처럼 날카로운 눈으로 아들을 노려보았다.

"전투 중이었어요. 우리 모두 제정신이 아니었어요."

그레이윙이 침착한 목소리로 말했다.

콰이어트레인이 고개를 홱 돌렸다.

"그레이윙, 나가 있어!"

그레이윙은 움찔했다.

"재기드피크, 너도."

콰이어트레인은 클리어스카이에게로 다시 시선을 돌렸다.

그레이윙과 재기드피크가 거처에서 나가자 클리어스카이는 심장이 뒤틀리는 걸 느끼며 어머니에게서 물러났다. 어머니의 푸른 눈동자 깊은 곳에서 혐오감이 타올랐다.

"죄송해요."

클리어스카이는 작은 소리로 속삭였다.

스타플라워의 걱정스러운 목소리가 밖에서 들렸다.

"클리어스카이는 어디 있어요?"

"아직 어머니와 이야기 중이야."

그레이윙이 부드럽게 대답했다.

"무슨 이야기를 나누는데요?"

걱정 때문에 스타플라워의 목소리가 날카로워졌다.

"그게 너랑 무슨 상관이야?"

재기드피크가 씩씩대며 물었다.

그러자 스타플라워도 쉭쉭거렸다.

"내 새끼들 아버지니까 당연히 상관이 있지!"

클리어스카이는 당장 이 거처에서 도망쳐 스타플라워의 털 깊숙이 코를 파묻고 싶었다. 하지만 억지로 다시 어머니의 눈을 마주 보았다.

어머니의 비쩍 마른 몸이 바들바들 떨리고 열이 나서 주둥이는 번들거렸다. 그리고 입가에는 게거품까지 묻어 있었다.

'페블하트를 불러야 할까?'

그런데 어머니의 두 눈은 아픈 고양이답지 않게 이글이글 타올랐다.

"나는 내 새끼들에게 자기 동료를 죽이라고 가르치지 않았다."

늙은 암고양이가 쉭쉭대며 말했다.

"그때 무슨 일이 있었는지 어머니는 모르시잖아요!"

클리어스카이는 방금 자신의 목구멍에서 튀어 나간 말이 마치 새끼 고양이가 징징대는 소리 같다고 느꼈다.

"그때 우리는 낯선 땅에 와 있었다고요. 우리가 살던 산과는 전혀 다르게 살아가는 낯선 땅에요! 우리를 이끌어 줄 스톤텔러도 없었어요. 전 제가 옳은 일을 한다고 생각했단 말이에요!"

"네 형제들과 동료들에게 등을 돌리는 게 말이냐?"

콰이어트레인이 으르렁거렸다.

"그들을 죽이는 게?"

클리어스카이는 어머니 곁으로 바짝 다가갔다.

"그건 실수였어요."

클리어스카이는 괴로운 신음을 흘렸다.

"저를 용서해 주세요. 제 어머니시잖아요."

그 순간 콰이어트레인이 앞발로 주둥이를 후려갈겼다. 코를 찢는 아픔에 클리어스카이는 놀란 눈으로 어머니를 바라보며 뒤로 홱 물러났다. 어머니의 품에 안겨 젖을 빨았는데. 처음 먹이를 잡아 동굴로 가져갔을 때 자랑스럽게 눈을 반짝이며 맞이하던 어머니였는데. 그랬던 어머니가 싸늘한 눈으로 노려보고 있었다.

"죄송해요."

클리어스카이는 목이 메어 말도 제대로 나오지 않았다.

"너는 내 아들이 아니다."

콰이어트레인이 입을 하악 벌리고 말했다.

"당장 내 눈앞에서 사라져라. 다시는 널 보고 싶지 않다."

클리어스카이는 방금 한 말이 얼마나 잔인한 말인지 어머니가 깨닫기를 바라며 잠시 눈만 깜박거렸다.

"용서해 주세요."

클리어스카이는 속삭이듯 말했다.

"절대 용서 못 해."

늙은 암고양이의 눈이 분노로 희번덕거렸다.

홱 돌아서서 거처를 나오던 클리어스카이는 눈송이가 주둥이를 때리자 깜짝 놀랐다. 하얗게 쏟아지는 눈 때문에 실눈을 뜨자 눈앞이 슬픔으로 뿌옇게 흐려졌다.

스타플라워의 향기가 피가 흐르는 코를 적셨다. 눈보라 속에서 암고양이의 호박색 눈이 빛나고, 눈동자는 별처럼 반짝거렸다.

클리어스카이는 충격을 받아 멍해진 얼굴로 암고양이를 보며 눈을 깜박거렸다.

"나와 같이 가요."

스타플라워가 다정하게 속삭였다.

클리어스카이는 그레이윙과 재기드피크가 공터에서 자신을 지켜보고 있다는 걸 어렴풋이 알고 있었다. 휘몰아치는 눈 속에서 톨새도는 거의 보이지 않았다.

"저기 가시덤불 속에 구덩이가 있어요."

스타플라워가 달래듯 말했다.

"거기서 아침까지 쉬어요."

"난 집에 가고 싶어."

클리어스카이는 중얼거렸다.

"지금은 못 가요."

암고양이의 따뜻한 옆구리가 몸에 닿으며 클리어스카이를 눈 속으로 이끌고 갔다.

가시덤불 구덩이에 가까이 가자 스타플라워가 부드럽게 쿡 찔렀다.

"여기서 기다려요."

스타플라워는 뾰족뾰족 가시가 돋은 진영 벽에서 눈을 퍼내어 가시덤불 안에 잠자리를 만들었다. 클리어스카이는 그 모습을 멍하니 지켜보았다. 잠자리가 완성되자 스타플라워는 얕게 판 구덩이에서 뛰어나와 클리어스카이를 앞으로 밀었다.

"이 안에 들어가 있으면 따뜻할 거예요."

클리어스카이는 발을 질질 끌면서 쌓인 눈을 넘어 흙바닥이 드러난 구덩이로 미끄러져 들어갔다.

스타플라워가 옆으로 살며시 들어왔다.

"누워요."

발을 배 밑에 깔고 엎드리자, 스타플라워가 마치 새끼를 안듯 몸을 웅크려 감싸 안고 꼬리로 휘감았다. 부드럽게 가르랑대는 암고양이의 소리가 떨리는 옆구리에 닿으며 울렸다. 암고양이의 따스한 체온이 서서히 털가죽으로 스며들었다. 마치 눈이 녹는 것처럼 머릿속 생각들이 사라졌다.

"내가 괴물이야?"

클리어스카이는 거친 목소리로 속삭였다.

"아니에요."

스타플라워의 목소리는 단호했다.

"당신은 영웅이고 지도자예요. 당신은 다른 고양이들이 두려워서 하지 못하는 힘든 선택을 했어요. 그러니 절대 부끄러워할 필요 없어요."

클리어스카이는 가슴이 아파서 스타플라워에게 몸을 힘껏 기댔다. 그러자 암고양이가 혀로 뺨을 핥아 주었다. 자신을 달래 주는 암고양이의 온기를 느끼며 클리어스카이는 눈을 감고 잠에 빠져들었다.

'스타플라워의 말이 맞았으면 좋겠어……'

19

소중한 시간

눈을 깜박거리며 잠에서 깬 썬더는 자신이 톨새도의 진영에 있다는 것을 알아차리고 깜짝 놀랐다. 이른 아침 햇살이 소나무 가지와 솔잎 지붕을 뚫고 스며들었다. 공터에서 숨죽인 목소리가 들렸다.

'라이트닝테일을 집으로 보냈는데.'

어제의 기억이 밀려왔다. 간밤에 그레이윙과 재기드피크가 떨리는 눈동자로 콰이어트레인이 머무는 곳에서 나오는 것을 보고, 이곳을 떠나야겠다는 생각을 접었다. 클리어스카이와 콰이어트레인은 혈육으로 느껴지지 않지만, 그레이윙과 재기드피크는 혈육이 확실했다. 만약 콰이어트레인이 죽는다면 슬픔에 빠진 그들을 두고 갈 수는 없었다.

'콰이어트레인은 죽지 않을 거야.'

아들들을 만나기 위해 그 먼 길을 왔는데 죽는다는 건 말도 안된다. 그건 옳지 않았다.

라이트닝테일을 먼저 진영으로 돌려보낸 건 아직 충분히 살펴보지 않은 땅에 리프와 다른 고양이들만 남겨 두고 너무 오래 자리를 비우는 게 걱정돼서였다. 깊은 숲의 나무 사이에 뭐가 숨어 있을지 누가 알겠는가?

썬더는 서리 내린 가시덤불 밑에서 자느라 뻣뻣해진 몸을 억지로 일으키고 몸을 힘껏 털었다. 눈은 이제 그쳤지만 진영 한쪽에 눈이 둑처럼 높이 쌓였고, 공터는 하얗게 반짝거렸다.

진영 벽 아래를 파서 만든 잠자리에 반쯤 가려진 클리어스카이의 털이 보였다. 그 옆에서 스타플라워의 황금색 털가죽이 반짝거렸다. 둘은 아직 자고 있었다. 날카로운 질투심이 털가죽을 쿡쿡 찔렀지만, 썬더는 애써 그 감정을 떨쳐 냈다. 스타플라워는 이미 선택을 했다.

"썬더!"

홀리의 거처에서 이글페더의 신이 난 목소리가 들렸다. 이어서 새끼 고양이의 조그만 얼굴이 불쑥 튀어나왔다.

"우린 눈 굴길을 만들 거예요. 도와줄래요?"

듀노즈가 한배 형제를 밀치고 눈 속으로 뛰어들었다. 그러더니 몸을 일으켜 끙끙대며 썬더에게 다가왔다.

"난 눈 굴길을 만들기엔 덩치가 너무 커!"

썬더는 큰 소리로 대답했다.

스톰펠트도 허둥지둥 거처에서 나와 듀노즈와 이글페더를 따라왔다.

"여우가 돼서 우리를 굴길 밖으로 끌어내면 돼요!"

썬더는 가르랑거리며 웃다가 죄책감이 들어 페블하트의 거처를 힐끗 쳐다보았다. 지금 진영에는 아픈 고양이가 있다. 그러니 새끼 고양이들에게 조용히 하라고 해야 할지도 모른다.

389

이글페더가 앞으로 다가와 몸을 흔들어 수염에 묻은 눈을 털어 냈다.

"내가 굴길을 팔게요. 그러면 날 잡는 거예요."

새끼 고양이는 높이 쌓인 눈 속으로 파고들어 사라졌다.

"나도 숨을 시간을 줘요!"

듀노즈가 소리치며 형제를 따라 눈 속으로 파고들었다.

"나도요!"

스톰펠트도 허둥지둥 형제들을 따라 눈 속으로 사라졌다.

진영 입구가 부스럭대더니 주위에 있는 가시덤불에서 눈이 쏟아져 내렸다. 썬더가 고개를 돌리자 재기드피크가 굴뚝새 한 마리를 입에 물고 진영으로 걸어 들어오는 게 보였다. 공터를 가로질러 페블하트의 거처 앞에 굴뚝새를 내려놓은 재기드피크는 자신의 거처로 향했다.

'안에 들어가서 어머니를 살펴보지 않을 건가?'

그때 눈 속에 파묻혀 가르랑거리는 소리가 들렸다. 아무래도 새끼 고양이들이 꽁꽁 얼기 전에 꺼내 줘야 할 것 같았다. 소리 나는 쪽으로 걸어가 귀를 쫑긋 세우자 듀노즈가 소곤대는 소리가 들렸다.

"가만히 있어. 안 그러면 우리가 어디 있는지 들킨단 말이야."

썬더는 재미있어서 수염을 씰룩거렸다. 눈 속으로 주둥이를 푹 밀어 넣어 가장 먼저 느껴지는 목덜미를 물고 들어 올리자, 스톰펠트가 끌려 나왔다.

새끼 고양이는 허공에서 발버둥을 치며 몸에 묻은 눈을 사방에 흩뿌렸다.

재기드피크가 썬더를 보고 눈이 휘둥그레지며 걸음을 멈췄다.

"뭐 하는 거야?"

썬더는 스톰펠트를 얕은 구덩이에 내려놓았다.

"얘들이 눈 속에 굴을 파고 들어갔어요."

재기드피크가 공터를 가로질러 성큼성큼 달려왔다.

"이러다 얼어 죽겠어! 아니, 눈에 빠져 죽을 거야! 아니, 둘 다일 거야!"

재기드피크는 발로 눈을 거칠게 파헤치기 시작했다.

"아야!"

눈 밖으로 끌려 나온 듀노즈가 비명을 질렀다.

이글페더는 눈 밖으로 머리를 쏙 내밀고 빠져나오려고 몸부림을 쳤다.

"왜 그래요?"

재기드피크가 엄한 눈으로 아들을 노려보았다.

"누가 이렇게 하자고 했어?"

"저요."

이글페더가 코를 높이 쳐들었다.

"재미있잖아요!"

"위험하잖아."

재기드피크는 짜증스럽게 꼬리를 휘둘렀다.

"깊은 눈 가까이 가지 말고 다른 쓸모 있는 일을 찾아봐."

"너무해요! 우린 그냥 놀고 있는 건데!"

이글페더는 끙끙대며 눈 밖으로 나와서 공터를 걸어갔다. 화가 나서 발을 쿵쿵 구르자 눈 속으로 발이 점점 더 깊이 빠졌다.

듀노즈도 비틀거리며 형제를 쫓아갔다.

"우리 다른 놀이를 찾아보자."

"사냥 훈련 하자!"

스톰펠트가 뒤따라가며 말했다.

재기드피크가 엄한 눈빛으로 썬더를 바라보았다.

"내가 지켜보고 있었어요."

썬더가 말하자 재기드피크는 얼굴을 찌푸렸다.

"가끔은 너도 안 된다는 말을 할 줄 알아야 해."

'내가 저 애들을 구해 줬다고!'

썬더는 화가 치밀었지만 그저 시선을 떨구고 어깨를 으쓱했다.

"알았어요."

재기드피크는 지금 걱정거리가 많았다. 그러니 짜증이 심해진 것도 이해 못 할 건 아니었다.

공터를 가로질러 간 새끼 고양이들이 톨새도 근처에서 걸음을 멈췄다. 지도자는 미안한 얼굴로 마우스이어와 머드포스를 바라보며 묻고 있었다.

"오늘도 사냥하러 갈 수 있겠어? 어제도 모두를 위해 사냥한 건 아는데, 다른 고양이들이……."

톨새도는 페블하트의 거처를 힐끗 쳐다보았다.

"지금 다른 일로 바빠서 말이야."

"내가 좀 전에 굴뚝새를 잡아 왔어요. 그레이윙도 사냥을 나갔고요."

재기드피크가 공터 너머에서 외쳤다.

"하지만 먹여야 할 입이 늘었잖아."

392

톨새도가 훌리의 거처를 향해 고개를 끄덕이며 말했다.

"잊지 마, 편이 지금 우리와 함께 있어."

"저도 같이 사냥하러 갈게요."

선새도의 목소리에 톨새도가 돌아보았다. 어린 수고양이는 소나무 가지로 만든 넓은 잠자리에서 기지개를 켜고 있었다. 어제보다 훨씬 기운이 넘쳐 보였고, 몸단장을 한 덕분에 털가죽이 매끈하고 눈도 반짝반짝 빛났다. 공터로 뛰어든 선새도는 톨새도를 향해 걸어갔다.

"숲에서 사냥하는 요령을 배워야죠."

"좋아, 발은 많으면 많을수록 좋지."

머드포스가 고개를 끄덕이며 반겼다.

"오늘 같은 날 먹잇감이 밖에 나왔다면 눈 때문에 쉽게 찾을 수 있을 거야."

마우스이어가 말했다.

'나도 돕겠다고 할까?'

썬더가 고민하는 사이 진영 밖에서 눈을 뽀드득뽀드득 밟는 소리가 들리더니 페블하트가 몸을 숙이고 입구로 들어왔다. 입에는 누렇게 변해 축 늘어진 풀줄기를 물고 있었다.

페블하트는 톨새도 앞에서 걸음을 멈추고, 물고 온 약초를 눈 위에 조심스럽게 내려놓았다.

"초록잎 우거진 계절에 숲에 왔으면 좋을 뻔했어요."

페블하트가 안타깝다는 듯 말했다.

"겨우 두세 달 전까지만 해도 약초가 무성했을 텐데 지금은 이것밖에 안 남았어요."

어린 수고양이는 축 늘어진 풀줄기를 앞발로 쿡쿡 찔렀다.

"이걸로 콰이어트레인을 치료할 수 있을지 모르겠어요."

선새도의 눈이 걱정으로 흐려졌다.

"콰이어트레인이 더 안 좋아졌어?"

페블하트는 침착하게 선새도와 눈을 맞췄다.

"여행 때문에 몸이 많이 약해졌어. 그리고 얼마 되지 않는 찜질 약으로 치료하기에는 염증이 너무 깊이 파고들었어. 시들긴 했지만 이 쐐기풀 줄기를 씹으면 염증을 가라앉히는 데 도움이 되길 바라야지."

듀노즈가 서둘러 달려왔다.

"내가 갖다줄게요."

톨새도가 꼬리를 휘둘러 새끼 고양이를 쫓아냈다.

"넌 가서 놀아."

톨새도는 딴생각에 잠긴 듯 말하고는 다시 페블하트를 바라보았다.

"예전에 살던 황무지 분지에는 남아 있는 약초가 없을까?"

"있을 거예요."

페블하트가 고개를 끄덕이며 말했다.

머드포스가 생각에 잠긴 듯 눈을 가늘게 떴다.

"우리가 사냥 나갔다가 거기 남아 있는 약초를 가져올게."

"좋아."

톨새도는 꼬리를 튕겼다.

"하지만 윈드러너의 땅에서 사냥하지 않도록 조심해."

"알았어."

머드포스가 약속했다. 그리고 몸을 힘껏 털고 입구로 향했다.

마우스이어가 눈을 헤치며 뒤따라갔고 선새도가 그 뒤를 바짝 쫓아갔다.

그들이 지나간 자취를 따라 새끼 고양이들이 쪼르르 달려가다가, 수고양이들이 진영 입구를 빠져나가자 걸음을 멈추고 아쉬운 눈으로 그들이 사라진 쪽을 바라보았다.

"피곤해 보이는구나, 페블하트."

톨새도가 고개를 갸웃하며 말했다.

썬더도 새끼 고양이들한테서 페블하트에게로 눈길을 돌렸다. 갑자기 이 어린 수고양이가 얼마나 지쳐 보이는지 깨달았다. 페블하트는 밤새 콰이어트레인을 돌보느라 한잠도 못 잔 게 분명했다.

"쐐기풀은 내가 가져다줄 테니까 넌 좀 쉬어."

썬더는 풀줄기에 코를 대고 냄새를 맡았다. 거의 썩은 거나 다름없는 상태였다.

"이걸 씹기만 하면 돼?"

페블하트의 꼬리가 축 늘어졌다.

"씹으라고 설득하는 게 쉽진 않을 거야. 호락호락한 고양이는 아니거든."

썬더는 턱을 쳐들었다.

"최선을 다해 볼게."

썬더는 몸을 숙여 쐐기풀 줄기를 입에 물었다. 풀줄기가 서리를 맞아 시들기만 한 게 아니라 독한 냄새도 사라져서 다행이라는 생각이 들었다.

풀줄기를 물고 공터를 가로질러 간 썬더는 몸을 숙여 페블하트의 거처로 들어갔다. 어두운 거처 안은 따뜻했지만 염증 때문에 시큼한 냄새가 가득했다. 속이 메스꺼워도 꾹 참고 흙바닥을 가로질러 콰이어트레인이 누워 있는 헤더 잠자리로 갔다. 가까이 가도 늙은 암고양이는 꼼짝도 하지 않고 마른 잎사귀 위에 축 늘어져 있었다. 썬더는 털가죽에서 열이 뿜어져 나오는 암고양이의 주둥이 앞에 쐐기풀 줄기를 내려놓았다.

"뭐 하러 왔어?"

갑자기 들려온 목소리에 화들짝 놀란 썬더는 뒤로 펄쩍 물러났다. 힘겹게 고개를 든 콰이어트레인이 쐐기풀 냄새를 맡고 코를 찡그렸다.

"이건 뭐니?"

"쐐기풀 줄기예요. 페블하트가 이걸 씹으라고 했어요. 그러면 염증과 싸우는 데 도움이 될 거래요."

콰이어트레인은 앞발로 풀줄기를 밀어냈다.

"그 녀석이 날 치료하는 줄 알았더니 독풀을 주는구나."

"페블하트가 눈 속을 헤매면서 찾아온 거란 말이에요."

썬더는 힘주어 말했다.

"그러니까 먹어야 해요."

콰이어트레인이 썬더와 눈을 맞췄다.

"너라면 그 애가 이걸 가져다주면 먹겠니?"

썬더는 미심쩍은 얼굴로 풀줄기를 내려다보았다.

"전 안 아픈데요."

콰이어트레인은 콧방귀를 뀌다가 기침을 했다.

썬더는 터져 나오는 기침에 맥없이 몸이 떨리는 늙은 암고양이를 지켜보았다.

"그냥 좀 먹어요!"

썬더는 단호하게 말했다. 이 늙은 암고양이를 이대로 죽게 내버려둘 순 없었다. 이렇게 멀리까지 왔는데 그럴 순 없다.

기침이 잠잠해지자 콰이어트레인은 호기심 어린 눈으로 썬더를 바라보았다.

"네가 먹으면 나도 먹으마."

썬더는 화가 나서 발톱이 근질거렸다.

"좋아요."

앞으로 몸을 숙여 쐐기풀 줄기 하나를 낚아채 꼭꼭 씹기 시작했다. 혀로 쓴 즙이 터져 나오며 구역질이 날 것 같았지만 꾹 참았다.

콰이어트레인의 목 깊은 곳에서 가르랑거리는 소리가 터져 나왔다.

"그렇게 맛이 있는 건 아니구나, 그렇지?"

"이제 드세요."

썬더는 늙은 암고양이가 이대로 빠져나가게 둘 생각이 없었다.

"설마 쐐기풀 따위가 무서운 건 아니겠죠."

늙은 암고양이의 흐릿한 눈에 생기가 돌면서 반짝거렸다. 그러더니 주둥이를 앞으로 쭉 내밀어 이빨로 풀줄기 하나를 물었다. 꼭꼭 씹으며 눈을 찡그리긴 했지만 결국 꿀꺽 삼켰다.

"여기서는 쐐기풀을 자주 먹니?"

썬더는 수염을 씰룩거렸다.

"숲에 살긴 하지만 우리가 토끼는 아니거든요!"

썬더는 남은 풀줄기 두 개를 향해 고개를 끄덕였다.

"아직 입에 쓴맛이 남아 있을 때 마저 먹는 게 좋을 거예요."

콰이어트레인이 남은 풀줄기를 씹어 삼키자 썬더는 마음이 뿌듯해졌다.

"어때요? 그렇게 나쁘진 않죠?"

"그렇구나."

늙은 암고양이가 끙끙거리며 대답했다. 그러고는 아픔과 싸우는 듯 굳은 얼굴로 눈을 꼭 감았다. 다시 눈을 뜬 암고양이는 길고 느린 숨을 내쉬었다.

"이 풀이 효과가 있기를 바라야겠구나."

썬더는 잠자리 옆에 앉아 꼬리로 앞발을 감쌌다.

"지금 필요한 건 일어나서 사냥하러 가는 거예요. 이렇게 하루 종일 누워만 있으면 없던 병도 생긴다고요."

썬더는 놀리듯 말했다.

"나도 그러고 싶구나."

콰이어트레인이 장난기 어린 얼굴로 바라보았다.

"네가 클리어스카이의 아들이라니 믿기지 않는구나. 그 애는 아주 어릴 때도 장난 같은 건 칠 줄 몰랐어. 언제나 다른 곳에 갈 생각만 머릿속에 가득했지."

"그래서 산을 떠난 거예요?"

썬더는 자신이 아버지에 대해 궁금해한다는 게 놀라웠다. 아버지에 대해서는 아무 말도 하고 싶지 않았는데, 어렸을 때는 어땠는지 궁금증이 생기는 건 어쩔 수 없었다.

"그렇지."

콰이어트레인의 눈에 아쉬움이 깃들었다.

"재기드피크도 마찬가지였어. 하지만 그레이윙은 달랐어. 내가 억지로 보내서 어쩔 수 없이 떠났지."

"왜 그러셨는데요?"

썬더는 눈을 깜박이며 늙은 암고양이를 바라보았다.

"재기드피크가 나한테 말도 없이 떠났거든. 난 그 애가 이런 여행을 하기에는 너무 어리다고 생각했어. 그래서 동생을 돌봐 주라고 그레이윙을 보냈단다."

늙은 암고양이는 먼 곳을 바라보는 듯 눈빛이 아련해졌다.

"돌아오지 못할 거라는 걸 알고 계셨잖아요."

썬더는 문득 콰이어트레인이 가엾다는 생각이 들었다.

"많이 걱정했겠어요."

늙은 암고양이는 고개를 저었다.

"난 그레이윙이 재기드피크를 지켜 줄 거라는 걸 알았어. 일단 동생을 찾기만 하면 절대 곁을 떠나지 않을 거라고 말이야. 그리고 재기드피크는 너무 고집이 세서 절대 돌아오지 않을 거라는 것도 알았고."

"왜 같이 떠나지 않았어요?"

"내 집은 산이니까."

콰이어트레인이 대답했다.

"나는 그곳에서 태어났어. 그리고 그곳을 떠나온 지금은 떠나지 말 걸 그랬다는 후회가 드는구나. 이 땅은 초록잎 우거진 계절이 오면 푸르고 먹잇감도 많다지만, 문제가 자꾸 생기는 것 같아.

이 땅은 형제끼리 싸우게 만들어. 산에서는 가진 게 너무 없어서 서로 차지하려고 싸울 일도 없단다."

늙은 암고양이의 눈에는 슬픔이 가득했다.

"산에서는 땅을 차지하려고 서로를 죽이는 일도 절대 없었어. 클리어스카이가 부족 동료를 죽였다니, 도저히 믿기지 않아."

썬더는 아버지가 불쌍해서 마음이 아팠다.

"그런 게 아니에요. 아버지는 실수를 한 거예요. 자기 것을 지키려고 했을 뿐이라고요."

"그 애는 어린 시절 친구를 죽였어!"

콰이어트레인은 기침을 참느라 목소리가 갈라졌다.

"그래서 절대 자신을 용서하지 못할 거예요."

썬더는 자신이 진심으로 아버지를 변호하고 있다는 것을 깨달았다.

"아버지는 실수를 통해 배웠고, 두 번 다시 그런 일이 일어나지 않게 할 거예요."

콰이어트레인이 호기심 어린 눈으로 썬더를 바라보았다.

"너는 네 아버지를 아주 많이 사랑하는구나."

'내가 아버지를 사랑한다고?'

썬더가 미처 대답하기도 전에 밖에서 사그락사그락 눈을 밟는 소리가 들렸다. 입을 열어 냄새를 맛보니 클리어스카이와 스타플라워였다. 털이 가시덤불을 스치는 소리도 들렸다.

"어머니가 다시는 나를 보고 싶지 않다고 했어."

클리어스카이의 속삭임이 벽을 통해 들려왔다.

"쥐 대가리 같은 소리 하지 말아요."

스타플라워가 매섭게 대꾸했다.

"그분은 당신 어머니이고 지금 아프세요. 난 아버지가 죽기 전에 대화할 기회가 있었다면 정말 좋았겠다고 지금도 생각해요. 하지만 그럴 기회가 없었어요. 그러니까 당신은 어머니와 화해해야 해요. 혹시⋯⋯."

"혹시 뭐?"

콰이어트레인이 스타플라워의 말을 끊고 끼어들었다. 암고양이의 늙은 귀는 썬더의 귀만큼 예리했다.

"거기 밖에서 내 죽음을 계획하는 게 누구야?"

스타플라워가 입구로 걸어 들어왔다. 암고양이는 콰이어트레인과 눈을 맞추고 천천히 고개를 숙였다.

"죽는다는 말을 하려던 건 아니에요. 전 그저 클리어스카이가 가족과 함께하는 시간이 얼마나 소중한지 깨닫길 바랐던 것뿐이에요."

콰이어트레인의 눈길이 스타플라워를 지나쳐 입구로 향했다.

"들어와라, 클리어스카이."

썬더는 아버지가 거처로 들어올 수 있도록 옆으로 비켜섰다.

클리어스카이는 어머니 앞에 웅크리고 앉았다.

"다시는 저를 보고 싶어 하지 않는 줄 알았어요."

클리어스카이가 처량하게 중얼거렸다.

스타플라워가 콧방귀를 뀌었다.

"그렇게 새끼 고양이처럼 징징대면 다시는 보고 싶어 하지 않을걸요."

콰이어트레인이 재미있다는 듯 수염을 씰룩거리면서, 스타플라위를 보며 눈을 깜박였다.

"넌 누구니?"

"전 클리어스카이의 짝이고, 이름은 스타플라워예요."

콰이어트레인의 시선이 스타플라워와 썬더를 번갈아 스쳤다.

"너희 둘은 이 여우 심장 속에 뭐가 있는지 아니?"

늙은 암고양이가 배를 깔고 엎드린 클리어스카이를 힐끗 쳐다 보며 물었다.

"당장 일어나!"

콰이어트레인이 클리어스카이에게 쏘아붙였다.

"너희 둘은 칭얼대는 고기 조각만도 못한 이 녀석한테 과분해."

클리어스카이는 몸을 일으켰다. 썬더는 아버지에 대한 동정심 이 파도처럼 밀려오는 걸 느꼈다. 아버지가 이렇게 초라하게 보 인 적은 없었다. 문득 아버지가 오만함과 잔인함을 누구에게 물 려받았는지 알 것 같았다.

"너무 나무라지 마세요, 콰이어트레인."

스타플라워가 부드럽게 속삭였다.

"지난 한 달 동안 많은 것이 변했어요. 제가 새끼를 가졌다는 것도 최근에야 알았고요."

"네가 새끼를 가졌다고?"

콰이어트레인은 눈을 깜박이며 썬더를 돌아보았다.

"네게 형제가 생기겠구나."

썬더의 머릿속에 수많은 생각이 소용돌이쳤다. 스타플라워가 낳은 새끼들은 자신의 혈육이 될 것이다.

'하지만 우린 이제 서로 다른 진영에 살잖아.'

그러니 그 아이들과 친해질 기회는 영영 오지 않을 것이다.

갑자기 들려온 목소리에 썬더는 정신을 차렸다.

"어머니?"

그레이윙이 거처 밖에서 불렀다.

"우리 들어가도 돼요?"

"우리라니?"

콰이어트레인이 햇빛에 눈을 가늘게 뜨고 입구를 바라보았다.

"저하고 재기드피크예요."

"잘됐구나."

그레이윙과 재기드피크가 줄지어 들어오자 거처 구석으로 물러난 썬더는 벽에 튀어나온 가시에 뺨을 찔렸다.

그레이윙이 콰이어트레인에게 고개를 꾸벅 숙여 인사했다.

"오늘 아침은 좀 어떠세요?"

"좋아졌어."

콰이어트레인이 끙끙 앓는 소리로 말했다. 그러고는 그레이윙의 다친 다리를 살펴보았다. 털에 묻은 피는 닦아 냈지만 두발쟁이의 덫에 걸렸던 자리엔 동그랗게 흔적이 남아 있었다.

"네 다리는 어떠니?"

"쑤시지만 사냥은 할 수 있어요. 방금도 숲에서 뾰족뒤쥐 한 마리를 잡았어요."

"전 굴뚝새를 잡았고요."

재기드피크가 끼어들었다.

"배고프시면 가져다 드릴게요."

콰이어트레인은 몸서리를 쳤다.

"필요 없다."

"하지만 기운을 차리셔야죠. 먹이를 안 드시면 영영 몸이 좋아지지 않을 거예요."

그레이윙이 설득했다.

재기드피크가 형을 보며 얼굴을 찡그렸다.

"어머니를 귀찮게 하지 마. 지금 아프시잖아."

클리어스카이가 둘 사이로 살짝 비집고 들어갔다.

"어머니가 드시겠다면 내가 먹이를 가져올게."

"안 드신다잖아."

재기드피크가 쏘아붙였다.

"지금까지 어머니를 속상하게 한 걸로 모자라서 이젠 귀찮게 할 거야?"

"귀찮게 하려는 게 아니잖아!"

클리어스카이가 발끈했다.

"난 그저 먹이를 드시라고 권하는 것뿐이야."

"조용히 해요!"

스타플라워가 어깨로 밀치며 형제들 사이로 비집고 들어갔다.

"당신 어머니는 지금 휴식이 필요해요. 그뿐 아니라 아들들이 서로 싸우지 않고 사이좋게 지내는 모습을 보고 싶어 한다고요!"

눈을 깜박거리며 스타플라워를 바라보던 썬더는 얼음물을 뒤집어쓴 것처럼 정신이 번쩍 들었다. 스타플라워는 자신에게 맞는 짝이 아니라는 걸 깨달은 것이다. 이 암고양이는 자신이 감당할 수 없을 정도로 인정사정없고 교활했다. 하지만 자기 생각을 거침없이 말할 수 있는 똑똑하고 현실적인 고양이였다. 바로 클리어스카이에게 딱 어울리는 짝이었다. 스타플라워가 급한 성질을 잘 눌러 주기만 한다면, 클리어스카이는 자신이 그토록 원하던 강력한 지도자가 될 수 있을 것이다.

'그리고 아버지는 스타플라워가 낳은 새끼들에겐 나에게 했던 것보다 더 좋은 아버지가 되겠지.'

슬픔이 마음을 흔들었지만 썬더는 애써 무시했다.

'난 이제 새끼 고양이가 아니야. 나는 지도자야. 지나간 일은 잊어야 해.'

"어머니?"

재기드피크의 걱정 어린 목소리에 썬더는 흠칫 놀라며 생각에서 빠져나왔다. 재기드피크는 어머니의 헝클어진 털에 코를 박고 냄새를 맡았다.

콰이어트레인은 눈을 감고 있었고, 숨을 쉴 때마다 옆구리가 파르르 떨렸다.

썬더는 몸이 굳었다.

"가서 페블하트를 데려올까요?"

그레이윙이 걱정으로 눈이 휘둥그레진 채 돌아보았다.

"어쩌면 그냥 잠이 든 걸지도……."

날카로운 비명 소리가 그레이윙의 말을 끊었다.

"내 새끼들!"

공터에서 홀리가 울부짖었다. 공포로 날카로워진 목소리였다.

"내 새끼들이 어디 갔지?"

20

사라진 아이들

'새끼들이 사라졌어!'

클리어스카이는 가장 먼저 거처를 뛰쳐나갔다. 콰이어트레인이 코를 할퀸 뒤로 내내 몽롱하던 정신이 조금씩 돌아왔다. 클리어스카이는 홀리 옆에 미끄러지듯 멈춰 섰다.

"마지막으로 애들을 본 게 언제야?"

홀리는 겁에 질려 휘둥그레진 눈으로 마치 뭔가 놓친 걸 찾는 듯 진영을 샅샅이 훑어보았다.

클리어스카이는 주둥이를 더 가까이 들이밀었다.

"홀리, 대답해. 애들을 언제 마지막으로 봤어?"

홀리는 몸이 굳은 채 시선을 맞췄다.

"오늘 아침에…… 내가 그 애들을 거처에서 쫓아냈어. 눈 속에서 놀게 해 달라고 애원했는데, 펀이 아직 자고 있었고 나도 조용히 있고 싶어서……."

"내가 놀고 있는 애들을 썬더한테서 쫓아내고, 다른 쓸모 있는 일을 하라고 혼냈어."

조금 떨어진 곳에서 재기드피크가 파란 눈에 죄책감을 가득 담은 채 말했다.

"자책하지 마. 이건 누구의 잘못도 아니야."

클리어스카이는 둘에게 딱 잘라 말했다.

"하지만 되도록 빨리 찾아야 해. 이 눈 속에선 얼어 죽을 수도 있어."

썬더와 그레이윙이 재기드피크 옆으로 다가왔다.

스타플라워가 그들을 지나쳐 걸어왔다.

"어딜 찾아봐야 해요?"

클리어스카이는 머리가 빙글빙글 도는 것 같았다. 이 숲은 넓고, 나무는 모두 똑같아 보였다. 곧고 검은 나무 사이에서는 길을 잃기 쉬울 것이다.

그때 톨섀도가 진영 입구로 미끄러져 들어왔다.

"진영 근처에서는 아무 냄새도 안 나."

톨섀도가 하얀 입김을 구름처럼 내뿜으며 말했다.

"바람이 너무 매서워. 그리고 발자국도 남지 않았어. 머드포스랑 마우스이어, 선섀도가 남긴 발자국만 있어."

썬더의 눈이 환해졌다.

"어쩌면 그들을 따라갔을지도 몰라요!"

썬더가 외쳤다.

"그들이 떠나는 걸 애들이 지켜봤어요. 그러니까 발자국을 따라갔을 수도 있어요. 새끼 고양이들은 발이 작잖아요. 다른 고양이들이 남긴 발자국을 그대로 밟고 갔다면, 애들 발자국을 찾기 힘들 거예요."

톨섀도가 고개를 끄덕였다.

"만약 그렇다면 황무지 쪽으로 갔을 거야."

재기드피크가 진영 입구로 향했다.

"내가 발자국을 따라가 볼게."

"나도 같이 가."

홀리가 따라나섰다.

썬더는 눈 위로 꼬리를 휘둘렀다.

"전 떡갈나무 숲 쪽으로 가 볼게요. 머드포스가 그쪽으로 먼저 갔을지도 모르니까요."

"나도 같이 가."

스타플라워가 썬더를 보며 말했다.

"난 이 숲에서 자랐어. 숨을 만한 곳은 전부 알아."

"애들이 왜 숨는데?"

썬더가 따지듯 물었다.

"밖이 얼마나 춥고 배고픈지 깨닫고 나면 어딘가에 숨어서 도움을 기다릴지도 모르잖아."

스타플라워가 말했다.

"알았어."

썬더가 고개를 끄덕이고 진영을 나서자 스타플라워가 그 뒤를 따라갔다. 클리어스카이는 눈을 깜박이며 그 모습을 지켜보았다.

'저 둘이 서로를 돕고 있어!'

톨섀도가 주둥이를 들어 올렸다.

"난 천둥길을 살펴볼게."

암고양이의 어두운 목소리를 듣자 클리어스카이는 배가 조여 왔다. 톨섀도는 눈 속에 자그마한 몸뚱이가 쓰러져 있을지도 모

408

른다고 생각하는 것이다.

"난 어딜 찾아볼까?"

클리어스카이가 묻자 톨새도가 물끄러미 바라보았다.

"너도 찾는다고?"

전혀 기대하지 않았다는 목소리였다.

"당연하지!"

클리어스카이는 으르렁거렸다.

"새끼 고양이들이 셋이나 눈 속에서 사라졌는데 내가 꼬리를 깔고 가만히 앉아만 있을 줄 알았어?"

"소나무 숲을 찾아봐. 나도 같이 갈게."

그레이윙이 말했다.

클리어스카이는 형제의 다친 발을 힐끗 내려다보았다.

"넌 빨리 못 걷잖아. 그리고 누군가는 어머니 곁을 지켜야 해."

"페블하트가 있잖아."

그레이윙이 따지듯 말했다.

톨새도가 소나무 가지로 만든 잠자리를 주둥이로 가리켰다. 페블하트가 잠자리 한가운데에 몸을 말고 누워 있었다.

"쟤는 많이 지쳤어, 그레이윙. 내 생각엔 네가 남아 있어야 할 것 같아."

그레이윙은 불만스러운 듯 한숨을 내쉬었지만 천천히 고개를 끄덕였다.

"알았어."

"그리고 애들이 길을 찾아 집으로 돌아올 수도 있으니까 누군 가는 반드시 남아 있어야 해."

클리어스카이는 덧붙였다.

홀리의 거처 입구가 부스럭거리더니 검은 암고양이가 잠을 쫓으려고 눈을 깜박이며 걸어 나왔다.

"무슨 일이야?"

암고양이가 하품을 하며 물었다.

클리어스카이는 눈을 가늘게 떴다.

'톨새도도 떠돌이들을 받아들이고 있나?'

이 암고양이는 비쩍 말라 보였고 옆구리에는 흉터도 있었다.

"펀, 일어났구나."

그레이윙이 암고양이에게 다가갔다.

"좀 어때?"

펀은 걱정스러운 얼굴로 공터를 둘러보았다.

"다들 어디 가는 거야?"

"홀리의 새끼들이 없어졌어. 그래서 찾으러 가는 거야."

그레이윙이 설명했다.

펀의 눈이 휘둥그레졌다.

"듀노즈랑 이글페더 말이야?"

"그리고 스톰펠트도."

톨새도가 말했다.

"재기드피크와 홀리는 황무지로 갔어. 나는 천둥길로 가서 찾아볼 거야."

"나도 같이 가게 해 줘."

펀이 애원했다.

"난 다른 누구보다도 그 애들 냄새를 잘 알아. 밤새 그 애들 옆

410

에서 잤으니까 말이야."

"지금 바로 갈 수 있어?"

"그럼."

펀은 눈을 걷어차며 진영 입구로 달려갔고, 톨섀도가 그 뒤를 따랐다.

클리어스카이는 걱정이 깃든 그레이윙의 눈을 마주 보았다.

"우리가 꼭 찾아올게."

클리어스카이는 형제에게 약속했다.

그레이윙은 소나무 가지와 솔잎이 얼기설기 겹쳐진 머리 위를 힐끗 올려다보았다. 그 너머로 파란 하늘이 보였다.

"해가 지면 숲은 얼어붙을 거야."

"그때까지는 잠자리로 돌아올 거야."

그렇게 대답하긴 했지만, 클리어스카이는 걱정이 털가죽을 쿡쿡 쑤시는 것 같았다.

'내 말이 맞아야 할 텐데.'

찾아봐야 할 영역이 너무 넓었다.

'하지만 새끼 고양이들은 그렇게 멀리까지 가지 못했을 거야, 안 그래?'

"나도 출발하는 게 좋겠어."

클리어스카이는 입구의 덤불을 비집고 진영 밖으로 나갔다.

숲 바닥은 하얗게 변해 있었고, 길게 뻗은 소나무의 뿌리마다 눈이 소복이 쌓여 있었다. 클리어스카이는 공기를 맛보았다. 톨섀도의 냄새가 천둥길 쪽으로 이어졌다. 재기드피크와 홀리의 냄새는 벌써 옅어졌지만, 황무지로 향하는 질척질척한 발자국은 아직 그대로 남아 있었다. 클리어스카이는 그들이 지나간 길에서 멀리 떨어져, 아직 아무도 밟지 않은 눈을 밟으며 소나무 숲 안쪽으로 더 깊이 들어갔다.

땅바닥을 살피던 클리어스카이의 눈이 가늘어졌다. 앞쪽 나무 사이로 작은 발들이 새하얀 눈을 밟고 지나간 흔적이 있었다.

'이쪽으로 간 걸까?'

발자국이 나 있는 곳으로 잽싸게 달려갔다. 하지만 다람쥐 냄새를 맡고 기운이 쭉 빠졌다. 소나무 밑에 자그마한 발자국이 선명하게 찍혀 있었고, 다람쥐가 나무줄기를 기어 올라가면서 눈덩이도 잔뜩 떨어져 있었다.

클리어스카이는 코를 땅에 거의 파묻은 채 계속 걸어갔다. 새끼 고양이들이 너무 가벼워서 눈 위에 흔적을 거의 남기지 않은 것 같았다. 공기가 차가워서 눈 위에 살얼음이 끼어 있었다. 새끼 고양이들이 정말로 이쪽으로 갔다고 해도, 따뜻한 발이 눈을 녹일 틈도 없이 계속 걸어갔다면 흔적을 남기지 않았을 수도 있었다.

차가운 눈 때문에 벌써 발이 아팠다. 심장은 두려움으로 요동쳤다. 보송보송한 솜털 말고는 추위를 막을 방법이 전혀 없는 자그마한 새끼 고양이라면 이런 날씨에 더 빨리 몸이 얼어 버릴 것이다.

"듀노즈!"

간절한 외침이 나무 사이로 메아리쳤다.

"이글페더! 스톰펠트!"

하지만 돌아오는 답이라고는 겁먹은 고양이를 비웃듯 깍깍대는 까마귀 울음소리뿐이었다. 머리 위에서 날갯짓하는 소리가 들

려 본능적으로 쳐다보니, 소나무 가지 사이로 퍼덕이는 날개가
보였다.

머리 위에서 작게 야옹거리는 소리가 들렸다.

클리어스카이는 어리둥절해서 얼굴을 찡그렸다. 새끼 고양이
소리처럼 들렸지만, 저 높은 나무 위로 올라갔을 리가 없었다.

그때 소나무 가지에서 다시 야옹거리는 소리가 들렸다.

클리어스카이는 목을 쭉 뺐다. 새끼 고양이들이 안전하게 나
무 위로 기어 올라간 걸까?

"가까이 오고 있어!"

차가운 공기를 뚫고 듀노즈의 목소리가 선명하게 들렸다.

얼룩덜룩한 갈색 털가죽이 언뜻 보이자 클리어스카이는 몸이
얼어붙었다. 새끼 고양이가 머리 위로 높이 솟은 나뭇가지에 매
달려 있었다. 스톰펠트와 이글페더는 듀노즈 뒤에 웅크리고 있었
다. 그런데 새끼 고양이들이 매달려 있는 가지 위쪽에서 검은 깃
털이 햇빛을 받아 반짝거렸다.

'까마귀다!'

클리어스카이는 가슴이 조여 왔다. 까마귀는 새끼 고양이들보
다 덩치가 컸다. 천둥길에서 긴 발톱으로 먹잇감을 땅에 고정시
킨 채 강하고 날카로운 부리로 살점을 뜯어 먹던 까마귀를 본 기
억이 떠오르자, 몸이 부르르 떨렸다.

"듀노즈! 내가 갈게!"

클리어스카이는 나무 주위를 맴돌았다. 털가죽 밑에서 두려움
이 불길처럼 솟았다. 계속 위를 쳐다보고 있으려니 목이 아팠다.
그때 까마귀가 밑에 있는 나뭇가지로 폴짝 뛰어내려, 새끼 고양

413

이들을 향해 옆걸음으로 다가가기 시작했다.

이글페더가 겁에 질려 꺅 비명을 지르며 뒤로 주춤주춤 물러 났다.

"저리 가!"

듀노즈가 쉭쉭대며 한 발을 들어 휘둘렀다.

그 뒤에서는 스톰펠트가 나뭇가지에 몸을 딱 붙이고 웅크리고 있었다.

까마귀는 새끼 고양이들 중 하나만 나뭇가지에서 떨어뜨려 먹이로 낚아챌 속셈인 것 같았다.

클리어스카이는 몸을 위로 쭉 뻗어 소나무 줄기를 발톱으로 찍었다. 다행히 나무는 발톱으로 찍고 올라갈 수 있을 정도로 부드러웠다. 뒷발로 나무를 찍어 몸을 밀어 올렸다. 그리고 끙끙거리며 기어 올라가기 시작했다. 힘을 쓰니 근육이 불타는 듯 아팠다. 잠시 멈추고 숨을 골랐다. 가장 낮게 달린 나뭇가지도 여전히 한참 위에 있었다. 다리가 부들부들 떨리고 털가죽이 후끈거렸다. 눈을 꼭 감고 더 높이 몸을 밀어 올리자 나무껍질에 뺨이 긁혔다.

'제발 떨어지지 말자!'

갑자기 썩은 나무껍질 조각이 앞발 아래에서 부서졌다. 그 바람에 나무줄기를 붙잡고 있던 발톱이 빠지면서 쭉 미끄러졌다. 쿵 소리와 함께 배가 나무줄기에 세게 부딪혔다. 숨을 헐떡이며 세 발로 매달려 있는데 너무 무서웠다. 아득히 멀리 있는 땅을 떠올리며, 나무를 놓친 앞발을 힘껏 휘둘러 최대한 깊이 박아 넣었다. 힘겹게 숨을 고르며 뒷발에 힘을 주고 몸을 밀어 올린 뒤, 더 이상 나무껍질이 부서지지 않기를 빌며 위로 올라갔다.

까악!

의기양양한 까마귀 울음소리가 들렸다.

클리어스카이는 이를 갈면서 계속해서 몸을 밀어 올렸다. 위를 올려다보니 발을 뻗으면 닿을 만한 거리에 나뭇가지가 있었다. 힘겹게 으르렁거리며 뒷발의 발톱을 깊이 박아 넣고, 위로 몸을 밀어 올렸다. 그리고 두 앞발을 나뭇가지를 향해 휘둘러 움켜쥐었다. 숨을 고르기 위해 잠시 가지와 줄기 사이에 매달려 있다가 마지막으로 끙 소리를 내며 몸을 힘껏 끌어 올렸다.

"클리어스카이?"

머리 위에서 듀노즈의 겁먹은 목소리가 들렸다.

고개를 들자, 나뭇가지 서너 개 위에 매달려 있는 새끼 고양이들이 보였다. 하지만 까마귀는 그들한테서 겨우 꼬리 하나 정도 떨어진 곳에서 새까만 눈알을 반짝거리고 있었다.

다음 나뭇가지는 발이 닿을 만한 높이에 있었다. 클리어스카이는 일어서서 앞발을 뻗어 그 나뭇가지를 붙잡은 뒤 몸을 끌어 올렸다. 다음 나뭇가지로 올라가는 건 더 쉬웠다. 그러고 나서 한 번 더 뛰어오르자, 마침내 새끼 고양이들이 있는 나뭇가지에 다다랐다. 그 위로 올라서자 발밑에서 나뭇가지가 파르르 떨렸다.

까마귀가 두려운 듯 눈을 번들거리며 머리를 휙 돌렸다.

클리어스카이는 쉭쉭거렸다.

"당장 날아가지 않으면 잡아먹는다."

까마귀는 새끼 고양이들을 힐끗 쳐다보더니, 화가 나서 소리를 지르며 날개를 펴고 날아올랐다. 까마귀가 나무 사이로 휙 날아내려가자 새하얀 숲 바닥 위로 검은 깃털이 선명하게 보였다.

415

"클리어스카이!"

듀노즈가 마음이 놓인 듯 맥이 탁 풀린 목소리로 불렀다. 겁에 질려 눈은 휘둥그레져 있었다.

애처로운 마음이 밀려들면서, 문득 스타플라워가 품고 있는 새끼들 생각이 났다.

'내 아이들이 이런 일을 당했다면 어땠을까?'

하지만 그 생각은 애써 떨쳐 냈다. 상상만 해도 너무 괴로웠다. 약한 새끼 고양이들을 보고 있자니 반드시 지켜 줘야겠다는 생각이 불길처럼 온몸을 휩쓸었다.

'이런 기분은 처음이야.'

썬더 생각이 나면서 죄책감이 밀려왔다.

'그 아이도 이런 마음으로 아껴 줬어야 했는데.'

"클리어스카이?"

스톰펠트가 누이의 어깨 너머로 고개를 내밀었다. 이글페더는 그 뒤에서 나무껍질을 단단히 붙들고 있었다. 새끼 고양이들은 모두 나뭇가지 끄트머리에 있었다.

클리어스카이가 서 있는 곳은 나뭇가지가 두꺼웠지만, 새끼 고양이들이 아기 새처럼 옹기종기 모여 있는 곳은 잔가지나 다름없을 정도로 가늘었다. 다 자란 고양이의 무게를 감당하지 못할 것 같았다. 만약 이대로 다가간다면 나뭇가지가 부러져 모두 땅으로 곤두박질칠 게 분명했다.

"너희가 나한테로 걸어와야 해."

클리어스카이는 부드럽게 말했다.

"다리가 안 움직여요!"

416

듀노즈가 공포에 질린 눈으로 외치며 나뭇가지를 더 단단히 붙들었다.

"내가 먼저 갈게."

듀노즈의 뒤에서 스톰펠트가 몸을 일으켰다.

"움직이지 마!"

듀노즈가 비명을 질렀다.

"너 때문에 떨어질 것 같잖아!"

클리어스카이는 목구멍까지 차오르는 공포를 삼켰다.

"발톱을 깊이 박아 넣어, 듀노즈. 나무껍질이 부드러워서 꽉 붙잡고 있으면 절대 떨어지지 않아."

듀노즈는 희망에 찬 눈으로 클리어스카이를 바라보았다.

"꽉 붙잡았니?"

클리어스카이가 다정하게 묻자 듀노즈가 천천히 고개를 끄덕였다.

"좋아."

클리어스카이는 이제 스톰펠트를 바라보았다.

"떨어지지 않고 네 누이를 넘어올 수 있겠니?"

"그럴 것 같아요."

"그걸로는 안 돼."

클리어스카이는 단호하게 말했다.

"할 수 있다고 생각해야 해."

만약 스톰펠트가 이쪽으로 넘어오는 데 성공한다면, 나머지 둘도 따라올 용기가 생길 것이다.

스톰펠트가 침착하게 클리어스카이와 시선을 맞췄다.

"할 수 있어요."

"좋아."

스톰펠트가 듀노즈의 몸 위로 기어오르기 시작하자 클리어스카이는 입이 바싹바싹 말랐다.

듀노즈가 낑낑거렸다.

"가만히 있어, 듀노즈. 넌 괜찮을 거야."

클리어스카이는 겁에 질린 새끼 고양이를 달래면서, 누이를 밟고 넘어오느라 비틀거리는 스톰펠트한테서 눈을 떼지 않았다. 듀노즈의 어깨 위에서 스톰펠트가 잠시 걸음을 멈추자 심장이 터질 것 같았지만, 애써 차분한 목소리로 말했다.

"준비가 되면 나뭇가지로 뛰어내리는 거야."

스톰펠트가 누이의 어깨 위에서 팔짝 뛰었다.

클리어스카이가 숨을 들이마시는 순간 스톰펠트가 나뭇가지에 내려섰다. 새끼 고양이의 발이 나무껍질에서 잠시 미끄러졌다. 하지만 곧 발톱으로 찍어 균형을 잡았다.

"잘했어!"

안도감이 온몸을 휩쓸었다.

"이제 그대로 나한테 걸어오면 돼."

스톰펠트가 천천히 다가오기 시작했다.

"여긴 나뭇가지가 더 굵어."

귓속을 쿵쿵 울리는 심장 소리를 들으며 클리어스카이는 새끼 고양이를 격려했다.

스톰펠트가 꼬리 하나 길이도 채 남지 않은 곳까지 다가오자 클리어스카이는 앞으로 몸을 기울여 목덜미를 물었다. 그리고 발톱을 나무껍질에 깊이 박아 몸을 단단히 고정한 채, 새끼 고양이를 자신의 뒤로 홱 끌어당겨 나뭇가지와 줄기가 만나는 곳에 살며시 내려놓았다.

"거기 가만히 있으면 안전해."

스톰펠트는 움푹 파인 공간에 몸을 웅크렸다. 클리어스카이는 이제 듀노즈를 향해 고개를 돌렸다. 그런데 이글페더가 나뭇가지를 따라 걸어오고 있었다. 클리어스카이는 잡을 수 있는 거리까지 새끼 고양이가 다가오길 기다렸다가, 앞으로 몸을 숙여 목덜미를 물어 한배 형제 옆에 내려놓았다.

"듀노즈."

최대한 다정하게 말하려고 애쓰며, 어린 암고양이를 마주 보았다. 듀노즈는 겁에 질려 눈이 휘둥그레진 채 가느다란 나뭇가지에 꼭 매달려 있었다.

"네 형제들이 얼마나 쉽게 하는지 봤지?"

어린 암고양이는 천천히 고개를 끄덕였다.

"우선 똑바로 설 수 있을 정도로 발톱을 풀어야 해."

클리어스카이는 지시를 내렸다.

"그런 다음 나에게 걸어오면 돼. 넌 괜찮을 거야. 새끼 고양이의 발톱은 정말로 날카롭거든. 가시보다도 더, 진짜야. 나무껍질을 깊이 파고들어서 널 안전하게 지켜 줄 거야. 그러니 그저 걷기만 하면 돼."

듀노즈는 잠시 물끄러미 바라보더니 천천히 일어섰다.

"잘했어!"

클리어스카이는 뿌듯한 마음으로 외쳤다.

419

"이제 걸어와."

듀노즈가 바들바들 떨리는 발을 다른 발 앞에 내려놓자 희망과 안도감이 마음속에 차올랐다. 어린 암고양이는 귀를 머리에 납작 붙인 채 클리어스카이를 빤히 바라보았다.

"거의 다 왔어."

이제 거의 잡을 수 있을 만큼 가까워졌다.

"한 걸음만 더 오면……."

그 말과 동시에 듀노즈의 앞발이 나뭇가지에서 쭉 미끄러지면서 턱이 나무껍질에 부딪혔다.

두려움이 불길처럼 온몸을 집어삼켰다. 클리어스카이는 번개처럼 빠르게 몸을 날려 이빨로 새끼 고양이의 목덜미를 물었다. 듀노즈가 버둥거리자 클리어스카이의 몸이 땅바닥으로 끌려 내려갔다.

"듀노즈!"

이글페더가 뒤에서 비명을 질렀다.

온몸의 털을 곤두세운 채 클리어스카이는 나무껍질 깊숙이 발톱을 박아 넣었다.

'됐어, 잡았어!'

침착하려고 애쓰면서, 턱 밑에서 낑낑거리는 울음소리를 무시하고 천천히 몸을 일으켰다. 조심스럽게 균형을 잡으며 어린 암고양이를 들어 올려 형제들을 향해 잘 조준한 뒤, 마음 놓고 그 사이로 떨어뜨렸다.

"이제 안전해."

스톰펠트가 누이의 털가죽에 코를 박고 중얼거렸다.

이글페더도 누이 옆에 몸을 꼭 붙였다.

"이제 어떻게 내려가지?"

클리어스카이는 새끼 고양이들을 바라보며 숨을 고르려고 애썼다.

"내가 꼬리부터 아래로 내려갈 테니 너희는 새끼 다람쥐처럼 내 등에 매달려 있기만 하면 돼."

별일 아니라는 듯 가벼운 목소리로 말했지만, 감당해야 할 무게를 생각하니 벌써부터 발톱이 아팠다.

클리어스카이는 새끼 고양이들을 지나쳐 걸어가 다리를 쫙 벌리고 나무줄기에 매달렸다.

"올라타! 너희 모두 올라와도 돼. 이건 지금까지 못 해 본 최고로 재밌는 오소리 타기 놀이가 될 거야!"

21

꺼져 가는 숨

"클리어스카이?"

콰이어트레인이 눈을 감은 채 중얼거렸다.

그레이윙은 어머니에게로 몸을 숙여 코를 어머니의 뺨에 갖다 댔다.

"클리어스카이는 새끼 고양이들을 찾으러 나갔어요."

콰이어트레인은 고개를 움직이며 나지막이 신음했다.

어머니의 뒷다리에 난 시커먼 상처가 눈에 들어왔다. 듬성듬성 빠진 털 사이로 심하게 부은 상처가 드러나 있었다.

"쉬세요."

그레이윙은 작은 소리로 속삭였다.

하지만 콰이어트레인은 눈을 깜박이고 있었다.

"새끼 고양이들을 찾으러 갔다고?"

거친 목소리가 물었다.

"재기드피크의 새끼들이 없어졌어요."

그레이윙은 작은 소리로 대답했다.

"새끼들을 너무 오냐오냐 키우니까 그렇지."

늙은 암고양이가 끙끙대며 말했다.

"내 새끼들이었다면 동굴에서 절대 나가지 않았을 거야."

그레이윙은 다정한 눈빛으로 어머니를 바라보았다.

"그때는 밖에 어떤 위험이 도사리고 있는지 잘 알았잖아요. 이 숲은 거기보단 안전해요."

'그 말이 사실일까?'

그레이윙은 자신이 한 말에 의문을 품었다. 언젠가 슬래시가 쳐들어올 것이다. 다른 곳에 먹이가 많다는 거짓말이 언제까지 통하지는 않을 테니까.

"어리석은 새끼 고양이들에게 안전한 곳이란 없어."

콰이어트레인이 고통으로 흐릿해진 눈으로 고개를 들었다.

"애들을 찾으려고 순찰대 셋이 나갔어요. 그러니까 위험해지기 전에 찾아낼 거예요."

콰이어트레인은 다정한 눈으로 아들을 바라보았다.

"넌 언제나 내 아이들 중 가장 친절했어. 한때는 네가 클리어 스카이만큼 용감하지도 않고 재기드피크처럼 고집도 없다고 걱정한 적이 있단다. 하지만 넌 친절한 마음을 가지고 있어. 그리고 늘 최선을 다하지."

늙은 암고양이는 아파서 얼굴을 찡그리면서 뻣뻣하게 몸을 뒤척였다.

"재기드피크를 찾으라고 너를 보냈을 때, 네가 반드시 동생을 찾아내리라는 걸 알았어."

"저는 산으로 돌아가고 싶었어요."

그레이윙은 다시는 집에 돌아갈 수 없고, 클리어스카이와 함께

423

새로운 보금자리를 찾아 떠나야 한다는 걸 깨달았을 때 얼마나 괴로웠는지 기억났다.

'우린 심지어 어디를 새집으로 삼아야 할지에 대해서도 한 번도 마음이 맞았던 적이 없었지!'

"재기드피크가 클리어스카이를 따라가겠다고 고집부렸을 거라는 건 나도 알아. 그리고 그 아이가 안전하다는 걸 확인하기 전까지는 네가 동생을 떠나지 않았을 거라는 것도."

콰이어트레인의 목에서 잔뜩 쉰 목소리가 흘러나왔다.

"하지만 전 그 아이를 안전하게 지키지 못했어요."

그레이윙은 중얼거렸다.

"재기드피크가 다리를 절게 됐잖아요."

"그 아이가 너 때문에 나무에서 떨어졌니?"

콰이어트레인이 물었다.

그레이윙은 눈길을 떨궜다.

"아뇨."

어린 재기드피크가 높은 나무에 오르도록 밀어붙인 건 클리어스카이였다.

"그 아이를 가엾게 여기지 마라."

콰이어트레인이 거친 목소리로 말했다.

"이제 그 아이한테는 짝도 있고 새끼들도 있어. 그리고 가족을 먹일 먹이도 있고, 쉴 수 있는 튼튼하고 좋은 거처도 있잖니."

그레이윙은 마음이 가벼워지는 걸 느꼈다. 드디어 어머니가 자신들의 새로운 삶이 처음 걱정했던 것만큼 나쁘진 않다고 인정하는 걸까? 가슴속에서 심장이 뒤틀리는 것 같았다.

'어머니는 새잎 돋는 계절까지 살아남아야 해. 어머니가 우거진 초록 덤불마다 가득한 먹잇감 냄새를 맡는다면, 우리가 여기 온 게 잘한 일이라는 걸 알게 될 거야.'

그레이윙은 어머니가 여전히 의문이 담긴 눈빛으로 자신을 보고 있다는 것을 깨달았다.

"왜요?"

그레이윙은 어리둥절한 얼굴로 어머니를 바라보며 눈을 깜박거렸다.

"넌 왜 짝이 없니?"

갑자기 털이 화끈거렸다.

"저도 짝이 있었어요."

그레이윙은 작은 소리로 대답했다. 짝을 잃고 괴로워하던 지난 날을 떠올리자, 아직도 그때의 아픔이 생생하게 느껴졌다.

"터틀테일이에요."

콰이어트레인의 눈이 조금 밝아졌다.

"결국 그 아이의 마음을 알아차렸구나."

"네."

그레이윙은 가슴이 조여 오는 듯한 통증을 느꼈다.

"우린 행복했어요. 터틀테일이 죽기 전에 좀 더 오랜 시간을 함께 보냈으면 더 좋았겠지만요."

"새끼들은 낳았고?"

"우리가 짝이 되었을 때 터틀테일은 다른 고양이의 새끼를 품고 있었어요."

콰이어트레인은 눈을 깜박거렸다.

"그게 누군데?"

"애완 고양이예요."

그레이윙은 건방지고 이기적인 수고양이가 떠올라 씁쓸한 마음을 감추려고 시선을 떨궜다.

"터틀테일과 제가 그 애들을 함께 길렀어요."

"그 애들은 지금 어디 있는데?"

"스패로퍼와 아울아이스는 떡갈나무 숲에 살아요. 페블하트는 지금 어머니를 돌보고 있고요."

"페블하트가 터틀테일의 새끼라고?"

콰이어트레인의 꼬리가 움찔거렸다.

"왜 진작 말 안 했니?"

"일부러 말 안 한 건 아니에요."

그동안 너무 많은 일이 있어서 말할 기회가 없었다.

"네가 뭐라고 말을 할 때마다 그 아이가 너를 왜 그렇게 다정하게 바라보는지 이제야 알겠구나."

콰이어트레인이 말했다.

"그 아이는 네가 진짜 아버지가 아니라는 걸 아니?"

"그럼요."

"그래도 그 애가 너를 그토록 아끼는 걸 보니 네가 참 잘 길렀구나."

그레이윙은 고개를 꾸벅 숙여 감사의 인사를 전했다.

"그랬으면 좋겠어요."

"그렇지만 남은 삶을 떠난 짝만 그리워하며 살아서는 안 돼."

그레이윙은 고개를 홱 들었다.

426

"제가 언제 그런다고 했어요?"

콰이어트레인은 사랑이 듬뿍 담긴 눈길로 아들을 바라보았다.

"너도 이제 새 짝과 새끼들을 얻어야지."

공터에서 발소리가 들렸다. 그리고 어린 고양이의 목소리가 진영에 울려 퍼졌다.

"엄마! 아빠! 우리 왔어요!"

"새끼 고양이들이 왔나 봐요!"

그레이윙은 거처에서 뛰쳐나갔다.

눈 덮인 공터를 깡충깡충 뛰어오는 이글페더, 듀노즈, 스톰펠트와 함께 클리어스카이도 돌아왔다.

"다치진 않았어?"

그레이윙은 큰 소리로 물었다.

"애들은 괜찮아."

클리어스카이가 대답했다.

"우리 나무에 올라갔어요!"

이글페더가 자랑했다.

그레이윙은 클리어스카이의 털이 마구 헝클어진 걸 알아챘다.

"싸움이라도 했어?"

클리어스카이가 털이 솟아 있는 등을 힐끗 돌아보았다. 형제의 목에서 가르랑거리는 소리가 흘러나왔다.

"애 셋을 등에 매달고 나무를 기어 내려와서 그래."

그때를 떠올리자 다시 힘이 드는 듯 클리어스카이는 얼굴을 찡그렸다.

"우리 하마터면 까마귀한테 잡아먹힐 뻔했어요."

듀노즈가 그레이윙의 발치에 멈춰 서서 자랑스러운 얼굴로 말했다.

"하지만 우린 잡히지 않았어요!"

그레이윙은 어린 암고양이를 보며 얼굴을 찡그렸다.

"그렇게 막 돌아다니면 안 돼. 엄마랑 아빠가 얼마나 걱정했는지 몰라!"

"엄마, 아빠는 어디 있어요?"

스톰펠트가 공터를 둘러보며 말했다.

"진영 밖에서 냄새가 났는데."

이글페더가 말했다.

공터 가장자리에 있는 소나무 잠자리가 부스럭거리더니 페블하트가 일어나 앉아 잠을 쫓으려고 눈을 깜박거렸다.

"무슨 일이에요?"

듀노즈가 재빨리 페블하트를 향해 달려갔다.

"우리가 나무에 올라갔어요!"

클리어스카이가 콧방귀를 뀌었다.

"그리고 하마터면 까마귀한테 먹힐 뻔했지."

"하지만 클리어스카이가 우릴 구해 줬어요!"

이글페더가 클리어스카이를 흐뭇하게 바라보며 말했다.

페블하트가 잠자리에서 뛰쳐나와 듀노즈의 냄새를 맡았다.

"몸이 꽁꽁 얼었잖아."

그레이윙은 새끼 고양이들이 바들바들 떨고 있다는 것을 그제야 깨달았다.

"몸을 따뜻하게 녹여야 해."

페블하트가 콰이어트레인이 누워 있는 거처를 고개로 가리켰다.

"콰이어트레인이 열이 나니까 이 애들을 따뜻하게 해 줄 수 있어요. 또 이 애들의 차가운 몸은 콰이어트레인의 열을 내리는 데 도움이 될 거예요."

듀노즈가 눈을 동그랗게 뜨고 페블하트를 바라보았다.

"우린 저 안에 들어가기 싫어! 늙은 암고양이가 우릴 잡아먹을 거야!"

그레이윙은 재미있어서 수염을 씰룩거렸다. 어머니가 여기 온 이후로 계속 화를 낸 건 사실이지만, 지금은 많이 부드러워진 것 같았다. 그리고 재기드피크의 새끼들과 함께 있으면 기운이 날 수도 있었다.

"콰이어트레인이 너희를 보면 기뻐할 거야."

그레이윙은 장담했다.

"하지만 지금은 몸이 아프니까 몸 위로 기어오르거나 짜증 나게 해서는 안 돼."

스톰펠트가 추워서 이빨을 딱딱 부딪히기 시작했다. 분홍색이던 코끝은 하얗게 변했다.

"가자."

페블하트가 듀노즈를 자신의 거처로 쓱 밀었다.

스톰펠트와 이글페더도 그들 옆으로 다가갔다.

"엄마는 언제 돌아와요?"

"너희 엄마는 내가 가서 찾아볼게."

클리어스카이가 엄한 눈빛으로 새끼 고양이들을 바라보며 말했다.

"그리고 다른 고양이들도. 진영 고양이들 모두가 너희를 찾아 다니고 있어."

"야단은 나중에 쳐요."

페블하트가 클리어스카이에게 빠르게 말했다.

"지금은 몸을 따뜻하게 녹이는 게 더 급하단 말이에요."

페블하트가 새끼 고양이들을 코로 밀어 자신의 거처로 데리고 가는 사이 클리어스카이는 진영을 빠져나갔다.

그레이윙도 페블하트를 뒤따라갔다.

거처 안으로 들어가 보니 새끼 고양이들이 새끼 올빼미들처럼 줄지어 서서 콰이어트레인을 초조하게 바라보고 있었다.

"페블하트가 우리 몸을 따뜻하게 녹여야 한대요."

듀노즈가 겁먹은 목소리로 말했다.

콰이어트레인이 꼬리를 홱 튕겼다.

"너희가 눈밭을 헤매고 다녔다는 소리는 들었다."

"우리끼리 나무에 올라갔어요."

스톰펠트가 자랑스레 말했다.

페블하트가 앞으로 나섰다.

"이 애들 몸이 녹을 때까지만 잠자리를 함께 써도 될까요?"

"물론이지."

콰이어트레인이 느릿느릿 뒤로 물러나자, 아픈 기색이 눈에 고스란히 드러났다.

"아프게 하지 않게 조심할게요."

이글페더가 약속했다.

"고맙구나."

콰이어트레인은 헤더 줄기로 만든 잠자리를 타고 넘어와 배 옆에 자리 잡은 새끼 고양이를 다정한 눈으로 바라보았다. 듀노즈가 한배 형제를 따라 잠자리 안으로 들어가고 스톰펠트도 그 뒤를 따랐다.

"넌 아빠 눈을 꼭 닮았구나."

콰이어트레인이 스톰펠트를 보고 말했다.

"난 아니에요."

듀노즈가 끼어들었다.

"하지만 엄마가 그러는데 나는 아빠처럼 똑똑하대요."

"넌 어떠니?"

콰이어트레인이 이글페더에게 물었다.

"넌 네 아빠한테서 어떤 점을 물려받았지?"

"난 나무에 올라갈 수 있어요. 하지만 절대 떨어지지 않죠."

이글페더가 대답했다.

콰이어트레인이 수염을 씰룩거렸다.

"아빠가 너희를 아주 자랑스러워하겠구나."

늙은 암고양이는 꼬리로 아이들을 감쌌다.

"나한테 꼭 붙으렴. 그러면 금방 몸이 따뜻해질 거야."

그레이윙은 추억이 따뜻한 바람처럼 자신을 휩쓸고 지나가는 걸 느꼈다.

'어머니는 우리가 어렸을 때도 나와 클리어스카이를 저렇게 품어 줬는데.'

그때가 마치 이번 생이 아닌 것처럼 아득하게 느껴졌다. 갑자기 피곤이 밀려와, 배를 깔고 엎드려 발을 몸 아래로 집어넣었다.

페블하트의 숨소리가 귀 털을 간지럽혔다.

"황무지에 가서 약초가 남아 있는지 찾아볼게요."

어린 수고양이가 속삭였다. 어쩐지 걱정스러운 목소리였다.

"꼭 지금 가야 하는 거야?"

그레이윙은 새끼 고양이들 옆에 주둥이를 내려놓고 쉬는 어머니를 힐끗 쳐다보았다.

"콰이어트레인의 상처가 점점 더 안 좋아지고 있어요."

페블하트의 목소리는 숨소리나 다름없을 정도로 작았다.

"나도 같이 갈까?"

그레이윙은 몸을 일으켰다.

하지만 페블하트가 코로 그레이윙의 어깨를 꾹 눌렀다.

"어머니 곁에 계세요."

페블하트가 거처를 조용히 빠져나가는 사이 그레이윙은 새끼 고양이들을 바라보았다. 셋 다 고개를 푹 떨구고 있었다. 듀노즈는 스톰펠트의 등에 주둥이를 얹고 있었고, 이글페더는 듀노즈의 어깨 밑에 주둥이를 밀어 넣었다. 굴속에 무리 지어 사는 생쥐들처럼 아이들은 서로 뒤엉켜 잠이 들었다. 나지막이 코를 고는 새끼 고양이들 옆에서 어머니의 거친 숨소리가 들렸다.

늙은 암고양이는 눈을 반쯤 뜨고 있었지만 딱히 무언가를 보는 것은 아니었다.

'페블하트의 약초가 효과가 있어야 할 텐데!'

그레이윙은 가슴이 조여 왔다.

'힘들게 여기까지 오셨는데 이대로 돌아가시면 안 돼.'

22
작별

썬더가 부르는 소리에 잠에서 깬 클리어스카이는 고개를 홱 쳐
들고 눈을 깜박이며 아들을 바라보았다.

'아직 밤이잖아!'

소나무 사이로 스며든 달빛이 썬더의 눈동자에 반사되었다.

"무슨 일이야?"

클리어스카이는 딱딱한 목소리로 물었다.

"왜 깨웠어?"

옆에서 곤히 자고 있는 스타플라워가 깰까 봐 목소리를 낮췄다.

"페블하트가 보내서 왔어요. 콰이어트레인 때문에요."

썬더는 겁을 먹어 긴장한 목소리였다.

"더 안 좋아졌대요."

클리어스카이는 허둥지둥 일어나 가시덤불 아래 구덩이에서 뛰
쳐나왔다. 스타플라워가 잠결에 몸을 뒤척였지만 깨지는 않았다.

"그레이윙이 같이 있어요. 재기드피크는 제가 가서 깨울게요."

썬더가 가시덤불 거처를 향해 고갯짓을 했다. 그곳에는 모험을
다녀와서 배불리 먹고 몸을 녹인 새끼 고양이들이 잠들어 있었다.

썬더가 그 자리를 떠나자 클리어스카이는 공기를 맛보았다. 단단한 얼음의 냄새는 사라졌다. 대신 퀴퀴한 숲 냄새가 혀를 적셨다. 눈이 녹기 시작한 것이다. 녹은 눈은 머리 위로 겹쳐진 소나무 가지와 잎을 뚫고 뚝뚝 떨어졌다.

질척질척한 눈을 밟으며 클리어스카이는 페블하트의 거처로 갔다. 어린 수고양이가 입구에서 기다리고 있었다.

"하룻밤 더 머물길 잘했어요."

클리어스카이가 다가가자 페블하트가 속삭이듯 말했다. 어린 수고양이의 눈이 슬픔으로 반짝거렸다.

"제가 치료할 수 있을 줄 알았는데……."

페블하트의 목소리가 갈라졌다.

"그런데 상처가……."

"넌 최선을 다했어."

발부터 차츰 감각이 사라지면서 축축한 공기도, 숲을 가득 메운 진한 소나무 향기도 더 이상 느껴지지 않았다.

'어머니가 죽는구나.'

어둑어둑한 거처 안을 들여다보았다.

'저 안에 들어가야 하는데.'

온몸의 털 한 올 한 올이 파르르 떨렸다.

'못 들어가겠어.'

뒤에서 녹은 눈을 밟으며 저벅저벅 걸어오는 소리가 들렸다. 스타플라워의 냄새가 나더니 암고양이의 몸이 옆구리를 스쳤다.

클리어스카이는 고개를 돌려 짝의 선명한 초록색 눈을 들여다보았다.

"어머니가 기다리고 있어요."

스타플라워의 따뜻한 숨결이 코를 간지럽혔다.

클리어스카이는 눈을 감았다. 두려워서 심장이 쿵쿵 뛰었지만, 눈을 깜박이며 거처 안으로 걸어 들어갔다.

안으로 들어가자 그레이윙이 고개를 들었다. 형제는 어머니의 잠자리 옆에 웅크리고 있었다.

"페블하트가 아픔을 덜 수 있는 약초를 드렸어."

그레이윙의 목소리가 떨렸다.

"어머니가 우리 목소리를 들을 수 있는지 잘 모르겠어."

클리어스카이는 헤더 잠자리 속에 작은 털 뭉치처럼 누워 있는 어머니를 바라보았다. 어머니가 이렇게 약해 보인 건 처음이었다. 산에서 아무리 굶주릴 때도 어머니는 늘 기운이 넘쳤고, 살기 위해 그리고 새끼들의 안전을 위해 싸웠다. 그런 어머니가 남은 기운이 모두 사그라든 듯 축 늘어져 있었다. 힘겹게 숨을 쉴 때마다 옆구리가 파르르 떨렸다. 주둥이는 말랐고 감은 눈은 방금 난 상처처럼 축축하게 젖어 있었다.

클리어스카이가 곁에 웅크리고 앉자 그레이윙이 어머니에게 가까이 몸을 숙였다.

"어머니, 클리어스카이가 왔어요. 어머니가 부르셨잖아요, 기억나세요?"

콰이어트레인이 끙끙 앓는 소리를 내자 클리어스카이는 몸이 굳었다.

늙은 암고양이가 천천히 눈을 떴다.

"왔구나."

435

"네."

클리어스카이는 슬픈 티를 내지 않으려고 애썼다.

"올 줄 알았어, 내 다정한 친구."

'친구? 전 어머니 아들이에요.'

"저예요, 클리어스카이."

어머니가 자신의 냄새를 맡을 수 있도록 주둥이를 가까이 들이밀었다.

"다시 만나서 반가워, 셰이디드모스."

'어머니는 나를 셰이디드모스로 착각하고 있어!'

뒤에서 가시덤불이 부스럭대더니 재기드피크가 서둘러 들어왔다. 그리고 그레이윙 옆으로 걸어왔다.

"어머니는?"

"셰이디드모스를 만났다고 생각하셔."

클리어스카이는 작은 소리로 말했다.

재기드피크의 등줄기를 따라 털이 물결쳤다.

"우리가 여기 있는 건 아셔?"

그레이윙의 어깨가 축 처졌다.

"모르시는 거 같아."

"셰이디드모스."

콰이어트레인의 눈은 클리어스카이에게 고정되어 있었다.

클리어스카이는 슬퍼서 몸이 떨렸다.

'어머니가 나를 못 알아보시는구나.'

당장이라도 그곳을 뛰쳐나가고 싶었지만 꾹 참았다.

"이제 여행의 마지막이야, 친구."

콰이어트레인은 말하는 사이사이 힘겹게 숨을 몰아쉬었다. 귀는 뭔가를 들으려는 듯 힘없이 움찔거렸다.

"뭐라고 했어?"

콰이어트레인이 눈살을 찌푸렸다.

"그 애를 용서하라고? 하지만 그 애는 부족 동료를 죽였어! 그리고 형제들을 쫓아냈어."

클리어스카이는 털가죽이 뜨겁게 달아오르며 몸이 굳었다.

그레이윙이 힐끗 쳐다보았다.

"어머니는 지금 무슨 말을 하는지도 모르셔."

'하지만 사실이잖아.'

슬픔이 발톱처럼 심장을 움켜잡고, 고통스러운 신음이 나올 정도로 깊이 파고들었다.

갑자기 콰이어트레인의 눈이 감기며 고개가 푹 꺾였다.

재기드피크가 주둥이를 더 가까이 들이밀었다.

"어머니가……."

재기드피크는 할 말을 잃은 것 같았다.

클리어스카이는 동생이 무슨 생각을 하고 있는지 짐작하고 앞으로 몸을 기울였지만, 어머니의 숨결이 주둥이에 닿자 마음이 놓였다.

"아니야."

말을 하는데 콰이어트레인이 천천히 눈을 떴다.

클리어스카이는 심장이 철렁 내려앉아 흠칫 물러났다. 어머니의 파란 눈이 갑자기 맑아졌다. 그리고 아들을 똑바로 바라보았다.

"저예요…… 클리어스카이."

어머니가 자신을 또다시 셰이디드모스라고 부르는 건 바라지 않았다.

"알아."

콰이어트레인이 작은 소리로 말했다. 시선이 그레이윙에게로, 그다음엔 재기드피크에게로 옮겨 갔다.

"내 아들들이 모두 여기 모였구나."

만족스러운 목소리였다.

"내가 떠나더라도 슬퍼하지 마라. 난 이제야 마음이 놓이니까. 나는 오래 살았어. 그리고 잘 살았어. 배고픔과 추위를 겪었지만 사랑도 했으니까."

늙은 암고양이는 세 아들을 보며 천천히 눈을 깜박거리다가 클리어스카이에게로 눈길을 옮겼다.

"그리고 널 용서한다, 내 첫아들아. 셰이디드모스가 내게 말해 줬어. 그가 말하길……."

기침이 터져 나오더니 헤더 잠자리 위에서 발작을 일으킬 때까지 계속되었다.

"어머니!"

클리어스카이는 어머니에게 몸을 기울였다.

"도와줘!"

재기드피크가 입구에서 눈이 휘둥그레진 채 서성이고 있는 페블하트에게 소리쳤다.

"더 이상 할 수 있는 게 없어요."

페블하트가 중얼거렸다.

기침이 가라앉자 콰이어트레인은 힘겹게 숨을 헐떡거리며 거친 목소리로 내뱉었다.

"셰이디드모스가 말해 줬어."

"무슨 말을 했는데요?"

클리어스카이는 어머니에게 주둥이를 더 가까이 들이밀었다.

"어머니를 쉬게 내버려둬."

재기드피크가 앞발을 내밀어 어머니의 옆구리에 살며시 올려놓았다.

"힘을 아껴야 한단 말이야."

"힘을 아껴서 뭐 하게? 어머니는 죽어 가고 있다고!"

클리어스카이는 부들부들 떨었다.

"셰이디드모스가 뭐라고 했어요?"

"모든 게 예언대로라고 했어."

콰이어트레인이 쉰 목소리로 힘겹게 말했다.

"네가 한 일들은 피할 수 있는 게 아니었어. 그렇게 될 수밖에 없었던 거야. 그러니 너를 용서하마, 클리어스카이. 그리고 이제……."

늙은 암고양이는 떨리는 숨을 몰아쉬었다.

"너도 너 자신을 용서하렴."

콰이어트레인의 눈이 흐려지며 멍하니 초점을 잃자, 클리어스카이는 슬픔이 파도처럼 밀려오는 걸 느꼈다. 헤더 잠자리 위로 늙은 암고양이의 머리가 축 늘어졌고, 옆구리도 더 이상 들썩이지 않았다. 클리어스카이는 억지로 일어서서 어머니에게 몸을 숙이고 생명이 빠져나간 눈을 혀로 부드럽게 핥았다.

'너 자신을 용서하렴.'

어머니의 말이 머릿속에 맴돌았다.

'내가 뭘 용서받아야 하는데?'

머릿속에서 생각들이 소용돌이쳤다.

'너무나 많은 일이 일어났어! 내가 한 짓 중에 어떤 것에 대해 나 자신을 용서해야 하는 건데?'

흐릿한 햇빛이 거처로 스며들었다. 진영 맞은편에서 이글페더의 목소리가 울려 퍼졌다.

"눈이 녹고 있어!"

작은 발들이 공터를 가로질러 찰박찰박 뛰어다니는 소리가 들렸다.

재기드피크가 힘없이 일어나 거처를 나갔다. 그레이윙도 꼬리를 땅에 질질 끌면서 그 뒤를 따라갔다.

클리어스카이는 꼼짝 않는 어머니를 바라보며 가슴 찢어지는 고통을 느꼈다.

'어머니가 여기 오지 않았다면 내가 이런 모습을 볼 일도 없었을 텐데.'

마음속에 자리 잡은 깊은 어둠이 속삭였다. 어머니와의 마지막 순간이 남은 평생을 따라다닐 거라고.

23

나의 진영으로

굵은 빗방울이 등줄기에 툭 떨어지자 썬더는 흠칫했다. 낮부터 내리던 비는 밤까지 이어졌다.

옆에는 콰이어트레인의 시신이 누워 있었다. 클리어스카이와 그레이윙이 저물어 가는 햇빛 속에서 꼼짝 않고 시신의 양옆을 지켰고, 재기드피크는 선새도 옆에서 떨고 있었다.

낮 동안은 내내 콰이어트레인 옆을 지키고 있었다. 머드포스, 펀, 마우스이어가 주위를 오가며 먹이 더미에 먹이를 쌓아 놓았다. 페블하트는 분지에서 가져온 약초를 정리했고, 스타플라워는 그 옆에서 깔끔하게 나눠 놓은 약초를 나뭇잎으로 싸는 것을 도와주었다. 톨새도는 공터 입구에 웅크리고 앉아 무표정한 얼굴로 진영을 지켜보았다. 해가 하늘 높이 떠오르자 새끼 고양이들은 숲으로 살금살금 나갔고 홀리가 그 뒤를 바짝 쫓아갔다. 오후 내내 진영의 가시덤불 장벽 너머에서 신나게 꺅꺅대는 새끼 고양이들 소리가 들려오고, 조용히 하라는 어미 고양이의 목소리도 들렸다. 어둠이 내려앉자 새끼 고양이들은 진영으로 돌아왔다.

"근데 왜 조용히 있어야 해요?"

듀노즈가 형제들을 이끌고 공터 가장자리로 걸어가면서 속삭여 물었다.

"콰이어트레인에 대한 존경을 표하기 위해서야."

홀리가 작은 소리로 말했다.

이글페더가 코를 킁킁거렸다.

"아무도 여기 와서 죽으라고 안 했는데."

"쉿!"

스톰펠트가 발로 형제의 꼬리를 찰싹 때렸다.

"우리한테 다정히 대해 줬잖아, 기억 안 나?"

썬더는 불안한 눈으로 선새도를 힐끗 쳐다보았다.

'쟤는 지금 무슨 생각을 할까?'

선새도는 슬픔으로 흐릿해진 눈을 한 번도 깜박이지 않고 나무만 바라보고 있었다. 가엾다는 생각이 썬더의 가슴을 콕콕 찔렀다.

'아버지를 찾아 여기까지 왔는데. 이젠 낯선 고양이들 사이에서 외톨이가 됐어.'

톨새도가 몸을 곧게 폈다. 해가 소나무 너머로 주황색 공처럼 빛나자 마치 어두운 나무줄기 사이로 불이 붙은 것 같았다.

"이제 콰이어트레인을 묻어야 해."

선새도가 주둥이를 홱 돌렸다.

"어디에요? 여긴 콰이어트레인의 집이 아니잖아요."

"아들들이 여기 살잖아."

톨새도가 어린 수고양이를 향해 다가가며 말했다.

선새도는 말없이 톨새도를 바라보았다.

클리어스카이가 턱을 쳐들었다.

"어머니는 우리가 언제든 찾아갈 수 있는 곳에 묻어야 해."

그레이윙도 고개를 끄덕였다.

"우리 모두 자유롭게 드나들 수 있는 영역에."

"나무 네 그루는 어때?"

재기드피크가 형들을 힐끗 보며 물었다.

"부족 동료들과 가까이 누워 쉴 수 있을 거야."

톨섀도가 엄숙하게 속삭였다.

썬더는 전투에서 죽은 이들을 묻은 무덤을 떠올렸다. 이제 그 옆에 또 하나의 무덤이 생길 것이다. 사랑하는 이들에게 둘러싸여 평화롭게 죽은 고양이의 무덤이.

"콰이어트레인을 거기로 옮기는 걸 저도 도울게요."

썬더가 나서서 말했다.

"나도."

재기드피크가 자리에서 일어섰다.

그레이윙도 일어나서 기지개를 켜다가, 다친 앞발이 질척이는 땅바닥에 미끄러지자 얼굴을 찡그렸다.

톨섀도가 잠자리에서 얼굴을 닦고 있던 머드포스에게 고갯짓을 했다.

"우리가 나간 사이에 진영을 지킬 수 있지?"

홀리가 재기드피크에게 다가갔다.

"우리도 같이 가야 해?"

암고양이는 녹은 눈 속에서 노느라 축축하게 젖은 새끼들을 힐끗 쳐다보았다.

재기드피크는 고개를 저었다.

"여기 남아 있어."

"저는 같이 갈게요."

페블하트가 거처에서 나오며 말했다.

"살리지 못했으니 묻는 거라도 돕고 싶어요."

그레이윙이 어린 수고양이에게 몸을 스치며 속삭였다.

"어머니는 나이가 많았어. 때가 돼서 돌아가신 거야."

몸을 쭉 펴던 썬더는 온몸이 뻣뻣하다는 걸 깨달았다. 몸을 힘껏 털자 다행히 발과 꼬리에 다시 온기가 돌았다.

스타플라워가 공터를 가로질러 걸어와 클리어스카이와 주둥이를 맞댔다.

"콰이어트레인을 묻을 때 리버리플도 불러야 해요."

클리어스카이가 얼굴을 찡그렸다.

"왜?"

"리버리플도 당신이나 썬더, 톨새도처럼 지도자잖아요."

암고양이가 말했다.

"당신들은 모두 하나의 꽃을 이루는 꽃잎들이에요, 잊었어요?"

"그리고 윈드러너도."

그레이윙이 황무지의 진영을 떠올리며 끼어들었다.

"아직은 윈드러너가 우릴 멀리하지만 말이야."

클리어스카이는 생각에 잠긴 표정을 지었다.

"그 말이 맞아. 윈드러너는 방해하지 않는 게 좋겠어. 하지만 나머지는 다 함께해야 해."

클리어스카이가 말했다.

"내가 리버리플을 데려올게요."

스타플라워가 말했다.

썬더는 갑자기 이 암고양이에게 고맙다는 생각이 들었다. 그런데 아버지가 불안한 듯 털을 곤두세우는 게 보였다.

"당신이 여행하기엔 너무 멀어."

클리어스카이가 주장했다.

스타플라워가 짝과 시선을 맞췄다.

"새끼를 가졌다고 해서 약해지는 건 아니에요. 오히려 더 강해진다고요."

"내가 스타플라워와 같이 갈게."

톨섀도가 앞으로 나섰다.

썬더는 암고양이의 따뜻한 목소리에 놀라서 눈을 깜박거렸다.

'하긴, 왜 안 그러겠어?'

스타플라워는 자신이 저지른 잘못을 만회하려고 할 수 있는 일은 다 하고 있었다. 클리어스카이의 곁을 떠나지 않았고, 그의 어머니를 존경하는 마음으로 대했으며, 이제는 콰이어트레인을 묻기 위해 리버리플을 데려오겠다고 나서기까지 했다. 드디어 다른 고양이들의 믿음을 얻게 된 걸까?

클리어스카이가 고개를 숙였다.

"좋아, 그러면 나무 네 그루에서 만나."

톨섀도가 진영 입구로 걸어가 가시덤불 굴길 앞에서 기다리는 동안 스타플라워는 클리어스카이와 주둥이를 맞대고 인사를 나눴다.

"조심해."

클리어스카이가 속삭였다.

"알았어요."

스타플라워가 돌아서서 톨새도를 따라 진영을 나가자, 재기드피크는 몸을 숙여 콰이어트레인의 몸 아래로 주둥이를 밀어 넣었다. 썬더도 늙은 암고양이의 몸을 재기드피크의 어깨 위로 밀어 올려 주고, 그 옆으로 미끄러져 들어갔다. 죽고 나서 뻣뻣하게 굳었던 늙은 암고양이의 몸은 이제 차갑게 식어 둘 사이로 축 늘어졌다.

클리어스카이가 앞장서서 진영을 나서고 그레이윙과 페블하트, 선새도가 그 뒤를 따라갔다.

숲 가장자리에서 그들은 걸음을 멈췄다.

질척이는 눈으로 덮인 천둥길을 따라 괴물들이 요란하게 달려 가면서, 반쯤 녹은 지저분한 눈을 길가에 잔뜩 흩뿌렸다.

"여기서 기다려."

클리어스카이가 썬더에게 고개를 끄덕이고 살금살금 풀밭으로 기어갔다. 눈을 가늘게 뜨고 천둥길을 살피던 클리어스카이는 또 다른 괴물이 울부짖으며 지나가자 몸을 숙였다.

"괴물이 지나가지 않는 틈이 생길 거야."

클리어스카이는 나무숲에 있는 썬더와 재기드피크를 불렀다.

썬더가 울퉁불퉁한 풀밭을 걸으며 휘청거리자, 그레이윙이 재기드피드와 썬더 사이로 미끄러져 들어와 어깨로 어머니의 몸을 받쳤다.

"서로 딱 붙어."

클리어스카이가 쉭쉭거렸다.

번쩍이는 눈이 다가오는가 싶더니, 괴물들이 옆으로 빠르게 달려가며 빛줄기가 고양이들을 훑었다.

"지금이야!"

아버지가 자신을 앞으로 떠미는 걸 느낀 썬더는 서둘러 미끄러운 돌길 위로 올라갔다. 한쪽 옆구리에는 그레이윙이, 반대쪽 옆구리에는 재기드피크가 느껴졌다. 셋은 힘을 합쳐 콰이어트레인을 들고 천둥길을 건너 비틀거리며 멈춰 섰다.

그레이윙의 다친 다리를 본 썬더는 얼굴을 찌푸렸다. 피가 다시 나서 털을 시커멓게 물들이고 있었다.

"갈 수 있겠어요?"

"별로 안 무거워."

그레이윙이 끙끙거리며 대답했다.

썬더는 그레이윙의 눈동자에서 반짝이는 슬픔을 볼 수 있었다. 콰이어트레인은 굶어 죽은 거나 다름없을 정도로 못 먹어서 새끼 고양이만큼도 무겁지 않았다.

"가자, 어서 여길 떠나서 숲으로 가야지."

클리어스카이가 뒤에서 재촉했다.

그때 또 다른 괴물이 천둥소리를 내며 달려왔고, 질척하게 녹은 눈과 흙이 고양이들에게로 날아왔다.

썬더는 그레이윙과 재기드피크와 발을 맞춰 앞으로 나아갔다. 발밑에서 땅이 점점 울퉁불퉁해졌다. 뿌리가 길 위에 이리저리 뒤엉켜 있고 가시덤불이 털을 잡아당겼다. 두 번이나 발이 걸려 비틀거리는 바람에 마치 등에 짊어진 콰이어트레인이 화들짝 놀라는 것처럼 느껴졌다. 클리어스카이가 숲에서 나무 네 그루가 있는 분지로 이어지는 평탄한 오르막길로 이끌자 그제야 썬더는 마음이 놓였다.

분지 꼭대기에 다다랐을 때 그레이윙은 숨을 헐떡이고 있었다.

"선새도와 바꾸세요."

썬더는 나이 든 수고양이에게 속삭였다.

검은 수고양이 선새도는 내내 콰이어트레인을 지켜보면서, 썬더가 비틀거리거나 콰이어트레인이 재기드피크의 어깨에서 미끄러질 때마다 괴로워하는 모습을 보였다.

지친 눈으로 썬더의 시선을 마주 보던 그레이윙은 콰이어트레인의 몸 아래로 미끄러져 나왔다. 그리고 선새도에게 부드럽게 물었다.

"도와줄래?"

선새도는 고개를 끄덕이고 재기드피크와 썬더 사이로 조심스레 들어왔다.

썬더는 클리어스카이를 향해 코를 들어 올렸다.

'아버지한테도 어머니를 마지막 안식처로 모실 기회를 주는 게 좋을 거야.'

"저 대신 콰이어트레인을 모시고 갈래요?"

클리어스카이는 고맙다는 듯 눈을 깜박이고는 콰이어트레인의 몸 아래로 물러나는 썬더의 자리를 대신했다.

썬더는 그들 곁을 떠나 분지로 달려 내려갔다. 진흙탕이 된 비탈길에서 발이 쭉쭉 미끄러졌다. 바닥으로 내려간 썬더는 전투에서 죽은 고양이들의 무덤 옆에서 걸음을 멈췄다. 따뜻한 바람과 햇볕이 닿지 않는 이곳 땅은 아직도 눈에 덮여 있었다. 땅바닥을 발로 긁어 보니 뜻밖에도 땅이 얼어붙어 단단했다.

'이런 땅에 어떻게 무덤을 파지?'

썬더는 공터를 둘러보았다. 따뜻한 햇볕을 받아 땅이 부드럽게 녹은 곳을 찾아야 했다. 그때 저 멀리 비탈에서 고사리 덤불이 바스락거리는 소리를 냈다. 자세히 보니 톨섀도의 검은 털가죽이 고사리 사이로 움직이는 게 보였다. 스타플라워의 황금색 털은 색이 비슷한 풀줄기에 가려졌지만 썬더는 냄새로 알 수 있었다. 리버리플 냄새도 났다. 은색 수고양이가 덤불 속에서 걸어 나오자 썬더는 반갑게 가르랑거렸다.

리버리플이 엄숙한 시선으로 썬더를 바라보았다.

"콰이어트레인이 죽었다는 소식 들었어."

"때가 된 거죠."

썬더가 대답했다.

톨섀도와 스타플라워도 고사리 덤불을 헤치고 나왔다.

"묻을 자리는 골랐어?"

톨섀도가 공터 반대편에서 콰이어트레인의 몸을 땅바닥에 살며시 내려놓는 재기드피크와 선섀도, 클리어스카이를 힐끗 보며 물었다.

"땅이 얼었어요. 도저히 팔 수가 없어요."

썬더는 톨섀도에게 말했다.

그때 페블하트가 땅에 박혀 있는 커다란 바위에 시선을 고정한 채 공터를 가로질러 다가왔다.

"이걸 치우면 그 자리에 묻을 수 있어요."

썬더는 페블하트가 가리킨 바위를 바라보았다. 무덤을 만들 수 있을 만큼 바위가 깊이 박혀 있다면, 그걸 어떻게 파낸다는 걸까?

"우린 그렇게 힘이 세지 않아."

페블하트가 클리어스카이와 재기드피크를 힐끗 쳐다보았다.

"우리가 다 같이 힘을 모으면 할 수 있을 거예요."

클리어스카이가 눈을 반짝이며 주둥이를 홱 쳐들었다.

"내가 말했잖아, 우리는 하나가 되어야 해."

클리어스카이가 흥분한 목소리로 말했다.

그레이윙이 어두운 눈빛으로 형제를 바라보았다.

"그 말도 안 되는 소리는 다 잊은 줄 알았는데."

"당연히 안 잊었지. 난……."

톨섀도가 말을 가로막았다.

"지금은 말다툼을 할 때가 아니야."

리버리플이 톨섀도를 지나쳐 바위로 다가가 냄새를 맡았다.

"우선 땅에 박힌 부분을 헐겁게 만들어야겠네."

은색 수고양이가 생각에 잠긴 듯 중얼거렸다.

페블하트가 서둘러 분지 가장자리로 달려가 나무 막대기 하나를 입에 물었다. 그리고 돌아와서 막대기 한쪽 끝을 바위 옆 흙에 푹 찔러 넣었다. 두 앞발로 막대기 반대쪽 끝을 잡고 앞뒤로 계속 흔들자, 막대기가 땅을 파고 들어가기 시작했다.

리버리플의 눈이 반짝거렸다.

"나도 도울게."

리버리플도 나무 막대기 하나를 가지고 왔다.

둘은 바위 주변의 얼어붙은 땅을 헐겁게 만들어 바위가 움직일 수 있는 충분한 공간을 만들어 냈다. 그 모습을 지켜보던 썬더도 분지 가장자리로 달려가, 나무 막대기를 찾아 고사리 뿌리 주위를 뒤졌다. 부러지지 않을 만큼 튼튼한 막대기를 찾아내 서둘러 바위 옆으로 돌아온 썬더는 흙 속에 막대기 한쪽을 찔러 넣고 앞발로 반대쪽을 잡아 비틀었다. 막대기 주위의 흙이 부서지는 모습을 보자 마음속에서 기쁨이 솟아났다.

"밀어요!"

썬더는 클리어스카이에게 소리쳤다.

클리어스카이가 바위 반대쪽에 어깨를 대고 끙끙거리며 힘껏 밀었다. 톨섀도도 그 옆으로 미끄러져 들어가 같이 밀었다. 그레이윙과 선섀도도 합세해서 뒷발로 땅바닥을 세게 디디며 몸으로 바위를 힘껏 밀었다.

썬더는 막대기를 뽑고 그들을 돕기 위해 서둘러 바위 옆으로 돌아갔다. 그레이윙과 선섀도 사이로 비집고 들어간 썬더는 발톱을 땅에 힘껏 박아 넣은 뒤 어깨를 바위에 대고 몸을 부들부들 떨면서 온 힘을 쏟아부었다.

쩍 하는 소리와 함께 바위가 움직였다. 아주 조금뿐이었지만 이 작은 움직임으로 단단히 박혀 있던 바위가 흙 속에서 헐거워졌다. 썬더는 바위 밑으로 공기가 밀려오는 걸 느끼고 더 힘껏 밀었다. 그리자 바위가 들어 올려지는 느낌이 들었다.

클리어스카이가 신이 나서 큰 소리로 끙끙거렸다. 그 옆에서 선섀도는 몸을 부들부들 떨었고 그레이윙은 숨을 헐떡였다. 모두가 힘을 합쳐 바위를 밀고 있었다.

조금씩 앞뒤로 흔들리던 바위가 마침내 구덩이 밖으로 굴러가기 시작했다.

"밀어요!"

썬더는 울부짖었다.

바위가 한쪽으로 굴러가자, 썬더의 앞발이 바위가 묻혀 있던 구덩이로 미끄러져 들어갔다. 발 주위로 지렁이가 꿈틀꿈틀 도망치고, 쥐며느리도 허둥지둥 발톱을 넘어 기어갔다. 달팽이도 흙 위에 반짝이는 자국을 남기며 느릿느릿 달아났다. 썬더는 밖으로 펄쩍 뛰어나와 눈을 깜박이며 다른 고양이들을 바라보았다.

선섀도가 눈을 빛내며 썬더를 마주 보았다.

"추운 계절에도 이곳엔 생명이 사네. 콰이어트레인이 봤다면 죽은 뒤에도 살아 있는 생명들에 둘러싸여 있다고 좋아했을 거야."

"우리가 잊지 않고 기억하는 한, 정말로 죽은 게 아니야."

썬더는 고개를 숙였다.

"콰이어트레인은 이곳에서 영원히 기억될 거야."

"그리고 산에서도."

선섀도가 엄숙하게 고개를 숙이며 말했다.

클리어스카이와 재기드피크가 콰이어트레인을 향해 다가갔다. 그리고 코로 밀어 어깨에 올리고 무덤가로 옮겼다. 구덩이 속에 시신을 굴려 떨어뜨릴 수 있도록 썬더는 옆으로 물러섰다.

구덩이 속으로 뒤따라 들어간 페블하트가 조심스럽게 늙은 암고양이의 주둥이를 두 앞발 위에 올리고, 꼬리는 코 위에 얹어서 마치 몸을 웅크리고 잠든 것처럼 보이게 만들었다. 그런 다음 구덩이 밖으로 기어 나와 고사리 줄기를 물고 와 시신을 덮었다.

썬더는 어린 수고양이의 친절에 감동하며, 고사리 덤불에서 부드러운 줄기 하나를 끊어 페블하트가 덮어 둔 고사리 줄기 옆에 내려놓았다. 선섀도도 고사리 줄기를 물고 왔고, 그레이윙도 똑같이 했다. 이윽고 콰이어트레인의 몸 위로 황금색 잎사귀가 가득 쌓였다.

"바위로 다시 덮어 놔야 해요. 다른 짐승들로부터 보호할 수 있게요."

썬더는 중얼거렸다.

톨섀도가 살짝 고개를 끄덕였다.

"하지만 그 전에 먼저 경의를 표해야지."

톨섀도는 그레이윙에게로 눈길을 돌렸다.

회색 수고양이는 황금색 고사리 줄기 더미를 내려다보았다.

"어머니, 우리가 산을 떠나는 걸 허락할 만큼 우릴 사랑해 주셔서 감사합니다."

그레이윙이 속삭였다.

"플러터링버드가 마지막 숨을 거둘 때까지 품에 안아 주셔서 감사합니다."

클리어스카이의 목소리는 슬픔으로 꽉 잠겨 있었다.

"마지막 순간을 저희와 함께 보내기 위해 여기까지 와 주셔서 감사합니다."

구덩이 안을 들여다보는 재기드피크의 눈이 흐려졌다.

썬더는 주둥이를 들어 공기를 맛보았다. 빗방울 하나가 코 위로 톡 떨어지더니 곧바로 또 하나가 떨어졌다. 잠시 뒤 셀 수 없이 많은 빗방울이 얼어붙은 땅 위로 후두두 쏟아졌다.

리버리플이 바위를 다시 밀기 시작했다. 썬더도 서둘러 도왔다. 클리어스카이, 톨섀도, 선섀도까지 합세해 모두 힘을 합쳐 바위를 원래 자리로 굴렸다. 스타플라워는 뒤에 남아 지켜보았다.

"이제 집으로 돌아가야 해."

빗속에서 톨새도가 소리쳤다.

"아직 아니에요."

선새도는 바들바들 떨면서도 바위 옆에 웅크리고 앉아, 마치 오랜 친구의 마지막 냄새를 들이마시듯 흙과 바위 사이 틈에 코를 들이밀었다. 그리고 눈을 감은 채 그대로 가만히 있었다.

"저러다 얼어 죽겠어!"

그레이윙이 걱정 어린 얼굴로 페블하트에게 말했다.

"조금 더 슬퍼하도록 놔둬요."

페블하트는 딴생각에 잠긴 듯한 목소리였다. 마치 흥미를 끄는 무언가를 발견한 듯 눈을 가늘게 뜨고 공터 너머를 보고 있었다.

빗발이 더 굵어졌다. 썬더는 털이 몸에 찰싹 달라붙었지만 춥지 않았다. 익숙한 냄새가 분지를 가득 메우고 있었다. 빗속에 뭔가가 보이는 것 같아서 눈을 가늘게 뜨자, 흐릿한 모습들이 공터 여기저기에 흩어져서 일렁거리고 있었다.

'영혼 고양이들이다!'

호크스웁을 알아보고 마음이 벅차올랐다. 그 곁에는 셰이디드모스가 서 있었다. 그들은 새로 합류한 영혼 고양이에게 고개를 숙였다.

'콰이어트레인!'

늙은 암고양이의 영혼이 가볍게 공터를 가로질러 갔다. 주둥이를 내밀어 옛 친구들에게 인사를 건네는 암고양이는 아픔 같은 건 겪어 보지도 않은 듯 털가죽이 매끈하고 눈도 반짝거렸다.

호크스웁이 콰이어트레인의 주위를 맴돌았다.

"어서 와요, 콰이어트레인."

"이제 우리가 보여?"

공터 건너편에서 목소리가 들렸다.

자신들에게 말을 거는 갈색과 흰색이 섞인 얼룩무늬 암고양이를 발견하고 썬더는 눈을 깜박거렸다.

'누구지?'

클리어스카이가 썬더를 스치고 지나가 서둘러 얼룩무늬 암고양이에게 다가갔다.

"브라이트스트림!"

기쁨이 넘치는 목소리였다.

'아버지의 첫 번째 짝이었던 고양이구나.'

썬더는 스타플라워를 힐끗 돌아보았다. 아버지의 새끼들을 배속에 품은 채로 독수리한테 잡혀갔다던 이 암고양이가 스타플라워의 눈에도 보일까?

하지만 스타플라워는 공터에서 움직이는 영혼 고양이들이 전혀 보이지 않는 듯 그저 가엾다는 눈빛으로 선새도를 바라보고 있을 뿐이었다.

브라이트스트림이 다시 입을 열었다.

"과거는 지나갔어. 이제 새로운 미래가 다가오고 있어. 얼마나 사랑했든 과거에 네가 알던 건 모두 잊어버려. 그리고 새로운 새벽으로 이끄는 길을 선택해야 해."

클리어스카이가 브라이트스트림을 향해 주둥이를 내밀었지만 영혼 고양이들은 이미 모습이 흐릿해지며 사라지고 있었다.

썬더는 리버리플을 향해 고개를 휙 돌렸다.

"방금 봤어요?"

리버리플이 가르랑거렸다.

"물론이지."

"그 암고양이가 한 말이 무슨 뜻일까요?"

클리어스카이가 반짝이는 눈으로 썬더를 돌아보았다.

"영혼 고양이들이 늘 하던 말이잖아. 우리는 함께해야 해. 하나로 합쳐야 한다고!"

페블하트가 고개를 저으며 나지막한 목소리로 말했다.

"그건 그런 뜻이 아니에요, 클리어스카이."

그레이윙이 페블하트 곁으로 걸어갔다.

"페블하트 말이 맞아, 클리어스카이. 우리는 새로운 시작을 선택해야 해."

"하지만……."

클리어스카이의 눈에는 희망과 슬픔이 뒤섞여 있었다.

"그건 분명 모두가 힘을 합쳐야 한다는 뜻이었는데……."

썬더는 문득 아버지가 가엾게 느껴졌다.

'아버지는 언제쯤 저 생각을 버릴 수 있을까?'

"전 이제 저만의 진영이 있고, 절 따르는 고양이들도 있어요."

썬더는 아버지를 보며 말했다.

"제 미래는 그들에게 있지, 아버지에게 있지 않아요."

희망을 잃은 클리어스카이의 파란 눈동자에 슬픔이 번지자 썬더는 미안한 마음에 시선을 떨궜다.

"아버지는 언제까지나 제 아버지예요."

썬더는 다정하게 말을 이었다.

"그렇지만 우리는 누구나 자신이 원하는 대로 살아야 해요. 제가 아버지와 함께 살 수는 없어요. 전 저만의 길을 찾아야 하니까요."

마지못해 다시 고개를 든 썬더는 아버지의 눈빛이 조금 전보다 훨씬 침착해져서 놀랐다. 스타플라워가 공터를 가로질러 걸어와 클리어스카이의 곁에 서 있었다.

"그건 네 아버지도 알아, 썬더."

암고양이가 클리어스카이를 힐끗 쳐다보며 말했다.

"받아들이기 힘들겠지만 다 이해할 거야."

클리어스카이는 감정이 북받치는 눈으로 고개를 끄덕였다.

썬더는 목이 멨지만 고개를 끄덕였다.

"모두 잘 지내요."

인사를 남기고 돌아서면서, 콰이어트레인의 무덤을 힐끗 돌아보았다. 선새도는 여전히 눈을 감고 그 앞에 엎드려 있었다.

'공터에 찾아온 영혼 고양이들을 저 애도 봤을까?'

썬더는 그레이윙과 톨새도에게 고개를 끄덕이고는 비탈로 향했다. 이제 집으로 돌아갈 시간이었다.

"와 줘서 고마워요."

리버리플 옆을 지나가며 인사를 건넨 뒤 고사리 덤불을 뚫고 비탈을 올라가 분지 꼭대기에서 방향을 틀어 숲으로 향했다. 비가 쏟아지는 나무숲에서 올빼미 한 마리가 울었다. 높이 뻗은 나뭇가지가 바람에 흔들리며 철썩철썩 소리를 냈다. 확실한 숲의 향기를 따라 집으로 돌아가는 길을 빠르게 달려가다 보니 골짜기에 울려 퍼지는 고양이들 소리가 들렸다. 꼭대기에서 걸음을 멈추고 진영을 내려다보자 덤불과 거처 모두 그림자에 휩싸여 있었다. 가파른 바위 벽은 비에 젖어 반짝거렸다. 썬더는 발톱을 세워 미끄러운 바위를 단단히 붙잡으며 껑충껑충 뛰어 내려갔다. 바닥에 이르러 가시금작화 덤불 사이로 비집고 들어가자 친구들의 익숙한 냄새가 나면서 행복이 솟구쳤다.

"썬더!"

검은 털가죽이 비에 흠뻑 젖은 라이트닝테일이 썬더를 보고 서둘러 달려왔다.

"너를 찾으러 순찰대를 보내야 할지 고민하고 있었어."

"이런 날씨에는 보내지 않는 게 좋지."

썬더는 공터에서 걸음을 멈췄다. 눈에 보이는 건 라이트닝테일 뿐이었다.

"다들 어디 있어?"

"자기 거처 안에 있지!"

라이트닝테일이 가르랑거렸다.

"모르겠어? 지금 비 오잖아!"

라이트닝테일은 고개를 끄덕여 썬더를 부른 뒤 공터 끝에 우뚝 솟은 바위에서 서너 걸음 떨어진 커다란 덤불로 앞장서 걸어갔다. 친구가 몸을 숙여 덤불 아래로 들어가자 썬더도 그 뒤를 따랐다.

그곳엔 낮게 뻗은 나뭇가지 아래를 파내고 만든 잠자리 두 개가 있었다. 머리 위에서 빗방울이 후두두 떨어지는 소리가 들렸지만 이곳은 비가 들이치지 않아 보송보송했다.

"봐."

라이트닝테일이 자신들이 비집고 들어온 틈을 향해 고갯짓을 했다. 그곳을 통해 가시금작화 덤불 입구가 훤히 보였다.

"잠자리로 쓰기에 완벽한 곳이야. 비도 안 들이치고, 누가 진영에 들어오고 나가는지도 지켜볼 수 있고 말이야."

썬더는 가르랑거리며 물었다.

"어느 쪽 잠자리가 내 거야?"

두 개의 구덩이 중 한 곳에만 이끼가 깔려 있었다.

라이트닝테일은 이끼가 깔린 잠자리를 가리켰다.

"오늘 밤엔 네가 내 잠자리에서 자. 많이 피곤할 테니까. 내일 같이 나가서 네 잠자리에 깔 이끼를 구해 오자."

밖에서 가시금작화가 부스럭거리자 썬더는 긴장한 채 삐죽삐죽한 가지 틈새로 밖을 내다보았다. 밀크위드가 입에 생쥐 한 마리를 대롱대롱 물고 진영으로 들어왔다. 그리고 리프도 들쥐를 한 마리 물고 뒤따라 들어왔다.

"밤 사냥을 한 거야?"

썬더는 라이트닝테일에게 눈을 깜박이며 물었다.

라이트닝테일이 가르랑거렸다.

"저 둘은 핑크아이스에게 새끼들을 맡기고 땅거미가 질 때 사냥을 나갔어."

"둘이서 같이?"

"네가 떠난 뒤로 저 둘은 내내 붙어 다녔어."

썬더는 기뻐서 가슴이 터질 것 같았다. 머리 위에서는 빗방울이 나뭇가지를 때리고 있었다. 하지만 잠자리는 보송보송했고, 진영 동료들은 아무 걱정 없었다.

'내일은 라이트닝테일과 함께 숲으로 가서 동료들을 먹일 먹이를 잡아 와야지.'

24

진정한 집

　그레이윙은 콰이어트레인의 무덤을 덮은 바위에 코를 갖다 댔다. 뒤에서는 톨섀도가 리버리플에게 작별 인사를 하고 있었다.

　"섀터드아이스와 대플드펠트에게 전해 줘, 보고 싶지만 새집에서 잘 산다는 말을 들으니 기쁘다고."

　리버리플은 꼬리를 흔들었다.

　"내가 예전엔 그 섬에서 혼자 살았다는 게 믿기지 않아. 이젠 동료들 없이 혼자 산다는 건 상상도 할 수 없거든."

　그레이윙의 등줄기를 따라 털이 삐죽삐죽 곤두섰다.

　'내 동료들은 누구지?'

　톨섀도와 재기드피크? 그들과 오랫동안 같이 살아서, 그들 없이 사는 삶은 너무 낯설 것 같았다. 하지만 어두침침한 소나무 숲으로 돌아간다고 생각하자 마음이 우울해졌다. 어쩌면 그저 어머니의 죽음 때문에 우울한 건지도 모른다. 머리 위를 가린 나뭇잎을 뚫고 밝은 아침 햇살이 스며들면 기분이 한결 좋아질 것이다. 그리고 그곳에는 페블하트도 있다. 어린 아들의 단호한 눈빛을 보면 터틀테일이 떠올라 마음이 편안해진다.

"우리도 그만 가자."

클리어스카이의 말소리에 그레이윙은 퍼뜩 정신을 차렸다. 형제는 스타플라워 곁에 바짝 붙어 서 있었다.

"우리 진영에 자주 놀러 와."

클리어스카이가 그레이윙에게 말했다.

"특히 새끼들이 태어나면 꼭 와야 해."

스타플라워를 돌아본 클리어스카이는 암고양이가 마주 보자 눈을 빛냈다.

원아이의 딸은 자신의 짝에게 용기와 충성심을 분명히 보여 주었다. 그 모습을 보며 그레이윙은 배를 찌르는 슬픔을 느꼈다.

'한때는 터틀테일도 저런 모습으로 내 곁에 서 있었는데.'

'남은 삶을 떠난 짝만 그리워하며 살아서는 안 돼. 너도 이제 새 짝과 새끼들을 얻어야지.'

어머니의 말이 귓가에 맴돌았다.

"새끼들이 태어나면 보러 올 거죠?"

스타플라워가 그레이윙에게 몸을 기울이며 물었다.

"물론이지."

그레이윙은 딴생각에 잠긴 채 건성으로 대답했다.

그리고 나란히 숲을 향해 걸어가는 클리어스카이와 스타플라워를 지켜보았다.

톨새도가 선새도를 슬쩍 밀어 일으켜 세웠다.

"우리와 같이 가자. 빗속에 계속 있으면 몸이 얼 거야."

선새도는 눈을 내리깐 채 억지로 몸을 일으켰다.

페블하트가 검은 수고양이 옆으로 다가가 옆구리를 어깨로 밀

461

며 분지 가장자리로 안내했다. 재기드피크도 콰이어트레인의 무덤을 마지막으로 한 번 더 돌아보고 그들을 따라갔다.

"안 갈 거야, 그레이윙?"

톨섀도가 물었다.

그레이윙은 빗방울이 털가죽 속으로 스며드는 걸 느꼈다. 수염에서도 빗방울이 뚝뚝 떨어져 발치에 고였다.

"그레이윙?"

톨섀도가 눈을 가늘게 떴다.

"갈게."

비탈 꼭대기에 올라서자 바람이 불어와 작은 빗방울들을 얼굴에 뿌렸다. 상쾌한 바람에 실려 온 황무지 냄새를 맡자 그레이윙은 마음이 아팠다.

페블하트는 선섀도를 이끌고 비탈을 따라 내려가 소나무 숲으로 향하고 있었다.

갑자기 발이 무거워지며 그레이윙은 걸음을 멈췄다.

"난 같이 못 가겠어."

톨섀도가 휘둥그레진 눈으로 돌아보았다.

"뭐라고?"

죄책감이 물결처럼 밀려왔지만 사실대로 말해야 했다.

"난 소나무 숲에서 못 살겠어."

"하지만 네가 선택한 거잖아!"

"그렇게 선택한 건 너희가 새로운 집을 찾는 걸 도와주고 싶어서였어."

그레이윙은 진지한 눈빛으로 톨섀도를 바라보았다.

"하지만 너희도 이제 자리를 잡았잖아. 그러니까 내 도움은 필요 없어."

"내가 한 말 때문에 이러는 거야? 네가 지도자 자리를 차지하려 한다고 비난해서?"

톨새도는 속상한 듯 꼬리를 씰룩거렸다.

재기드피크가 형제를 바라보았다.

"우린 형이 필요해."

"아니, 넌 이제 내가 필요 없어."

그레이윙은 고개를 돌려 황무지 너머를 지그시 바라보았다.

"거기서 난 숨을 제대로 쉴 수가 없어. 네 말이 맞아, 난 소나무숲에 있으면 예전처럼 빠르게 달릴 수 없어. 그렇지만 여기서는 바람이 내 안으로 불어오는 것 같고, 뛸 때도 숨이 가쁘지 않아."

"외롭지 않겠어?"

톨새도는 걱정스러운 얼굴이었다.

그레이윙은 슬레이트를 떠올리자 가슴이 두근거렸다.

"그러지 않기를 바라야지."

어둠 속에서 페블하트의 눈이 반짝거렸다. 어린 수고양이는 선새도에게서 물러나 그레이윙을 마주 보았다.

"자신이 선택한 길을 따라가세요."

페블하트가 나지막이 속삭였다.

"그래도 괜찮겠니?"

그레이윙은 페블하트의 눈을 들여다보며 물었다. 어린 아들이 아직 자신을 필요로 한다면 떠날 수 없었다.

"전 아빠가 행복하면 좋겠어요."

페블하트가 대답했다.

"그리고 필요하면 어디로 가야 아빠를 찾을 수 있는지도 알 것 같아요."

"어디로 갈 건데? 예전에 살던 분지로 돌아갈 거야?"

톨섀도가 얼굴을 찌푸리며 물었다.

페블하트가 그레이윙에게서 눈을 떼지 않은 채 말했다.

"아빠는 윈드러너의 진영으로 갈 거예요."

그레이윙은 아무 말 하지 않고 어린 아들을 지그시 바라보았다.

톨섀도가 재기드피크를 힐끗 쳐다보았다.

"그렇겠지."

암고양이는 그레이윙에게 고개를 숙였다.

"네가 그리울 거야."

재기드피크도 앞으로 걸어와 그레이윙의 어깨를 주둥이로 쿡 찔렀다.

"애들 보러 자주 와. 걔들도 형을 그리워할 거야."

그레이윙은 고개를 끄덕였다.

"펀을 잘 돌봐 줘."

함께 지내자고 데려와 놓고 혼자 떠나려니 죄책감이 배를 찔렀다. 하지만 펀은 톨섀도의 진영에 있는 게 슬래시와 함께 사는 것보다 훨씬 안전할 것이다. 슬래시를 떠올리자 배가 조여 왔다.

"조심해."

그레이윙은 주의를 주었다.

재기드피크가 얼굴을 찡그렸다.

"뭘?"

"소나무 숲은 아직 우리에게 낯선 곳이라는 걸 잊지 마. 다른 고양이들이 나타나서 그곳이 자기 땅이라고 우길지도 몰라."

슬래시에 대해 경고해야 할지 고민스러웠다.

'아니야, 그 떠돌이가 돌아오면 펀이 알려 줄 거야. 이들이 알아야 하는 건 다 알려 줄 테니까 지금 당장은 걱정할 것 없어.'

톨섀도가 꼬리를 흔들며 돌아섰다.

"이제 그곳은 우리 영역이야. 그러니까 필요하다면 지키기 위해 싸워야지."

톨섀도는 선섀도에게 다가가 앞으로 가라고 밀었다. 암고양이의 털가죽에서 빗방울이 반짝거렸다.

재기드피크가 톨섀도를 따라 걸음을 옮기자 그레이윙은 페블하트의 머리에 다정하게 입을 맞췄다.

"네가 자랑스럽구나."

"알아요."

페블하트는 몸을 숙이며 물러나 진영 동료들을 쫓아갔다.

그레이윙은 황무지를 향해 돌아섰다. 황무지 너머 저 멀리서 구름이 걷히는 게 보였다. 마음속에 솟구치는 흥분을 느끼며 그레이윙은 달리기 시작했다. 비에 젖은 풀밭 위를 질주하다가 몸을 숙여 헤더 밭으로 뛰어들었다. 구불구불한 길을 따라 이쪽저쪽 방향을 바꿔 달리다 보니 탁 트인 황무지가 나왔다. 윈드러너의 진영이 가까워지면서 암고양이와 새끼 고양이들 냄새가 나자 다친 다리의 통증도 거의 잊고 껑충껑충 달려갔다. 비는 이제 잦아들었다. 그레이윙은 몸을 부르르 떨어 물기를 털어 낸 뒤 털 속으로 스며드는 상쾌한 바람을 즐겼다. 윈드러너의 진영으로 이어지는 헤더 굴길로 들어설 즈음 털은 거의 다 말랐다.

공터로 조용히 걸어 들어가면서 그레이윙은 주위를 둘러보았다.

공터 가장자리는 어둠에 휩싸여 있었고, 돌아다니는 고양이는 아무도 없었다.

'다들 잠자리에 있겠지. 오늘 밤은 일단 밖으로 나가서 잠을 잘 수 있을 만한 구덩이를 찾아야 할까?'

"침입자다!"

날카로운 비명 소리에 그레이윙은 심장이 철렁했다. 발톱이 뺨을 할퀴고, 누군가가 등 위로 뛰어올라 털가죽을 움켜잡았다.

"더스트머즐! 나야!"

새끼 고양이의 냄새를 알아차린 그레이윙은 몸을 흔들어 떨어뜨렸다. 털을 한 움큼 잡아 뜯긴 등이 아파서 저절로 얼굴이 일그러졌다.

"그레이윙?"

더스트머즐이 어둠 속에서 어리둥절한 얼굴로 바라보았다.

"여기서 뭐 하는 거예요?"

주위에서 헤더가 부스럭대면서 풀을 스치고 걸어오는 발소리가 들렸다.

"그레이윙?"

윈드러너가 공터를 가로질러 다가왔고 고스퍼도 모습을 드러냈다.

"무슨 일 있어?"

미노와 리드는 어둠 속에서 눈을 반짝이며 그림자 속에 남아 있었다.

"아무 일도 없어."

그레이윙은 한숨 돌리고 말했다.

"그런데 난 더 이상 소나무 숲에서 살 수 없어. 거기선 숨을 쉬기가 힘들어. 또 털 속으로 스며드는 바람을 느끼고 싶어."

그레이윙은 희망에 찬 얼굴로 윈드러너를 바라보았다.

'윈드러너가 옛 동료를 새로운 집에 받아들여 줄까?'

"그렇다면 우린 환영이야."

윈드러너가 큰 소리로 가르랑거렸다.

모스플라이트가 잠자리에서 튀어나왔다.

"그레이윙이 우리랑 같이 살려고 온 거예요?"

어린 암고양이는 눈을 반짝이며 그레이윙의 주위를 팔짝팔짝 뛰어다녔다.

"그래."

그레이윙은 장난스럽게 새끼 고양이를 툭 쳤다.

코를 스치는 따뜻한 냄새에 심장이 쿵쾅거리기 시작했다.

"그레이윙?"

슬레이트가 헤더 사이에서 미끄러져 나와 시선을 맞췄다.

"정말로 여기서 살려고 온 거야?"

암고양이는 그레이윙의 주둥이에 숨결이 닿을 만큼 가까이 다가왔다.

"응."

더스트머즐이 둘 사이로 비집고 들어왔다.

"오소리 타기 놀이 해도 돼요?"

윈드러너가 눈을 굴렸다.

"지금은 잘 시간이야!"

구름이 걷히자 머리 위에서 별들이 반짝거렸다.

"아, 제발요!"

모스플라이트가 애원하는 눈으로 엄마를 바라보았다.

"내가 애들을 데리고 황무지에 나갔다 올게."

그레이윙은 윈드러너를 보며 눈을 깜박였다.

"비 온 뒤의 헤더 냄새는 최고잖아."

"나라면 말싸움하느라 시간을 낭비하지 않을 거야."

고스퍼가 가르랑거리며 코로 윈드러너의 뺨을 쿡 찔렀다.

"우리는 그만 잠자리로 돌아가고 애들은 뛰어놀게 놔둬. 그레이윙이 같이 있으니까 안전할 거야."

"이제 오소리 타기 놀이를 하기엔 애들이 너무 컸단 말이야."

윈드러너가 말했다.

"그건 그레이윙이 걱정할 일이지."

고스퍼가 잠자리로 돌아가며 말했다.

"나도 같이 가."

슬레이트가 나섰다.

더스트머즐이 등에 올라타자 그레이윙은 끙끙 앓는 소리를 냈다. 윈드러너 말이 맞았다. 새끼 고양이는 이제 살찐 토끼만큼 무거웠다.

"나는요?"

모스플라이트가 서운한 듯 소리쳤다.

그러자 슬레이트가 어린 암고양이에게 다가갔다.

"넌 내 등에 올라타. 하지만 멀리 갈 수 있다고는 약속 못 해."

새끼 고양이가 등으로 기어 올라오자 암고양이는 비틀거렸다.

"황무지 꼭대기까지 가면 안 돼요?"

모스플라이트가 애원했다.

그레이윙이 몸을 숙여 굴길을 빠져나가자 더스트머즐은 머리를 스치는 헤더를 피해 한껏 몸을 숙였다. 황무지로 나간 그레이윙은 오르막으로 향했다. 황무지 꼭대기에서 경치를 구경하고 싶었다.

더스트머즐을 등에 태우고 가다 보니 다친 다리가 욱신거렸지만 신경 쓰지 않았다. 슬레이트도 불안불안한 자세로 모스플라이트를 등에 태우고 그레이윙을 따라잡았다. 어린 암고양이가 꽤나 무거운지 얼굴을 잔뜩 찡그리고 있었다.

"이제 너희 둘 다 내려와."

그레이윙은 어깨에서 더스트머즐을 떨어뜨렸다.

"여기서부터 황무지 꼭대기까지 달리기를 할 거야."

더스트머즐이 잽싸게 풀밭 위로 튀어 나갔다.

"가자, 모스플라이트! 내가 이길 거야!"

그레이윙은 빠르게 달려가는 어린 고양이들을 지켜보았다. 어느새 슬레이트가 옆으로 다가와 있었다.

"내가 돌아와서 좋아?"

그레이윙은 왠지 입이 바싹 말랐다.

슬레이트가 장난스러운 눈빛으로 그레이윙을 바라보았다.

"어떨 것 같은데?"

25

발톱을 드러낸 떠돌이

클리어스카이는 스타플라워를 더 꼭 감쌌다. 달이 높이 떠 있었고, 암고양이는 깊이 잠들어 있었다. 몸에 닿는 황금색 털가죽이 따스했다. 머리 위로 드리워진 떡갈나무 가지 사이로 별들이 반짝거렸다.

콰이어트레인을 묻고 진영으로 돌아오자, 에이콘퍼와 네틀이 왜 이렇게 늦었는지 궁금해하며 달려와 맞이했다. 클리어스카이가 어머니의 죽음을 알리자 두 고양이는 털을 스치고 주위를 맴돌며 안타까운 마음을 전했다. 올더와 버치는 뱀바위 근처에서 잡은 들쥐 두 마리를 가져다주었다.

그중 한 마리를 스타플라워에게 주자 버치가 눈을 가늘게 떴다.

"우리가 이걸 잡은 건 클리어스카이를 위해서예요."

클리어스카이는 버치를 노려보았다.

"이 진영에서는 누구나 먹이를 나눠 먹어야 해."

올더가 짜증 난다는 듯 끙 소리를 냈다.

"우린 스타플라워가 사라졌을 때 영영 떠난 줄 알았어요."

클리어스카이의 목털이 곤두섰다.

"스타플라워가 여길 떠난 건 내 곁에 있기 위해서였어."

'우리가 진영을 떠나 있는 동안 이상한 소문이라도 돈 걸까? 스타플라워를 믿을 수 있는지에 대해 논의라도 했나?'

스타플라워가 톨새도의 진영에서 보여 준 충성심과 힘을 보았다면, 이들도 스타플라워를 믿을 수 있다는 걸 알았을 것이다. 스타플라워는 아무런 사심 없이 그를 격려하고 위로했다. 톨새도와 그레이윙은 스타플라워의 헌신을 직접 보고 인정했다. 콰이어트 레인도 스타플라워의 강한 정신을 칭찬했다. 심지어 썬더조차도 마지못해 스타플라워를 존중하기 시작했다.

혈육을 떠올리자 슬픔이 배를 쿡쿡 찔렀다. 이틀 동안 그들과 같은 나무 아래에서 잠을 잤다. 그리고 함께 어머니의 죽음을 슬퍼했다.

'왜 그들은 나와 다른 길을 선택한 걸까?'

클리어스카이는 눈을 감고 스타플라워의 따뜻한 털가죽에 몸을 묻은 채 피곤한 몸을 쉬게 할 잠 속으로 빠져들었다.

"클리어스카이."

부드러운 목소리가 잠을 깨웠다.

클리어스카이는 고개를 홱 들고 눈을 깜박거렸다.

은색 암고양이가 별빛에 눈을 반짝이며 잠자리 옆에 서 있었다.

"스톰?"

클리어스카이는 목소리를 낮춰 불렀다. 옆에 누운 스타플라워가 몸을 뒤척였지만 깨지는 않았다.

'영혼 고양이가 여기서 뭘 하고 있는 거지?'

클리어스카이는 문득 죄책감이 들었다. 자신의 권력에 대한 욕심 때문에 스톰은 새끼를 배 속에 품은 채로 떠났다. 그런데 지금 자신은 스타플라워와 짝이 되어 스톰과 함께 있을 때보다 더 행복하게 지내고 있었다.

'그런 날 비난하려고 찾아온 걸까?'

"미안해."

클리어스카이는 입을 열었다.

스톰의 눈이 휘둥그레졌다.

"뭐가?"

암고양이의 목소리에는 애정이 넘쳤다.

"당신은 바라던 모든 걸 가졌어. 드디어 짝도 찾아서 정말 다행이야."

클리어스카이는 목이 멨다.

"기회가 있을 때 당신을 더 행복하게 해 줬으면 좋았을 텐데."

반갑지 않은 기억들이 머릿속을 스쳐 지나가기 시작했다. 재기 드피크의 사고, 썬더와의 말다툼, 그레이윙과의 전투…….

"나는 모두를 실망시켰어, 내 어머니까지도."

자신을 바라보는 어머니의 눈에서 번쩍이던 혐오감이 다시 떠올랐다.

"클리어스카이."

스톰의 눈빛에는 애정이 듬뿍 담겨 있었다.

"당신 자신을 용서하도록 해."

'어머니도 똑같이 말했어.'

스톰은 계속 말을 이었다.

"당신이 실수를 한 건 맞아. 하지만 그것도 삶의 일부야."

"난 모두를 밀어냈어."

클리어스카이는 쓸쓸한 눈빛으로 스톰을 바라보았다.

스톰은 스타플라워를 향해 고개를 끄덕였다.

"모두를 밀어낸 건 아니야."

클리어스카이는 눈길을 떨궜다.

"스타플라워는 나를 이해해 줘."

은은한 달빛이 잠자리를 비추었다. 고개를 들었을 때 스톰의 털가죽이 달처럼 빛나고 있었다.

"다른 고양이들은 당신이 생각하는 것보다 당신을 더 많이 이해하고 있어. 당신이 그들을 밀어낸 게 아니야. 그들에게는 그들만의 길이 있고, 그 길을 따르는 게 옳아. 때가 되면 알게 될 거야."

스톰이 고개를 들어 별을 올려다보았다.

"우리는 모두 각자 있어야 할 곳에 있는 거야."

"당신이 있어야 할 곳은 내 곁이 아니었던 거야?"

스톰이 가르랑거렸다.

"클리어스카이, 정말로 당신의 미래가 과거로 가득 채워졌으면 좋겠어? 이제는 앞을 바라봐야 할 때야."

스톰이 앞발을 뻗어 스타플라워의 옆구리에 살며시 올렸다.

"당신의 미래는 여기 있어, 이 아이들과 함께 말이야. 이들을 잘 돌봐 줘."

옆구리가 서늘해지는 느낌에 클리어스카이는 눈을 떴다.

'잠이 들었었구나!'

스톰은 꿈속에 찾아온 것이다. 클리어스카이는 아직 태어나지 않은 새끼들을 향한 사랑으로 가슴이 벅차올라서, 스타플라워의 배를 코로 문지르려고 고개를 돌렸다.

'스타플라워!'

옆자리는 텅 비어 있었고 스타플라워가 누워 있던 이끼는 싸늘하게 식어 가고 있었다.

"스타플라워?"

작은 소리로 불러 보았다.

'용변 보러 갔나?'

털가죽을 찌르는 불안감에 서둘러 일어나 잠자리 밖으로 뛰쳐나갔다. 그리고 고사리 덤불로 걸어가 귀를 쫑긋 세웠다.

"스타플라워!"

그때 나무숲에서 흐느끼는 소리가 들렸다.

'스타플라워! 어디 다쳤나? 새끼들이 너무 일찍 나오는 걸까?'

허둥지둥 고사리 덤불을 비집고 나가 나무 사이를 질주했다.

"스타플라워?"

귀를 쫑긋 세우고 울음소리가 또다시 들리는지 귀를 기울였다.

"여기야!"

어둠 속에서 험악한 외침이 들렸다.

두려움이 발톱처럼 배를 파고들었다. 목소리가 들린 곳으로 고개를 홱 돌리자, 어둠 속에서 번뜩이는 눈이 보였다.

"넌 누구냐?"

클리어스카이는 쉭쉭대며 물었다.

나무 사이에서 고양이들이 움직였다. 반짝이는 스타플라워의 털가죽도 보였다. 그 주위에 상처투성이 수고양이 셋이 모여 있었다.

클리어스카이는 발톱을 세우고 으르렁거렸다.

"당장 놔줘."

"가고 싶으면 가겠지."

수고양이 중 하나가 앞으로 걸어 나왔다. 어깨가 넓고, 귀가 찢어지고, 수염이 반밖에 없는 갈색 얼룩무늬 고양이였다. 두 앞다리를 가로지르는 줄무늬처럼 새하얀 털이 나 있었다.

클리어스카이는 눈에 힘을 주고 스타플라워를 바라보았다.

'왜 도망칠 생각을 안 하지?'

스타플라워는 황갈색 수고양이와 갈색 얼룩무늬 수고양이 사이에 새끼 고양이처럼 얌전히 서 있었다.

"얼른 이리 와, 스타플라워. 그 녀석들이 당신을 해치지 못하게 할게."

하지만 암고양이는 꼼짝도 하지 않았다. 눈에는 두려움이 가득했다.

"스타플라워는 언제나 분별력이 있었어."

회색 수고양이가 비웃듯 말했다.

"아는 녀석들이야?"

클리어스카이는 깜짝 놀라 스타플라워를 바라보았다.

"우리는 같이 자랐어."

회색 수고양이가 스타플라워를 힐끗 돌아보며 말했다.

"난 항상 얘가 내 짝이 될 거라고 생각했는데, 이제 보니 네 새끼를 가졌네."

클리어스카이는 화가 나서 피가 거꾸로 솟는 기분이었다.

"넌 누구냐?"

"나? 나는 슬래시야."

수고양이의 눈이 의기양양하게 번뜩였다.

"원아이의 오랜 친구지."

분노가 클리어스카이의 귓속을 쾅쾅 때렸다.

"스타플라워는 나와 같이 갈 거야."

클리어스카이는 쉭쉭거리며 몸을 일으켰다. 그때 슬래시가 뒤로 펄쩍 뛰며 스타플라워를 붙잡았다. 발톱으로 암고양이의 어깨를 잡아채 땅바닥으로 끌어당긴 뒤 꼼짝 못 하게 짓누르자, 얼룩무늬와 황갈색 수고양이가 양쪽에 각각 웅크리고 앉아 이빨을 드러냈다.

스타플라워의 눈이 공포에 질려 휘둥그레졌다.

클리어스카이는 몸이 얼어붙었다. 어떻게 하면 스타플라워가 다치지 않고 이들을 물리칠 수 있을까?

"그래, 얌전히 있어."

슬래시가 으르렁거렸다.

"이렇게 예쁜 고양이가 다치면 안 되잖아. 새끼도 품고 있는데 말이야. 얘들을 해칠 생각을 하니 가슴이 찢어지는 것 같네."

슬래시의 수염이 잔인하게 꿈틀거렸다.

황갈색 고양이가 눈을 빛내며 쉭쉭거렸다.

"가엾은 새끼 고양이들."

클리어스카이는 등골이 오싹해졌다. 하지만 두려움을 감추려 애쓰며 슬래시와 눈을 맞췄다.

"원하는 게 뭐야?"

"말했잖아, 스타플라워와 나는 아주 오래된 사이라고. 난 원아이의 가장 친한 친구였거든."

스타플라워의 눈에서 분노가 치솟았다.

"나한테서 떨어져!"

암고양이는 발버둥을 쳤지만, 슬래시가 축축한 낙엽 위로 더 세게 짓누르자 발이 땅 위에서 쭉 미끄러졌다.

"아버지가 대체 왜 널 좋게 봤는지 모르겠어!"

스타플라워가 쉭쉭거렸다.

"넌 아버지의 이름을 말할 자격도 없어!"

슬래시의 귀가 납작해졌다.

"아, 그러셔?"

슬래시는 발톱을 휘둘러 암고양이의 뺨을 할퀴었다.

"그럼 왜 내 짝이 되겠다고 네 아버지한테 약속한 건데?"

"그건 아주 오래전 일이야!"

스타플라워는 더 세게 발버둥 쳤다.

짝의 털에 묻은 피를 보자 클리어스카이는 공포가 치솟았다. 대체 무슨 일이 벌어지고 있는지 이해할 수가 없었다. 그저 얼른 이 상황을 끝내고만 싶었다.

"멈춰! 너희가 왜 여기 왔는지, 그리고 뭘 원하는지만 말해!"

슬래시가 천천히 고개를 돌려 클리어스카이를 바라보았다. 그러고는 스타플라워를 놓고 이빨을 드러낸 채 터벅터벅 걸어왔다.

"너희 산 고양이들이 눈에 보이는 떠돌이들을 죄다 끌어모으는 걸 내가 모를까 봐?"

슬래시는 사악한 눈빛으로 고개를 갸웃했다.

"왜 그렇게 큰 무리를 만드는 건데? 이젠 우리가 가는 곳마다 냄새 표시가 되어 있고 너희가 사냥한 흔적이 보인단 말이야."

"그래서?"

클리어스카이는 한 발로 뺨을 문지르고 있는 스타플라워를 보지 않으려고 애썼다.

"이 땅은 원래 우리 거였어."

슬래시가 으르렁거리며 말을 이었다.

"떠돌이들은 먹이를 잡으면 우리와 나눴어. 그래서 우리는 그들을 내버려뒀던 거야. 그런데 그 녀석들이 이제 너희 무리가 됐잖아. 그러면 안전할 거라고 생각했겠지. 먹이를 잡아도 우리와 나누지 않아도 된다고 생각했을 테고."

슬래시는 다른 고양이들을 힐끗 돌아보았다.

"그래서 우리는 배가 고파, 안 그래?"

"먹이가 필요하면 직접 사냥하면 되잖아!"

클리어스카이는 으르렁거렸다.

"숲에는 너희 셋이 더 와도 충분히 먹고 살 수 있을 만큼 먹잇감이 풍부해."

"우리 셋이 다가 아니야!"

슬래시가 눈을 가늘게 뜨고 노려보았다.

"우리는 수가 아주 많아. 두발쟁이 마을에서 온 녀석들도 있고, 소나무 숲과 강 너머에서 온 녀석들도 있어. 우리는 너희가 상상하는 것보다 훨씬 더 많아."

"그렇다면 우리가 왜 지금껏 한 번도 너희를 본 적이 없지?"

클리어스카이의 마음속에 두려움이 솟구쳤다.

"당연히 못 봤겠지."

슬래시가 으르렁거렸다.

"우리는 이 땅의 끄트머리만 돌아다녀도 먹이를 충분히 얻을 수 있었어. 여기 사는 떠돌이들은 우리를 만족시키는 법을 잘 알고 있었지. 그들은 먹이를 잡아서 우리가 찾을 수 있는 곳에 뒀어. 너희 영역 경계에서는 사냥하지 않았어. 먹이를 찾아 여기까지 올 필요가 없었으니까. 그런데 그랬던 녀석들이 이제 너희를 위해 사냥하잖아. 그래서 우리가 배가 고픈 거야."

슬래시는 클리어스카이를 잡아먹을 듯한 눈으로 노려보았다.

"대체 왜 산에 살던 고양이들이 여기까지 와서 모든 걸 망쳐 놓는 거야?"

"우리는 산에서 굶주렸어."

클리어스카이가 말했다.

"그건 이유가 안 돼."

슬래시는 스타플라워 주위를 서성거리며 매서운 눈으로 노려보았다.

"우리는 예전으로 돌아가야겠어."

"우린 떠날 생각 없어!"

클리어스카이는 쉭쉭거렸다.

"우리도 너희한테 떠나라고 할 생각은 없어."

슬래시는 스타플라워 앞에서 걸음을 멈추고, 다친 뺨에 묻은 피를 아주 천천히 핥았다.

"나는 너희 무리의 지도자들을 만나서, 예전에 떠돌이들이 그랬던 것처럼 우리와 먹이를 나눌 수 있는 방법에 대해 논의하고 싶을 뿐이야."

슬래시는 하늘을 올려다보았다. 밝은 달이 높이 떠 있었다.

"내일 밤 이 시간에 강가 해 드는 바위에서 너희 무리의 지도자들 모두와 만나고 싶어."

클리어스카이는 떠돌이를 노려보았다.

'저 여우 같은 놈의 말을 들을 지도자가 어디 있겠어?'

"만약 그들이 싫다고 하면?"

슬래시가 매섭게 꼬리를 휘둘렀다.

"스타플라워를 죽일 거야."

슬래시는 얼룩무늬 수고양이에게 고개를 끄덕이고는 나무 사이로 걸어 들어갔다. 얼룩무늬 수고양이는 이빨로 스타플라워의 목덜미를 단단히 물고 슬래시를 따라갔다. 황갈색 수고양이도 부질없이 버둥거리는 스타플라워의 꼬리를 향해 으르렁거리며 뒤따라갔다.

클리어스카이는 제대로 생각을 할 수가 없었다. 심장이 아래로 푹 꺼진 것처럼 발이 쿵쿵 울렸다. 당장 떠돌이들을 뒤쫓아 가서 스타플라워를 구하고 싶었다. 하지만 그랬다가는 스타플라워가 죽을 수도 있었다.

'어쩌면 새끼들도 죽을지 몰라!'

구역질이 날 것 같았다.

그때 뒤에서 고사리 덤불이 바스락거렸다. 털을 곤두세우고 돌아보자 퀵워터가 덤불 사이에서 빠져나왔다.

"다 봤어?"

클리어스카이는 숨을 헐떡이며 물었다.

암고양이는 매서운 시선으로 고개를 끄덕였다.

"그런데 왜 안 도와줬어?"

"둘이서 넷을 상대하자고?"

퀵워터는 눈을 가늘게 떴다.

"셋이서 셋을 상대하는 거지!"

클리어스카이는 쉭쉭거리며 말했다.

"스타플라워는 우리 편에서 싸웠을 테니까."

"정말 그랬을까?"

퀵워터는 믿을 수 없다는 얼굴이었다.

"내가 듣기에 스타플라워는 슬래시와 한때 굉장히 가까운 사이였던 것 같던데. 그리고 걔가 자기 아버지를 위해 우릴 배신했던 거 기억 안 나? 아버지의 친구를 위해 우리를 또 배신하지 말란 법은 없잖아, 안 그래?"

클리어스카이는 화가 치밀어 올라 온몸이 쿵쿵 울렸다.

"그놈이 스타플라워를 공격한 거 못 봤어?"

"그것도 속임수의 일부일 수도 있지."

화가 치민 클리어스카이는 한 발을 들어 퀵워터의 얼굴을 할퀴었다.

"이것도 속임수 같아?"

퀵워터는 주둥이에서 피를 흘리며 주춤주춤 물러났다. 그리고 분한 얼굴로 클리어스카이를 노려보았다.

"날 할퀸다고 해서 스타플라워의 충성심을 증명할 수는 없어."

"스타플라워는 충성스러워!"

클리어스카이는 쉭쉭거렸다.

"내 혈육보다 더 믿음직스럽다고!"

"너만 그렇게 생각하겠지."

퀵워터는 발로 코를 문질렀다.

"정말로 다른 지도자들이 스타플라워를 구하려고 목숨 걸고 위험에 뛰어들 거라고 생각해? 아무리 네 새끼들을 품고 있다고 해도, 그런 배신자 하나 구하자고 더러운 떠돌이들과 싸울 고양이는 아무도 없어."

클리어스카이는 오랜 친구였던 암고양이를 바라보았다. 이 나이 든 암고양이의 충성심은 어디로 간 걸까? 그 떠돌이들이 스타플라워 하나만 위협하는 게 아니라는 걸 깨닫지 못한 걸까? 떠돌이들은 그들 모두를 위협하고 있었다!

좌절감에 빠진 채 고사리 덤불을 비집고 나간 클리어스카이는 진흙투성이 둑 꼭대기를 빙 돌아 가시덤불을 지나쳐 진영에서 성큼성큼 멀어졌다. 숲 가장자리로 향하는 동안 해가 떠오르면서 나무 꼭대기가 불이 붙은 것처럼 붉게 물들었다.

'퀵워터가 틀렸어. 다른 고양이들이 분명 도와줄 거야.'

그들은 퀵워터처럼 쥐 대가리가 아니었다. 그들은 어떤 위험이 다가오는지 분명히 깨달을 것이다.

'그러니 스타플라워를 위해 싸워 줄 거야.'

그들은 그럴 수밖에 없을 것이다! 억지로라도 끌고 가서 싸우게 만들 테니까.

'그 누구도 내 새끼들을 위협하고 무사할 순 없어.'

종 족 의 탄 생

WARRIORS
전사들

5 분열된 숲 A FOREST DIVIDED

비하인드 스토리

한배 형제를 잃고 혼자가 된 슬레이트 앞에
까칠한 암고양이 윈드러너가 나타난다.
서로를 향해 으르렁거리던 두 암고양이는
어떻게 친구가 되었을까…….

프롤로그

슬레이트는 숨을 헐떡이며 미끄러지듯 멈춰 서서, 귀를 쫑긋 세우고 주위를 둘러보았다. 사방으로 황무지가 뻗어 있었고, 짧고 탄력 있는 풀밭 위로 갈대와 가시금작화 덤불, 바위가 군데군데 흩어져 있었다. 살아 움직이는 것은 아무것도 보이지 않았다.

"크리켓!"

슬레이트는 걱정으로 털가죽이 따끔거렸다.

"크리켓, 어디 있어?"

아무 대답도 들리지 않았고, 형제의 주황색 얼룩무늬 털도 보이지 않았다.

'바로 뒤에서 따라오는 줄 알았는데…….'

슬레이트와 크리켓은 앞에 펼쳐진 황무지에 커다랗게 솟아 있는 바위까지 달리기 시합을 하고 있었다. 앞서 달리던 슬레이트는 자신이 얼마나 앞서 있는지 확인하려고 어깨 너머를 힐끗 돌아보았다. 하지만 한배 형제는 보이지 않았다.

'혼자서 무턱대고 달리다니, 내가 멍청한 짓을 했어.'

슬레이트는 초조해졌다.

'크리켓한테 무슨 일이라도 생겼으면 어떡하지? 걔는 항상 말썽에 휘말리잖아.'

황무지에는 여우도 있고 오소리도 있다. 뿐만 아니라 서너 계절 전에 갑자기 나타나 마치 자기들이 이 땅의 주인인 것처럼 무리 지어 몰려다니는 못된 고양이들까지 있다. 만약 크리켓이 그들을 만났으면 어떻게 되는 걸까?

슬레이트와 크리켓은 남매지만 서로 완전히 달랐다. 슬레이트는 호박색 눈에 숱 많은 회색 털인데 반해 크리켓은 주황색 얼룩무늬였다. 그리고 크리켓은 명랑하고 장난을 잘 치는 성격이지만, 슬레이트는 신중하고 미리 계획하는 걸 좋아했다.

예전에는 가족이 행복하게 모여 살았다. 그런데 무서운 병이 황무지를 휩쓸고 가면서 어머니와 자매가 죽고, 슬레이트와 크리켓만 남았다.

'이제 남은 건 우리 둘뿐이야. 그러니 크리켓을 꼭 찾아야 해!'

슬레이트는 생각했다.

"으아아아아악!"

갑자기 무언가 무거운 것이 등을 덮치면서 발톱이 털가죽을 파고들자, 슬레이트는 겁에 질려 비명을 내질렀다. 본능적으로 땅바닥을 데구루루 구르며 발톱을 세우고 근육에 힘을 주어 싸울 준비를 했다. 그런데 공격한 상대는 계속 등에 매달린 채로 가르랑거리며 웃음을 터뜨렸다.

"크리켓!"

슬레이트는 내뱉듯 소리쳤다.

"이 멍청한 털 뭉치야!"

크리켓이 등에서 뛰어내리자 슬레이트는 허둥지둥 네발로 일어나 초록색 눈을 반짝이며 서 있는 형제를 노려보았다.

"너 때문에 놀라서 털가죽이 홀라당 벗겨지는 줄 알았잖아!"

슬레이트는 빽 소리쳤다.

"그러게, 제대로 속였네."

크리켓은 재미있다는 듯 꼬리를 동그랗게 말았다.

"네 얼굴을 너도 봤어야 하는데!"

슬레이트는 으르렁거리며 이빨을 드러냈지만, 금세 마음이 풀어져서 형제를 찰싹 때리고는 발톱을 감춘 발로 귀를 쓰다듬었다.

'얘한테는 화를 못 내겠어. 내가 얘를 너무 아끼나 봐.'

"하루 종일 장난만 칠 수는 없어. 사냥을 해야지."

슬레이트가 말했다.

크리켓은 힘차게 고개를 끄덕였다.

"이렇게 배고픈 적은 처음이야."

"어서 가자. 오늘은 내가 먼저 잡을 거야."

"그건 두고 봐야지."

크리켓이 대꾸했다.

둘은 서로 다른 방향으로 흩어졌다. 크리켓은 여기저기 흩어져 있는 바위 쪽으로 사라졌고, 슬레이트는 황무지를 가로질러 웅덩이 주변에 뭉쳐서 자라는 긴 풀 사이로 향했다.

'저기 가면 먹잇감들이 숨어 있을 거야.'

입을 벌려 공기를 맛보던 슬레이트는 생쥐 냄새를 찾아냈다. 냄새가 풍기는 쪽으로 귀를 기울이자 풀 사이를 돌아다니는 작은 발소리가 들렸다. 생쥐가 요리조리 돌아다니면서 풀이 살짝살짝 흔들리고 있었다. 슬레이트는 발을 가볍게 내려놓으며 먹잇감을 향해 살금살금 기어가다가, 근육에 힘을 주고 뛰어올랐다. 앞발로 겁먹은 먹잇감을 쿵 내리치는 동시에 발톱으로 움켜잡았다.

갑자기 크리켓이 사라진 바위 뒤에서 위험을 알리는 울부짖음이 들렸다. 슬레이트는 도망치려고 필사적으로 몸부림치는 생쥐를 꽉 붙잡은 채 움직임을 멈추고 고개를 들었다. 크리켓이 또 장난을 치고 있는 건지 궁금했다.

'이 생쥐를 놓쳐서 오늘 쫄쫄 굶게 되면 가만 안 둘 거야!'

코를 쿵쿵거리던 슬레이트는 고약한 냄새를 찾아냈다.

'여우다!'

생쥐를 놓고 홱 돌아서는데, 다시 한 번 울부짖는 소리가 들리면서 크리켓이 바위 뒤에서 뛰쳐나왔다. 커다란 여우 한 마리가 입을 떡 벌린 채 바짝 뒤쫓아 왔다.

'내 형제는 네 먹잇감이 아니야!'

슬레이트는 쿵쾅거리는 심장을 안고 풀밭을 가로질러 달려가 여우를 덮쳤다. 그리고 여우의 어깨를 향해 쫙 뻗은 발톱을 휘둘렀다. 하지만 여우는 슬레이트의 예상보다 훨씬 움직임이 빨랐다. 여우 이빨이 귀를 파고들자 슬레이트는 비명을 질렀다. 날카로운 고통이 온몸으로 퍼져 나갔다.

귀 끝이 찢어지는 느낌에 겁을 잔뜩 먹고 뒤로 물러났다. 심장이 두세 번 뛰는 동안 눈앞이 깜깜해지면서 다리가 후들거렸다.

다시 눈앞이 밝아져서 앞을 보니, 크리켓과 여우가 서로를 마주 보고 빙글빙글 돌면서 다음 공격을 준비하고 있었다. 그 순간 슬레이트는 이 여우가 얼마나 굶주렸는지 깨달았다. 무서운 병이 황무지의 먹잇감을 죄다 앗아 갔기 때문이다.

'저 녀석도 지금 우리처럼 먹이가 간절할 거야.'

하지만 크리켓의 어깨를 타고 내리는 피를 보자 여우에 대해 잠시나마 가졌던 안타까운 마음은 햇빛을 받은 이슬처럼 사라졌다. 슬레이트는 다시 몸을 던져 발톱으로 여우의 옆구리를 할퀴었다. 여우는 으르렁거리며 돌아섰고, 슬레이트는 여우의 발이 닿지 않는 곳으로 물러났다. 그 순간 크리켓이 뒤에서 달려와 여우의 뒷다리를 덥석 물었다.

슬레이트는 형제 곁으로 다가가 함께 공격하고 싶었지만 교활한 여우가 그 생각을 알아차린 게 분명했다. 여우는 몸으로 두 고양이 사이를 가로막은 채 아주 사납고도 빠르게 양쪽을 번갈아 공격했다. 슬레이트와 크리켓은 나란히 서서 공격할 기회를 좀처럼 잡을 수 없었다.

'우리를 죽일 수도 있겠어.'

그 사실을 깨닫자 차디찬 공포가 등줄기를 타고 흘러내렸다.

'마지막으로 한 번만 더 시도해 보자.'

슬레이트는 두 앞발로 여우의 주둥이를 할퀴며 앞으로 달려 나갔다. 아주 잠깐, 커다란 여우 옆으로 빠져나가는 데 성공했다고 생각했다. 그런데 그때 불에 타는 듯한 끔찍한 고통이 배를 갈랐고, 그제야 연약한 배가 여우의 힘센 발톱에 찢어졌다는 것을 알아차렸다.

슬레이트는 비명을 지르며 자기 피를 밟고 미끄러져 옆으로 쓰러졌다.

"슬레이트!"

크리켓이 공포에 질린 표정으로 비명을 질렀다.

형제는 잠시 그 자리에 얼어붙은 채 여우가 자신을 향해 돌아서는 것을 지켜보았다.

"크리켓!"

슬레이트는 숨이 턱 막혔다. 크리켓은 너무 놀라 미처 자신을 방어할 수도 없는 것 같았다.

하지만 여우가 달려들자 크리켓은 다행히 정신을 차리고 한쪽 발을 들어 여우의 옆얼굴을 할퀴었다. 크리켓의 발톱이 여우의 눈을 찍자 여우가 고통스럽게 울부짖었다. 여우는 고개를 좌우로 흔들며 뒤로 비틀비틀 물러났다. 얼굴에서 피가 줄줄 흘러내렸다.

'녀석은 지금 앞을 못 봐. 그러니까 내가 옆에서 공격해서 목을 베면 끝장낼 수 있어.'

슬레이트는 생각했다.

하지만 일어나려고 애쓰던 슬레이트는 자신이 조금도 움직일 수 없다는 것을 깨닫고 공포에 휩싸였다. 배에 난 상처에서 흐른 피가 주위의 풀을 적셨다. 검은 안개가 사방에서 스멀스멀 밀려왔다.

분노에 찬 비명 소리가 귀에 닿았다. 아주아주 멀리서 들려오는 소리 같았다. 뿌옇게 흐려지는 시야 한쪽에서 크리켓인지 여우인지 구분할 수 없는 땅딸막한 몸이 상대를 덮치며 사납게 공격하는 모습이 보였다. 그러다 검은 안개가 점점 더 짙어지면서 슬레이트는 더 이상 버티지 못하고 낑낑대다 정신을 잃었다.

1
새로운 인연

슬레이트는 힘겹게 눈을 깜박이며 정신을 차렸다. 커다란 녹색 눈이 자신의 눈을 들여다보고 있었고, 수염이 얼굴을 스쳤다. 온 힘을 다해 간신히 고개를 드는데 찢어진 귀가 너무 아팠다.

슬레이트가 움직이자 몸을 숙이고 들여다보던 호리호리한 회색 얼룩무늬 수고양이가 화들짝 놀라며 뒤로 물러났다. 전혀 모르는 얼굴은 아니었지만, 그 순간에는 어디서 봤는지 기억이 나지 않았다.

"살아 있구나!"

수고양이가 안심한 목소리로 외쳤다.

슬레이트는 그 고양이가 무슨 말을 하는지 관심도 없었다. 수고양이 바로 뒤 풀밭에 쓰러져 있는 털 뭉치가 눈에 들어왔기 때문이다. 그것은 세상에서 가장 익숙한 털이었다. 주황색 얼룩무늬 털. 바로 한배 형제인 크리켓이었다. 슬레이트는 형제가 피범벅이 된 채 풀밭에 널브러져 있는 것을 보고 싶지 않아 눈을 감았다.

"안 돼……."

목이 메어 말이 나오지 않았다.

슬레이트의 시선을 따라 고개를 돌리던 회색 얼룩무늬 고양이가 크리켓과 슬레이트 사이에 서서 털을 부풀려 시야를 가렸다.

"네 친구는 운이 좋지 않았어."

수고양이가 다정한 목소리로 말했다.

"사냥을 나왔다가 널 발견했어……. 그리고 여우한테 당한 저 고양이도."

수고양이는 잠시 뜸을 들이다가 덧붙였다.

"내가 발견했을 때 여우는 이미 가고 없었어."

슬레이트는 눈을 감은 채 슬픔이 차가운 파도처럼 밀려와 자신을 어둠 속으로 끌고 들어가게 놔두었다.

'크리켓이 죽다니……. 말도 안 돼.'

마치 그 순간이 눈앞에 다시 펼쳐지는 것 같았다. 움직일 수만 있었다면 크리켓을 살릴 수 있었다. 여우를 죽이거나, 쫓아낼 수 있었다. 움직일 수만 있었다면.

'나 때문이야. 걔가 죽은 건 내 잘못이야.'

이마를 툭 치는 발에 슬레이트는 정신이 들었다. 눈을 떠 보니 조금 전의 그 얼룩무늬 수고양이가 다시 몸을 숙이고 걱정이 가득한 녹색 눈으로 내려다보고 있었다.

"친구를 잃은 건 안타까운 일이야. 근데 솔직히 말해서 너도 상태가 썩 좋아 보이지는 않아. 넌 피를 너무 많이 흘렸어. 도와줄 수 있는 고양이를 알긴 하는데, 내가 그 고양이를 데려올 때까지 네가 살아 있어야 해. 알았어?"

수고양이는 격려하듯 눈을 깜박거렸다.

"할 수 있겠어?"

슬레이트는 억지로 고개를 끄덕였지만 죽든 말든 상관없다고 생각했다.

'나 혼자 살아서 뭐 하겠어?'

"기분 나쁘게 하려는 건 아닌데……."

회색 얼룩무늬 수고양이가 조심스럽게 중얼거렸다.

"고개만 끄덕이는 걸로는 부족해. 널 못 믿겠어."

수고양이는 잠시 생각하더니 다시 말을 이었다.

"좋아, 계획이 바뀌었어. 내가 도움을 청하러 간 사이에 내 짝과 새끼들한테 널 지켜보라고 할게. 그럼 위험한 짐승이 다가오는 것도 막을 수 있을 거야. 알겠지?"

수고양이는 이번에는 슬레이트의 대답을 기다리지 않고 황무지를 가로질러 달려갔다.

슬레이트는 수고양이가 친절하다는 건 알지만 그냥 혼자 내버려뒀으면 좋겠다는 마음뿐이었다.

'내가 죽든 말든 무슨 상관이야?'

죽으면 크리켓 곁으로 갈 수 있을 것이다. 슬레이트는 다시 눈을 감고 어둠 속으로 빠져들었다. 모든 감각이 사라지는 느낌에 오히려 마음이 편안해졌다.

하지만 편안한 어둠 속에 오래 머물 순 없었다. 자그마한 발들이 온몸을 꾹꾹 누르는 바람에 정신이 돌아온 것이다. 억지로 눈을 떠 보니 새끼 고양이 둘이 눈을 반짝반짝 빛내며 들여다보고 있었다. 하나는 새하얀 암컷이고 또 하나는 회색 수컷이었다.

"죽었어."

하얀 새끼 고양이가 실망한 목소리로 말했다.

"아니야."

자그마한 회색 고양이가 반박했다.

"봐, 지금 널 보고 있잖아."

하얀 새끼 고양이가 숨을 헉 내쉬었다.

"눈을 떴어!"

앞으로 한 걸음 다가온 새끼 고양이가 슬레이트를 더 가까이 들여다보며 말을 걸었다.

"안녕? 우리랑 친구 할래요?"

"그 고양이한테서 물러나!"

조금 떨어진 곳에서 날카로운 목소리가 들렸다. 슬레이트는 그 고양이가 어디서 다가오는지 볼 수 없었다.

"그 떠돌이가 병에 걸렸을지도 모르잖니."

그 즉시 새끼 고양이들이 뒤로 물러나고, 대신 비쩍 마른 갈색 암고양이가 눈앞에 나타났다. 처음 봤던 수고양이처럼 이 암고양이도 처음 보는 고양이는 아니었다. 암고양이는 꼬리 여러 개 길이 떨어진 곳에 멈춰 서서, 별로 맘에 들지 않는다는 듯 노란 눈으로 슬레이트를 위아래로 훑어보았다.

슬레이트는 암고양이의 무례한 태도에 짜증이 나서 발톱을 세웠다.

'무슨 상관이람. 지금 내가 바라는 건 평화롭게 죽는 것뿐인데……. 죽기 전에 저 건방진 얼굴을 한 대 쳤으면 좋겠네.'

게다가 암고양이가 자신을 떠돌이라고 부르는 게 너무 기분이 나빴다.

'아, 누군지 이제 기억났어.'

슬레이트는 생각했다.

'크리켓이 늘 불평하던 그 무리의 고양이들이잖아.'

크리켓은 이 고양이들이 황무지에 나타나 멋대로 황무지와 근처 숲에 자리 잡으면서 원래 살던 고양이들이 먹이를 찾기가 더 힘들어졌다고 불평하곤 했다. 게다가 그들은 원래 이곳에 살던 고양이들을 '떠돌이'라고 불렀다.

"그들은 싸우고 싶어 안달이 나 있어. 아주 사나운 먹이 도둑이지. 그놈들과는 절대 엮이고 싶지 않아."

크리켓은 경멸하는 목소리로 말했었다.

슬레이트는 고개를 들고 갈색 암고양이를 노려보았다. 그리고 날이 선 목소리로 말을 걸었다.

"안녕? 있지, 네가 하는 말 다 들리거든."

암고양이가 눈을 가늘게 떴다.

"죽진 않았나 보네."

암고양이는 그다지 맘에 들지 않는다는 투로 말하며 콧방귀를 뀌었다.

"무슨 병이 있는 건 아니지?"

'없어. 배가 쩍 갈라지긴 했지만.'

슬레이트는 속으로 생각했다. 그리고 큰 소리로 대답했다.

"병은 안 걸렸어. 내 이름은 슬레이트야."

갈색 암고양이는 꼬리를 휘둘렀다.

"난 윈드러너야."

"새끼 고양이들은?"

슬레이트가 묻자 윈드러너의 눈빛에 경계심이 번뜩였다.

"걔들 이름까지 알 필요는 없잖아."

'아주 상냥하네.'

슬레이트는 속으로 투덜거렸다.

'죽어 가는 순간을 이런 심술궂은 고양이와 함께하다니.'

삐딱한 시선으로 윈드러너를 바라보았다. 갈색 암고양이는 이제 슬레이트를 외면한 채 발톱으로 이끼를 긁어모으고 있었다. 이끼를 한입 가득 물고 암고양이는 어딘가로 터벅터벅 걸어갔다. 심장이 몇 번 뛰고 난 뒤 암고양이는 물이 뚝뚝 떨어지는 이끼를 물고 돌아왔다.

"자, 물 먹어."

윈드러너가 젖은 이끼를 슬레이트의 머리맡에 툭 던졌다.

슬레이트는 혀를 쭉 뻗어 이끼를 핥았다. 물은 시원하고 상쾌했다. 이렇게 맛있는 물은 태어나서 처음 먹어 보는 것 같았다.

슬레이트가 물을 먹는 동안 윈드러너는 풀과 나뭇잎 그리고 이끼를 가득 긁어모아 슬레이트의 머리 밑에 밀어 넣어 받쳐 주었다.

"어떻게 된 거야?"

윈드러너가 무뚝뚝하게 물었다.

친절한 행동과 너무나도 다른 차가운 말투에 슬레이트는 어리둥절했다.

"여우가 그랬어."

한참 만에 대답이 나왔다.

"여우가 나와 내 형제 크리켓을 공격했어."

슬레이트는 떨리는 목소리로 덧붙였다.

"크리켓은 죽었어."

윈드러너는 충격을 받은 것 같았다.

"우리 진영 근처에 숨어 있는 여우를 본 적이 있어."

암고양이는 조금 떨어진 황무지에서 몸싸움을 하는 새끼 고양이들을 돌아보며 꼬리를 흔들었다.

"이리 가까이 와!"

서로 뒤엉켜 있던 새끼 고양이들이 허둥지둥 일어섰다.

"병에 걸린 고양이한테서 멀리 떨어져 있으라면서요."

하얀 암고양이가 엄마한테서 들은 말을 그대로 옮겼다.

윈드러너는 짜증이 난 듯 꼬리 끝을 움찔거렸다.

"그럼 조금만 가까이 와. 너무 가까이는 말고."

새끼 고양이들이 잽싸게 다가오자 윈드러너는 다시 슬레이트를 돌아보았다.

"새끼는 있어?"

"그럴 여유가 없었던 것 같아."

슬레이트가 대답했다. 함께 새끼를 갖고 싶은 수고양이를 만난 적도 없지만, 윈드러너한테 그런 이야기까지 하고 싶지는 않았다.

언젠가는 새끼를 갖게 될 거라는 위로의 말을 들을 줄 알았는데, 뜻밖에도 윈드러너는 콧방귀를 뀌었다.

"어떤 면에선 운이 좋았네."

윈드러너는 잠시 뒤 다시 말을 이었다.

"애들 키우는 거 진짜 힘들어. 쟤들이 태어나고 나서 난 밤에 푹 잔 적이 한 번도 없다니까."

"굉장히 말썽꾸러기인가 보네."

슬레이트가 말했다.

윈드러너는 고개를 저었다. 딱딱하던 눈빛에 애정이 깃들면서 점점 부드러워졌다.

"아니야, 문제는 나야."

암고양이가 솔직하게 말했다.

"내가 저 애들을 너무 사랑하거든."

'그렇게 못된 고양이는 아닌가 보네.'

슬레이트는 윈드러너에 대한 판단을 재빨리 바꿨다.

'겉으로는 무뚝뚝해 보이지만, 눈에 보이는 게 전부가 아니야.'

슬레이트가 뭔가 더 말을 하기 전에 회색 얼룩무늬 수고양이가 돌아왔다. 털이 길고 귀와 가슴 그리고 발만 하얀 검은 수고양이가 나뭇잎 뭉치를 입에 물고 그 뒤를 따라왔다.

"좋아, 잠들지 않게 했구나. 잘했어."

회색 수고양이가 윈드러너에게 성큼성큼 달려와 주둥이로 어깨를 꾹 눌렀다. 그리고 슬레이트를 돌아보며 말했다.

"나는 고스퍼야. 윈드러너는 내 짝이야. 그리고 이쪽은……."

고스퍼는 털이 긴 수고양이를 향해 꼬리를 흔들었다.

"클라우드스파츠야. 약초와 상처 치료에 대해 많이 알아. 널 도와주려고 왔어."

클라우드스파츠가 다가와 몸을 살피기 시작하자 슬레이트는 눈을 감았다. 상처 냄새를 맡고 발로 조심스럽게 배를 만지는 건 어렴풋이 알고 있었지만, 점점 정신이 흐릿해졌다. 그런데 이번에는 어둠이 자신을 끌어당기지 않았다. 아무래도 아직은 형제를 따라 죽을 때가 안 된 것 같았다.

한참 만에 다시 정신이 돌아온 슬레이트는 윈드러너와 고스퍼, 클라우드스파츠가 이야기하는 소리를 들을 수 있었다. 말싸움이 라도 하는 듯 목소리가 날카로웠다. 슬레이트는 눈을 뜨고 고개 를 돌려 그들이 무슨 말을 하는지 들으려고 애썼다.

　"그럼 어쩌겠다는 건데?"

　클라우드스파츠가 윈드러너에게 물었다.

　"저 고양이를 풀밭에 이대로 둘 거야? 피를 너무 많이 흘렸어. 거미줄로 상처를 덮고 처빌로 찜질약을 만들어 발라 주긴 했지 만, 몸이 너무 약해졌어. 계속 지켜봐야 해."

　"그러면 네가 분지로 데려가든지."

　윈드러너가 쏘아붙였다.

　'분지? 지금 무슨 소리를 하는 거야?'

　슬레이트는 혼란스러웠다.

　"내가 거기까지 옮길 수가 없잖아!"

　클라우드스파츠가 반박했다.

　"그랬다가는 상처가 다시 벌어질 거야. 윈드러너, 네 진영은 저 가시금작화 덤불 반대편이잖아."

　고스퍼가 자기 짝을 바라보았다.

　"우리가 데리고 있어도 되잖아. 한 달 정도는 말이야."

　윈드러너의 어깨 털이 짜증으로 곤두섰다.

　"우리가 분지를 떠난 건 다른 고양이들한테서 벗어나기 위해서 였어. 우리 새끼들을 보호하기 위해서 말이야. 그런데 지금 와서 벼룩투성이 떠돌이를 받아들이자는 게 말이 돼?"

　"잠깐만!"

슬레이트는 끙끙대며 몸을 일으켰다. 윈드러너에 대한 기분 나쁜 첫인상이 다시 떠올랐다.

"나도 너희 진영에 가기 싫거든. 너희 무리에 끼고 싶은 생각 전혀 없어."

"왜 싫은데?"

고스퍼가 호기심이 생긴 듯 귀를 쫑긋 세우고 물었다.

"너희가 하는 건 싸움뿐이잖아."

슬레이트는 크리켓이 종종 하던 말로 쏘아붙였다.

"그리고 너희는 여기서 태어난 고양이들의 먹이를 빼앗잖아."

"모르나 본데, 우리도 여기서 태어났거든."

윈드러너가 끼어들었다.

클라우드스파츠가 꼬리를 흔들어 모두를 조용히 시켰다.

"그럼 넌 어떻게 하고 싶은데?"

클라우드스파츠가 슬레이트에게 물었다.

"돌봐 줄 고양이가 있어?"

크리켓을 잃은 슬픔이 귀부터 꼬리 끝까지 아프게 짓눌렀지만 슬레이트는 애써 감추고 고개를 저었다.

"내가 알아서 해."

그렇게 대답하고 온 힘을 끌어모아 간신히 일어섰다.

아무 일 없다는 듯 성큼성큼 걸어가려고 했지만, 한 걸음 내딛자마자 다리가 마치 물로 변한 것 같았다. 슬레이트는 머리가 빙글빙글 도는 걸 느끼며 푹 쓰러졌다.

"아……."

입에서 앓는 소리가 흘러나왔다.

고스퍼가 재빨리 옆으로 달려왔다.

"우리가 데리고 갈게."

수고양이는 매서운 눈길로 윈드러너를 보며 말했다.

"우리가 데려가야 해. 잊지 마, 얘도 누군가의 자식이야."

슬레이트는 윈드러너를 쳐다보았다. 암고양이는 짜증스럽게 으르렁거렸지만 어쩔 수 없다는 듯 어깨를 으쓱했다.

"알았어."

윈드러너는 슬레이트를 보며 말을 이었다.

"하지만 너무 오래 머무는 건 안 돼. 우린 더 많은 고양이를 받아들일 생각은 없으니까."

슬레이트는 암고양이를 노려보았다.

"나도 네 무리의 고양이가 되고 싶은 생각 없어."

클라우드스파츠가 재미있다는 듯 수염을 씰룩거렸다.

"잘됐네. 어쩐지 너희 둘이 앞으로 할 얘기가 많을 것 같은데."

2
가족이 되다

    슬레이트는 햇볕이 잘 드는 좁은 땅에 웅크리고 앉아 발을 몸 아래로 바짝 당긴 채 눈을 가늘게 뜨고 온기를 만끽했다. 여우와 싸운 후로 반달이 지났고 배의 상처는 잘 아물고 있었다. 하지만 크리켓을 잃은 마음의 상처는 영원히 아물지 않을 것 같았다. 아직도 매일매일 형제가 그리웠다.

    자그마한 발이 타다다 달려오는 소리에 눈을 떠 보니 하얀 암고양이 모스플라이트가 달려오고 있었다. 새끼 고양이는 슬레이트의 잠자리 앞에 흩어져 있는 토끼 뼈를 만족스러운 눈길로 바라보았다.

    "다 먹었네요."

    어린 암고양이가 말했다.

    "그래."

    슬레이트도 인정했다.

    "이제 훨씬 더 힘이 나는 것 같아."

    모스플라이트의 수염이 아쉬운 듯 축 처졌다.

    "그건 곧 떠나야 한다는 뜻이잖아요. 엄마는 슬레이트가 기운을 차릴 때까지만 우리 진영에 머물 수 있다고 했어요."

"나도 알아."

슬레이트가 대답했다.

모스플라이트가 칭얼대듯 목소리를 높였다.

"너무너무 보고 싶을 거예요!"

"내가 놀러 오면 되지."

슬레이트는 꼬리로 하얀 새끼 고양이를 다정하게 감쌌다.

"그건 다르잖아요."

모스플라이트가 슬레이트의 어깨에 머리를 기대며 떼쓰듯 말했다.

"나랑 놀아 주는 건 슬레이트뿐이라고요. 엄마랑 아빠는 맨날 사냥하느라 바쁘고, 더스트머즐은 내가 너무 바보 같대요."

"더스트머즐 말이 맞을지도 몰라."

슬레이트가 중얼거렸다.

"하지만 가끔은 바보 같은 게 좋을 때도 있어. 그런 모습도 너잖아."

모스플라이트는 그저 한숨만 내쉬었다.

"그건 그렇고, 윈드러너는 어디 있어?"

슬레이트는 화제를 돌리려고 물었다.

"해가 높이 떴는데 오늘은 윈드러너도 고스퍼도 안 보이네."

모스플라이트는 두려움과 흥분이 뒤섞인 눈을 동그랗게 뜨고 슬레이트를 올려다보았다.

"여우를 쫓아갔어요!"

어린 암고양이가 속삭였다.

"여우라니?"

슬레이트는 무슨 말인지 이해할 수 없었다.

"엄마가 동이 트기 직전에 진영 밖에서 여우를 봤대요."

모스플라이트가 설명했다.

"그래서 엄마랑 아빠가 살펴보러 나갔는데, 황무지를 조금 가로질러 가다 보니까 여우 냄새로 뒤덮인 죽은 담비가 있었대요."

"담비?"

슬레이트는 슬슬 걱정이 되기 시작했다.

"담비라면 여우가 죽이기 힘든 상대일 텐데."

모스플라이트는 열심히 고개를 끄덕거렸다.

"엄마랑 아빠는 여우가 점점 대담해지는 걸 보면 굉장히 배가 고픈 상태일 거라고 했어요. 슬레이트한테 한 짓도 있잖아요!"

슬레이트는 심각한 얼굴로 고개를 끄덕였다.

'녀석이 크리켓한테 무슨 짓을 했는지 봐!'

하지만 새끼 고양이 앞에서는 굳이 그 말을 입 밖으로 꺼내지 않았다.

모스플라이트에게 좀 더 자세히 묻기 전에, 진영을 둘러싼 바위 뒤에서 윈드러너가 나오고 고스퍼도 바로 뒤따라왔다. 둘 다 심각한 얼굴이었다. 슬레이트는 그들이 무슨 걱정을 하는지 짐작할 수 있었다.

슬레이트에게 가까이 온 윈드러너가 모스플라이트를 향해 꼬리를 획 퉁겼다.

"가서 더스트머즐을 찾아서 놀아. 우린 슬레이트한테 할 얘기가 있어."

모스플라이트는 싫다고 반항하려다가, 엄마의 매서운 눈빛을 보고는 그대로 달려가 버렸다.

"슬레이트, 우린 지금껏 너한테 아무것도 바라지 않았어."

고스퍼가 말을 꺼냈다. 슬레이트는 수고양이가 미리 준비해 온 말을 조심스럽게 꺼내고 있다는 느낌을 받았다.

"그렇지만 지금까지 널 잘 돌봐 준 건 사실이잖아. 병이 퍼진 뒤로 사냥이 많이 힘들어졌지만 우린 너를 잘 먹였고……."

"그건 사실이야."

슬레이트는 고스퍼의 말을 자르고 끼어들었다.

"지금 나한테 떠나라는 말을 하는 거야?"

"아니야!"

고스퍼가 겁에 질린 표정으로 즉시 대답했다.

"아직은 아니야."

윈드러너가 날카롭게 끼어들었다.

"하지만 너한테 부탁할 게 있어."

"무슨 부탁?"

슬레이트는 어리둥절한 얼굴로 물었다.

"너를 공격한 여우를 봤어, 그것도 진영 가까이에서 여러 번."

윈드러너가 말을 이었다.

"오늘 아침엔 진영에서 고작 꼬리 서너 개 길이 떨어진 곳에서 죽은 담비를 발견했고. 아무래도 머지않아 그 여우가 다시 고양이를 사냥할 수 있다는 자신감을 되찾을 것 같아. 그런데 우리 애들은 아직 어리고 제 앞가림도 못 하니까……."

윈드러너의 목소리가 잦아들었다.

"그래서 어떻게 할 계획인데?"

슬레이트는 어리둥절한 표정으로 물었다.

"그 녀석이 우릴 공격하기 전에 우리가 먼저 그 녀석을 죽일 생각이야."

윈드러너의 눈동자와 목소리는 단호하고 얼어붙은 개울처럼 차가웠다.

"그래서 내일 네가 애들을 돌봐 줬으면 좋겠어. 우리는 녀석의 굴로 찾아가서 자고 있을 때 공격할 거야."

검은 안개 같은 불안감이 슬레이트의 몸을 휘감았다.

"너희는 지금 무슨 짓을 하려는 건지 모르고 있어."

슬레이트는 쉭쉭거리며 말했다.

"그 여우는 아주 위험해. 그놈이 내 형제를 죽였어!"

"하지만 우린 크리켓보다 전투 경험이 훨씬 더 많아."

윈드러너가 슬레이트의 경고에도 전혀 흔들리지 않고 반박했다.

슬레이트는 콧방귀를 뀌었다.

"아, 그래, 무리 지어 사는 너희는 싸우는 걸 좋아하니까. 하지만 이건 그런 싸움이 아니야."

슬레이트는 그 여우가 얼마나 빠르고 또 난폭한지를 이들에게 어떻게 설명해야 할지 알 수가 없었다.

윈드러너가 짜증스럽게 꼬리 끝을 씰룩거렸다.

"걱정해 주는 건 고마워."

암고양이는 화가 나서 쏘아붙이고 싶은 걸 억지로 참는 것 같았다.

"하지만 그래도 우리는 너한테 새끼들을 돌봐 달라고 부탁할

505

수밖에 없어."

슬레이트는 마음이 놓이지 않았다. 고스퍼는 경고를 진지하게 받아들인 듯 걱정스러운 얼굴을 하고 있었다.

슬레이트는 고스퍼를 돌아보며 말했다.

"만약 너와 윈드러너가 둘 다 여우를 공격하러 갔다가 최악의 상황이 벌어진다면, 그때는 새끼들만 남게 돼. 돌봐 줄 엄마, 아빠도 없이 둘이서만."

슬레이트는 다시 윈드러너를 돌아보았다.

"그렇게 되면 좋겠어?"

윈드러너는 꼬리를 축 늘어뜨리고 한숨을 내쉬었다. 슬레이트는 새끼들을 향한 애정에 호소하면 윈드러너가 귀를 기울일 거라는 걸 알고 있었다.

"아니."

갈색 암고양이가 힘없이 말했다.

"하지만 다른 방법이 없잖아, 안 그래?"

"내가 그 여우를 죽일게."

말을 하면서 슬레이트는 깨달았다. 그 악한 짐승을 발톱으로 갈기갈기 찢어 생명이 사그라드는 걸 보는 게 지금 자신이 무엇보다 간절히 바라는 일이라는 걸.

"그 여우는 내가 가장 사랑하는 고양이를 죽였어."

슬레이트는 증오심을 담아 이를 뿌드득 갈며 덧붙였다.

"그놈은 내가 죽일 거야!"

이렇게 격렬한 반응은 예상하지 못했는지, 고스퍼와 윈드러너는 화들짝 놀란 얼굴로 서로를 힐끗 쳐다보았다. 하지만 이내 깊은 생각에 잠긴 눈빛으로 변했다.

"우린 그 여우가 주위를 어슬렁거리거나 점점 가까이 다가오게 놔둘 수가 없어."

고스퍼가 가라앉은 목소리로 말했다. 그리고 슬레이트를 보며 물었다.

"정말로 그 여우를 죽일 수 있겠어?"

강한 의지가 슬레이트의 온몸에 솟구쳤다. 황무지에서 고스퍼한테 발견된 후 자신이 왜 목숨을 놔 버리지 않았는지 이제야 알 것 같았다.

'내가 그 여우를 죽여야 하기 때문이야!'

"난 크리켓의 복수를 할 거야."

슬레이트는 고스퍼를 안심시켰다.

"내가 슬레이트와 같이 갈게."

윈드러너가 단호한 목소리로 고스퍼에게 말했다.

"내가 더 잘 싸우잖아. 당신은 애들이랑 같이 남아 있어."

고스퍼는 잠시 머뭇거렸지만 마지못해 고개를 끄덕였다.

"알았어. 하지만 제발 조심해."

"그럴게."

윈드러너가 힘차게 대답했다.

"슬레이트, 내일 아침 동이 트기 전에 출발할 거야. 그 전에 푹 쉬어 두는 게 좋을 거야."

"엄마!"

바위 뒤에서 더스트머즐의 목소리가 들려왔다.

"모스플라이트가 내 꼬리를 물었어요!"

"얘들아!"

윈드러너는 한숨을 폭 내쉬고 꼬리를 휘두르며 달려갔다.

슬레이트와 단둘이 남은 고스퍼가 초록 눈으로 물끄러미 바라보았다.

"고마워."

고스퍼는 진심을 가득 담은 목소리로 말했다.

"있잖아, 네가 여우를 죽이더라도 윈드러너가 널 여기 계속 머물게 해 줄지는 장담 못 해."

"나도 여기 계속 머물고 싶은 생각은 없거든."

슬레이트는 깜짝 놀라 대꾸했다.

고스퍼는 고개를 끄덕이고 그 자리를 떠났다.

떠나는 수고양이를 지켜보면서, 슬레이트는 처음으로 자신이 한 말이 진심인지 확신할 수 없다는 걸 깨달았다.

어깨를 쿡쿡 찌르는 발 때문에 눈을 뜨자, 윈드러너가 위에 우뚝 서 있었다.

"시간이 됐어."

갈색 암고양이가 말했다.

입을 쩍 벌려 하품을 한 뒤 슬레이트는 비틀비틀 일어섰다. 새벽이 다가오면서 머리 위 별들이 점점 빛을 잃어 갔다. 황무지를 조용히 휩쓰는 싸늘한 바람에 몸이 떨렸다.

"그 여우가 어젯밤에도 이 주위를 어슬렁거렸어."

윈드러너가 슬레이트를 이끌고 두 개의 커다란 바위 사이를 지나 황무지로 나가며 말했다.

"내가 냄새를 맡았어."

"코가 없는 토끼도 이 고약한 냄새는 맡을 수 있을걸."

끔찍한 악취가 코를 찌르자 슬레이트가 중얼거렸다.

"추적하기 쉽겠어."

두 암고양이는 나란히 서서 황무지를 가로지르는 여우의 흔적을 쫓아갔다. 새하얀 안개가 땅을 뒤덮고, 거친 황무지 풀은 이슬에 흠뻑 젖어 있었다. 축축한 공기 때문에 여우의 냄새가 약해졌고 여우가 개울을 건넌 곳에서는 흔적을 놓치기도 했지만, 재빨리 다시 냄새를 찾아냈다. 여우는 곧장 숲으로 향하고 있었다.

"그쪽에 거처가 있는 게 틀림없어."

슬레이트는 잠시 멈춰 서서 고개를 들어 눈앞에 펼쳐진 컴컴한 나무숲을 살피며 중얼거렸다.

윈드러너도 슬레이트 옆에 걸음을 멈추고 불편한 듯 발을 꼼지락거렸다. 하고 싶은 말이 있는데 선뜻 말을 꺼내지 못하는 것 같아서 슬레이트는 갈색 암고양이를 돌아보았다.

"우리 둘 다 너한테 고마워하고 있어."

마침내 윈드러너가 입을 열었다.

"그런데 네가 왜 이 일을 하겠다고 나섰는지 잘 모르겠어. 너도 알다시피 우린 너한테 해 줄 수 있는 게 없는데 말이야."

"난 아무것도 원하지 않아."

슬레이트가 대답했다.

"그저 그 여우를 죽이고 싶을 뿐이야."

윈드러너에게는 말하지 않았지만, 슬레이트는 이 싸움에서 자신이 살아남을 거라고 생각하지 않았다. 솔직히, 죽든 말든 상관없었다. 그 여우를 죽이고 새끼 고양이들을 지킬 수만 있다면…… 그래, 가능하면 윈드러너와 고스퍼까지 지킬 수 있다면, 그걸로 충분했다.

'아주 고귀한 죽음이 되겠네. 어차피 난 크리켓 없는 세상에서 계속 살고 싶은 마음이 없어.'

하지만 나무숲으로 향하는 내내 작은 가시 같은 의심이 마음을 콕콕 찔렀다.

슬레이트와 윈드러너가 숲에 다다랐을 때 하늘이 뿌옇게 밝아 오기 시작했다. 지평선 너머로 보이는 황금빛은 태양이 떠오르는 곳을 알려 주었다. 하지만 나무숲에는 여전히 그림자가 짙게 드리워져 있었다. 둘은 여우 냄새를 쫓아 가시덤불을 빙 돌아 떡갈나무 뿌리 사이로 뚫린 시커먼 구멍 앞에 멈춰 섰다.

"저 안에 있어."

여우 굴에서 흘러나오는 뜨거운 악취에 슬레이트는 구역질이 났다.

"이제 어떻게 하지?"

윈드러너는 화가 난 듯 꼬리를 씰룩거렸다.

"난 토끼를 잡으러 토끼 굴에 들어가는 건 괜찮지만 저 안에는 들어가고 싶지 않아."

"여우를 밖으로 끌어내야 해."

슬레이트는 열심히 머리를 굴렸다.

"어떻게 해야 하는지 내가 알아. 넌 저기 고사리 덤불 속에 숨어 있어."

윈드러너는 물어볼 말이 있는 듯 머뭇거리다가, 꼬리를 휙 휘두르고는 고사리 덤불 사이로 미끄러져 들어갔다.

윈드러너가 모습을 감추자 슬레이트는 여우 굴 바로 앞에 털썩 쓰러졌다.

"도와줘! 나 좀 도와줘!"

슬레이트는 훌쩍거렸다.

"발을 다쳤어⋯⋯."

여우가 자신의 말을 알아듣지 못한다는 건 알고 있었지만, 목소리에 담긴 고통과 두려움을 알아채고 굴 밖으로 나오기를 바랐다. 심장이 너무 쿵쾅거려서, 여우가 그 소리까지 듣는 건 아닐까 걱정이 됐다.

'이렇게 무서웠던 적은 처음이야.'

처음에는 시커먼 굴 입구에서 아무런 움직임도 없었다. 그런데 잠시 뒤 부스럭대는 소리가 들리더니 뾰족한 주둥이가 굴 밖으로 쓱 나와 쿵쿵거리며 냄새를 맡았다. 이윽고 여우의 머리 전체가 나오면서 사악한 눈이 슬레이트를 노려보았다.

슬레이트는 다시 한 번 애처롭게 울부짖었다. 여우가 굴 밖으로 펄쩍 뛰어나와 달려들자, 슬레이트는 몸을 굴려 벌떡 일어나 쉭쉭거리며 저항했다. 동시에 윈드러너도 고사리 덤불에서 뛰쳐나와 여우에게 몸을 던졌다. 슬레이트는 반대편에서 여우를 공격했다.

잠시 동안 여우는 놀라고 당황해서 맞설 생각을 하지 못했다. 하지만 빠르게 정신을 차리고, 슬레이트가 기억하는 대로 사나운 공격성을 드러내며 윈드러너를 향해 덥석덥석 입을 다물었다.

슬레이트는 너무 가까이 붙어 싸우다가는 다리나 더 나쁜 경우엔 목을 물릴까 봐 겁이 나서 움찔하며 뒤로 물러났다. 윈드러너도 두려웠는지, 발톱으로 여우의 털가죽을 할퀸 뒤 재빨리 사정거리 밖으로 물러났다. 슬레이트는 윈드러너가 여우를 한쪽 방향으로 유인하길 기다렸다가 반대편에서 공격을 시도했다. 여우의 뒷다리를 발톱으로 할퀴려는데 여우가 홱 돌아서서 입을 덥석 다무는 바람에 다시 뒤로 물러날 수밖에 없었다.

슬레이트는 여우가 다시 등을 보일 때까지 기다렸다. 그러고는 앞발을 뻗은 채 여우의 옆구리 깊숙이 파고들어, 자신의 배에 난 것과 똑같은 상처를 만들어 주려고 했다. 하지만 여우는 으르렁거리며 몸을 돌려 슬레이트를 물려고 입을 크게 벌렸다. 몸을 숙여 옆으로 피하던 슬레이트는 여우한테 목덜미를 물리면서 얼굴을 찡그렸다. 슬레이트가 목에서 뜨거운 피를 흘리며 비틀비틀 물러나는 사이 윈드러너가 다시 여우를 덮쳤다.

여우가 앞발을 들어 윈드러너의 머리를 내리치는 걸 보고 슬레이트는 공포에 질렸다. 윈드러너는 고통스럽게 울부짖고는 다리와 꼬리를 힘없이 흔들며 데굴데굴 굴러가 바닥에 쓰러졌다.

여우가 윈드러너 위로 몸을 숙였다. 슬레이트는 적이 물러날 거라고 기대하며 앞으로 돌진했지만, 여우는 반응하지 않았다. 슬레이트를 향한 여우의 한쪽 눈이 흐릿하고 반쯤 감겨 있었다.

'크리켓이 할퀸 눈이구나.'

슬레이트는 깨달았다. 그때 눈을 다쳐서 여우는 슬레이트가 옆에서 공격하는 걸 볼 수 없었다.

'저걸 이용하면 이 녀석을 물리칠 수 있어!'

슬레이트는 숨을 깊이 들이마신 뒤 여우의 사나운 입이 닿지 않게 몸을 낮추고, 보이지 않는 눈이 있는 쪽으로 몸을 날렸다. 발톱이 여우의 털 속으로 파고들자, 한쪽 눈이 먼 여우가 슬레이트를 향해 고개를 홱 돌렸다. 하지만 슬레이트는 턱 아래에서 공격하며 여우의 시야에서 벗어났다. 그런 다음 여우의 목으로 거침없이 달려들어 부드러운 털에 발톱을 쿡 박은 뒤, 있는 힘껏 찢었다.

공포에 질린 여우가 으르렁거리며 슬레이트한테서 벗어나려고 몸부림쳤다. 윈드러너가 허둥지둥 일어나 다른 쪽에서 여우를 덮쳤다. 두 암고양이는 힘을 합쳐 여우를 땅바닥에 쓰러뜨렸고, 여우의 몸부림은 점점 약해졌다.

여우를 단단히 붙잡고 목을 찢자 피가 튀어 슬레이트의 주둥이를 적셨다. 승리감만이 슬레이트가 바라던 전부였다.

"크리켓의 복수다!"

슬레이트는 이를 악물고 으르렁거렸다.

여우의 눈에서 생명의 빛이 꺼지는 것을 지켜보던 슬레이트는 윈드러너가 다급히 외치는 것을 어렴풋이 알아차렸다.

'여우가 더 있나? 이 녀석을 구해 주러 달려올 짝이 있었나?'

슬레이트는 여우를 놓고 뒤로 물러나 또 다른 공격에 맞설 준비를 했다. 비틀거리면서도 새로운 적을 찾아 두리번거렸지만, 눈에 보이는 건 두려움이 가득한 노란 눈으로 자신을 보고 있는 윈드러너뿐이었다.

"너 다쳤잖아!"

윈드러너가 울부짖으며 슬레이트의 배를 가리켰다.

아래를 내려다본 슬레이트의 눈에 찢어진 배에서 흘러나오는 엄청난 양의 피가 보였다. 그 순간 얼음물처럼 차가운 공포가 온몸을 덮쳤다. 슬레이트는 털썩 쓰러지면서 윈드러너를 향해 고개를 돌렸다.

"도와줘."

슬레이트는 애원했다.

어둠이 밀려와 깊고 편안한 곳으로 가라앉으라고 유혹했다. 하지만 슬레이트는 어둠에 맞서 싸웠다. 목숨을 포기하면 편할 거라던 생각이 틀렸다는 걸 그제야 깨달았다.

'죽고 싶지 않아…….'

하지만 어둠의 힘은 너무나 강했다. 사방을 에워싼 어둠이 메아리치며 슬레이트는 끝이 없는 구덩이로 깊이, 깊이 떨어졌다. 밝은 햇빛은 영원히 오지 않을 것 같았다…….

자그마한 발이 슬레이트의 이마를 톡 쳤다. 눈을 떠 보니 작고 새하얀 얼굴이 두 눈을 반짝반짝 빛내며 자신을 들여다보고 있었다. 얼굴을 너무 바짝 들이밀어서 새끼 고양이의 수염이 슬레이트의 귀를 간지럽혔다.

"살아 있어요!"

모스플라이트가 소리쳤다.

"내가 죽지 않을 거라고 했잖아요!"

모스플라이트가 뒤로 물러났고, 슬레이트는 주위를 둘러보았다. 고스퍼와 윈드러너, 더스트머즐, 클라우드스파츠까지 모두 자신을 내려다보고 있었다. 그제야 자신이 윈드러너의 진영에 있는 잠자리에 누워 있다는 것을 깨달았다.

윈드러너가 한 걸음 다가와 자신의 뺨으로 슬레이트의 뺨을 문질렀다.

"나 너무 무서웠어."

암고양이가 고백했다.

"우리가 널 집으로 끌고 왔는데도 네가 안 깨어나잖아."

윈드러너의 뒤에서 클라우드스파츠는 안심한 듯 따뜻한 표정을 짓고 있었다.

"난 놀랍지도 않아."

검은 수고양이가 야옹거렸다.

"널 처음 봤을 때부터 알아봤어, 슬레이트. 네가 진정한 싸움꾼이라는 걸 말이야."

슬레이트는 자신의 배를 내려다보았다. 클라우드스파츠가 거미줄 뭉치로 상처를 다시 붙여 주었다는 걸 알 수 있었다.

"고마워."

슬레이트는 속삭였다.

"너희 모두 정말 고마워."

"별말을 다 하네."

고스퍼가 말했다.

"넌 우릴 여우한테서 구해 줬어."

"윈드러너가 없었으면 못 했을 거야."

슬레이트는 갈색 암고양이를 돌아보며 다시 말을 이었다.

"또 다쳐서 미안해. 정말로 네 진영에 영원히 머무를 생각은 없어. 기운을 차리면 바로 떠날게."

고스퍼와 윈드러너가 시선을 교환했다.

"저기, 사실은……."

고스퍼가 머뭇거리며 입을 열었다.

"우리가 얘길 나눠 봤는데……."

"넌 떠나면 안 돼!"

갑자기 윈드러너가 감정에 북받친 눈으로 불쑥 외쳤다.

고스퍼도 고개를 끄덕였다.

"넌 이제 우리 가족이야."

"바로 그거야."

윈드러너가 귀를 움찔거리며 말했다.

"물론 네가 무리에 들어오고 싶다면 말이야."

슬레이트는 신이 난 새끼 고양이들과 클라우드스파츠, 고스퍼를 차례로 바라보다가 마지막으로 윈드러너에게로 눈길을 돌렸다. 반달 전까지만 해도 이런 일이 일어날 거라고는 상상도 못 했다. 하지만 이젠…….

"그럴게."

슬레이트가 대답했다. 귀부터 꼬리 끝까지 따뜻한 기운이 물결처럼 온몸을 휩쓸었다.

"나도 너희와 한 가족이 되고 싶어."

〈6권에 계속〉

전사들 5부 '종족의 탄생'
제5권 〈분열된 숲〉을
도서관에 희망도서
신청해 주세요!
(사은품 증정)

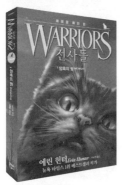
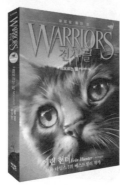
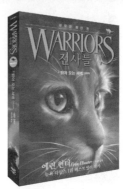

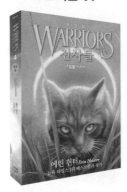

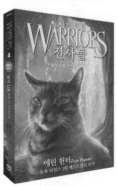

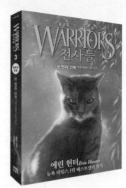

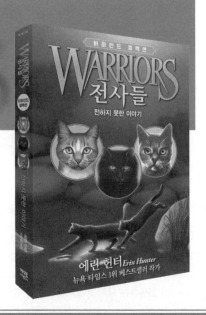

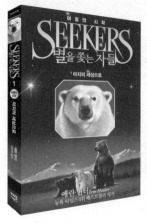

전 세계가 열광한 베스트셀러 『전사들』 작가
에린 헌터의 극한 생존 판타지!

SURVIVORS 살아남은 자들

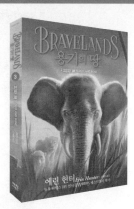
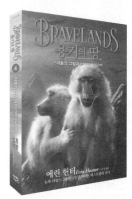
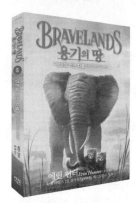
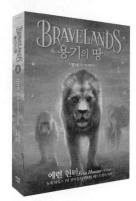